广东省优秀社会科学家文库（系列二）

戴伟华自选集

戴伟华◎著

·广州·

图书在版编目（CIP）数据

戴伟华自选集／戴伟华著. —广州：中山大学出版社，2017.11
（广东省优秀社会科学家文库．系列二）
ISBN 978-7-306-06143-0

Ⅰ.①戴…　Ⅱ.①戴…　Ⅲ.①古典诗歌—诗歌研究—中国—文集
Ⅳ.①I207.22-53

中国版本图书馆CIP数据核字（2017）第192525号

出版人：徐　劲
策划编辑：嵇春霞
责任编辑：周　玢
封面设计：曾　斌
版式设计：曾　斌
责任校对：王　睿
责任技编：何雅涛
出版发行：中山大学出版社
电　　话：编辑部 020-84111996，84111997，84113349，84110779
　　　　　发行部 020-84111998，84111981，84111160
地　　址：广州市新港西路135号
邮　　编：510275　　传　真：020-84036565
网　　址：http://www.zsup.com.cn　E-mail：zdcbs@mail.sysu.edu.cn
印刷者：广州家联印刷有限公司
规　　格：787mm×1092mm　1/16　19.75印张　322千字
版次印次：2017年11月第1版　2017年11月第1次印刷
定　　价：60.00元

戴伟华

1958年7月生，江苏泰州人。博士。现为广州大学人文学院教授。曾任华南师范大学学位委员会副主席，文学院学术委员会主任、教授、博士研究生导师，广东省重点优势学科中国语言文学一级学科负责人，享受国务院政府特殊津贴专家，兼任中国唐代文学学会副会长、中国刘禹锡研究会会长。先后主持国家社会科学基金项目4项，获得广东省政府哲学社会科学优秀成果一等奖3项、中国高校人文社会科学优秀成果奖1项，在《中国社会科学》等学术期刊发表专业论文近百篇，出版学术著作《唐方镇文职僚佐考》等9部。曾被评为江苏省新长征突击手、江苏省普通高校跨世纪学术带头人。获广东省优秀社会科学家、广东省宣传思想文化领军人才等荣誉（称号）。

“广东省优秀社会科学家文库”（系列二）

出版说明

习近平总书记在党的十九大报告中明确提出要“加快构建中国特色哲学社会科学”，为新时代中国哲学社会科学繁荣兴盛指明了方向。哲学社会科学是人们认识世界和改造世界、推动社会进步的强大思想武器，哲学社会科学的研究能力是文化软实力和综合国力的重要组成部分。广东改革开放近40年所取得的巨大成就离不开广大哲学社会科学工作者的辛勤劳动和聪明才智，广东要实现“四个坚持、三个支撑、两个走在前列”的目标更需要充分调动与发挥广大哲学社会科学工作者的积极性、主动性和创造性。中共广东省委、省政府高度重视哲学社会科学，明确提出要打造“理论粤军”、建设学术强省，提升广东哲学社会科学的学术形象和影响力。这次出版的“广东省优秀社会科学家文库”，就是广东社科界领军人物代表性成果的集中展现，是广东打造“理论粤军”、建设学术强省的一项重要工程。

这次入选“广东省优秀社会科学家文库”的作者，均为广东省第二届优秀社会科学家。2014年7月，中共广东省委宣传部和广东省社会科学界联合会启动“广东省第二届优秀社会科学家”评选活动。经过严格的评审，于2015年评选出广东省第二届优秀社会科学家10人。他们分别是（以姓氏笔画为序）：王珺（广东省社会科学院）、毛蕴诗（中山大学）、冯达文（中山大学）、胡经之（深圳大学）、桑兵（中山大学）、徐真华

(广东外语外贸大学)、黄修己（中山大学)、蒋述卓（暨南大学)、曾宪通（中山大学)、戴伟华（华南师范大学)。这些优秀社会科学家是我省哲学社会科学工作者的杰出代表和学术标杆。为进一步宣传、推介我省优秀社会科学家，充分发挥他们的示范引领作用，推动我省哲学社会科学繁荣兴盛，根据省委宣传部打造“理论粤军”系列工程的工作安排，我们决定在推出“广东省优秀社会科学家文库”（系列一）的基础上，继续编选第二届优秀社会科学家的自选集。

本文库自选集编选的原则是：(1）尽量收集作者最具代表性的学术论文和调研报告，专著中的章节尽量少收。(2）书前有作者的“学术自传”，叙述学术经历，分享治学经验；书末附“作者主要著述目录”。(3）为尊重历史，所收文章原则上不做修改，尽量保持原貌。(4）每本自选集控制在30万字左右。我们希望，本文库能够让读者比较方便地进入这些当代岭南学术名家的思想世界，领略其学术精华，了解其治学方法，感受其思想魅力。

10位优秀社会科学家中，有的年事已高，有的工作繁忙，但对编选工作都高度重视。他们亲自编选，亲自校对，并对全书做最后的审订。他们认真严谨、精益求精的精神和学风，令人肃然起敬。

在编辑出版过程中，除了10位优秀社会科学家外，我们还得到中山大学、暨南大学、华南师范大学、广东外语外贸大学、深圳大学、广东省社会科学院等有关单位的大力支持，在此一并致以衷心的感谢。

广东省优秀社会科学家每三年评选一次。“广东省优秀社会科学家文库”将按照“统一封面、统一版式、统一标准”的要求，陆续推出每一届优秀社会科学家的自选集，把这些珍贵的学术精华结集出版，使广东哲学社会科学学术之薪火燃烧得更旺、烛照得更远。我们希望，本文库的出版能为打造“理论粤军”、建设学术强省做出积极的贡献。我们相信，在习近平新时代中国特色社会主义思想指引下，广东的哲学社会科学一定能迈上新台阶。

“广东省优秀社会科学家文库”编委会
2017年11月

目录

学术自传

◎ 戴伟华

1977 年，因高考制度改革，我有幸成为 1977 级大学生，从农村走进了城市。所就读的扬州师范学院（以下简称“扬州师院”）中文系，用汪晖同学的话说，就是有一批学有专长的先生，“他们大多能够立足于某一传统，使之发扬光大，在学术领域独树一帜。扬州师院并不是孤立的例子，在江苏省，南京师范学院、江苏师范学院和扬州师范学院的文科，都可以凭借这些学术群落，在各自领域与北京、上海的高校相颉颃”。（汪晖《我的扬州师院》）中国古代文学学科在任中敏先生的带领下，获得了全国首批博士点资格。大学期间，我和 1978 级的蒋寅同学经常去赵继武先生家，“每随戴伟华兄去赵府问学，都能听到老师一些治学心得，时常获得读书方法的启迪”（蒋寅《我的第一位学术蒙师》）。我在赵先生的指导下，写过有关杜牧诗歌、李白散文的论文，并在公开刊物发表。赵先生指导过我撰写本科学位论文——《许浑研究》，有 15000 字，可惜未能修改发表，辜负了先生的期待。毕业后留校任教，曾在赵先生指导下，做过何逊集、阴铿集的整理，也未能完成。但赵先生的学养和风度，以及学术研究的方法对我影响深远；我偶尔填词、写诗、作文言文的能力，也是赵先生手把手教的。

在扬州师院（后重组更名为“扬州大学”）近二十年的教学研究中，我得到过很多老师的指导和帮助。我的工作大致分为三个方面：第一，留校之初，曾有几年协助过一位年长的先生编写《汉语大词典》“邑”部的词条。这一工作持续时间不长，但收获较大，使我对文献学实际工作中的规范和方法有了进一步体会和认识。第二，讲授先秦到南北朝文学。近二十年的教学，积存了许多问题，有待解释，但自己力有不逮，拖到现在才有了一些论文发表。第三，进行唐代文学研究。这是主要的研究方向，由《唐代幕府与文学》《唐方镇文职僚佐考》《唐代使府与文学研究》一系列成果构成。

唐代文学研究是和几位先生相联系的。在一次关于学术的访谈中，被问及："在您的论著中，经常会提到任中敏、傅璇琮、王昆吾等先生，请问这些学者是如何影响您？您又是如何继承和发展他们的学术的？"我是这样回答的：任中敏先生是一代大师，他追求学问的超凡毅力以及工作程序、著述体例都对我有很大的影响，我和博士研究生张之为历时两年完成了任先生《唐声诗》的校理，由凤凰出版社出版，这也是在表达对任先生的敬意。傅璇琮先生是著名的文史研究专家、古籍整理专家和出版家，是学界最突出的领军人物之一。傅先生于我而言，如师如友。他对我既有学术理论的指引之功，更有对后学奖掖提携之情。而随王昆吾先生攻读博士学位是我学术生涯的重要转机，他提升了我对研究方法和学术意义的认识：不仅要重视文献资料的整理考订，而且要重视考察事物之间的联系以揭示其本质，重视透过事物的矛盾状态去寻找其内在关系，重视历史与逻辑的一致。

我 2000 年来到广州，除了自身的学术工作外，还致力于推进学科建设。华南师范大学文学院的学术研究和学科建设有良好的基础，自 2000 年获得中国古代文学第一个博士学位授予点资格后，2007 年中国古代文学被列为广东省重点学科。2011 年，中国语言文学一级学科获批博士学位授权点。在第九轮（2012 年）省重点学科评估中，中国语言文学一级学科被列为广东省优势重点学科。"211"三期建设评估验收取得了优秀成绩，得到表扬和奖励。我积极参与了其中的工作，并得到领导和教师们的认可，内心充满感激之情。

回顾自己的学术工作，《唐方镇文职僚佐考》对我具有不同寻常的意义，为日后的唐代文学研究打下了比较坚实的基础。30 岁左右，花了七八年时间，默默去做一件事，那时确实感到有些寂寞，感谢傅璇琮、卞孝萱、郁贤皓、罗宗强、周勋初等先生鼓励我要坐好冷板凳，出传世之作。这让我度过了人生难得的一段沉潜读书的时光：没有电子资源、不去发表文章，而是日复一日地阅读纸质文献，搜集、编排、考订唐代文史资料，每天都有收获，单纯而快乐。《唐方镇文职僚佐考》一书初版于 1994 年，得到学界的充分肯定，《中国社会科学》也发表专评，给我以精神上的安慰。张广达先生在《关于唐史研究趋向的几点浅见》云："郁贤皓先生的《唐刺史考》、戴伟华先生的《唐方镇文职僚佐考》即是范式。这些都是耗费十年或数十年心血的巨著。"[①] 崔瑞德的高足、马来西亚学者赖瑞和教授在《唐代基层文官》云："《唐方镇文职僚佐考》则从墓志和唐史料中，挖掘出曾担任过文职僚佐的有两千多人次，按任职方镇排列，是一项重要的基础研究，为后来学者提供不少方便。"傅璇琮先生对我从事的研究始终予以关注，他在《文学遗产》发表论文时说："戴伟华先生即专注于唐代方镇幕府与文学的研究，撰写有《唐方镇文职僚佐考》《唐代使府与文学研究》等书，在这方面极有开拓之功。"学术无止境，有关唐代方镇文职僚佐的补订还在进行中。

唐代幕府与文学关系的研究难度很大，尚未有人涉及。而以《唐方镇文职僚佐考》为基础，有些悬置的问题就容易解决。因准备充分，我于1996年获得了国家社会科学基金项目——"中国文学研究中的地域文化和文人分布问题：以唐代使府为中心"的资助。这一工作的完成使我大致形成了自己文学与文化结合、文史交叉的唐代文学研究特色。其后，又开拓和深化了两个领域的研究，即"地域文化与唐代诗歌研究""强、弱势文化形态与唐诗创作关系研究"国家社会科学基金项目。在国家设立研究基金结项审查等级制度后，这两个项目均获结项"优秀"等级。我对完成国家社会科学基金项目有较高的质量要求：第一，全神贯注，独立完成，这样能很好地体现自己思考的系统性、全面性以及独特性；第二，有充分的资料准备，因为一定程度上而言，丰富的材料能保证学术的质量；第三，创新，即选题创新，观点创新。比如《地域文化与唐代诗歌研究》，改变了过去文史结合过程中文史分论或重史弱文的表述结构，以文学问题立题，在文史结合中解决文学问题，将过去主要以诗人籍贯为主的地域文化与文学创作的分析，转换为以诗歌创作地点为主的地域文化与诗歌创作的研究。目前，我正在完成重点项目"文化生态与唐代诗歌综合研究"，在唐代诗歌与文化生态关系的论述中，文化生态就是对唐代诗歌的外延诉求和动态描述。就研究策略而言，概念的动态化不是为了追求方法论的创新，而是凸显寻求解决文学史中实际问题的努力。尽管选题角度不同，我的研究还是侧重诗歌的，中国诗学又成了我的另一研究方向。于此，有整体性思考，如发表在《中国社会科学》上的论文；也有个案研究，如《义净诗二首探微》，对于该个案研究的意义，去年张伯伟

① 张广达：《关于唐史研究趋向的几点浅见》，载《中国学术》2001年第4期。

教授在《中国社会科学》上发表的论文中曾提及。

在研究方法上，我比较重视文献考据和理论探讨的结合，以问题为指向，回应、解决古代文学研究中的重大问题。比如，唐人选唐诗系列中《河岳英灵集》影响较大，但是其成书过程由于版本的不同而存疑不少。我以《河岳英灵集》的成书过程写了一篇文章，发表在《文学遗产》上。这篇论文通过将日本东方文化丛书影印古抄本《文镜秘府论》南卷所收录《河岳英灵集》之《叙》《论》和《文苑英华》本以及通行本之间的成书时间、收录诗人数目、收录诗作数量进行比较，清晰地再现了《河岳英灵集》一书产生的过程，同时搞清楚了“起甲寅”的缘由。学术方法，应当是研究者的知识结构、思维方式与研究对象性质的统一，并在解决问题的过程中不断调整。

学术工作比较艰辛，必须耐得住寂寞。但人们往往能做到“为伊消得人憔悴”，却未必能做到“独上高楼，望尽天涯路”。如有“蓦然回首”的发现，并能与同仁分享，这才是读书的乐趣。

独白：中国诗歌的一种表现形态

诗歌分类，可以根据其主要内容，分为叙事诗、抒情诗、写景诗等；也可以根据诗体，分为古体诗、近体诗，近体诗又分为律诗、绝句等；还可以根据每句所含有的字数，分为三言、四言、五言、七言、杂言等。如果说上述诸种分法的本质是从诗之“体”来给诗分类，我们也可以尝试从诗之“用”来给诗分类。比如以传播为参照，可以根据诗歌创作当下的情形，将诗歌分为“用于传播”和“不用于传播”两类。与此相联系的是表述方法的不同，前者常用于诗人与他人的对话交流，后者则常用于诗人自我的心灵交流，谓之“独白”可矣。

中国诗歌存在独白的表现形态，而且一直延续到今天。“独白”在汉语中是一个晚起的词语，意为独自抒发个人的情感和表述自己的思想。但与之意思相近的表述早已有之：一为“独言”。《诗经·卫风·考盘》云，“独寐寤言，永矢弗谖”“独寐寤歌，永矢弗过”。诗中所言即为“寐寤独言”“寐寤独歌”之意。阮籍《咏怀》有云：“啸歌伤怀，独寐寤言。临觞拊膺，对食忘餐。”这里对《诗经》的意思进行了发挥。潘岳《寡妇赋》云：“廓孤立兮顾影，块独言兮听响。”这大概是“独言”一词的最早用例。张籍《寄韩愈》云：“几朝还复来，叹息时独言。”贾岛《客思》诗云：“独言独语月明里。”二为“独语”。张籍《蓟北旅思》云：“失意还独语，多愁只自知。”白居易《立秋日登乐游园》云：“独行独语曲江头。”韩偓《有忆》云：“自笑计狂多独语。”三为“独吟”。陆士衡《拟涉江采芙蓉》云：“沉思钟万里，踯躅独吟叹。”刘长卿《酬张夏》云：“玩雪劳相访，看山正独吟。”钱起《苦雨忆皇甫冉》：“独吟愁霖雨，更使秋思永。”“独吟”与“独言”“独语”微有不同之处，一个意思是指诗歌创作，如于鹄《宿太守李公宅》云：“郡斋常夜扫，不卧独吟诗。”刘禹锡《昼居池上亭独吟》云：“日午树阴正，独吟池上亭。”赵嘏《岁暮江轩寄卢端公》：“上客独吟诗。”陆龟蒙《独夜》云：“独行独坐亦独酌，独玩独吟还独悲。”“独吟”还有一个意思是指禽鸟发出的声响，余延寿《横吹曲辞·折杨柳》云：“缘枝栖暝禽，雄去雌独吟。”“独言”

“独语”以及“独吟”的本义构成了后起词“独白”的含义。

“独白”就是指那些在创作当下并不用于传播而主要用于自我心灵对话的作品，如题为《咏怀》《古风》《无题》以及乐府诗和拟古诗的大部分诗歌。创作的独白现象古今中外都存在。就中国诗歌而言，《诗经》中许多用于仪式的歌当然是用于传播的，但除此而外，许多诗当用于独白。独白诗和非独白诗之间有时界限并不分明，但也有很多诗在诗题上就带有明显的独白或非独白的特征。中国诗歌里，大量的赠人、送别、同赋以及题壁、题画等方面的诗显然都是用于交流和传播的，这些肯定是非独白的诗；相反，如阮籍《咏怀》、郭璞《游仙诗》、张九龄《感遇》、李白《古风》以及李商隐《无题》都是自我情感的独自抒发，至少在创作的当下是处于自言自语的状态，这些诗是典型的独白诗。

一

诗之独白与非独白一般是依据诗歌创作的当下情形来区分的，辅以传播与否来鉴别，这当然很难。由于有关诗本事的历史记载相当有限、历史记载残缺不全、对历史文献的理解存在差异，我们只能以最为典型的资料说明“独白”的历史存在。

早期的诗歌总集《诗经》已保留了相当多的独白诗。孔子解释“诗”往往是将诗作为阅读对象，而不是指诗的创作。孔子要求弟子学诗，通过对诗的诵读达到某种社会效果：“可以兴，可以观，可以群，可以怨。”对诗的阅读效果的要求也应该理解为对诗的创作的一种要求，孔子并不提倡诗的独白功能，而要求诗面向大众，取消诗的自我抒情的私人化行为。《诗经》曾经过重新整理和删改是无疑的，其被今人认为是由集体创作的。尽管如此，我们不难发现《诗经》中有“独白”的印迹，这样的诗还不在少数。如《邶风·北门》：“出自北门，忧心殷殷。终窭且贫，莫知我艰。已焉哉！天实为之，谓之何哉！王事适我，政事一埤益我。我入自外，室人交遍谪我。已焉哉！天实为之，谓之何哉！王事敦我，政事一埤遗我。我入自外，室人交遍摧我。已焉哉！天实为之，谓之何哉！”又如《邶风·柏舟》：“泛彼柏舟，亦泛其流。耿耿不寐，如有隐忧。微我无酒，以敖以游……日居月诸，胡迭而微？心之忧矣，如匪澣衣。静言思之，不能奋飞。”这样的诗完全是诗人的独白。

独白诗不仅能从诗题和内容上找出其属性，还可以在文献学上找到依据。独白诗在传播上有一定的时间和空间的制约，屈原的《离骚》是其独白之作，至汉代贾谊《吊屈原文》中才被提及："屈原，楚贤臣也，被谗放逐，作《离骚》赋。"司马迁在《报任安书》及《史记·屈原贾生列传》云，"屈原放逐，乃赋《离骚》""故忧愁幽思而作《离骚》……盖自怨生也"。阮籍的《咏怀》作为独白性质的诗歌，没有迹象表明在当时曾传播过。《艺文类聚》卷三十六卢播《阮籍铭》云："峨峨先生，天挺无欲。玄虚恬澹，混齐荣辱。荡涤秽累，婆娑止足。……颐神太素，简旷世局。澄之不清，混之不浊。翱翔区外，遗物度俗。隐处巨室，反真归朴。汪汪川原，迈迹图箓。"高贵乡公时，阮籍曾荐卢播。卢播《阮籍铭》只是对阮籍本人做了评价。其他记载也没有涉及《咏怀》，干宝《晋纪总论》："故观阮籍之行，而觉礼教崩弛之所由。"戴逵《竹林七贤论》："阮籍字嗣宗，性乐酒，善啸，声闻百步，箕踞啸歌，酣放自若。"阮籍为文有这样的记录："魏朝封晋文王，固让，公卿皆当喻旨，司空郑冲等驰使从阮籍求其文，立待之。籍时在袁孝尼家所宿，醉扶而起书，几板为文，无所治定，乃写符信。"① 但以上材料都未提到阮籍写作过《咏怀》。最早提到阮籍《咏怀》的是晋宋间诗人颜延年，其《阮步兵》诗云："沉醉似埋照，寓辞类托讽。"这里"寓辞类托讽"显然指阮籍的《咏怀》之作，李善于此注云："臧荣绪《晋书》曰：籍拜东平相，不以政事为务，沉醉日多。善属文论，初不苦思，率尔便成。作五言诗咏怀八十余篇，为世所重。"《文选》阮籍《咏怀》题下注云："颜延年曰：说者，阮籍在晋文代，常虑祸患，故发此咏耳。"② 臧荣绪，南朝宋齐间文人。臧著所云不知其依据，但不能说明阮籍《咏怀》在其生前已流行。唐房玄龄等撰《晋书·阮籍传》云："作《咏怀诗》八十余篇，为世所重。"此处的"为世所重"者也只宜理解成"为后世所重"。

至于陈子昂的《感遇》诗，乃抒怀抱，并不用于流传。卢藏用《右拾遗陈子昂文集序》云："至于感激顿挫，微显阐幽，庶几见变化之朕，以接乎天人之际者，则《感遇》之篇存焉。"但他又感叹："恨不逢作者，

① ［宋］李昉：《太平御览》卷710，中华书局1995年版，第3163页。

② ［南朝梁］萧统：《文选》卷23，［唐］李善注，中华书局1981年版，第322页。

不得列于诗人之什，悲夫!”[1] 这里就暗示卢藏用给陈子昂集写序时，发现他写有《感遇》诗，大为赞叹，也为其不能传播深为惋惜。《旧唐书·文苑传中》云:“子昂独苦节读书，尤善属文。初为《感遇》诗三十首，京兆司功王适见而惊曰:‘此子必为天下文宗矣!’由是知名。”这一说法是靠不住的，陈沆《诗比兴笺》卷三“感遇诗三十八首”笺云:“皆小说傅会无稽，止知取其生平有名之篇，傅以生平知遇之事，而不顾岁月情事之参差，无足深辨也。”[2] 另外，唐人选唐诗也可提供对独白诗在当时流传的参考。如李白的《古风》组诗，《河岳英灵集》中收有其中的一首《咏怀》。[3]《河岳英灵集》所选唐诗迄于天宝十二载（753 年），李白这首独白诗有可能因某种特殊机缘得以流传，《河岳英灵集》才有机会收入，待李阳冰编集时，遂据其性质编入《古风》组诗。还有一个迹象表明李白的《古风》组诗在当时未能传播，《河岳英灵集》收有贺兰进明的《古意》2 章、《行路难》5 首，殷璠评曰:“员外好古博雅，经籍满腹，其所著述一百余篇，颇究天人之际。又有古诗八十首，大体符于阮公，又《行路难》五首，并多新兴。”贺兰进明，开元十六年（728 年）进士及第，这里提到的两类诗似为独白，在殷璠编《河岳英灵集》时，这两类独白诗已在一定范围内流传。而殷璠又认为古诗 80 首跟阮籍的《咏怀》相似。如果李白的《古风》已进入传播，则殷璠也会将之与阮籍相比。至五代《才调集》，选李白诗 28 首，其中有《古风》3 首，可见李白的《古风》这时已以组诗形式在流传。唐人选唐诗中，赠送之诗越到后来越多，这与诗歌功能进一步扩展有关。于是就以流传之诗为入选之主要对象。

下面两则材料可以帮助我们理解独白诗的写作和流传情况。一则是陶渊明写作《饮酒二十首》的过程，据陶渊明《饮酒二十首》序:“余闲居寡欢，兼比夜已长，偶有名酒，无夕不饮，顾影独尽，忽焉复醉。既醉之后，辄题数句自娱。纸墨遂多，辞无诠次，聊命故人书之，以为欢笑尔。”[4] 这则材料传达出如下信息：其一，《饮酒二十首》创作当下是独

---

① ［清］董诰等:《全唐文》卷 238，上海古籍出版社 1990 年版，第 1061 页。

② ［清］陈沆:《诗比兴笺》，上海古籍出版社 1981 年版，第 98 页。

③ 参见傅璇琮《唐人选唐诗新编》，陕西人民教育出版社 1996 年版。

④《陶渊明集》，逯钦立校注，中华书局 1982 年版，第 86 ～ 87 页。

白，因“闲居寡欢”，故写诗“自娱”；其二，这组诗初无题目，题目是在一类诗完成后加上去的，题目与内容关系不大，不必篇篇有酒，“饮酒”是指写诗时的状态；其三，“辞无诠次”不是指一首诗语无伦次，而是指诗与诗之间没有内在的逻辑关系，歌咏对象不一，内容杂乱，形式也是长短不拘的；其四，“聊命故人书之，以为欢笑尔。”至此编集之时，此组独白诗才开始传播，将内心的对话转化为与他人对话，不管“故人”能否领会诗意。第二则材料见于李白《泽畔吟序》，序云：“崔公忠愤义烈，形于清辞。恸器泽畔，哀形翰墨。犹《风》《雅》之什，闻之者无罪，睹之者作镜。书所感遇，总二十章，名之曰《泽畔吟》。惧奸臣之猜，常韬之于竹简；酷吏将至，则藏之于名山。前后数四，蠹伤卷轴。观其逸气顿挫，英风激扬，横波遗流，腾薄万古。至于微而彰，婉而丽，悲不自我，兴成他人，岂不云怨者之流乎？余览之怆然，掩卷挥涕，为之序云。”[①] 这则材料告诉人们如下事实：其一，崔成辅《泽畔吟》是独白之作，此前未能传播；其二，该诗独白而未传播的原因是畏惧奸臣酷吏，故极力收藏，不让人知道，但又要使冤屈在将来晓之于世，故藏之于名山以传后世；其三，这是一组诗，总二十章，可见非一时一地所成；其四，李白偶见《泽畔吟》诗，同病相怜，并为之作序，诗由独白而转为对话。

以上两则材料虽为个案，但道出了独白诗性质的某些共性。其间独白诗的传播时间没有定规，我们今天能见到的独白诗肯定都经历了由独白向非独白转换的过程，但必然中有许多偶然性。从创作的用途看，独白诗因其不用于传播，故大多不影响当时，而在其后发生影响。

二

独白诗的产生与诗人的性格和际遇有相当大的联系。独白诗常常产生于诗人情绪震荡、心灵躁动不安之时，他们以诗为手段，抒写内心的痛楚，坚定自我人格的信心，表达对时局的担忧和对政治的评价。但从诗歌发展史来看，独白诗传统的形成可以在中国文化积淀、文人的思想及其生存状态、价值取向中找到原因。

---

① ［唐］李白：《李太白全集》，王琦注，中华书局1977年版，第1288～1289页。

（一）“诗言志”的诗学传统

早期的诗学理论就存在两种倾向：第一，把写诗当成抒发自我情感的工具，可以不与他人发生关系，这是“诗言志”的传统。《尚书·尧典》云：“诗言志。”诗是用来表达人的志意的，《毛诗序》则云：“诗者，志之所之也，在心为志，发言为诗。”孔颖达在《毛诗正义》中做了进一步的阐释：“诗者，人志意之所适也，虽有所适，犹未发口，蕴藏在心，谓之为志，发见于言，乃名为诗。言作诗者，所以舒心志愤懑，而卒成于歌咏。”正因为诗是抒发蕴藏在心的内容，故其作意不必明晓他人。这样，有些诗就不易探明其旨了。孟子时，已有不能确解其诗者，因而《孟子·万章上》在讨论解诗方法时提出“以意逆志”：“故说《诗》者，不以文害辞，不以辞害意。以意逆志，是为得之。”只能用自己的志意去推测作诗者的志意了。第二，诗的写作在社会关系中发生效用。作诗主要是对社会承担责任，《诗经》中多处表述了作诗的用心，不再是言志，而在于揭露、讽刺、警示。《魏风·葛屦》：“维是褊心，是以为刺。”《小雅·节南山》：“家父作诵，以究王讻。”《小雅·巷伯》：“寺人孟子，作为此诗。凡百君子，敬而听之。”孔子将诗的社会功能归结为四点，见《论语·阳货》：“诗，可以兴，可以观，可以群，可以怨。”在诗学理论阐释中，通常人们比较重视后者，而忽视了前者。

诗言志的传统使人们淡化了诗的交流要求。作为文学的品种，诗和赋的产生在用途上似乎有了不同的分工，左思《三都赋序》云：“发言为诗者，咏其所志也；升高能赋者，颂其所见也。”诗为言志之用，故不必进入流通领域。而赋则不然，赋是写给人看的。“美物者贵依其本，赞事者宜本其实；匪本匪实，览者奚信?”而且要使赋中所写之物让人相信，所以左思创作《三都赋》的原则就是“信”，“余既思摹《二京》而赋三都，其山川城邑则稽之地图；其鸟兽草木则验之方志；风谣歌舞，各附其俗；魁梧长者，莫非其旧”。

（二）知识层的孤独感受

中国知识分子很重视自我独立的人格，《周易》“大过”《象》曰：“君子以独立不惧，遁世无闷。”《老子》云：“俗人昭昭，我独昏昏；俗人察察，我独闷闷。”《庄子·在宥第十一》则云：“独往独来，是谓独有。独有之人，是谓至贵。”《庄子·让王第二十八》：“独乐其志，不事于世。”他们以自己的思维习惯来理解这个社会的奇异现象，《史记》卷一二七《日者列传》载，宋忠和贾谊问善卜者司马季主：“今何居之卑？何行之污？”季主答曰：“而贤者亦不与不肖者同列。故君子处卑隐以辟众，自匿以辟伦。”这里实在是借卜者之口讲出君子的清高拔俗。这样导致了个体与社会对立，也改变着他们的生存方式，或远离尘世，《晋书·张载传》附张协传云：“协遂弃绝人事，屏居草泽，守道不竞，以属咏自娱。”或佯狂乖僻，《世说新语》刘孝标注引《魏氏春秋》云：“阮籍常率意独驾，不由径路，车迹所穷，辄恸哭而反。”

知识分子的孤独感是他们自身都难以承受的，他们需要别人的理解和支撑，但他们总是担心别人不能理解，感叹生活中缺少知音，《诗经·王风·黍离》云：“知我者，谓我心忧；不知我者，谓我何求。”司马迁《报任安书》云：“动而见尤，欲益反损，是以独郁悒而无谁语，谚曰：‘谁为为之？孰令听之？’盖钟子期死，伯牙终身不复鼓琴。何则？士为知己者用，女为悦己者容。”“然此可为智者道，难为俗人言也。”《文心雕龙·知音》阐述了知音的难得，尽管谈的是艺文之事，但却道出了知识分子的生存状态：“知音其难哉！音实难知，知实难逢，逢其知音，千载其一乎！夫古来知音，多贱同而思古。”他们只能在过去的历史中找到自己的同志，这使中国文化带有了明显的复古倾向。

既然能为知己者道，难为俗人言；既然生活中难逢知己，那么情感的表述只能付之于独白了。《诗经·考盘》云，“独寐寤言”“独寐寤歌”。《九章·抽思》：“心郁郁之忧思兮，独永叹乎增伤。思蹇产之不释兮，曼遭夜之方长。”曹丕《燕歌行》：“谁能怀忧独不叹，展诗清歌聊自宽。”阮籍《咏怀》其一：“徘徊将何见？忧思独伤心。”阮籍《咏怀》其二十四：“殷忧令志结，怵惕常若惊。”交流是人的本能要求，当这种本能受到压制时，会产生很大痛苦。阮籍《咏怀》其十四：“感物怀殷忧，悄悄令心悲。多言焉所告？繁辞将诉谁？”虽有气味相投者，由于种种莫名其妙的阻隔，亦未必能如愿交流。阮籍《咏怀》其十九：“悦怿未交接，晤言用感伤。”孤独感触处可知。阮籍《咏怀》其三十四：“临觞多哀楚，思我故时人。对酒不能言，凄怆怀酸辛。愿耕东皋阳，谁与守其真？”阮籍《咏怀》其三十七：“挥涕怀哀伤，辛酸谁语哉？”诗中甚至表现出对世俗的鄙视和无望，《离骚》说得十分具体，“謇吾法夫前修兮，非世俗之所服”“众女嫉余之蛾眉兮，谣诼谓余以善淫”“民生各有所乐兮，余独好修以为常”。更多情况下，知识分子由无助转向内省，他们重视对自我意识经验和举止行为的体察和反思，体现出明显的私人化倾向和个性特征。

（三）忧时畏谗的自我体验

“忧时”是知识分子忧患意识的具体体现。《离骚》就是一个知识分子“忧时”的内心独白：“惟草木之零落兮，恐美人之迟暮。不抚壮而弃秽兮，何不改乎此度？乘骐骥以驰骋兮，来吾道夫先路。”陈子昂《感遇三十八首》其九亦云：“圣人秘元命，惧世乱其真。”

其实，“忧时”是一个十分敏感的话题，因为不忧时者大有人在，饱食终日而无所用心者有之，贪图私利而出卖民族利益者有之，他们不忧时，甚至嫉恨忧时者，他们组织力量中伤“君子”，《诗经·邶风·柏舟》：“耿耿不寐，如有隐忧。”“忧心悄悄，愠于群小。”隐忧即来自于群小的“谗言”。《诗经》中常把这种悲哀放置在特殊的场景之中——“寤寐”之时。《陈风·泽陂》：“有美一人，伤如之何？寤寐无为，涕泗滂沱。”“寤寐无为，中心悁悁。”“寤寐无为，辗转伏枕。”尽管以爱情为背景，还是表现出某一阶层的忧虑失望的心态。许多独白的诗正产生于“忧谗畏讥”，司马迁《史记·屈贾列传》云：“屈平疾王听之不聪也，谗谄之蔽明也，邪曲之害公也，方正之不容也，故忧愁幽思而作《离骚》。”“信而见疑，忠而被谤，能无怨乎？屈平之作《离骚》，盖自怨生也。”《文选》“夜中不能寐”注：“嗣宗身仕乱朝，常恐罹谤遇祸，因兹发咏，故每有忧生之嗟。”阮籍《咏怀》其三十三：“终身履薄冰，谁知我心焦？”联系阮籍的行为，更能理解阮籍在诗中的忧惧，嵇康《与山巨源绝交书》表扬阮籍“口不论人过，吾每师之而未能及。至性过人，与物无伤”。李康《家诫》云，魏帝称“天下之至慎者，其唯阮嗣宗乎？每与之言，言及玄远而未尝评论时事，臧否人物。可谓至慎乎”。阮籍的真面目世人不知，他把“真我”写入他的《咏怀》中，写诗成了他抒写情感、评论时事、臧否人物的排泄孔道。

（四）情绪世界的自我描述

独白诗不需要把信息传递给读者，也不需要读者的介入，是一种自言自语，创作是个性化、私人化的行为。正因为是自我的展示，又是自我的欣赏，故在写作中多心灵对话，当然，诗人会设置不同角色作为潜在对话的对象。《离骚》是非常典型的情感世界自我描述的抒情诗，全诗共三大段，第一段总述己志，第二段设置一位爱护并劝慰自己的角色女媭。实际上“女媭”及下文的“灵氛”“巫咸”都是由“我”分裂出的角色，诗人通过“此我”与“彼我”的对话，写出内心的矛盾。从女媭的话引入叩天阍、求下女，极写己之不见容于君，不获知于世。在第三段中则设置“灵氛”“巫咸”与自己对话：灵氛认为楚国党人不辨贤愚，劝其去国远逝；巫咸则举前世之事为例，劝其姑待时贤明主。“我”坚持楚不可留。但当升天远逝时，“仆夫悲余马怀兮，蜷局顾而不行”，欲去而不忍。屈原此时内心很矛盾，他会有种种设想，是随波逐流，屈心抑志？还是好修信芳，清白死直？是去？还是留？都是“我”在选择。

正因为是情绪的自我描述，也没有交流的欲望，故写作方法上也是我行我素，并不注意公共模式和贵族文化需求，不追逐主流话语，这反而造成了诗歌风格的独创性。陶渊明的独白诗的背景就是《归去来兮辞》中描述的：“引壶觞以自酌，眄庭柯以怡颜。倚南窗以寄傲，审容膝之易安。园日涉以成趣，门虽设而常关。策扶老以流憩，时矫首而遐观。云无心以出岫，鸟倦飞而知还。景翳翳以将入，抚孤松而盘桓。”行为的个性化、私人化体现在诗歌创作中：“自酌”“怡颜”“寄傲”“抚孤松”，俯仰之间，完全是自我情绪的表现。

情绪世界的自我描述表现了自我安慰和心理调节的功能。阮籍《咏怀》其二十六：“荆棘被原野，群鸟飞翩翩。鸾鹥时栖宿，性命有自然。”阮籍《咏怀》其二十八：“日月经天涂，明暗不相雠。穷达自有常，得失又何求！”“阴阳有变化，谁云沉不浮？”而《咏史八首》也注重作者心灵的描述，左思《咏史八首》其一：“弱冠弄柔翰，卓荦观群书。著论准过秦，作赋拟子虚。边城苦鸣镝，羽檄飞京都。虽非甲胄士，畴昔览穰苴。长啸激清风，志若无东吴。铅刀贵一割，梦想骋良图。左眄澄江湘，右盼定羌胡。功成不受爵，长揖归田庐。”该诗通篇借古人和史事自叙生平和志向。

三

独白诗和非独白诗在体式结构上区别不是很大。正因为独白是个体情感的自我交流，有很大的自由度，所以在体制上，可以是单篇，更多的是组诗；在写作时间上，组诗可以是某一具体时间所写，更多的是不同时间所写；在写作地点上，可以是同一地点，更多的是不同的地点；在内容上，因为独白诗是写给自己看的，不必十分明白清楚，可以含蓄隐晦；在空间上，不受限制，纵谈古今，神话与现实杂糅。以下对独白诗的体式结构做一些具体分析。

第一，常以组诗出现。通常是生前将某类无题的独白诗编定成一组诗，吴汝纶《古诗钞》卷二云："阮公虽云志在刺讥，文多隐避，要其八十二章决非一时之作，吾疑其总集平生所为诗，题为《咏怀》耳。"吴汝纶认为阮籍可能将平生诗歌创作收集整理，题名为《咏怀》，这种情形有如上面分析过的陶渊明《饮酒二十首》的组诗成诗经过；或生后由他人将同类的诗编为一组诗，《瓯北诗话》云："《古风》五十九首非一时之作，时代先后亦无伦次，盖后人取其无题者汇为一卷耳。"也就是说，李白的《古风》可能为李阳冰将李白的一类诗编排在一起而题的名称。这些诗歌没有及时进入流通，而是将一类诗积累到一个阶段，编排在一起，才公之于众。故在创作当下不可能产生多大影响，原因是人们不容易读到。

第二，常用古体写作。独白的体裁主要根据当时流行诗体和个人的诗体偏好，多数情况有复古的倾向，唐人爱用古体，包括使用乐府诗式，陈沆《诗比兴笺》客观上是一本系统研究独白诗的著作，其笺注对象都为古体，故其笺李商隐诗时，特别加了一个说明："义山五七言律，多以男女遇合寄托君臣，即《离骚》美人香草之意，此笺不及律诗，然举隅可以三反。"似乎李商隐是个例外。

第三，诗歌规模长短不一，这是由于非一时一地之作的原因。如阮籍《咏怀》82 首，皆为五言诗，其中六句 3 首、八句 7 首、十句 28 首、十二句 25 首、十四句 12 首、十六句 5 首、十八句 2 首。左思《咏史八首》皆为五言，其中十二句 4 首、十六句 3 首、二十句 1 首。陶渊明的组诗大多为独白诗，《归园田居五首》分别为二十句、十二句、八句、十六句、十句。陶渊明《饮酒二十首》中，八句3首、十句10首、十二句4首、十四句1首、十六句1首、二十句1首。李白《古风》依王琦注《李太白全集》是59首，其中八句13首、十句18首、十二句10首、十四句11首、十八句2首、二十二句2首、二十四句2首、三十二句1首。在上述诗式中，以十句诗为最多。作为独白诗，可能十句最适宜表达内心的辗转反侧和错综复杂的情绪，篇幅又比较适中。

独白诗除了体式上具有自己的特点，在表现手法上也有特色，历来对它的评论失之笼统，现具体分析如下。

（一）随心顺意的跳跃结构

这种完全写心式的抒情方式没有时空的约束，会对我们正确理解诗意造成一定的障碍。如阮籍《咏怀》，沈德潜云："阮公《咏怀》，反复零乱，寄兴无端。"阮籍《咏怀》其五："平生少年时，轻薄好弦歌。西游咸阳中，赵李相经过。娱乐未终极，白日忽蹉跎。驱马复来归，反顾望三河。黄金百镒尽，资用常苦多。北临太行道，失路将如何?"李善注云："少年之日，志好弦歌，及乎岁晚旋归，路失财尽，同乎太行之子，当如之何乎?"这首诗在结构上具有跳跃性，要理解这首诗，重要的是解释"驱马复来归，反顾望三河"这句。《魏晋南北朝文学史参考资料》指出，阮籍故乡为陈留，旧属三川郡，在河南之东，故自咸阳望陈留，概称"三河"。这样的解释非常正确，但其云："这二句言如今要回故乡了，回头看看故乡所在的三河之地。"① 这样的解释与上面参用的沈约、刘履说就产生矛盾。因咸阳在西，陈留在东，"驱马复来归"应指策马赴少年西游的咸阳，故"反顾望三河"，回头看看渐渐远去的故乡。"黄金百镒尽，资用常苦多。北临太行道，失路将如何"四句言又去咸阳，资用殆尽，设想以后如"临太行""失路"了怎么办?关于这首诗的旨意，并非如通行的解释所说的"自悔失身"，而是写内心的矛盾，即《离骚》"忽临睨夫旧乡，仆夫悲余马怀兮"之意。只要一不小心，对这类诗的结构的解读就会出错。

组诗之间可能缺少内在的逻辑，甚至互为矛盾，陶渊明《杂诗十二

---

① 北京大学中国文学史教研室：《魏晋南北朝文学史参考资料》，中华书局1980年版，第178～180页。

首》中，《杂诗十二首》其四“丈夫志四海”和《杂诗十二首》其五“忆我少壮时”在编排上是相邻的两首，前一首还表达自己满足于“缓带尽欢娱，起晚眠常早”，同时还嘲弄那些心情不能平和而满腹矛盾的人：“孰若当世士，冰炭满怀抱。”后一首则回忆少年壮志：“猛志逸四海，骞翮思远翥。”同时，感叹时不我待：“荏苒岁月颓，此心稍已去。值欢无复娱，每每多忧虑。”这也说明组诗并非一时所作。昨日之心境并非今日之心境，人会因具体的情境不同而发生情绪的变化。

（二）隐晦其辞的话语体系

司马迁《太史公自序》云：“夫《诗》《书》隐约者，欲遂其志之思也。”“《诗》三百篇，大抵贤圣发愤之所为作也。此人皆意有所郁结，不得通其道也，故述往事，思来者。”《离骚》中的“求女”表达的是诗人一时的自我情绪，是情绪的形象化，“求女”究竟是在求什么？我们难以判明。阮籍《咏怀》其二：“二妃游江滨，逍遥顺风翔。交甫怀环佩。婉娈有芬芳。猗靡情欢爱，千载不相忘。倾城迷下蔡，容好结中肠。感激生忧思，萱草树兰房。膏沐为谁施？其雨怨朝阳。如何金石交？一旦更离伤。”《列仙传》载，郑交甫于江汉之滨遇江妃二女，见而悦之，不知其为神人。交甫下请其佩，二女遂手解其佩与交甫。交甫怀之，走数十步，视佩，则已不见，回顾二女，亦不见。这首诗所表述的意思不甚明朗，男性、女性角色在诗中转换也不分明。《文选》“夜中不能寐”注：“虽志在刺讥，而文多隐避。百代之下，难以情测，故粗明大意，略其幽旨也。”许学夷《诗源辩体》卷四：“嗣宗五言《咏怀》八十二首，中多比兴。体虽近古，然多以意见，为诗故不免有迹。其托旨太深，观者不能尽通其意。钟嵘其‘言在耳目之内，情寄八荒之表’是也。”《文心雕龙·明诗》云：“阮旨遥深。”《诗品》云：“晋步兵阮籍：其源出于《小雅》。无雕虫之功。而《咏怀》之作，可以陶性灵，发幽思。言在耳目之内，情寄八荒之表。洋洋乎会于风雅，使人忘其鄙近，自致远大，颇多感慨之词。厥旨渊放，归趣难求。颜延年注解，怯言其志。”以上著述都在讲这类诗的话语体系的模糊致使后人不能探明本旨。

作者有时是在故意隐藏其旨，陶渊明的《述酒》就是一个例证。据逯钦立的解释，《述酒》是一首哑谜式的刺世诗，是刺刘裕篡晋的。逯钦立还对《述酒》所蕴含的意思逐句做了解释，《述酒》题下原注：“仪狄造，杜康润色之。”逯钦立注：“述酒，汤注：‘晋元熙二年六月，刘裕废恭帝为零陵王。明年，以毒酒一罂授张祎，使鸩王。祎自饮而卒。继又令兵人逾垣进药，王不肯饮，遂掩杀之。此诗所为作，而以述酒名篇也。’原注：‘仪狄造，杜康润色之。’仪狄、杜康，古代善酿酒者，酒由仪狄造出，再由杜康润色。比喻桓玄篡位于前，刘裕润色于后，晋朝终于灭亡。为了篡位，桓玄曾鸩杀司马道子，刘裕曾鸩杀晋安帝，都是用毒酒完成篡夺。所以陶以述酒为题，以‘仪狄造，杜康润色之’为题注。”此诗第一句“重离照南陆”，逯钦立注：“寓言东晋孝武帝在位。司马氏称典午，午在南，于八卦为离，东晋于西晋为重。又司马氏出于重黎，重黎，火正。《易经·说卦》：‘离为火。’故此重离可以寓言东晋。又孝武帝小字昌明。《易经·说卦》：‘离为火，为日。’重离，重日，即昌字，此并托言昌明在位。”这里详引逯钦立所做的注，意在说明要在隐晦其辞的话语体系中解释独白诗的原初意思非常困难，宋汤汉《陶靖节诗集注》是至为重要的发现。[①] 独白诗话语体系的隐晦因时代背景和不同时代的人的表述方法不同而有所变化，《李杜诗通》云：“太白《古风》，其篇富于子昂之《感遇》，俭于嗣宗之《咏怀》，其抒发性灵，寄托规讽，实相源流也。但嗣宗诗旨渊放，而文多隐避，归趣未易测求。子昂淘洗过洁，韵不及阮，而浑穆之象尚多包含。太白六十篇中，非指言时事，即感伤己遭，循径而窥，又觉易尽。此则役于风气之递感，不得不以才情相胜，宣泄见长。律之往制，未免言表系外，尚有可议；亦时会使然，非后贤果不及前哲也。”[②]

（三）或隐或显的潜在对话

独白与对话正好相反，独白取消对话的语境，但独白常有一个或多个潜在对话的对象，只是有时这些对话对象的出现不太明朗。独白诗中潜在的对话对象归纳起来有如下几种：

第一，“我”。这个“我”常由主体分裂出一个“另我”，对话就在“我”与“另我”中展开，通常用来表现自我矛盾的心理状态。有时“我”会缺席，而由“另我”出现。李白《古风》其十五：“燕昭延郭

① 参见《陶渊明集》，逯钦立校注，中华书局 1982 年版，第 102 页。

② 转引自陈伯海《唐诗汇评》，浙江教育出版社 1995 年版，第 567 页。

隗，遂筑黄金台。剧辛方赵至，邹衍复齐来。奈何青云士，弃我如尘埃。珠玉买歌笑，糟糠养贤才。方知黄鹤举，千里独徘徊。”对这首诗的角色可做如下理解，“另我”在引称历史，讲述道理，贤者皆能被用。“我”则感叹，自己虽怀才，却为人所轻，如之奈何？“另我”则云，古今不同，现在是不贤者得宠，贤者被轻视，你又何必喟叹？“我”此时大悟，方知飞翔千里的黄鹤，只能茕孑无友，独自徘徊。全诗“我”和“另我”同时出场，在自我的心灵进行对话，描述了作者当时很矛盾的心理状态。通常情况下，“我”和“另我”可能都是一个符号：带有标志性的名物。

第二，虚拟的人、物。心灵独白中出现的人物有一种虚拟的类型，说得煞有介事，其实生活中并没有这个人或物。《离骚》云，“女嬃之婵媛兮，申申其詈予”“命灵氛为余占之”。“女嬃”“灵氛”只是用来展示内心的矛盾，进行种种选择和结果的预设，在作品中常常被设置为“我”和“非我”两个相互对立的角色并进行争斗和辩论，女嬃责备“我”不能与世俗沉浮，而“我”则力陈其非，“阽余身而危死兮，览余初其犹未悔”。这无非在展示他“心犹豫而狐疑”的心理状态。虚拟的对象又以神话传说中的人、物为多。阮籍《咏怀》其二：“二妃游江滨，逍遥顺风翔。交甫怀环佩，婉娈有芬芳。”阮籍《咏怀》其二十二：“谁言不可见，青鸟明我心。”阮籍《咏怀》其三十六：“彷徨思亲友，倏忽复至冥。寄言东飞鸟，可用慰我情。”陶渊明《读山海经十三首》大致为陶渊明与《山海经》中人、物的对话，写三青鸟，“我欲因此鸟，具向王母言”。写夸父，“余迹寄邓林，功竟在身后”。写精卫，“同物既无虑，化去不复悔”。写槐江岭，“恨不及周穆，托乘一来游”。人在与虚拟的人、物的对话中，感受到一种自由和默契。

第三，理想的人物。这一类人物正和现实中的人物形成对比，阮籍《咏怀》其三十九歌颂壮士的气节，“壮士何慷慨，志欲威八荒。驱车远行役，受命念自忘。良弓挟乌号，明甲有精光。临难不顾生，身死魂飞扬。岂为全躯士，效命争战场。忠为百世荣，义使令名彰。垂声谢后世，气节故有常”，临难赴死，可歌可泣；阮籍《咏怀》其十九赞颂佳人的风神，“西方有佳人，皎若白日光。被服纤罗衣，左右佩双璜。修容耀姿美，顺风振微芳。登高眺所思，举袂当朝阳。寄颜云霄间，挥袖凌虚翔。飘颻恍惚中，流眄顾我傍。悦怿未交接，晤言用感伤”，出众的装束和迷人的风神非世俗中的人物可比，诗人以独白的方式写出心中的向往和精神的超越。

第四，历史事件和人物。这类人物常在诗人咏史中出场，而对话则有言外之意，阮籍《咏怀》其三十一“驾言发魏都”则借战国之魏以喻曹氏之魏。左思《咏史八首》其六“荆轲饮燕市，酒酣气益震”则是“我”与历史人物之间的对话，表述“高眄邈四海，豪右何足陈”的看法。左思《咏史八首》其七历举主父偃、朱买臣、陈平、司马相如等人物，得出“何世无奇才，遗之在草泽”的慨叹。白居易《官舍小亭闲望》：“亭上独吟罢，眼前无事时。数峰太白雪，一卷陶潜诗。人心各自是，我是良在兹。”“一卷陶潜诗”就是作者与历史上的人物在诗歌领域的对话，而“数峰太白雪”则是诗人与自然进行的对话。

第五，“物”多指外在的自然景物。阮籍《咏怀》其十八：“瞻仰景山松，可以慰吾情。”松，成了人的精神的象征，故在瞻仰景山松的过程中，自我品质得到了进一步确认。李白《独坐敬亭山》：“相看两不厌，惟有敬亭山。”诗人写人和自然的对话并获得交流和满足。白居易《山中独吟》：“人各有一癖，我癖在章句。万缘皆已消，此病独未去。每逢美风景，或对好亲故。高声咏一篇，恍若与神遇。自为江上客，半在山中住。有时新诗成，独上东岩路。身倚白石崖，手攀青桂树。狂吟惊林壑，猿鸟皆窥觑。恐为世所嗤，故就无人处。”诗中详细描写了山中独吟，与自然融为一体的过程。这一自然的物象也包含禽鸟，这是诗学传统，屈原认为禽鸟是和人共存的，人可以指使鸟去行动，《离骚》云：“吾令鸩为媒兮，鸩告余以不好，雄鸠之鸣逝兮，余犹恶其佻巧。心犹豫而狐疑兮，欲自适而不可，凤皇既受诒兮，恐高辛之先我。”该诗有寓言的性质，富有象征意味。阮籍《咏怀》其七十九：“林中有奇鸟，自言是凤凰。清朝饮醴泉，日夕栖山冈。高鸣彻九州，延颈望八荒。适逢商风起，羽翼自摧藏。一去昆仑西，何时复回翔？但恨处非位，怆恨使心伤。”这里看似完全写鸟，实质上是写人与鸟之间的对话，只是缺省了“人”，而人正是诗歌的作者。

第六，现实社会包括潜在的现实人物、假想的敌对之人或物。由于作者的人生哲学和生存方式的支配，他不必面对真实的敌对之人物，而是在独白中完成对对方的批判，阮籍《咏怀》其六十七：“洪生资制度，被服正有常。尊卑设次序，事物齐纪纲。容饰整颜色，磬折执圭璋。堂上置玄酒，室中盛稻粱。外厉贞素谈，户内灭芬芳。放口从衷出，复说道义方。

委曲周旋仪，姿态愁我肠。”诗中借对儒生的虚伪的刻画来批判名教。左思《咏史八首》其二：“郁郁涧底松，离离山上苗。以彼径寸茎，荫此百尺条。世胄蹑高位，英俊沉下僚。地势使之然，由来非一朝。金张藉旧业，七叶珥汉貂。冯公岂不伟，白首不见招。”这里显然是在批判不合理的门阀制度。

（四）朦胧暧昧的意象组合

独白诗的写作多在两种状态中完成：一是对往昔的追忆，故易有因时空间隔而造成的模糊印象。我们注意到阮籍《咏怀》中出现的显示时间消逝的记录，这不是作者故做姿态，“平生少年时”“昔闻东陵瓜”“昔年十四五”“昔余游大梁”“壮年以时逝”“少年学击刺”“咄嗟行至老”，无一不是说明作者在创作《咏怀》时，应处于人生的后半期，作者的迁逝感加重，这在“一日复一夕，一夕复一朝”“一日复一朝，一昏复一晨”的咏叹中也得到暗示。李商隐《锦瑟》就是写追忆中的感觉和情绪，“锦瑟无端五十弦，一弦一柱思华年。庄生晓梦迷蝴蝶，望帝春心托杜鹃。沧海月明珠有泪，蓝田日暖玉生烟。此情可待成追忆，只是当时已惘然”。该诗借锦瑟起兴，表达对流逝的岁月的思念，中间两联都是写追忆中的“惘然”，以四组意象叠合：梦迷蝴蝶、心托杜鹃、沧海珠泪、蓝田玉烟。而这些意象往往是朦胧暧昧的，其义在可解与不可解之间。二是写内心的感觉，并以形象出之，故多想象和联想。阮籍《咏怀》中“孤鸿号外野，翔鸟鸣北林”“绿水扬洪波，旷野莽茫茫。走兽交横驰，飞鸟相随翔”，这样的意象是用来写景的，更是用来象征时局的。张协《杂诗十首》其四“朝霞迎白日”，其中“轻风摧劲草，凝霜竦高木。密叶日夜疏，丛林森如束”写秋冬景象，一般被解释为表示时光流逝，但从结句“岁暮怀百忧，将从季主卜”来看，“轻风”“劲草”“凝霜”“高木”“密叶”“夜疏”“丛林”等意象配合“摧”“竦”“疏”“束”等动词，具有了很浓的象征意味。

张九龄《杂诗五首》其一：“孤桐亦胡为？百尺傍无枝。疏阴不自覆，修干欲何施？高冈地复迥，弱植风屡吹。凡鸟已相噪，凤凰安得知？”用孤桐和凤凰象征自我，以比兴描述自己的处境。《诗经·大雅·卷阿》：“凤凰鸣矣，于彼高冈；梧桐生矣，于彼朝阳。”张九龄独白诗多承《离骚》以来的比兴传统，其意象多为香草美人，如“兰叶”“桂华”

“美人”“翠鸟”“丹橘”“凤凰”“游女”，而“美人”的意象，在《感遇》中就出现了三次，“草木有本心，何求美人折”“美人何处所，孤客空悠悠”“美人适异方，庭树含幽色”。

李商隐诗独白甚多，不仅有《无题》。李商隐在唐代诗人中是最善独白的，他常处于自言自语的状态中，也最擅长把内心的情绪意象化。他常感叹与意中人仅能见面，不能交语，“扇裁月魄羞难掩，车走雷声语未通”（《无题·凤尾香罗薄几重》），“未容言语还分散，少得团圆足怨嗟”（《昨日》），只能无奈地自慰：“身无彩凤双飞翼，心有灵犀一点通。”（《无题·昨夜星晨昨夜风》）我们难以准确把握李商隐的诗的内容的象征意义，主要原因是他以独白的形式写诗，以朦胧的意象组合写出心灵的感受，他的独白诗不承载大众语境中的对话责任。

以上四点都是讲独白诗的含蓄的一面，但独白诗本质上是写给自己看的，并不受到流行话语的制约。独白诗既然是写给自己看的，就不需要承担让别人读懂的责任，无论怎么写，只要自己知道是在说什么就行了。虽然后来的阅读者深感旨意不明，读得云里雾里，但作者创作时却非常清楚。这是问题的一方面。而另一方面，独白是作者的私人行为，带有隐秘性，所以能尽情地抨击时弊和倾吐受压抑的悲愤。无论是哪一种情况，都不能违背诗的规定性，因为所有的情感都是以“诗”为载体的。李白《古风》其二十四：“大车扬飞尘，亭午暗阡陌。中贵多黄金，连云开甲宅。路逢斗鸡者，冠盖何辉赫。鼻息干虹蜺，行人皆怵惕。世无洗耳翁，谁知尧与跖?”李白《古风》其二十五：“世道日交丧，浇风散淳源。不采芳桂枝，反栖恶木根。”李白《古风》其三十六：“良宝终见弃，徒劳三献君。直木忌先伐，芳兰哀自焚。”李白《古风》其三十八：“孤兰生幽园，众草共芜没。”这些诗句都不只是字面的意思，李白是在用诗的形式批判现实。

四

在中国诗歌发展史和中国诗学史上，独白诗尚未引起当代研究者的充分关注，甚至对独白诗的研究还是一片空白。偶有文章触及独白，只是举例而已，零乱而无统绪，也会有种种误解。独白是贯穿中国诗歌史和诗学史中的重要概念，以此为视窗，可以完成一部中国独白诗史。这里对与

"独白"诗相关联的几个问题做进一步的阐述。

（一）"独白"与"非独白"的界阈

"独白"与"非独白"之间既有相对的独立性，在一定的条件下也可以转换。第一，空间转换。当诗人所处的环境中缺少知音，或者不利于其直接发表思想和抒发感情而苦闷孤独的情况下，只能采用独白的方式。但换一个场合，空间发生了改变，他也许就不必采取独白的方式而去寻求情感的交流和对话。《陈子昂别传》："建安谢绝之，乃署以军曹，子昂知不合，因箝默下列，但兼掌书记而已，因登蓟北楼，感昔乐生燕昭之事，赋诗数首，乃泫然流涕而歌曰：'前不见古人，后不见来者。念天地之悠悠，独怆然而涕下。'时人莫知之也。"[①] 陈子昂有《蓟丘览古赠卢居士藏用七首》，其诗序云："乃慨然仰叹，忆昔乐生、邹子，群贤之游盛矣。因登蓟丘，作七诗以志之，寄终南卢居士。"陈子昂登蓟丘览古而作诗，这首诗创作在蓟北时，无人与之交流对话，是独白诗，但一经寄赠，原本的独白诗就成了非独白诗，事实上已在与他人进行交流和对话。寄赠是实现对话的重要手段，刘禹锡《冬日晨兴寄乐天》云："独吟谁应和，须寄洛阳城。"第二，时序迁延。诗人创作时，只能以"独白"的形式出现，但随着时间的推延，在甲时间只能"独白"的在乙时间却可交流对话。这有两种情况：一是诗作的传播性质在作者生前就已改变，比如在一个相对的时间里，由于外部的压力或事态的不明朗，只能"独白"，但过了一段时间，外部的条件变化了，不明朗的事情明朗了，诗作可以交流或有条件地交流，"独白"诗就变成"非独白"诗了。特别是在偶然情况下，遇到知音，如李白读到崔成辅《泽畔吟》而感慨系之；或在临终之时将诗稿编辑的事情托付给朋友，"独白"诗就变成"非独白"诗了。二是作者去世后，"独白"诗才得到传播，可能大多数"独白"诗就是这样传播下来的。

（二）独白意义的确立及其解读

这也是研究独白诗时常常受到困扰的问题。独白诗有其现实意义，但

---

① ［唐］卢藏用：《陈子昂别传》，见《全唐文》卷238，上海古籍出版社1990年版，第1065页。

在大多数情况下，要结合作者所处的时代、个人遭际来确定，要进行一番探赜索隐的工作，有时难免会出现“作者未必然而读者未必不然”的推测。魏源《诗比兴笺》序云：“即其比兴一端，能使汉魏六朝初唐骚人墨客，勃郁幽芬于情文缭绕之间，古今诗境之奥阼，固有深微于可解不可解者乎？”独白诗的解读常常需要知人论世、以意逆志，因为其作意不能在诗题中得到揭示或暗示。李商隐以“无题”为题，或用诗首句的两个字为题，本身就在告诉读者，由于无必要或不方便，作者有意省去了可能起到提醒读者的作用的题目，诗产生于自我情绪的排遣。独白诗缺少写作的具体背景，其作意难明，黄节在《阮步兵咏怀诗注》自叙中云：“故余于其事不敢妄附，于其志则务欲求明，不如是，不足以感发人也。往往中夜勤求未得，则若有鬼神来告，豁然而通。余是以穷老益力，虽心脏积疾，不遑告劳者，为古人也，为今人也。夫古人往矣，以余之渺思上接千载，是恶能无失。”① 这可谓苦衷之言。

独白诗的研究应特别重视写作当下的状况，重视语境和传播两个环节。独白诗有如闺中少妇的自言自语，不管讲出如何生动感人、情思婉转的话语，与外界并没有关系。只有等到“此刻”以后，时间或长或短，诗公开发表了，有了一定的读者，独白诗才会发挥社会效应。这一意识历来为人们所忽视。有人认为这类诗用了比兴手法，以实现谲谏之义或做情感交流，这就是误解。因为独白诗不用于传播，只是自身行为的内省和自我情感的抒发。因此，独白诗最大的贡献在于使诗歌在情感描写上更为细腻、使心灵的体验更为深邃。

（三）独白诗的研究

从学术史来看，古人没有提出独白诗的范畴，也没有以独白命名的学术专著，但清人陈沆的《诗比兴笺》客观上是一本系统研究独白诗的著作。书中重点分析的作品可为两类：一类为乐府诗，一类为抒情组诗。《诗比兴笺》卷一中“汉鼓吹词铙歌十八首”至“乐府古辞七篇”多为集体创作，题名者也有真伪问题，如枚乘、李陵的五言诗，而卷一孔融至卷四李商隐都是个人的作品。《诗比兴笺》卷一中有孔融《杂诗》1 首、曹操《短歌行》1 首、曹植诗 3 首、繁钦《定情诗》1 首，卷二中有阮籍

① ［三国魏］阮籍：《阮步兵咏怀诗注》，黄节注，人民文学出版社 1984 年版，第 4 页。

《咏怀诗》38首、傅玄诗7首、潘岳诗2首、刘琨诗2首、郭璞《游仙诗》9首、陶渊明诗35首、鲍照《行路难》8首、江淹诗14首、庾信诗18首，卷三中有陈子昂诗43首、张九龄诗23首、王维诗3首、储光羲5首、王昌龄1首、高适诗1首、李白诗57首、杜甫诗43首、韦应物诗17首，卷四中有韩愈诗58首、李贺诗20首、李商隐诗1首。关于李商隐诗，陈沆说："义山五七言律，多以男女遇合寄托君臣，即《离骚》美人香草之意，此笺不及律诗，然举隅可以三反。"我们再看其所笺之诗的类型，绝大多数是独白的组诗，阮籍的《咏怀》82首，郭璞的《游仙》7首，陶渊明的《拟古》9首、《读山海经》12首、《读史述》12章，鲍照的《拟行路难》18首，江淹的《效古》15首、《清思》5首，庾信的《咏怀》18首，陈子昂的《感遇》38首，张九龄的《感遇》12首、《杂诗》5首，李白的《古风》59首、《拟古》12首，杜甫的《遣兴》5首，韦应物的《拟古》12首、《杂体》5首，韩愈的《琴操》10篇、《秋怀》11首、《杂诗》4首，以上皆为组诗。

陈沆所笺个别赠诗似与本文"独白"概念不符，如刘琨《重赠卢谌》，陶渊明《和郭主簿》，李白《梦游天姥吟留别》，杜甫《同诸公登慈恩寺塔》《寄韩谏议注》，韩愈《赠崔立之》《南山有高树行赠李宗闵》《河之水二章寄予侄老成》《陆浑山火和皇甫湜用其韵》等9首，陈沆认为这些诗有比兴寄托，即可以成为"诗比兴笺"的对象；如用本文"独白诗"的概念来衡量，则上述诸诗不在"独白诗"的范围之中，原因在于独白并不用于赠人、寄人，更不会同赋。

陈沆在笺注中能结合作者的生平际遇、社会的变化代谢来推求其作诗的用心，如解释阮籍《咏怀》，他认为其诗不能以颜延年"每有忧生之嗟"来概括，指出："阮公凭临广武，啸傲苏门，远迹曹爽，洁身懿师。其诗愤怀禅代，凭吊今古，盖仁人志士之发愤焉，岂直忧生之嗟而已哉！特寄托至深，立言有体，比兴于赋颂，奥诘达其渺思。"《诗比兴笺》将《咏怀》诗分为三类重新排列次序：悼宗国将亡、刺权奸以戒后世、述己志或忧时或自励。同是独白，亦有分别，"诗有必笺而后明者，嗣宗《咏怀》、子昂《感遇》是也。有必选之而始善者，太白《古风》是也"。比如李白之诗，人们总以为其风格飘逸，浅易有余而含蕴不足，但经过笺释，才理解其深义所在，"世诵李诗，惟取迈逸，才耀则情竭，气慓则志流，指事浅而易窥，摅肊径以伤尽，致使性情之比兴，尽掩于游仙之陈词。实末学之少别裁，非独武库之有利钝也”。而“西岳莲花山”和“郑客西入关”二首“皆遁世避乱之词，托之游仙也”。陈笺能从比兴入手，探求寓意。杜甫《佳人》过去被解释为有其人其事，非寓言寄托之语，陈沆指出：“夫放臣弃妇，自古同情。守志贞居，君子所托。兄弟谓同朝之人，官高谓勋戚之属，如玉喻新进之猖狂，山泉明出处之清浊，摘花不插，膏沐谁容？竹柏天真，衡门招隐。此非寄托，未之前闻。”陈沆将杜甫此诗解释为有寄托之语，至少是一家之言。

唐代诗歌中“独白”现象普遍存在。松浦友久在《李白——诗歌及其内在心象》中写的一篇《独吟——心声之歌》[①] 已提到古代诗歌中“独吟”的方式。但“独吟”这一概念不太准确，唐诗中出现过“独吟”，有时可能不是指写诗，而是吟诗，抑或指鸟的鸣叫，则吟诗既包括写诗，也包括吟诵他人的诗。笔者认为用“独白”更能体现这一创作形态的本质。松浦友久说：“赠给对方的诗、描写风景的诗、叙述事件的诗等等，都是分别通过特定的对象来吟咏自己的内心世界的；相反，独吟诗，一般都没有这种直接的对象。”用表现对象也难以区别“独白”与“非独白”，因为独白诗不受表现对象的限制，没有时空的局限。笔者认为只有从传播的角度结合创作当下的情形来界定，即“独白”与“非独白”的区别在于诗人当时写作的目的是“给别人看”还是“给自己看”。至于是“独白”而不是“给别人看”的原因是多方面的，大概最重要的一点是不宜“给别人看”。不过，松浦友久以“独吟”来分析李白诗，确实丰富了人们对李白诗歌的认识。

系统研究中国诗歌的独白现象，还有许多工作要做，比如对“独白”概念自身的探讨，力求对其的表述更为精当；对中国诗歌中的独白诗勾稽整理，使之完整地呈现在诗歌史中；对独白诗在艺术上的表现特点进行分析，使人们更准确地去领略独白诗的魅力。这样的研究是有意义的，我们期待独白诗研究的深入开展。

（原载《中国社会科学》2003 年第 3 期）

① 参见［日］松浦友久《李白——诗歌及其内在心象》，张守惠译，陕西人民出版社 1983 年版，第 186 页。

中国文学地理学中的微观与宏观

在一段时间内，由于承担国家社会科学基金课题“地域文化与唐代诗歌研究”和“强、弱势文化形态与唐诗创作关系研究”,[①] 笔者会比较多地去关注中国文学地理问题。本文主要对近十年的个人研究做一回顾、总结，并在研究方法上进行归纳和思考。

一、微观：个案研究

中国文学研究是重视文献资料考订的，形成了优良的学术传统。通常所说的文史结合的研究方法也是缘于研究对象本身的需要。“考据学不仅有着光荣的历史，也承载着推进现代学术的责任。”微观的研究、个案的关注并非琐碎饾饤。“现代考据学与传统考据学有一定差异。在旧学时代，由于经学占统治地位，考据学很容易产生皓首穷经、支零琐碎的弊端，而现代考据学有了学科意识，而且讲究用不同学科的知识、成果和方法去完善传统考据学。”[②] 有意义的个案考订分析在整体研究中具有重要价值。

（一）利用出土文献

《楚辞》是中国古代文学研究的重要对象，也是文学地理学长期关注的对象。宋黄伯思《东观馀论》云，《楚辞》“书楚语，作楚声，纪楚地，名楚物”，揭示了《楚辞》浓重的地理特征，它的地域性文学特征主要表现在音乐性的歌辞和方言吟诵的方式。阜阳汉简中有《楚辞》的两个残片，计 10 个字，提供了进一步认识古代歌辞演唱状态的信息。我们可以看到，今本《楚辞》中以“兮”记音表意的地方，阜阳《楚辞》简中作

---

① 国家社会科学基金“地域文化与唐代诗歌研究”（02BZW027）、“强、弱势文化形态与唐诗创作关系研究”（08BZW034）。

② 戴伟华：《重谈考据学》，载《粤海风》2013 年第 6 期。

“旖”（应为“猗”）。作品由口头传唱到书面记录，用“旖”作语气助词也是恰当的。记音语气助词书面记录的差异印证了屈原楚辞是“行吟”的艺术。

阜阳《楚辞》简中“旖”字的出现给我们的启示之一是这类语气助词是摹音的结果，通可记音，可以记为“兮”，也可记为“旖”。启示之二是同一文本中贯穿首尾的语气助词，如“兮”，阜阳《楚辞》简中的“旖”，不同摹音字的出现可能是由于摹音者通过听觉判断，并寻找与自己或自己生活区发音相近的字来表音；而同一文本中以不同的摹音助词来区分段落层次，应是为了区别不同的表演形态的结果。例如，《招魂》的语言可通过语气助词区分为两部分，即有语气助词的部分和没有语气助词的部分；而带有语气助词的部分又可分为用“兮”和用“些”的两类。

《招魂》的结构有三层，起首是序辞，中间是招辞，结束是乱辞。《招魂》中没有语气助词的部分就是旁白，是说而不唱的，其余为吟唱之辞。“兮”和“些”的功能是区别角色。从摹音的角度看，“兮”“些”在发音上近似，由于装扮者不同，发音有些差别，用文字记录时，通过不同的语气词来区分。而招辞中带“兮”的句子还是由序辞和乱辞的角色来吟唱，在招辞中显得特别而有所强调。没有语气助词的句子有如歌剧中的旁白，对答之间，说明人物之间的关系——朕、帝、巫阳，交待招魂缘由。这是不付入歌的内容。《招魂》的角色扮演同样说明它具有的仪式功能。

这一研究成果还有助人们对于戏剧起源于古歌舞剧的重新认识，①《招魂》就是《楚辞》中最有古歌舞剧特征的作品。因有这部作品的结构解读和角色分析，人们找到了古歌舞剧存在的有力证据和描述方式。在此基础上，有关《九歌》的歌舞剧的“悬解”才得到落实。可惜在《楚辞》中，这一种文本太少了，故《招魂》弥足珍贵。②

利用出土文献要有机遇，但关注出土文献新动态，应成为研究者的自觉行为。

---

① 参见张庚、郭汉城《中国戏曲通史》，中国戏剧出版社2006年版，第3页。其开篇首句即“中国戏曲的起源可以上溯到原始时代的歌舞”。

② 参见戴伟华《楚辞音乐性文体特征及其相关问题》，载《华南师范大学学报（社会科学版）》2014年第5期。

（二）利用传世文献

研究文学地理学，从材料角度看，历代舆地书最为重要。唐代以前，人们在地理学方面已经取得许多重要成果，而唐代地理学方面的成果更多，总志类有《括地志》《元和郡县图志》《古今郡国县道四夷述》《十道四蕃志》《十道图》《贞元十道录》，都城类有《东都记》《西京新记》，大都市类有《成都记》《邺都故事》《邺州新记》《太原事迹记》《渚宫故事》，州郡类有《戎州记》《襄沔记》《零陵录》《闽中记》，河道类有《吐蕃黄河录》，名山类有《嵩山志》《庐山杂记》《九嵕山志》，交通类有《皇华四达记》《诸道行程血脉图》《燕吴行役记》，物产类有《南方异物志》《岭南异物志》《岭表录异》，风土类有《桂林风土记》《北户杂录》《华阳风俗录》，边陲和域外类有《四夷朝贡录》《诸蕃记》《西域番国志》《中天竺国行记》《新罗国记》《渤海国记》《北荒君长录》《黠戛斯朝贡图传》《海南诸蕃行记》《云南记》《云南别录》《云南行记》《蛮书》《南诏录》。尽管以上著录之书所佚者多、所存者少，但从存佚的数量以及存书所载录的内容看，都反映了唐人地理知识的丰富和对地理学的关注。这一类古籍已受到充分关注，想要从这类书籍中挖掘出新的信息，非常困难。

如何从这样的传世文献中解读出隐藏的信息？这里以《离骚》中身份颇具争议的“女媭”形象为例做一剖析。最早给“女媭”做解的是王逸，其《楚辞章句》释“女媭之婵媛兮，申申其詈予”云：“女媭，屈原姊也。”① 王逸，东汉安帝时为校书郎，距屈原作《离骚》300 多年。王逸虽说得很肯定，但依据何在？不得而知。因此，后世对“女媭”的解释有了分歧，不足为怪。然而《水经注》有一则材料，重新细读，可给人以新的视角。

《水经注》卷三十四“又东过秭归县之南”注曰：“县故归乡。《地理志》曰：归子国也。乐纬曰：昔归典叶声律。宋忠曰：归即夔，归乡盖夔乡矣。古楚之嫡嗣有熊挚者，以废疾不立而居于夔，为楚附庸，后王命为夔子，《春秋·僖公二十六年》楚以其不祀灭之者也。袁山松曰：屈原有贤姊，闻原放逐，亦来归，喻令自宽全。乡人冀其见从，因名曰秭

① 游国恩：《离骚纂义》，中华书局 1980 年版，第 183 页。

归。即《离骚》所谓‘女媭婵媛以詈余’也。县城东北依山即坂，周回二里，高一丈五尺，南临大江，古老相传，谓之刘备城，盖备征吴所筑也。县东北数十里有屈原旧田宅，虽畦堰縻漫，犹保屈田之称也。县北一百六十里有屈原故宅，累石为室基，名其地曰乐平里。宅之东北六十里有女媭庙，捣衣石犹存。故《宜都记》曰秭归，盖楚子熊绎之始国而屈原之乡里也。原田宅于今具存。”熊会贞按：“《类聚》六、《御览》一百八十并引庾仲雍《荆州记》，秭归县有屈原宅、女须庙，捣衣石犹存，则此又本庾说也。”[①] 这一段文字为人熟知，但“宅之东北六十里有女媭庙，捣衣石犹存”之“捣衣石犹存”尚未为人所利用而阐释。

首先，这一段记载存在矛盾。据以上材料，秭归境内有屈原旧田宅、故宅，有女媭庙，无屈原庙。而据《水经注》卷三十八，屈原庙在汨罗境内，“汨水又西为屈潭，即汨罗渊也。屈原怀沙自沈于此，故渊潭以屈为名。昔贾谊、史迁皆尝迳此，弭楫江波，投吊于渊。渊北有屈原庙，庙前有碑”[②]。在秭归境内无屈原庙（祠）而有女媭庙，如依王逸之说，则于理难通。

其次，女媭庙与“捣衣”有关。《水经注》云：“宅之东北六十里有女媭庙，捣衣石犹存。”[③] 捣衣石这一重要遗存一定能表明女媭的身份。换言之，捣衣石应是表现女媭属性的标志物。但捣衣石是否为屈原姊属性的必然标志物？显然不是。按常识推理，捣衣石应和女子织布关系最为密切。在女子织布的过程中，其他工具难以保存，捣衣石因其材料坚硬而得以保存并流传下来。可以断言，女媭庙之女媭和织布相关，或者说女媭以织布名。

秭归之女媭庙、捣衣石的文化遗存应该是纪念婺女星的。女媭，即婺女。女媭为婺女说，在汉代文献中找不到直接材料来证明。而《水经注》又是南北朝时北魏郦道元所著，意味着上距战国甚为遥远，距东汉也有

---

① 《水经注疏》，［后魏］郦道元注，［清］杨守敬、熊会贞疏，段熙仲点校，陈桥驿复校，江苏古籍出版社 1989 年版，第 2835 ～ 2837 页。同卷载：“袁山松曰：父老传言，屈原流放，忽然暂归，乡人喜悦，因名曰归乡。”第 2840 页。

② 《水经注疏》，［后魏］郦道元注，［清］杨守敬、熊会贞疏，段熙仲点校，陈桥驿复校，江苏古籍出版社 1989 年版，第 3155 页。

③ 《水经注疏》，［后魏］郦道元注，［清］杨守敬、熊会贞疏，段熙仲点校，陈桥驿复校，江苏古籍出版社 1989 年版，第 2837 页。

400年左右的历史，材料的可信度显然会受到影响。但在没有汉代材料来证明时，南北朝文献的价值如何评判，又如何使用，值得注意。大体说来，史料应包含史实叙述、史实评判和历史遗迹载录等内容，而历史遗迹的载录最为可靠，尽管遗迹会有多次修补的可能。按照《水经注》的说法，东晋后期袁山松（一作袁崧）肯定了“女媭婵媛以詈余”与女媭庙的关联性，云“宅之东北六十里有女媭庙，捣衣石犹存”。明显看出和女媭庙相关的最初史迹载录与屈原之“女媭”无关，经过袁崧解释，“女媭”与“媭女庙”才有了联系。这一段史迹载录可以做如下剥离分析：①最初的史迹载录是屈原故里秭归有“女媭庙”，而屈原庙在汨罗境内。这一载录时间最晚在袁崧之前，而这一史迹的出现应更早，应当是出现在汉代。如果视女媭庙与《离骚》之“女媭”有关联，则秭归当先有屈原庙，其后才有立女媭庙的可能。假定女媭庙为媭女庙之误，则媭女庙当为纪念媭女星而立。把两说进行比较，“媭女庙”说优于“女媭庙”说，而媭女庙体现了当地人的媭女星崇拜观念。②经袁崧附会阶段。媭女庙被附会为女媭庙，这一错误解读一直延续到今天。但袁崧无意间保留了女媭庙“捣衣石犹存”的珍贵记载，成了今天探讨“女媭庙”（媭女庙）性质的唯一记载。[①]

（三）据可信材料做常识判断

文献不足征是研究者的最大困难。在材料处理方面，应具有严肃的灵活性，陈寅恪在《唐代政治史述论稿》中写有这样的一段话：“颇疑李唐先世本为赵郡李氏柏仁一支之子孙，或者虽不与赵郡李氏之居柏仁者同族，但以同姓一姓同居一地之故，遂因缘攀附，自托于赵郡之高门，衡以南北朝庶姓冒称士族之惯例，殊为可能之事。总而言之，据可信之材料，依常识之判断，李唐先世若非赵郡李氏之‘破落户’，即赵郡李氏之‘假冒牌’。”[②]“据可信之材料，依常识之判断”一句可简化为进行有据有理的判断，所谓依常识，就是合情合理。在当今的研究中，材料的有限使用大致做完，比如说甲就是丁；而材料的无限使用还有可拓展空间，比如说

① 参见戴伟华《〈离骚〉“女媭”为女星宿名的文化诠释》，载《中山大学学报（社会科学版）》2015年第1期。

② 陈寅恪：《唐代政治史述论稿》，上海古籍出版社1982年版，第11页。

甲、乙、丙三种材料并无联系，但经过分析可以看出甲、乙、丙三种材料同时指向丁，于此可能揭示一个尘封已久的事实，这一方法的使用难度较大。甲是丁为材料的发现，而甲、乙、丙指向丁是材料的有效开发。

《丹阳集》的编纂者殷璠留下来的材料很少，但他与储光羲关系容易钩稽。第一步，寻找可信材料。①殷璠，丹阳人，编有《丹阳集》《河岳英灵集》《荆杨挺秀集》三集。唐代丹阳，隶润州。润州，今为江苏镇江。《新唐书·艺文志四》："《包融诗》一卷，润州延陵人。历大理司直……融与储光羲皆延陵人；曲阿有余杭尉丁仙芝，缑氏主簿蔡隐丘，监察御史蔡希周，渭南尉蔡希寂，处士张彦雄、张潮，校书郎张晕，吏部常选周瑀，长洲尉谈戭；句容有忠王府仓曹参军殷遥，硖石主簿樊光，横阳主簿沈如筠；江宁有右拾遗孙处玄，处士徐延寿；丹徒有江都主簿马挺，武进尉申堂构，十八人皆有诗名。殷璠汇次其诗，为《丹杨集》者。"可知《丹阳集》（《丹杨集》）是润州籍诗人的选集。②储光羲与《丹阳集》所入选的诗人有交往，全貌无从得见，储光羲现存诗中有与丁仙芝等5人交往的诗。分别为赠丁仙芝之《贻丁主簿仙芝别》、送周瑀之《送周十一》、和殷遥相关之《新丰作贻殷四校书》《同王十三维哭殷遥》、赠余延寿之《贻余处士》、赠马挺之《秋庭贻马九》。③殷璠编《丹阳集》《河岳英灵集》《荆杨挺秀集》三集皆选入储光羲诗，而且润州籍诗人之《丹阳集》18人唯有储光羲1人入选《河岳英灵集》。

第二步，依常识去判断。①殷璠与储光羲是同乡，必相识。②在现存诗歌中，有储光羲写给5位入选《丹阳集》的同乡的诗。结合①②两点可知：殷璠—（同乡）—《丹阳集》—（同乡）—储光羲。殷璠和储光羲是同乡，从储光羲与5位入选《丹阳集》的同乡之关系可知，殷璠编《丹阳集》应得到储光羲的支持；而依常识判断，殷璠敬重储光羲，故出现在《丹阳集》的18人中也只有储光羲一人被选入《河岳英灵集》的结果。

可以说，由于同乡储光羲的支持，殷璠编《丹阳集》《河岳英灵集》等材料的可信度会受到影响，特别是《丹阳集》为地方诗人诗歌选集，在中国文学地理学研究中具有重要价值。《吟窗杂录》卷四十一录殷璠《丹阳集》序的残文："李都尉没后九百余载，其间词人不可胜数。建安末，气骨弥高。大（按，当作太）康中，体调尤峻。元嘉筋骨仍在，永明规矩已失，梁、陈、周、隋，厥道全丧。盖时迁推变，俗异风革，信乎人文化成天下。”[1] 虽是残文，于此亦可见《丹阳集》序的理念和缺陷。《丹阳集》的编纂注重在“时迁推变、俗异风革”[2] 中阐释文学的演变，注重在文学演变大势中审视地方文学现象，也就是说，《丹阳集》的编纂有宏观的视野。其缺点在《丹阳集》的编纂中已露端倪，即乡土情结太重，主观情绪太明，对一地方文学的评价偏高，事实上，入选《丹阳集》的诗人和诗作在当时文坛并不十分重要。也就是说，以《丹阳集》序的残文的宏观概述为起点评价《丹阳集》诗人和诗作未免有头重脚轻之弊。

（四）诗歌中地名解释应以诗体为基础

严耕望《杜工部和严武军城早秋诗笺证》认为杜甫《奉和严公军城早秋》表面看来甚易了解，[3]“秋风嫋嫋动高旌，玉帐分弓射虜营，已收滴博云间戍，欲夺蓬婆雪外城”。如依旧解，也大致可以读懂此诗，《杜诗详注》对第三、四句都做了解释，“滴博岭”解：“《困学纪闻》：的博岭在维州。《韦皋传》：出西山灵关，破峨和通鹤定廉城，逾的博岭，遂围维州，搏鸡栖，攻下羊溪等三城，取剑山屯，焚之。”“蓬婆”解：“鹤曰：蓬婆乃吐蕃城名。《元和郡国志》：柘州城，四面险阻，易于固守，有安戎江、蓬婆水，在州南三十里。大雪山，一名蓬婆山，在柘县西北一百里。胡夏客曰：《唐书·吐蕃传》，开元二十六年，剑南节度使王昱攻安戎城，于城左右筑两城以为攻拒之所，顿兵蓬婆岭下，运资粮守之。吐蕃来攻安成，官军大败，两城并陷，将士数万及军粮甲仗俱没。此云‘欲夺蓬婆雪外城’，望其为中夏雪耻也。”[4]（按，注文“安成”或误，当为“安戎”）严耕望认为若深问穷究，读懂古人的诗并不简单，就这一首诗而言，“然试问滴博、蓬婆何处？云间戍、雪外城何所指？严武何以要收滴博云间戍？已收此戍，何以欲进一步夺取蓬婆雪外城？杜翁歌颂严武何以特用此两句？乃至云雪是否只是普通名词，用以状城戍之高寒”？一连六问，层层深入，求为甚解。严耕望以为：“欲追究此一连串问题，

① 转引自［宋］陈应行《吟窗杂录》，中华书局1997年版，第1107页。

② 傅璇琮：《唐人选唐诗新编》，陕西人民教育出版社1996年版，第81页。

③ 参见严耕望《严耕望史学论文选集》（上册），中华书局2006年版，第272～280页。文末注云：“1994年初稿，刊《华冈学报》第八期《钱穆先生八十岁祝寿论文集》。1984年再稿，刊《唐代交通图考》第四卷（附篇四）。1988年6月增订。”

④ ［唐］杜甫：《杜诗详注》，［清］仇兆鳌注，中华书局1979年版，第1170页。

当从历史与地理背景做进一步了解，而历史背景又以地理背景为基础。”在这里，严耕望提出“历史背景又以地理背景为基础”的研究原则。

严文以杨谭《兵部奏剑南节度使破西山贼露布》与《通典》《旧唐书》《元和郡县图志》联系，经考证，结论如下：滴博岭、蓬婆岭乃唐代岷江以西地区通吐蕃之两道口。而滴博岭与维州相近，蓬婆岭与平戎城相近。维州与平戎城既为岷江以西地区、唐蕃间南北两军之要冲，则滴博岭、蓬婆岭为唐蕃间南北两军之要冲。严武为西川节度使，即在恢复松维等州，以牵制吐蕃，消解其对于长安西翼之压力，则其战略计划自当先取维州，然后次第北上取平戎城与松州。及其已收滴博、云间戍（维州地区），自然欲夺蓬婆、雪外城（平戎地区）。故杜诗云“已收滴博云间戍，欲夺蓬婆雪外城”。

明地理不仅可以准确理解诗歌中的事实，也可以进一步体悟诗歌的艺术表现手法。《杜诗详注》引黄生曰：“诗中用地名，必取其佳者，方能助色，如凤林、鱼海、乌蛮、白帝、鱼龙、鸟鼠是也。滴博、蓬婆，地名本粗硬，用云间、雪外字以调适之，读来便觉风秀，运用之妙如此。”严耕望从地理背景角度思考，认为黄生之说可进一步补充，以求得对此诗艺术的透彻解读。他认为：“按此论甚是，亦代表一般解释，以为‘云’‘雪’二字乃普通名词，以状城戍也。但细推之，此‘云’‘雪’实亦为两地名，借地名化为普通名词以状城戍耳。何者？先论‘蓬婆雪外城’。前引《旧唐书·吐蕃传》，开元二十六年，王昱‘率剑南兵募攻其安戎城。先于安戎城左右筑两城以为攻拒之所，顿兵于蓬婆岭下，运剑南道资粮以守之’。则蓬婆岭似无城，雪外城者正当指安戎城即平戎城而言。前引《元和志》，蓬婆山一名大雪山，则此句当解作蓬婆雪山外之平戎城，故此雪字非泛泛名词，而用地名转化为普通名词也。至于‘滴博云间戍’，前论维州西境定廉县，天宝间为云山郡，其后郡治西移，更名天保郡，而云山故地仍置云山守捉，维州西至云山一百三十里，滴博岭居其间，则岭去云山不为远，疑‘云间’亦借‘云山’地名转化为普通名词耳。《元和志》维州定廉县本戍名，‘云间戍’得非即指云山戍欤？用‘云间’‘雪外’以调适滴博、蓬婆，固觉风秀，而云、雪二字，又自地理专名转化而来，更见杜翁运用之妙矣。”严耕望的考证甚为细密，有助于诗歌的艺术鉴赏。

至于何以“云间”借“云山”地名转化为普通名词，尚可申说，“已收滴博云间戍，欲夺蓬婆雪外城”这一绝句的第三、四句完全对仗。如用原地名“云山”，则和“雪外”不对仗，它们只是平仄协调，但词性不对；而用“云间”和“雪外”相对，在平仄和对偶上完全符合格律。这应当是诗中用“云间”而不用“云山”的真正原因。严耕望认为了解诗歌的历史背景又以地理背景为基础，但还要补充一句，了解诗歌的历史背景和地理背景必须以诗歌体裁的形式为基础。

二、宏观：理论探讨

中国文学地理学理论应以实证研究为基础加以总结。理论又称为“学说”“学理”，在具体学科的应用中，又会有不同的尺度、参照标准。在中国文学研究领域，由于各自研究的学科领域不同，也会对理论有不同的理解，比如很容易把理论和文献对立起来，重文献者和重理论者各操其矛以攻对方之盾。理论和文献俱善者实为难得。还有，何者为理论也有不同理解。中国学术体系中，重视对事物的分类。分类是研究的开始，这意味着必须对相关文献资料和现有成果两方面做收集、分析、归纳，以求完成符合研究目标、延伸研究课题的学术分类。分类似乎是技术问题，但实际上是理论问题。分类应该是研究者由现象进入本质的认识。做好中国文学地理学研究的分类是一项重要工作。《地域文化与唐代诗歌》把对唐代文学研究中地域文化与文学成果的分类作为进行研究的新起点，现在看仍然有其合理性和前瞻性。①以本贯占籍为切入点的地域文化与文学的研究。②以隶属阶层为切入点的地域文化与文学的研究。③以南北划分为切入点的地域文化与文学研究。④以文人的移动路线（交通）为切入点的地域文化与文学的研究。⑤以诗人群和流派为切入点的地域文化与文学研究。⑥以文化景观为切入点的地域文化与文学研究。[①] 以上分类中，所涉及的成果只是举其要者，相关成果还有不少，如地方作家研究、地方文学现象与文化关联的研究、自在地域文化与诗歌研究的范围之内。

（一）静态与动态

在文学地理学研究中，人、地关系被视为基本要素。而通常人们比较

---

① 参见戴伟华《地域文化与唐代诗歌》，中华书局 2006 年版，第 20 ~ 22 页。

关注人、地关系的静态研究。《地域文化与唐诗研究》中首先对文人静态分布做了探讨。

第一，以陈尚君《唐诗人占籍考》为基础讨论这一分布状况与文学的关系。①诗人占籍可以帮助人们理解文化现象和内在规律，但要尊重实际，也要有相当的灵活性。②家族是一种文化和文学传递的形式，家族承担某种文化或文学的传播责任并发挥其作用，应该研究作家的家庭文化背景和家学渊源。③僧诗通俗化与僧人阶层的出身以及他们的文化修养相关，绝大多数诗僧出生在文化落后的地区，出生在贫寒之家，没有多高的文化知识，只是靠自己经验和冥思用韵语记录下对佛教思想的阐释和理解，他们始终在自己的宗教文化圈子里活动，他们发表诗作也是为了宣扬佛教，故诗作一般通俗易懂。

第二，以《唐五代文人籍贯分布表》数据库为基础，分析不同时段文人分布的状况，指出：中晚唐文化呈南移的趋势，但陕西和河南的作家绝对值仍大致上处于其他地区的前面，或者说陕西和河南是前列地区之一。同一区域中，作家分布往往呈现出一个或数个密集点，由这一个或数个密集点左右着这一区域的作家分布密度。即使是作家出现不多的区域，也有一个或几个作家分布的密集点。

第三，唐人的籍贯意识是很强的，但将籍贯和文学创作联系起来的观念却比较淡薄。《唐人选唐诗新编》中，《丹阳集》是唯一以籍贯为单位编选的一种唐选集，而《丹阳集》的编撰在地域文学角度的意义在于以籍贯为单位关注文学现象在此得到确认；其选诗标准和评诗导向暗示了区域作家的创作趋同；地方文人选集保留了地方性的小作家的作品。

第四，以籍贯为单位的文人集团称谓的出现有明显的地域色彩，“吴中四士”的含义在于有意识地将一个区域的作家并称，企图揭示他们的共同点。一组吴越之士因文词俊秀而名扬上京，隐含着北方文人势力的强盛而南方文人势力弱小这一事实，“吴越之士”的崛起只能视为贺朝等人代表南方文士活跃于京师，而不是说当时诗坛是以他们为代表的。①

静态研究只能解决人、地关系的部分问题，而动态的人、地关系才是最为重要的。所谓动态的人、地关系，是指诗人离开本籍而流入其他地区的运动状态。诗歌创作地点并不是由诗人占籍所决定的，而是随诗人的活

① 参见戴伟华《地域文化与唐代诗歌》，中华书局2006年版，第41～42页。

动来确定的。它在描述事物运行中的状态，相对于文人籍贯分布的描述，它是动态的描述。

《地域文化与唐代诗歌》以《唐诗创作地点考》数据库为基础，分析唐诗创作的空间分布。地点是以今之省区划分为单位，这和当代人所修之省区文学史一致；唐诗创作地点分布格局在时间上体现在唐诗创作地点表的分期上，《地域文化与唐代诗歌》将其分为九个时段，可以兼顾到一些过渡期的创作，将原本一段的创作细分为更多层次，以求对事物属性的认识更为深刻。

诗歌创作地点的变化，其特征是记录了文人空间移动形成的运动轨迹，即移入场和移出场的转换。文人活动地点的变换不仅会改变描述的对象，也会使其风格随之发生变化。京都为创作最集中的地点，这是诗歌创作地点呈现的普遍性原则。全国的政治中心应该成为诗歌发展最繁盛的地区，陕西、河南占绝对优势，在国力上升时期尤其如此。初盛唐时期，大量的宫廷应制诗以绝对优势称霸诗坛，而且诗坛领袖也在创作这些宫廷应制诗的诗人中间产生。其基本形式分别为以文馆为中心的创作、以帝王为中心的创作和以朝臣为中心的创作。中晚唐时期，虽然二京所在之地诗歌创作数量的绝对值还是高于地方，但地方诗歌的快速增长也是事实，其增速已高于二京所在的陕西和河南。

地方诗歌数量的增长有其特殊性。某一时段创作多的地区取决于一个或几个作家的创作，个人创作数量的增长决定了诗人活动区创作数量的增长。造成文人的流向的原因：一为国家政治的威力产生的影响，如文人贬谪带来地方诗歌创作数量的激增。二为制度的影响。由于唐代的方镇制度，盛唐时期的岑参进入今天的新疆地区，诗歌一度出现创作高潮；中晚唐时期，全国各地方镇幕僚在不同的区域进行创作，促进了各区域诗歌数量的增长。三为时势的影响。安史之乱后，文人流亡南方，大历年间，浙东文士唱和和浙西文士唱和与此有关。

诗歌编集多缘于创作地点，这和唐人诗歌传播方式相关，常常是为一具体事情而在同一地点创作诗歌的编集。文人一起饮宴赋诗是唐代文人生活的一大景观，赋诗成集，其中一人作序，这样的宴集序文告诉我们，唐人有大量以创作地点结集的诗集，研究唐诗创作地点的分布格局应该关注这一现象。[①]

《地域文化与唐代诗歌》按唐诗创作地点的分析，将唐代分为九个时段，但很多工作并未能深入展开。唐诗创作地点分布格局，在时间上体现在唐诗创作地点表的分期上。《地域文化与唐代诗歌》将唐代分为九个时段，即初唐，第一部分，《全唐诗》卷三十至卷一一六；盛唐，第二部分，《全唐诗》卷一一七至卷二一五；盛中唐过渡，第三部分，《全唐诗》卷二一六至卷二九六；中唐，第四部分，《全唐诗》卷二九七至卷三八九；第五部分，《全唐诗》卷三九〇至卷四九二；晚唐，第六部分，《全唐诗》卷四九三至卷五五六；第七部分，《全唐诗》卷五五七至卷六三七；第八部分，《全唐诗》卷六三八至卷七五〇（部分五代诗作）；五代；第九部分，《全唐诗》卷七五一至卷七八二。

时段的划分颇费思考，可以按传统的方法划分为五个时段，即初、盛、中、晚唐和五代，这样划分比较接近大家对唐诗发展认识的习惯。这里想做另一种努力，即将五时段改为九时段，一来可以兼顾一些过渡期的创作，二来可以将原本一段的创作细分为更多层次，如中唐有前、后之分，晚唐有前、中、后之分。我们认为对具体文学现象进行研究，层次越是丰富，对事物的属性认识就越深刻。比如，五、六时段，其中陕西438首、六时段398首。这两个阶段，前后落差比较大，而浙江走势较平稳。五时段浙江有李绅、张又新、元稹、白居易，其中元稹的越州作品、白居易的杭州作品比重较大，四川有元稹通州诗、白居易忠州诗，江西有白居易江州诗，数量很大，徐凝也有一定数量的江州诗。江苏有鲍溶、李德裕、白居易、李绅等，湖南有元稹，湖北有元稹、白居易，元稹江陵诗数量较大。河南白居易诗数量蔚为大观。六时段浙江有张祜、赵嘏、施肩吾、杜牧、许浑、姚合，四川有李商隐、薛逢、章孝标，山西有李商隐、张祜，江西有张祜、章孝标，江苏有许浑、张祜、赵嘏、杜牧，湖北有李商隐、杜牧，安徽有赵嘏、杜牧、许浑、张祜，其中杜牧、许浑的创作数量集中。广西的增加是由于李商隐的进入。河南洛阳集中了一批诗人。[②]

这里提到几个问题，一是数量的绝对性与相对性，二是数量的升降，三是数量变化背后的原因。更为重要的是，通过图表显示两个有价值的数

① 参见戴伟华《地域文化与唐代诗歌》，中华书局2006年版，第64～65页。

② 参见戴伟华《地域文化与唐代诗歌》，中华书局2006年版，第51页。

据：第一，陕西、河南走低和文化中心向南移动是一致的，但绝对数仍然较高。第二，政治地位不是很高（有些人做过地方刺史）的作家流动性较大，带来了诗歌创作地点分布的丰富性，如李商隐、杜牧、张祜、赵嘏、许浑、章孝标。这些人基本上是活跃在晚唐的诗人，具有代表性。从单个诗人来看，他们大多数人都生活在地方；从群体来看，他们具有共同的特征，构成了诗歌创作地点的丰富性。

《地域文化与唐代诗歌》虽以实证研究为主要手段，多数地方仍然做宏观描述。实际上，在宏观描述中可以不断深化细部的研究，这样对宏观描述和理论探讨才有推进的作用。如在地域文化中去思考陈子昂在唐代的影响和接受的问题。从材料出发，也许可以得出一个结论，即在以李商隐、杜牧、许浑、温庭筠等为代表的晚唐诗人基本没有提及陈子昂，这一结论大致正确。但若有更好的论证思路，使结论坐实而不空泛飘浮，从文学地理学角度去思考，应是最佳选择。

李商隐大中九年（855 年）前曾任东川节度判官，[①] 节度使治所在梓州，梓州是初唐诗人陈子昂的家乡。李商隐在梓州留下了不少诗作，如《夜雨寄北》："君问归期未有期，巴山夜雨涨秋池。何当共剪西窗烛，却话巴山夜雨时。"[②] 也有在诗题中出现"梓州"的作品，如《梓州罢吟寄同舍》："不拣花朝与雪朝，五年从事霍嫖姚。君缘接座交珠履，我为分行近翠翘。楚雨含情皆有托，漳滨卧病竟无憀。长吟远下燕台去，惟有衣香染未销。"[③] 李商隐并非在此短暂停留，而是在东川幕做幕僚。在这一特定的地理空间，李商隐理应有悼念陈子昂的诗，或与陈子昂相关的诗作，可是没有发现。当然，不排除李商隐有相关诗作却亡佚的可能，这一设想虽然比较睿智和缜密，但文学史研究通常面对的是既存文献，否则无法展开研究。

正好盛唐时诗人杜甫也在梓州生活过一段时间，可以做比较。有共同生活空间的比较更具价值，结论更为可靠。

杜甫曾至东川梓州，作诗多首，其有《九日登梓州城》，《杜诗详注》

---

① 参见戴伟华《唐方镇文职僚佐考》（修订本），广西师范大学出版社 2007 年版，第 393 页。

② 刘学锴、余恕诚：《李商隐诗歌集解》，中华书局 1998 年版，第 1230 页。

③ 刘学锴、余恕诚：《李商隐诗歌集解》，中华书局 1998 年版，第 1309 页。

注："鹤注：宝应元年及广德元年，公皆在梓州。"[①] 他在绵州时，送李某赴任梓州刺史时自然想到陈子昂。其《送梓州李使君之任》诗题原注云："故陈拾遗，射洪人也。篇末有云。"《杜诗详注》注云："鹤注：李梓州赴任在宝应元年之夏，故诗云，'火云挥汗日，山驿醒心泉'。尔时公在绵州也。广德元年，有《陪李梓州泛江》《陪李梓州使君登惠义寺》诗，乃次年事。《唐书》：梓州梓潼郡，属剑南道。乾元后，蜀分东、西川，梓州恒为东川节度使治所。按，梓州，今四川潼川州是也，地在绵州之南。"[②]《送梓州李使君之任》："遇害陈公殒，于今蜀道怜。君行射洪县，为我一潸然。"杜甫以此表达了对陈子昂的景仰和哀悼之情。而到了梓州后，他瞻仰了陈子昂宅，作有《陈拾遗故宅》,《杜诗详注》注云："杨德周曰：陈拾遗故宅在射洪县东武山下，去县北里许。本集云：子昂四世祖陈方庆好道，隐于此。有唐朝道观址而真谛寺在其左。《碑目》云：陈拾遗故宅有赵彦昭、郭元振题壁。"《陈拾遗故宅》："拾遗平昔居，大屋尚修椽。悠扬荒山日，惨澹故园烟。位下曷足伤，所贵者圣贤。有才继骚雅，哲匠不比肩。公生扬马后，名与日月悬。同游英俊人，多秉辅佐权。彦昭超玉价，郭震起通泉。到今素壁滑，洒翰银钩连。盛事会一时，此堂岂千年？终古立忠义，感遇有遗篇。"[③] 诗人表达出对陈子昂人格、诗作的赞美。

梓州有陈子昂读书处，杜甫参观了其遗迹，作《冬到金华山观因得故拾遗陈公学堂遗迹》,《杜诗详注》注云："鹤曰：宝应元年秋，公自梓归成都迎家，再至梓州。十一月，往射洪，乃是时作。广德元年，虽亦在梓，而冬已往阆州矣。《舆地纪胜》：陈拾遗书堂在射洪县北金华山。大历中，东川节度使李叔明为立旌德碑于金华山读书堂，今在玉京观之后。地志：金华山，上拂云霄，下瞰涪江。有玉京观在本山上。东晋陈勋学道山中，白日仙去。梁天监中建观。《唐书》：陈子昂，字伯玉，梓州射洪人，常读书于金华山。"《冬到金华山观因得故拾遗陈公学堂遗迹》："陈公读书堂，石柱仄青苔。悲风为我起，激烈伤雄才。"[④] 这里称赞陈子昂

---

① ［唐］杜甫：《杜诗详注》，［清］仇兆鳌注，中华书局 1979 年版，第 933 页。
② ［唐］杜甫：《杜诗详注》，［清］仇兆鳌注，中华书局 1979 年版，第 916 页。
③ ［唐］杜甫：《杜诗详注》，［清］仇兆鳌注，中华书局 1979 年版，第 947 页。
④ ［唐］杜甫：《杜诗详注》，［清］仇兆鳌注，中华书局 1979 年版，第 946 页。

为“雄才”，并做深深哀悼。

如果提出晚唐人不关心陈子昂，这是一般的文学概念；如果以李商隐为例分析，就成了文学地理学的问题。也可以说，因为有了文学地理学的观念，才能发现别人没有注意到的这一问题。

（二）强、弱文化形态

在中国文学地理研究中，有一类题材和地理学关系密切，这就是边塞诗，其所指空间是确定的，即使外延在不断扩大，但总是以边地为核心的。

边塞诗作为文学史上的一个概念，有一个不断被归纳的过程。周勋初《当代治学方法的进步——以归纳法、假设法为重点所进行的探讨》中指出：“清代学者最常用的方法之一是形式逻辑中的归纳法。他们广泛搜集材料，进行排比，经过分析，然后归纳出结论。因为他们的态度比较客观，操作的程序比较科学，得出的结论也就比较可信。清代学术超过前人，是与研究工作中广泛运用归纳法分不开的。”①

很显然，边塞诗的概念是归纳而成的。最初，人们面对的是边塞诗的一个个单独的作品，如王维《使至塞上》、高适《燕歌行》、岑参《白雪歌送武判官归京》等作品；然后，人们发现这一类诗歌具有共同的特点，可归纳为一类，命名为边塞诗；接着，人们去找出所有这一类作品，根据诗人创作相关作品的数量和质量，给诗人定性，即所谓的边塞诗人，甚至会把这一批诗人及其作品归纳为边塞诗派。由此又生发出很多相关的研究课题，如边塞诗的起源、兴盛原因、范围的讨论，去讨论与边塞关联的战争性质。可以看出，归纳法使研究对象的性质呈现不断清晰，特别在理论方面，归纳法由于不断递进和提升而具有观念形成和确立的学术价值。

如果从空间或地域文化理论角度去考察，尝试用归纳法去做进一步研究，有无提升的空间呢？当对这一批有关边塞诗的资料进行重新梳理时，其性质又可以做进一步的归纳。

（1）边塞诗的作者常常是外来作家，而且是来自京城的作家，他们是京城的官僚。他们是以外来者的眼光审视环境的，从写作心理来看，他们更乐于展现跟以往经历和经验不同的部分，而省略相同的部分。

---

① 周勋初：《当代学术研究思辨》，南京大学出版社1993年版，第101～102页。

（2）文士的移入带来了某一时期的创作高峰。因其依赖外来文士的进入，表现为创作中孤峰独立的现象，它的前后基本上是空白地带。

（3）文士视觉反差给创作带来了新奇的格调。边地处于边远地带，有特殊的地理特点和风土习俗，故对外来文士而言有新鲜感。文士生活在这里，和原来已认同的文化存在进行比较，并写出其明显的差异性。移入场与移出场的文化差异构成了诗歌的奇特景观，成为某一时期最富个性而又最有特色的诗歌，这是一条规律。

（4）诗风的调适在这里是指诗人进入新的创作环境，由于受到外部事物的影响，逐渐调整原来的创作模式，适应新环境，从而形成另一种和自己原来诗风不同的诗歌创作特点和形态。诗风的维持是指新诗风由于环境的需要得到保持，并会持续到创作主体从这一生活场中移出。从个人诗风发展上看，这一类诗人的创作不仅摆脱了个人习惯的诗歌写作套路，也远离了文化中心，远离了中心所形成的公众写作模式，或在内容上，或在表现内容的方法上。在这类诗歌写作过程中，没有干扰源，相对一个时期能保持独特的创作风格。①

这样，便找到一个理论概念——强、弱势文化来考察边塞诗的写作过程及其价值，将原来用题材概念概括的边塞诗提升到文化层面来考察，让我们看到更多以前没有发现的问题。原来以文学作品题材归纳的边塞诗，现在被放置在文化层面来研究，这也许就是我们期待的文化诗学方法的具体实践。同样，贬谪诗也是如此。贬谪诗和文学地理学关系密切，贬谪有特定的地域指向，如唐代的岭南地区就是士人贬谪之地。如果用强、弱势文化重新研究贬谪诗，事实上也关系到士人空间位移——从京城移入边远落后地区。从物理空间看，士人是由强势区移入弱势区；从文化素质看，士人以强势的文化素质进入落后的文化弱势区；从士人身份看，由强势的京城官僚变为惩罚的对象。认识到这种强、弱关系的改变，必然会使研究深入一层，进而更好地去阐释贬谪士人的思想、行为及其创作。

在中国文学地理学研究中，微观与宏观并重，相辅相成。微观研究通常可以理解为文献的考辨、文本细读，而宏观研究则重视宏大叙事、理论探讨。所谓的微观与宏观的区分也是相对的，它是根据研究对象的单位而

① 参见戴伟华《地域文化与唐代诗歌》，中华书局2006年版，第191～192页。

确定的。例如，做中国文学理论史的探讨，某一朝代的文学思潮研究则是微观，作家研究更是微观了；做一个作家的研究，如李白研究是宏观，那去关注李白诗中的酒具就会是微观的研究。其实，做微观研究的人也是有宏观意识的，做宏观研究的人也会以微观为立论的基础。本文所谓的微观研究侧重个案分析，利用出土文献，充分挖掘传世文献的材料价值，并可以在材料可信的前提下做合乎情理的推断，在名物考订中必须以文体为基础。宏观理论探讨要在对立统一中求新求变；利用归纳法不断深化探究，以求得更包容的概念，提升理论思考层次，从本质上说明事物的性质。

（原载《华南师范大学学报》2016 年第 2 期）

论五言诗的起源

——从“诗言志”“诗缘情”的差异说起

“诗言志”和“诗缘情”是中国文学史和中国文论史上的重要命题，二者的内涵及其因时代不同而产生的内涵演变关系颇为学术界重视，有关“诗言志”之“志”和“诗缘情”之“情”的讨论极大地丰富了人们对诗歌本质的认识。但是，至今仍然有一个重要问题被悬置而未为人们充分注意并予以探讨，这就是“诗言志”“诗缘情”两个概念中的“诗”。其实，“诗言志”之“诗”与“诗缘情”之“诗”因提出的背景不同，其内涵是不同的。明确二“诗”所面临的不同的历史背景和不同的阐释对象，有助于深化传统诗学的研究。先秦诗论中，“诗言志”基本上是指导阅读诗歌的理论，包含阅读功能和阅读形式两大主要方面，并形成了赋“诗”以言“志”的传统；而魏晋诗论中，“诗赋欲丽”“诗缘情而绮靡”是指导诗歌创作的理论。因此，我们在讨论言志与言情之间“志”与“情”的分合和转换时，也应该将学术界对二者关系的内容差异分析转换为对二者体和用的分合和转换的阐释。

从文化发生学角度来思考诗学理论和诗歌形式时，一些问题是不便轻易绕开的：先秦两汉的诗学理论是围绕什么样的诗歌内涵展开的？先秦两汉的“诗言志”和魏晋的“诗缘情”如何由不同的价值指向和内涵规定而巧妙地合二为一，为新诗的发展铺平道路？由此，我们又会发问：中国成熟的诗歌的诞生在西周初年，但为何文人五言诗的成熟要到东汉末年？本文试图论述相关的两大事实：“诗言志”之“诗”非“诗缘情”之“诗”，五言诗形成迟缓的原因及其产生过程。

一、“诗言志”与《诗》

《尚书·尧典》的话可视为诗歌批评的经典之言，其云：“帝曰：夔！命汝典乐，教胄子。直而温，宽而栗，刚而无虐，简而无傲。诗言志，歌永言，声依永，律和声。八音克谐，无相夺伦，神人以和。夔曰：于！予击石拊石，百兽率舞。”其中“诗言志”被朱自清誉为中国诗论的“开山的纲领”（《诗言志辨序》）。历代文论选和中国文学批评史都以解释或阐述“诗言志”为开端。对于“诗言志”的解释，除对“志”的内涵有争议外，基本相同，“诗言志”“概括地说明了诗歌表现作家思想感情的特点”①。或者说：“可算是《诗经》篇章中作者旨趣理论概括，揭示了诗歌表达情志的作用。”② 其实，这样的解释并不全面，甚至有错误，长期影响着人们对诗学起点的理论认识。“诗言志，歌永言，声依永，律和声”四句要连在一起来理解，首先，这四句是“典乐教胄子”的内容，“诗言志”是教胄子的内容之一，是教诗的方法；其次，“诗言志”并非在“教胄子”时要求“胄子”创作诗歌来表达人的志意，而是指“胄子”通过阅读诗歌来言说自己的志意。因此“歌永言，声依永，律和声”是歌唱诗的方法，“歌”“声”“律”三者都是和歌唱诵读相关的概念，“歌永言”指唱吟诗歌时要延长字音，“声依永”指声音的高低要和字音的延长相配合，“律和声”指音乐的节奏要和声音的高低相和谐。“歌永言”和“诗言志”之“言”对应，是吟唱时腔调功能的体现；“声依永”和“歌永言”之“永”对应，是吟唱时声部功能的体现；“律和声”和“声依永”之“声”对应，是吟唱时音乐或字音腔调的节奏功能的体现。歌、声、律在诗歌的吟唱中各司其职，达到和谐，故能“八音克谐，无相夺伦”，在有音乐配合的诗的歌唱中，最终实现“神人以和”的目的。因此，“诗言志”不是诗歌作者在表现感情、表现志意，而是指阅读诗歌（即以诗“教胄子”）时所能实现的功能，“典乐教胄子”之一就是通过歌唱“诗”来表明自己的志意。李学勤先生认为“《舜典》本为《尧典》一部分，其写定时代学术界有种种意见，但‘诗言志’的观点在春秋晚期肯定已经存在，如《左传·襄公二十七年》载，晋卿赵文子（名武）就说过‘诗以言志’”③。“诗言志”的出现至迟应在“春秋”晚期，它是对“以诗言志”的总结，这和春秋战国时代“以诗见志”的风习相对应。朱自清《诗言志辨序》云：“‘诗言志’是开山纲领，接着是汉代提出的

---

① 郭绍虞、王文生：《中国历代文论选（一卷本）》，上海古籍出版社1979年版，第2页。

② 王运熙、顾易生：《中国文学批评通史——先秦两汉卷》，上海古籍出版社1996年版，第4页。

③ 李学勤：《〈战国楚竹书·孔子诗论〉与先秦诗学：谈〈诗论〉“诗亡隐志”章》，载《文艺研究》2002年第2期。

‘诗教’。汉代将‘六艺’的教化相提并论，称为‘六学’；而流行最广的是‘诗教’。这时候早已不歌唱诗，只诵读诗。‘诗教’是就读诗而论，作用显然也在政教。这时候‘诗言志’‘诗教’两个纲领都在告诉人如何理解诗，如何受用诗。”① 朱自清文中两次提到“这时候”，显然在时间上做了强调，“这时候”在朱自清的《诗言志辨序》中应指“汉代”。这里似乎隐含着另一层意思，“这时候”之前，“诗言志”存在着不是告诉人如何理解诗、如何受用诗的现象。从《诗》的发生来看，确实经历着“创作—采诗—用诗”的过程，《诗》的集体创作中仍保留着个体创作的痕迹，如《魏风》中《葛屦》：“维是褊心，是以为刺。”《园有桃》：“我歌且谣。不知我者，谓我士也骄。”《陟岵》：“陟彼岵兮，瞻望父兮。父曰：嗟！予子行役，夙夜无已。”《十亩之间》：“十亩之间兮，桑者闲闲兮，行与子还兮。”《硕鼠》：“硕鼠硕鼠，无食我黍！三岁贯女，莫我肯顾。逝将去女，适彼乐土。乐土乐土，爰得我所。”按诗中的陈述语气，这类诗最早还是个体的创作。春秋时代个人创作诗歌的例子不多见，《左传》隐公三年（公元前720年）卫人赋《硕人》；闵公二年（公元前660年）许穆夫人赋《载驰》，郑人赋《清人》；文公六年（公元前621年）秦国人赋《黄鸟》；另《左传》昭公十二年（公元前530年），子革对楚灵王云，昔穆公时，祭公谋父作《祈招》之诗以止王心。《国语·楚语》上左史倚相云，昔卫武公时作《懿戒》以自儆。细察之，以上六例还是有区别的，前四例称“赋”，后二例称“作”，据“召公谏弭谤”，献诗和赋诗有别，韦昭注：“赋公卿列士所献诗也。”那么，卫人等赋诗也当赋现成之诗，非自作诗歌。而祭公谋父等所作二例才是无可争议的创作诗歌。不过先秦诗论只是《诗》在搜集时和结集后对《诗》的论述。

《国语·周语上》载召公谏厉王之语：“是故，为川者决之使导，为民者宣之使言。故天子听政，使公卿至于列士献诗，瞽献曲，史献书，师箴，瞍赋，蒙诵，百工谏，庶人传语，近臣尽规，亲戚补察，瞽史教诲，耆艾修之：而后王斟酌焉。”其中“献诗”当为由公卿、大夫、士进献于王的采自民间的风谣之类的讽谏之诗。召公谏弭谤事当在公元前845年。“献诗”与“陈诗”具同样的功能，《礼记·王制》云：“天子五年一巡守，……命大师陈诗以观民风。”能观民风之诗当然是采自民间的诗歌，

① 朱自清：《朱自清说诗》，上海古籍出版社1998年版，第4页。

郑玄注：“陈诗，谓采其诗而观之。”《汉书·艺文志》云：“《书》曰：‘诗言志，歌咏言。’故哀乐之心感，而歌咏之声发。诵其言谓之诗，咏其声谓之歌。故古有采诗之官，王者所以观风俗、知得失、自考正也。”班固的解释值得重视，他的意思是：心有哀乐，感而歌咏，诵其言者实谓诵《诗》之言，咏其声者实指咏《诗》之声。这是指诵采诗之官所采之诗。

“献诗”成了西周的传统，这一传统一直延续到春秋中叶，即《诗》成集之时。《国语·晋语六》云：“于是乎使工诵谏于朝，在列者献诗使勿兜。”也是指采诗以献于朝。而“士”阶层自己创作诗歌献于天子虽时或有之，但并没有形成制度，更谈不上传统。这样的解释和《诗经》所显示的信息是相印证的。

因此，我们认为“诗言志”的提出在于“教胄子”如何通过诵读“诗”以言“志”，主要针对的是诗歌的阅读理解和运用，而不是诗歌的创作。“诗言志”是西周阅读诗歌的习惯，已成为传统，《左传》襄公二十七年（公元前546年）的记述就显示了这一传统的“赋诗言志”的功能。“诗以言志”是指赋诗以言志，朱自清说：“在赋诗的人，诗所以‘言志’；在听诗的人，诗所以‘观志’‘知志’。”接着朱自清又引了《左传》昭公十六年（公元前526年）“知志”一例，“郑六卿饯宣子于郊。宣子曰：‘二三君子请皆赋，起亦以知郑志’”①。“观志”“知志”正是赋诗言志所能达到的效果。

二、先秦的阅读诗论

先秦的诗论是针对阅读层面而评《诗》、论《诗》的，《诗》的实用功能和教化功能皆和阅读相关，或者是由阅读功能而派生出来的。《诗》的编集迟于采诗，有采诗则士人不必自己作诗，而少量的关于作诗的诗论在先秦还是停留在作诗的目的层面。从采诗到《诗》的编集，人们关注的是读《诗》和用《诗》，先秦诗论可以用阅读诗论来概括。

明了了“诗言志”之本初含义，接着可以讨论另一内容：先秦诗论中有关诗的论述多停留在阅读层面而非创作层面。先秦诗论集中体现在孔

① 朱自清：《朱自清说诗》，上海古籍出版社1998年版，第18页。

子的诗论和春秋战国时的赋诗言志两大方面。

孔子诗论中并没有创作论，只有阅读论，这一点非常明显，《诗经》自身所表现出的一点创作论的思想也被孔子的阅读诗论遮蔽了。孔子的阅读诗论大致有如下几点：

（1）学《诗》，即学习《诗》。学习《诗》是人的需要，“不学《诗》，无以言”（《论语·季氏》），“小子何莫学夫《诗》”（《论语·阳货》）。

（2）言《诗》，即讨论《诗》。这一要求较高，孔子认为可与之言诗的人不多，如《论语·学而》云：“子贡曰：‘贫而无谄，富而无骄，何如?’子曰：‘可也。未若贫而乐道，富而好礼者也。’子贡曰：‘《诗》云，如切如磋，如琢如磨，其斯之谓与?’子曰：‘赐也，始可与言《诗》已矣。告诸往而知来者也。’”

（3）论《诗》，即评价《诗》。孔子评价《诗》云：“《诗三百》，一言以蔽之，曰：思无邪。”（《论语·为政》）“《关雎》乐而不淫，哀而不伤。”（《论语·八佾》）孔子也评价诗的实用功能，“《诗》可以兴，可以观，可以群，可以怨。迩之事父，远之事君。多识于鸟兽草木之名”（《论语·阳货》）。读《诗》在于用《诗》，如不善于用《诗》，《诗》读得再多也无作为，《论语·子路》云：“子曰：诵《诗三百》，授之以政，不达；使于四方，不能专对；虽多，亦奚以为哉?”

孟子的诗论也是阅读《诗》的理论，《孟子·万章下》中讨论《诗》之《北山》《云汉》篇时，提出理解《诗》的原则：“故说《诗》者不以文害辞，不以辞害志。以意逆志，是为得之。”而“颂其诗，读其书，不知其人，可乎？是以论其世也，是尚友也”的理论也是指导阅读的。而《左传》襄公二十九年记载的吴公子札对《诗》的详细评述，可视为先秦《诗》的阅读理论的实践，吴公子札就《诗》的内容进行评述，体现的正是先秦诗歌的阅读功能。

可见先秦诗论中，“诗”绝大多数情况下是指《诗》，而有关“诗”的论述就是有关阅读《诗》的理论，而不是关于诗的写作的讨论。朱自清《诗言志辨》有《作诗言志》一节，他认为：“战国以来，个人自作而称为诗的，最早是《荀子·赋篇》中的《佹诗》，首云：天下不治，请陈佹诗。”“其次是秦始皇教博士做的《仙真人诗》，已佚。”[①] 朱自清在此讨论的重点是“言志”和“缘情”的关系，论述周详透彻，提供了认识诗歌发展的许多富有启发性的意见。但朱自清在论述诗体发生和发展时，并没有自觉意识到“诗”在汉魏之间的概念的重大演变。

三、汉代《诗》论和“歌诗”

汉代《诗》论主要指《诗经》之论和“歌诗”之论以及“古诗之流”的赋论。

汉代经学隆盛，其中诗歌理论的阐述已由先秦孔子诗论转变为经学家对《诗》的经学诠释。《毛诗序》“吸取了传诗经生的意见，阐说了诗歌的特征、内容、分类、表现方法和社会作用等，可以看作先秦儒家诗论的总结”[②]。应该注意的是，《毛诗序》中的“诗”都是指《诗经》之“诗”，而不是后世所泛指的文体之一的“诗”，故为《诗》论，而非“诗论”。《毛诗序》中论述了《诗》和“志”“情”的关系，“诗者，志之所之也，在心为志，发言为诗。情动于中而形于言”。“情发于声，声成文谓之音。”强调了《诗》的功能：“故正得失，动天地，感鬼神，莫近于诗。先王以是经夫妇，成孝敬，厚人伦，美教化，移风俗。”在汉代，《诗》的传统成了诗学的经典传统，采诗成为这一经典传统下获得诗的重要渠道，这一传统并不启发人们去创作诗歌，因为经典的制作并不需要大众的参与，所以凡与采诗行为有关的行为都被视为正统；而先秦的诗乐一体的传统在此又得到进一步确立，这就是汉乐府民歌兴盛的背景。

因此，汉代诗歌和先秦以来的诗乐一体的传统是对应的，一为仿《诗》之四言，一为仿《诗》之传统之歌诗。歌诗，《汉书》卷三十《艺文志第十》有“诗赋略”，“歌诗二十八家，三百一十四篇”。其“诗”皆称“歌诗”或称“声曲折”，王先谦《汉书补注》云：“声曲折，即歌声之谱。”这说明当时诗并不独立，是歌辞，不能离开音乐而存在。这也许就是班固在“诗赋略”中著录歌诗而在小序中只论赋不论诗的原因。歌诗在演唱特征上可以上溯《诗经》，因此能在观念上被人们接受。汉代

① 朱自清：《朱自清说诗》，上海古籍出版社 1998 年版，第 30 ～ 31 页。

② 郭绍虞、王文生：《中国历代文论选（一卷本）》，上海古籍出版社 1979 年版，第 67 页。

乐府仍沿袭古采诗之风，“自孝武立乐府而采歌谣，于是有代赵之讴、秦楚之风，皆感于哀乐，缘事而发，亦可以观风俗，知薄厚云”。汉乐府民歌在一定范围内可归入“歌诗”。

和诗歌相关的是赋。《汉书·艺文志》列“诗赋略”，将诗与赋并列，其中“诗”只是“歌诗”。《诗》为经典，只是阅读对象，而不是创作体式，文人于《诗》外另辟一体，以赋来表达志意，显示才情。晋挚虞《文章流别论》：“赋者，敷陈之称，古诗之流也。”挚虞是文体学家，他的补充很重要，所谓赋为古诗之流，本质上是从《诗》之“敷陈”化育而来的。赋攀附《诗》，认为赋和《诗》关系密切，赋是古诗之流，屈原“赋”与《诗》应该有一点关系，但本质上和《诗》并不同，从文化发生学角度看，《诗》和楚辞产生于不同的文化背景，具体地说，它是不同音乐文化的产物；从形式上看，楚辞的主体（《天问》除外，《天问》在形式上不直接受《诗》的影响，我们不能看到先秦时代的四言作品，就和《诗》攀亲认祖）和《诗》没有血亲关系。那么，后来说“赋者，古诗之流也”完全是一种表述策略，而不是真正从文体角度考虑的，王逸是研究楚辞的专家，其《楚辞章句序》云：“而屈原履忠被谮，忧悲愁思，独依诗人之义而作《离骚》，上以讽谏，下以自慰。”这只是说在功能上，楚辞“独依诗人之义”有“讽谏”的作用，而《离骚经序》云：“《离骚》之文，依诗取兴，引类譬喻。”故扬雄只是说在表现手法上，《离骚》“依诗取兴”。这些著述都不是说文体上有何相承之处，只是在努力寻找楚辞中与《诗》能挂上关系的因素，使楚辞取得相应的地位。

《诗经》而后，诗经过了承袭《诗》诗乐一体的“歌诗”的时代，“歌诗”的本质在于合乐，而无所谓三言、五言的形式，《汉书·艺文志》中“歌诗”的著录即证明了这一点。而“古诗之流”的赋客观上未具有抒情言志而又有体式优势的功能，文人五言诗以独立的姿态出现，这在诗歌发展史上具有了划时代的意义。不仅如此，五言诗的产生和发展也促进了诗学理论的进一步完善，使诗歌从侧重阅读理论向侧重创作理论转变。

四、“杂诗”与五言诗

在五言诗产生过中，不难看出，其初起状态只是“歌诗”的产品，如汉乐府民歌中的五言诗，早期文人五言诗大多与“歌诗”相关联。李延年作有《李延年歌》，据《汉书》卷九十七载，“延年性知音，善歌舞，武帝爱之。每为新声变曲，闻者莫不感动。延年侍上起舞，歌曰：‘北方有佳人，绝世而独立，一顾倾人城，再顾倾人国。宁不知倾城与倾国，佳人难再得！’”七言诗也是如此，世传汉武帝时的“柏梁诗”其实不能称为诗，据《东方朔别传》，“孝武元封三年，作柏梁台，诏群臣有能为七言者，乃得上坐”。所谓柏梁诗，实为柏梁七言句。而曹丕《燕歌行》只是乐府诗，句句押韵。

《诗品序》云五言诗发展的历史：“逮汉李陵，始著五言之目矣。古诗眇邈，人世难详，推其文体，固是炎汉之制，非衰周之倡也。自王扬枚马之徒，词赋竞爽，而吟咏靡闻。从李都尉迄班婕妤，将百年间，有妇人焉，一人而已。诗人之风，顿已缺丧。东京二百载中，惟有班固《咏史》，质木无文。降及建安，曹公父子笃好斯文。”对于李陵、班婕妤之作，世疑其伪，可存而不论。对于《咏史》，《文选》注作班固“歌诗”，班固佚诗“长安何纷纷，诏葬霍将军。刺绣被百领，县官给衣衾”句句押韵，也是“歌诗”形式。班固《咏史》被注作“歌诗”和《汉书·艺文志》“歌诗”名称正合，说明班固之作原是用于歌唱的。朱自清《诗言志辨》之四《作诗言志》云“东汉时五言诗也渐兴盛”时引班固《咏史》外，又引郦炎作二篇，[①] 而郦炎所作初无题名，后人题为《见志诗》，可见郦炎诗作当为“独白”诗，[②] 并没有立即传播。而秦嘉《留郡赠妇诗》五言三篇，却是以五言述伉俪情深，其妻徐淑有《答秦嘉诗》，徐淑诗之体式并没有用秦嘉诗之五言诗体式以相呼应，而是用句句带“兮”的歌诗体，实际为在句中加了“兮”的四言诗，这一组赠答诗形式的差异同样证明五言诗式还在尝试阶段。早期的文人五言诗创作是在人的私生活中进行的，这正说明五言诗式在当时的地位。蔡琰作《悲愤诗》，《后汉书》云其“感伤乱离，追怀悲愤，作诗二章，其辞曰”，云“二章”，又云“辞曰”，当为歌诗。

挚虞《文章流别论》云：“夫诗虽以情志为本，而以成声为节，然则雅音之韵，四言为正；其余虽备曲折之体，而非音之正也。”四言外还可等而论之，三言者，“汉郊庙歌多用之”；五言者，“于俳谐倡乐多用之”；

---

① 参见朱自清《朱自清说诗》，上海古籍出版社1998年版，第34页。

② 参见戴伟华《独白：中国诗歌的一种表现形态》，载《中国社会科学》2004年第3期。

六言者，“乐府亦用之”；七言者，“于俳谐倡乐多用之”；九言者，“不入歌谣之章，故世希为之”。挚虞的观点绝不是晋代才有的，他代表了汉代以来到晋代人们对诗体的总体看法。其中四言为正，因为四言诗是《诗经》的基本体式，文人作四言诗也是模仿经典。三言诗和六言诗虽不是正音，但因汉郊庙歌和乐府“多用之”或“亦用之”，不可视为杂诗，九言诗因不入歌谣而世人很少作，姑可不论，五言诗和七言诗则最为不正不雅，多用于“俳谐倡乐”，联系《汉书·扬雄传》，“劝而不止”的《大人赋》等赋，“又颇似俳优淳于髡、优孟之徒，非法度所存、贤人君子诗赋之正也”，“俳优”之体和“正”相对立，故用于“俳谐倡乐”的五言诗、七言诗皆可视为杂诗，但七言诗晚出，作者亦少，七言诗的地位同五言诗。傅玄《拟四愁诗序》云：“张平子作四愁诗，体小而俗，七言类也。”这都说明七言诗不为世人所重视。这里要补充说明的是，到了晋太康时期，五言诗的创作已有了一定规模，渐渐获得了文化大众的认同，而本不多的三言诗和很少作的七言诗仍未能为文化大众所接受，陆机《鞠歌行序》云：“三言、七言虽奇宝名器，不遇知己，终不见重。愿逢知己，以托意焉。”这就足以说明这一推断。五言作品不断出现，杂诗成了五言之专名，杂诗实谓五言诗的形式之“杂”，非谓五言诗的内容之“杂”。其实，五言诗是汉语中最适宜表达情感的句式，故后世四言之外，最先成熟的是五言诗，可谓五言兴而四言亡。那么，文士如何推动五言诗的发展呢？他们最先是在乐府诗中进行尝试，这一过程隐含了中国知识分子的智慧。他们借为公众所熟习的形式（名目）暗暗进行诗歌体式的改良，这种改良同时也是诗歌观念的改良。

在汉魏之间，文士在推动五言诗的创作上同时做了两方面工作：一是用五言诗抒发自己的情感，那是无名氏所为，以《古诗十九首》为代表，从《古诗十九首》的艺术造诣来看，它应该是文士的个体创作，但现在它却是以无名氏的面貌出现的，原因就在于当时的文士创作五言诗并不是受人尊重的行为，我们完全可以推测，当时的文士创作五言诗是在承受名誉上的威胁的压力下进行的，他们是在“名不正”的情况下做了艰难的努力。无名氏的五言诗出现在汉末动荡的社会看似偶然，实则是与社会动乱时人的名誉受到的威胁远比承平之世小得多相联系的。无名氏的努力显然没能脱离乐府诗的影响，《古诗十九首》中用语造意风格结撰多有逼近乐府处，但在写作过程中脱离乐曲、不用乐府名而独立成为文士抒情的五言诗式，在诗歌写作史上具有划时代的意义。尽管如此，无名氏文人创作的五言诗仍然有被后人视为“杂诗”的潜在可能，《古诗十九首》“行行重行行”，《玉台新咏》收录枚乘《杂诗九首》，至少是有所本的。无名氏创作的五言古诗远不止十九首，今见许多古诗当和《古诗十九首》为同一类型的创作。《文选》将《古诗十九首》归入“杂诗”，不过《文选》使用的“杂诗”概念已经和最初的“杂诗”概念有了不小的差别。结合传为汉代早期文人五言诗作者真伪不明的事实，可以说明五言诗的最初作品也是偶然之作，作者署名当在有无之间，故后世难得其真实面貌。汉末文人五言诗出于无名氏，正是五言作为“新诗”而不受时人重视的佐证。

五言诗以独立的姿态走上诗坛，意义非同寻常。如上所述，与此同时，文士还在做另一件有意义的工作，即用乐府旧题写时事，朱自清《诗言志辨》之四《作诗言志》云：“东汉时五言诗也渐兴盛……当时只有秦嘉《留郡赠妇诗》五言三篇，自述伉俪情好，与政教无甚关涉处。这该是‘缘情’的五言诗之始。五言诗出于乐府诗，这几篇——连那两篇四言——也都受了乐府诗的影响。乐府诗‘言志’的少，‘缘情’的多。辞赋跟乐府诗促进了‘缘情’的诗的进展。”[①] 文人作乐府诗，早一点的作品是辛延年的《羽林郎》，内容和乐府古题名大致相同，蔡邕《饮马长城窟行》(《文选》作古辞)，内容和乐府古题名已在离合之间，以乐府古题名写现实内容的是曹操父子和建安七子，时间在汉魏之间。乐府诗在本质上可以攀附《诗经》，主要体现在来源和功能上，它和《诗经》大致一样，“自孝武立乐府而采歌谣，于是有代赵之讴、秦楚之风，皆感于哀乐，缘事而发，亦可以观风俗，知薄厚云”。据挚虞《文章流别论》，四言诗之外，都非正音，但乐府诗地位仅次于《诗经》的四言诗，亦当在文人模仿之列，那么，文人何不借这一“合法的婚姻”生下带有变异性质的“爱子”：借乐府古题写时事，合法地去创作本来只列于“俳谐倡乐”之中的五言诗。

无名氏的创作和借乐府题名的创作可以说是一明一暗地在推动五言诗创作的产生和发展。因为与音乐脱离的文人五言诗最初是被归入非正音之列的，故被称为“杂诗”。杂诗之名存在之初只是五言诗的专名。

以杂诗为名的诗都是五言诗，几无例外。王粲《杂诗》：“日暮游西

---

① 朱自清：《朱自清说诗》，上海古籍出版社 1998 年版，第 34 ～ 35 页。

园，冀写忧思情。曲池扬素波，列树敷丹荣。上有特栖鸟，怀春向我鸣。褰衽欲从之，路险不得征。徘徊不能去，伫立望尔形。风飙扬尘起，白日忽已冥。回身入空房，托梦通精诚。人欲天不违，何惧不合并?”另有王粲《杂诗四首》之一“吉日简清时”、王粲《杂诗四首》之二“列车息众驾”、王粲《杂诗四首》之三“联翻飞鸾鸟”、王粲《杂诗四首》之四“鸷鸟化为鸠”这四首，据逯钦立注：“章本《古文苑》作《杂诗四首》。”对于刘桢有《杂诗》“职事相填委”一首，徐干有《室思》六章，逯钦立注：“《广文选》于前五章作《杂诗》五首，后一章作《室思》。”对于阮瑀有《无题》“临川多悲风”一首，逯钦立注：“《诗纪》作《杂诗》。”繁钦有《杂诗》“世俗有险易”一首。曹丕有《杂诗二首》，另有《代刘勋妻王氏杂诗》。曹植有《杂诗七首》，另有《代刘勋妻王氏杂诗》以及《杂诗》“悠悠远行客”“美玉生盘石”两首。值得注意的是两点：第一，曹丕有《代刘勋妻王氏杂诗》，可以证明“杂诗”为五言诗之专名；第二，应璩作有《百一诗》若干首，据逯钦立注，“然考各书多引应氏新诗，此新诗即百一诗也。而他书所引《杂诗》亦往往又名《新诗》，则《诗纪》所载《杂诗》实亦原出百一”。如《百一诗》其五“散骑常师友”一首，逯钦立注云：“《类聚》四十五、《诗纪》十七并作《杂诗》。又《书钞》五十八作《新诗》。”联系“杂曲”来自“新声”的说法，一组五言诗或曰“杂诗”，或曰“新诗”，至少隐含这样的意思：五言诗初被以杂诗视之，同时它又是诗歌中出现的新品种。后来的《文心雕龙》在论述诗歌创作时仍隐含这一观念，《文心雕龙·通变》云：“魏晋浅而绮，宋初讹而新。”《文心雕龙·定势》云：“自近代辞人，率好诡巧，原其为体，讹势所变，厌黩旧式，故穿凿取新。”“旧练之才，则执正以驭奇；新学之锐，则逐奇而失正。”刘勰之论主要是就五言诗而言的。因此在尝试新体创作时，文士们或标明其为“杂诗”，大多数情况下则不标明，一是时人皆知此新体为杂诗；二是文士努力使诗题成为内容的体现，立一因事因情而发的题目，实际上还是隐含了“杂诗”存在的形式。

五言诗由私下生活场转换到大众场，实属不易，这从最初的“杂诗”成为五言诗的专名可见。杂诗、非杂言诗、杂言诗之称约出现在魏晋间，傅玄有《杂言诗》:"雷隐隐感妾心，倾耳清听非车音。"[1] 如杂诗不专指五言诗，则在题中需要标明，如傅玄作四言，则题名《四言杂诗》,《四言杂诗》:"忽然长逝，火灭烟消。"这是唯一的例外，如此命名有两种可能，如《四言杂诗》为傅玄诗作原名，则说明傅玄之时已不明杂诗之本义，如题名为后人钞录诗作时所加，则说明后人不明杂诗在文学史上的相当长一段时间是五言诗之专名。傅玄集中只题名为《杂诗》者必为五言诗，看来是不能含糊的。缘杂诗之名，始当与"杂曲歌辞"有关，《乐府诗集》"杂曲歌辞"引《宋书·乐志》云:"所谓烦手淫声，争新怨衰，此又新声之弊也。杂曲者，历代有之，或心志之所存，或情思之所感，或宴游欢乐之所发，或忧愁愤怨之所兴，或叙离别悲伤之怀，或言征战行役之苦，或缘于佛老，或出自夷虏。兼收备载，故总谓之杂曲。""杂曲"来自"新声"，乐府之"杂曲"是对应其新声和内容，而诗之"杂诗"是五言之专名，五言也是新体，皆有杂而不雅之意。

汉代乐府诗中已有完整的五言体式的诗，如《江南》《鸡鸣》《相逢行》《陌上桑》等，这说明文人五言诗发育很迟，根本不在于汉语表达经验的积累过程，而在于人们对脱离乐府而独立存在的五言诗观念的认识。汉魏之间，人们观念渐渐变化，在创作脱离乐府音乐和乐府诗题本义的乐府诗的同时，并创作独立于乐府诗之外的五言诗，"杂诗"为五言之专名和五言创作而不称"杂诗"并存，而这正符合事物运动过程中性质将变未变时的状态。朱自清《诗言志辨》之四《作诗言志》说得好:"建安时五言诗的体制已经普遍，作者也多了；这时代才真有了诗人。但十九首还是出于乐府诗，建安诗人也是如此。到了正始时代，阮籍才摆脱了乐府诗的格调，用五言诗来歌咏自己。"[2]

五、诗"欲丽"和"绮靡"

文人五言诗成熟较晚，并不是技巧问题，而是观念问题。影响五言诗产生的原因是和两种理论相关联的，一是崇经尚古论，一是时移进化论。要使诗歌得到真正的发展，在魏晋之时就一定要推翻崇经尚古论，三曹七

① 《先秦汉魏晋南北朝诗》(上册)，逯钦立辑校，中华书局1983年版，第575页。
② 朱自清:《朱自清说诗》，上海古籍出版社1998年版，第35页。

子在创作上借古写今，“明修栈道，暗渡陈仓”。更重要的是在理论上由改良到倡导时移进化诗论，东汉王充《论衡·超奇》明确批评“俗好高古而称所闻”的现象，认为：“天禀元气，人受元精，岂为古今者差杀哉！优者为高，明者为上。”曹丕《典论·论文》中也批评“常人贵远贱近，向声背实”。晋葛洪《抱朴子·均世》云：“且夫《尚书》者，政事之集也，然未若近代之优文、诏、策、军书、奏、议之清富赡丽也。《毛诗》者，华彩之辞也，然不及《上林》《羽猎》《二京》《三都》之汪濊博富也。”提出“今诗与古诗，俱有义理，而盈于差美”。时移进化论的确立为五言诗的出现在理论上做了准备。

由于先秦诗歌侧重内容的诗歌理论，并没有推动诗歌形式的演进，而诗歌形式的探讨要到魏晋时期，其间汉代的诗论沿袭了先秦的理路，一是在提高诗的地位，尊诗为经，《诗》重在阅读功能的阐释；二是采诗制度；三是在诗外寻找艺术样式，促进赋体大兴，由于对赋体从形式上进行研究，不妨理解为文学开始脱离经学，文学企图构建自己的游戏规则。

魏晋时期文人诗歌仍然受先秦和两汉采诗传统的影响，和传统的抗争中，以旧的乐府形式写新的内容，当文人创作有信心能挣脱旧传统的束缚时，关于“诗”之为“诗”的形式论才正式被提出来，由此才促进了诗歌的繁荣和诗歌体式的发展。东汉末年文人五言诗的成熟不妨理解为文人为诗体改革所做的暗中尝试，故以无名氏的集体方式出现，到魏晋时才由地下转移到地上，才正大光明地亮出“诗赋欲丽”，这是将文人之诗提到与赋同等的地位。这一过程值得关注，由赋向《诗》之诗靠近，文人之诗又向赋靠近。

“诗赋欲丽”最为可贵的是在文体自觉的意识下提出来的，“夫文本同而末异，盖奏议宜雅，书论宜理，铭诔尚实，诗赋欲丽”。可见“诗”也是曹丕的论述对象，但他主张诗、赋并提，有意在提高诗的地位，赋在汉代攀上《诗经》，取得“赋者，古诗之流”的地位，而曹丕在这里诗、赋并称，又希望文人创作之“诗”也获得正宗地位。这一迹象在《典论·论文》也存在暗示，《典论·论文》在论建安七子中评论诸人之赋、章表书记，而独不及诗，“王粲长于辞赋，徐干时有齐气，然粲之匹也”。建安七子中有诗作，在私下的书信中，曹丕曾予以评述，其《与吴质书》云：“公干有逸气，但未遒耳，其五言诗之善者，妙绝时人。”《典论·论文》却不评诗作，而是将诗、赋并论，其话语策略在此。无论如何，曹丕《典论·论文》“本同而末异”一节在文体发展史上意义重大，“在曹丕以前，人们对文章的认识限于本而不及末，本末结合起来的看法在文学批评史上是曹丕首先提出的，它推进了后来的文体研究。从桓范的《世要论》、陆机的《文赋》、挚虞的《文章流别论》、李充的《翰林论》到刘勰的《文心雕龙》，这些著作里的文体论述正是《典论·论文》的进一步发展”①。其中提到的“诗赋欲丽”是在文体意义上就诗的属性所提的要求，这和以往的诗论相比，有了质的跨越。

“诗赋欲丽”者，“诗”主要指文人热心于创作的“新诗”：五言诗。以后出现的钟嵘《诗品》专论五言诗，与此进行了呼应。因此，只有五言诗创作达到一定规模才有诗体自觉的探讨，这样说是有依据的；而关于诗体理论的探讨又促进了五言诗的繁荣。曹丕《典论·论文》中论建安七子独不及诗，但其《与吴质书》云：“公干有逸气，但未遒耳，其五言诗之善者，妙绝时人。”他们似乎并不重视四言、乐府诗。

陆机《文赋》提出与曹丕的诗论相似的观点：“诗缘情而绮靡。”“绮靡”和“丽”都是指歌要写得美丽，美丽才能感动人心，陆机这里强调了实现“绮靡”的途径，即“绮靡”是通过“缘情”来达到的，这是陆机诗论中最为亮丽的地方。“诗缘情”是和“诗言志”对应的，如果说“诗言志”是阅读诗论，而“诗缘情”就是创作诗论；诗“绮靡”是和诗“欲丽”对应的，它又成了文体诗论。四言诗为诗之正体，和经有血缘关系，高贵而雅正，本不在讨论之列。正因为五言诗的大量创作，才有了五言诗的创作论；因为五言诗渐渐成为文人创作的主要诗体，才有了探求五言诗体自身规定性的文体论。从“诗言志”到“诗缘情”的意义在此，而关于“志”“情”分合的讨论反而显得不那么重要。

后来，诗论家不断抬高五言诗地位，实在是有感于四言为诗之正宗的传统偏见。他们一边表扬四言诗雅正，其实是将其束之高阁，本质上是推崇五言新体。《文心雕龙·明诗》专论五言诗，周振甫云：“对诗的形式的看法，他提出‘若夫四言正体，则雅润为本；五言流调，则清丽居宗。’这里虽没有贬低五言诗的意味，比起《诗品》的特别推重五言，说：‘夫四言文约广，取效风骚，便可多得，每苦文繁而意少，故世罕习焉。五言居文词之要，是众作之有滋味者也，故云会于流俗。’认为‘岂

① 郭绍虞、王文生：《中国历代文论选（一卷本）》，上海古籍出版社1979年版，第164页。

不以指事造形，穷情写物，最为详切者耶’。显得对诗体发展的认识不及钟嵘的明确。这也跟他受宗经的局限有关。”① 其实刘勰和钟嵘的思想是一致的，刘勰非但没有贬抑五言诗，还抬高了五言诗，他在为五言诗争地位，明确指出四言、五言各有所胜，即使如钟嵘也非常讲究表述的策略，他只是赞美五言诗是“众作之有滋味者也”，其“故云会于流俗”一语显然是多余的一句，却隐含了时人对五言诗的偏见。无论是刘勰还是钟嵘，他们为了给五言诗正名，都在努力搜寻五言诗出身的名份。

“诗品”一名当为各种诗体的评论，但《诗品》的内容只是评五言诗，确实名不符实，尽管《诗品序》做了一点提示：“夫四言文约意广，取效风骚，便可多得，每苦文繁而意少，故世罕习焉。五言居文词之要，是众作之有滋味者也，故云会于流俗。”我们一再强调钟嵘的话语策略，就是说钟嵘在推重五言诗时，也顾及时俗和传统，做了富有意味的表述。其实，钟嵘的观点和表述存在无法解决的矛盾，他就采用自说自话的方式，从“动天地，感鬼神，莫近于诗”之“诗”直接将五言诗衔接上来，先言“五言之滥觞”，再言“始著五言之目”，接着论述五言诗的生成和发展，从逻辑关系上来看，钟嵘之论漏洞显明，实欠严谨，而又难以弥合，《诗品》中的“诗”的内涵是狭义的，这也是时人观念的体现。《诗品》的出现至少隐含着这样的事实：五言诗已成为文人写作的主要诗歌样式，而人们意识中的诗的概念就是五言诗。无论如何，钟嵘《诗品》一出，完全能稳固五言诗的地位，并预示“有滋味”之五言诗将成为诗歌体式的主流。

六、小结

“诗言志”和“诗缘情”是中国古代文论中带有经典性的命题，关于它们之间关系的讨论，成为学术界关注的热点，在讨论中虽然见仁见智，观点间相互冲突，而讨论的过程无疑是有意义的：其一，“志”和“情”的本义得到了进一步的澄清；其二，诗歌创作中主观情感部分的审美特征描述得到了进一步深化；其三，相关的诗论范畴的研究也得到了进一步拓展。从理论角度看，“诗言志”之“诗”和“诗缘情”之“诗”的分野、

① ［南朝梁］刘勰：《文心雕龙注释》，周振甫注，人民文学出版社 1981 年版，第 62 ～ 63 页。

文论史上的“志”“情”的内涵之争可以使人不断明晰诗的本质和功能。这样的争论有先天性的缺陷，“志”和“情”在汉语中并不是两个绝对排斥的范畴，两个字皆从“心”，它不可能如客观和主观、精神和物质那样具有比较清晰的对应关系。《孔子诗论》云：“诗亡隐志，乐亡隐情，文亡隐意。”[①] 诗乐一体，这里已将“志”“情”并举。《孔子诗论》中第十简说《燕燕》、第十八简说《杕杜》都用了“情”字。因此讨论诗论中“情”“志”出现的阶段性意义以及“情”“志”内涵的同异，随着文献的出土更显得困难。而诗体上《诗》和诗之辨容易把握，诗体不明，谈何诗之用？从“诗言志”到“诗缘情”的意义在于：由前者主《诗》阅读之“诗”过渡到后者主创作之“诗”和文体之“诗”，其“志”到“情”变化的意义倒相对小一些。如果将“言志”“缘情”诗论中内容的探讨转换为诗论发生时的情境研究，即将“诗言志”置于阅读背景下，而将“诗缘情”置于创作背景下，以及将“欲丽”“绮靡”置于文体背景下来关注其性质；我们可以在多重视角中重新审视从“诗言志”到“诗缘情”原初意义，进一步发现其在运行过程中所展现的不断被阐释的性质呈现，有些文学史上具有相关性的问题也许能在此获得最贴近事物历史状态的解释。

本文主要有这样的思路：

其一，阅读诗论强调的是诗之“用”，创作诗论强调的是诗之“体”。“言志”的诗论在发育之初代表的是阅读《诗》的理论，故孔子只讲学诗、用诗和评诗。“缘情”的诗论在发育之初代表的是创作“诗”的理论，“欲丽”“绮靡”则先后相续由创作诗论进而表述为文体诗论。《诗》转换为“诗”，才有可能将阅读诗论转换为创作诗论，也才有可能引导人们关注文体诗论。

其二，《诗》、歌诗（赋）、诗的关系呈现的是中国诗歌演变的历史过程。汉代文士先论证楚骚汉赋与《诗》的关系，认定赋是古诗（《诗》）之流，楚辞是依《诗》讽谏之义，“赋”堂而皇之地和《诗》并称。而汉魏之间，人们想提高文人创作之诗的地位，将文人之诗和已得到地位确认的赋“攀亲家”，提出“诗赋欲丽”的口号，联系扬雄“诗人之赋丽以

① “隐”字从李学勤说。李学勤：《〈战国楚竹书·孔子诗论〉与先秦诗学：淡〈诗论〉“诗亡隐志”章》，载《文艺研究》2002年第2期。

则，辞人之赋丽以淫”的赋评，其中“丽”最先是赋的特征，而在“诗赋欲丽”中成了诗和赋的共同写作要求。

其三，五言诗的形成论是文学史上的重大命题，因为魏晋以后五言诗体成为占绝对优势的主流诗体。文人五言诗的成熟为何迟至东汉末年？过去的研究一般从诗句演进来探讨，《文心雕龙》《诗品》都是如此，这一模式一直延续到今天。[①] 本文则认为五言诗成熟晚不在于形式技能，而在于观念的落后。

其四，只有五言诗成熟以后并有相当规模的创作，才有创作诗论和文体诗论探讨的可能，魏晋人的创作诗论和文体诗论大都是针对五言诗的。先秦诗论只讨论诗的功能，易模糊不同文体之间的界线，而魏晋诗论讨论诗之为诗的本质属性，使诗的本质彰显于各种文体之中并区别于其他文体。曹丕《典论·论文》的诗论和陆机《文赋》中的诗论都是回归诗之体式的讨论，有先后相续的关系。诗“缘情”是过程，是手段，是方式，达到“绮靡”才是作诗的目的，在这一层面上，它和“欲丽”是对应的关系。

（原载《中国社会科学》2005 年第 6 期）

① 罗根泽《五言诗起源说评录》汇集晋挚虞而下至近人李步霄说十三种，以及罗氏自己的说法，都是从文字形式考察的思路来探讨五言诗的起源。参见罗根泽《罗根泽古典文学论文集》，上海古籍出版社 1985 年版，第 136 ～ 166 页。

论两汉的“歌诗”与“诗”

现在描述中国诗歌发展史，“诗”和“歌诗”并不需要细分，但在考察中国诗歌在某一历史时段的存在状态时，“诗”和“歌诗”的区分却是非常必要的。汉代诗歌的发展明确显示出从“歌诗”到“诗歌”的演进轨迹，而由此讨论文人五言诗的起源成了至关重要的途径。简言之，“歌诗”是一个艺术品种，它配合音乐或一定旋律、声腔歌唱，而“诗（诗歌）”是脱离音乐独立存在的文学样式。

本人的《论五言诗的起源——从“诗言志”“诗缘情”的差异说起》[①] 认为：“诗言志”是阅读理论的总结，核心为赋诗以言志，其“诗”指《诗经》；“诗缘情”是创作理论的总结，其“诗”指诗体之诗，“诗言志”和“诗缘情”中的“诗”的内涵并不相同。由此可以看到，文人五言诗的写作不会发生在诗歌阅读理论阶段，“诗缘情”的诗歌创作理论时代才有文人五言诗产生的可能。诗歌的发展经历了“《诗》—歌诗—诗”三个阶段，诗歌写作脱离音乐而独立存在，才有文人创作的五言诗，文人五言诗的写作只能发生在上述三阶段中的“诗”的阶段，而“诗缘情”理论的提出和五言诗体写作兴盛同步，并且是针对五言诗的。五言诗发育不是传统的字句演进的过程，而是文人观念的自我突破。五言诗初始阶段作者疑伪或佚名，五言诗以“杂诗”为名，都是五言诗不入正体的表现。

事实上，五言诗起源的关键时间在汉代，五言诗起源的本质在于文人对传统观念的突破，而这一过程可简单表述为：从“歌诗”到“诗歌”。以下对相关观点做一梳理并论证：第一，汉代人有作歌言志言情的传统；第二，西汉和东汉前期可称四言诗为“诗”，而不称五言诗为“诗”；第三，五言诗的起源与新声关联，并称五言为杂诗；第四，班固《咏史》为“歌诗”；第五，文人五言诗起源于东汉桓灵时期。

---

① 参见戴伟华《论五言诗的起源——从“诗言志”“诗缘情”的差异说起》，载《中国社会科学》2005 年第 6 期。

一、文人作歌的传统

汉代文士的文学才能表现在赋的创作上，另一方面又即兴作歌。二者互为补充，形成汉代文坛的一大特点。二者在风格上有较大差异，赋雅歌俗，赋是书面写作，歌是口头创作。

帝王和上层人物作歌风气较盛，《汉书》卷一下载："（高祖）发沛中儿得百二十人，教之歌，酒酣，上击筑，自歌曰：'大风起兮云飞扬，威加海内兮归故乡，安得猛士兮守四方！'"《汉书》卷三十一载："（项羽）乃悲歌慷慨，自为歌诗曰：'力拔山兮气盖世，时不利兮骓不逝，骓不逝兮可奈何，虞兮虞兮奈若何。'歌数曲，美人和之。"《汉书》卷九十七上载："戚夫人舂且歌曰：'子为王，母为虏，终日舂薄暮，常与死为伍，相离三千里，当谁使告女。'"其他如赵王刘友所歌"诸吕用事兮刘氏微"、城阳王刘章《耕田歌》、汉武帝刘彻《瓠子歌》《秋风辞》《天马歌》等；以及所载广陵王刘胥歌、乌孙公主细君歌等，[1] 因为有作歌本事记载，上述作品是"歌"，而不用称为"诗"。偶有例外，如《李夫人歌》，《汉书》卷九十七上载："（武帝）愈益相思悲感，为作诗曰：'是邪？非邪？立而望之，偏何姗姗其来迟？'令乐府诸音家弦歌之。"很明显，"是邪？非邪？"是为歌唱而作，并付之弦歌。疑"为作诗曰"一语中的"诗"前缺一"歌"字。

文士和武士都有作歌的记载，文士作歌之例，《玉台新咏》载，司马相如鼓琴歌挑之："凤兮凤兮归故乡，遨游四海求其皇。"《史记》载，东方朔酒酣据地歌曰："陆沉于俗，避世金马门。宫殿中可以避世全身，何必深山之中、蒿庐之下？"

武士作歌之例，《汉书》载，李陵因起舞而歌："径万里兮度沙幕，为君将兮奋匈奴，路穷绝兮矢刃摧，士众灭兮名已隤，老母已死，虽欲报恩将安归！"马援有"滔滔五溪一何深"，据《古今注》，此为"援作歌和之"。

上引诸例，除东汉初马援之歌外，皆为西汉歌诗。东汉文人时有歌

---

① 参见《先秦汉魏晋南北朝诗》，逯钦立辑校，中华书局 1983 年版，第 87 ~ 103、105 ~ 117 页。

诗，如《后汉书》卷一一三载：“（梁鸿）因东出关，过京师，作五噫之歌：‘陟彼北芒兮噫，顾览帝京兮噫，宫室崔嵬兮噫，人之劬劳兮噫，辽辽未央兮噫。’……有顷又去适吴，将行作诗曰‘逝旧邦兮遐征，将遥集兮东南……’遂至吴……及鸿东游，思恢作诗曰：‘鸟嘤嘤兮友之期，念高子兮仆怀思，想念恢兮爰集兹。’”

文人偶有作赋而附歌的，将歌置于赋篇中间，如枚乘《七发》：“使师堂操畅，伯子牙为之歌，歌曰：‘麦秀蔪兮雉朝飞，向虚壑兮背槁槐，依绝区兮临回溪。’飞鸟闻之翕翼而不能去……”司马相如《美人赋》云：“抚弦而为幽兰之曲，女乃歌曰：‘独处室兮廓无依，思佳人兮情伤悲，彼君子兮来何迟，日既暮兮华色衰。’”（《太平御览》卷五七三）

在文人诗歌未盛行之前，汉代文人作赋以驰骋才华，作歌以抒发情感。歌辞随兴而作，内容日常生活化，异于书面语言文学，具口语特征，因是吟唱的需要。

二、诗之四言者称“诗”

东汉中叶以前，被称为诗者大致有三种情况，一是指《诗经》，二是指楚辞中以自己抒发情感的言辞为诗，三是指文人创作的四言诗。汉代歌诗和先秦以来的诗乐一体的传统是对应的，《诗经》而后，诗经过了承袭《诗经》诗乐一体的“歌诗”的时代，《汉书·艺文志》中“歌诗”的著录证明了这一点。四言诗被称为“诗”是因为它模仿《诗经》。

这一点在《汉书》中表述得很明晰。四言一般径称诗，比如《汉书》卷七三：“（韦）孟作诗风谏后，遂去位，徙家于邹，又作一篇。其谏诗曰：‘肃肃我祖，国自豕韦……’其在邹诗曰‘微微小子，既耇且陋……’”韦孟，汉初人。《汉书》云“或曰其子孙好事，述先人之志而作是诗也”，即或为其子孙所作，也是西汉时的诗歌。《汉书》卷七三《韦玄成传》：“叹曰‘吾何面目以奉祭祀。’作诗自劾责曰：‘赫矣我祖，侯于豕韦，赐命建伯，有殷以绥……威仪车服，惟肃是履。’……玄成复作诗，自著复玷缺之艱难，因以戒示子孙曰：‘于肃君子，既令厥德……无忝显祖，以蕃汉室。’”《后汉书》卷一一〇上：“（傅毅）永平中于平陵习章句，因作迪志诗曰：‘咨尔庶士，迨时斯勗。日月逾迈，岂云旋复……’”因有《诗经》四言形式的正宗地位，故文人可效仿而作诗，并称自己的作品为诗。

汉代也有可歌的四言诗，《汉书》卷四〇《张良传》："戚夫人泣涕，上曰：'为我楚舞，我为若楚歌。'歌曰：'鸿鹄高飞，一举千里。羽翼以就，横绝四海。横绝四海，又可奈何。虽有矰缴，尚安所施。'歌数阕，戚夫人歔欷流涕。"

在这里可以比较《史记》和《汉书》对项羽"垓下歌"的微小差异，印证西汉和东汉前期"诗"之所指明确而严格。《史记》云："乃悲歌忼慨，自为诗曰：'力拔山兮气盖世，时不利兮骓不逝，骓不逝兮可奈何，虞兮虞兮奈若何。'歌数阕，美人和之。"[①]《汉书》云："乃悲歌忼慨，自为歌诗曰：'力拔山兮气盖世，时不利兮骓不逝，骓不逝兮可奈何，虞兮虞兮奈若何。'歌数曲，美人和之。"[②] 班固改《史记》之"自为诗"成"自为歌诗"，显然是不同意司马迁称项羽所歌为"诗"的，可以进一步推测班固时代"诗"和"歌诗"分得很清楚，只是今天我们因时代遥远而混淆不清了。联系《汉书·艺文志》"诗赋略"中"诗"皆指"歌诗"，班固加一"歌"为"歌诗"非常重要（《汉书·艺文志》"诗赋略"按照其所著录内容当为"歌诗赋略"，此处应是省略的指称）。司马迁作"自为诗"可能是一个疏忽，《史记》卷八载"高祖击筑自为歌诗曰：'大风起兮云飞扬……'"就是正确的用例。乐府机关何时而设说法不一，但武帝时设有乐府并有了乐府歌诗是不容置疑的事实，有了"歌诗"，方有"诗""歌诗"之辨。上引《汉书》"李夫人歌"云"为作诗曰"，理应是班固一时疏忽，"诗"前缺一个"歌"字。

诗可泛称的时间因史料不详不能确定，班固生活的时期是不能混称的，班固以后可能就不太严格了，因为《后汉书》中也可称四言以外的作品为诗，如《后汉书》卷一一三载："（梁鸿）有顷又去适吴，将行作诗曰'逝旧邦兮遐征，将遥集兮东南……'遂至吴……及鸿东游，思恢作诗曰：'鸟嘤嘤兮友之期，念高子兮仆怀思，想念恢兮爰集兹。'"这里就把"逝旧邦兮遐征"和"鸟嘤嘤兮友之期"称为"诗"。但班固以后泛称诗是事实，还是《后汉书》作者不明而误书，值得进一步探讨。

我们说西汉和东汉前期称为诗的作品，除《诗经》《楚辞》及个别用

① 《项羽本纪》，见《史记》卷七，中华书局1982年版，第333页。
② 《陈胜项籍传》，见《汉书》卷三一，中华书局1983年版，第1817页。

例外，只能指四言诗，不会有多大问题。

三、新声与五言诗

本人的《论五言诗起源》分析过杂诗和五言诗的关系，最初杂诗一名就是专指五言诗的。应璩作有《百一诗》若干首，据逯钦立注："然考各书多引应氏新诗，此新诗即百一诗也。而他书所引《杂诗》，亦往往又名《新诗》，则《诗纪》所载《杂诗》实亦原出百一。"如"散骑常师友"一首，逯钦立注云："《类聚》四十五、《诗纪》十七并作《杂诗》。又《书钞》五十八作《新诗》。"联系"杂曲"来自"新声"的说法，一组五言诗或曰《杂诗》，或曰《新诗》，至少隐含这样的意思：五言诗初以杂诗视之，同时它又是诗歌中出现的新品种。缘杂诗之名，始当与"杂曲歌辞"有关，《乐府诗集》"杂曲歌辞"引《宋书·乐志》云："所谓烦手淫声，争新怨衰，此又新声之弊也。杂曲者，历代有之，或心志之所存，或情思之所感，或宴游欢乐之所发，或忧愁愤怨之所兴，或叙离别悲伤之怀，或言征战行役之苦，或缘于佛老，或出自夷虏。兼收备载，故总谓之杂曲。""杂曲"来自"新声"，乐府之"杂曲"是对应其新声和内容，而诗之"杂诗"是五言之专名，五言也是新体，皆有杂而不雅之意。

新声是指新的音乐曲调，它的出现带动了五言歌诗的产生。先看下列材料：

《史记·佞幸列传》载："李延年，中山人也。父母及身兄弟及女，皆故倡也。延年坐法腐，给事狗中。而平阳公主言延年女弟善舞，上见，心说之，及入永巷，而召贵延年。延年善歌，为变新声，而上方兴天地祠，欲造乐诗歌弦之。延年善承意，弦次初诗。其女弟亦幸，有子男。延年佩二千石印，号协声律。与上卧起，甚贵幸。"《汉书·佞幸传》："李延年，中山人，身及父母兄弟皆故倡也。延年坐法腐刑，给事狗监中。女弟得幸于上，号李夫人，列《外戚传》。延年善歌，为新变声。是时，上方兴天地祠，欲造乐，令司马相如等作诗颂。延年辄承意弦歌所造诗，为之新声曲。而李夫人产昌邑王，延年由是贵为协律都尉，佩二千石印绶，而与上卧起，其爱幸埒韩嫣。"《汉书·外戚传》："孝武李夫人，本以倡进。初，夫人兄延年性知音，善歌舞，武帝爱之。每为新声变曲，闻者莫不感动。延年侍上起舞，歌曰：‘北方有佳人，绝世而独立，一顾倾人城，再顾倾人国。宁不知倾城与倾国，佳人难再得！’上叹息曰：‘善！世岂有此人乎？’”

“延年善歌，为变新声。”“延年辄承意弦歌所造诗，为之新声曲。”“每为新声变曲，闻者莫不感动。”李延年所作新声变曲不详，但《汉书》保留了“北方有佳人”一歌，如去掉“宁不知”三字，这就成了一首五言歌诗。由此可以进一步认为，李延年之新声曲辞以五言诗为主，这一记载较早的五言歌诗也佐证了五言源于新声的观点。[①]

五言诗称为杂诗，也可称为“杂体诗”，[②] 王融《杂体报范通直诗》“和璧荆山下”为五言诗。著名的五言诗如江淹《杂体诗》，其序云：“然五言之兴，谅非夐古。但关西邺下，既已罕同；河外江南，颇为异法。故玄黄经纬之辨，金碧浮沉之殊，仆以为亦合其美，并善而已。今作三十首诗，教其文体。虽不足品藻渊流，庶亦无乖商榷云尔。”显然“杂体诗”是作为文体名存在的，江淹之意，“杂体”就是五言。《杂体诗》序中云“世之诸贤，各滞所迷，莫不论甘而忌辛，好丹而非素”；又云“贵远贱近，人之常情；重耳轻目，俗之恒蔽”，那也是为“杂体”诗的名份在做辩护。梁陈之际，杂体之专名五言或不为人所谙熟，使用也就脱离本意，如梁简文帝萧纲有《伤离新体诗》，一作《伤离杂体诗》，此诗以五言为主，偶杂七言，“杂体”始有杂言之意，这一样式被认为是“新体”，这一“新体”的概念已不是汉魏应璩时的“新诗”概念了。又如江淹《杂体诗》30 首，《文选》卷三十一置于“杂拟”类。其实拟诗不应作一类，其拟诗在体式上当和所效仿之诗式为同一类，并不能因为学习而改变体式性质。那么《文选》诗分 23 目，有“杂诗”一目，其中录有非五言诗，卷二十九杂诗上有张衡《四愁诗》其一“我所思兮在太山”，仿骚体，曹植《朔风诗》四言，嵇康《杂诗》“微风清扇”四言，卷三十杂诗下有张孟阳《拟四愁诗》其四“我所思兮在营州”，仿张衡《四愁诗》。五言诗外，其中以“杂诗”为题名的只有嵇康《四言诗十一首》其十一“微

---

① 惠帝时戚夫人《舂歌》始为三言两句，余三句皆为五言，虽无“新声”背景记载，也应是“新声”。

② 参见鄢化志《中国古代杂体诗通论》，北京大学出版社 2001 年版，第 17 页。其定义杂体诗为“传统正宗诗体之外，各种体裁因素驳杂、规范样式细屑繁多的诗体总称”，此与本文有异。

风清扇”一首，但据逯钦立注：“《文选》二十九作杂诗。本集一、《诗纪》十八，又《白帖》四作嵇康《灯诗》。”《四言诗十一首》其十一“微风清扇”四言诗应从本集等作《灯诗》。《文选》对诗的分类是有问题的，姑且不论，对杂诗的录入尤其无章法，李善注虽曲为之辩，“杂者，不拘流例，遇物即言，故云杂也”不足以概括所录“杂诗”的全部内容，故将原题名非“杂诗”的四、七言放入“杂诗”类尤为不妥。胡大雷《中古诗人抒情方式的演进》注意到“杂诗”名称，认为杂诗“咏怀”而异“言志”。[①] 其实“咏怀”与“言志”本不易分开，以抒情方式和内容来界定“杂诗”，也难以符合《文选》所录之诗的实际。《文选》博大，对“杂诗”的理解不若江淹专一而精确。

四、班固“咏史”为“歌诗”

文学史一般列“五言诗起源”一章（或以重点篇幅）讨论文人五言诗之始。通常表述为：“现存东汉文人最早的完整五言诗是班固的《咏史》……秦嘉的《赠妇诗》三首，是东汉文人五言抒情诗成熟的标志……从班固到秦嘉，经过一个世纪左右的发展，东汉文人五言诗的创作进入繁荣期。”[②]“一个世纪”在时间上未免有些夸大，应该只是在半个世纪以上。这里暂不讨论此段内容的准确性如何，但问题是班固的第一首五言诗到秦嘉第二首五言诗间隔有半个多世纪，这实在有违文学形式发展的规律。

事实上，班固所作是“歌诗”而非“诗歌”。

首先，班固时代无“诗歌”，只有“歌诗”。证据之一是，班固所撰《汉书·艺文志》“诗赋略”中之“诗”，从著录看单指“歌诗”。证据之二是，班固《汉书》记载项羽所歌，改《史记》之“诗”为“歌诗”。

其次，班固《咏史》一诗今见全诗最早载录定性为“歌诗”。《文选》王融《永明九年策秀才文五首》“歌鸡鸣于阙下，称仁汉牍”，李善注云：“班固歌诗曰：‘三王德弥薄，惟后用肉刑。……’”[③] 李善显庆三

---

① 参见胡大雷《中古诗人抒情方式的演进》，中华书局 2003 年版，第 36 ～ 39 页。

② 袁行霈：《中国文学史》（第一卷），高等教育出版社 1999 年版，第 267 ～ 270 页。

③ ［南朝梁］萧统：《文选》（中册），［唐］李善注，中华书局 1981 年版，第 508 ～ 509 页。

年（658年）九月上《文选注表》，载初元年（689年）以老病卒。班固“三王德弥薄”，因为是歌诗，初无题名，《文选》卷二十一“咏史”类，列王仲宣咏史诗1首、曹子建三良诗1首、左太冲咏史诗8首等，无班固《咏史》，也是明证。南朝人提到班固“咏史”大概只是对歌诗内容的界定，而非题名，如《南齐书·文学传》载陆厥与沈约书云：“孟坚精正，《咏史》无亏于东主。”班固《西都赋》有西都宾问于东都主人。《诗品》云：“东京二百载中，惟有班固咏史，质木无文。”又云“孟坚才流，而老于掌故。观其咏史，有感叹之词。”唐代未见有录班固全诗而题名《咏史》的，故张守节《史记正义》录班固全诗，并不冠以“咏史”之名，《史记》卷一百五《扁鹊仓公列传》：“少女缇萦伤父之言，乃随父西……上悲其意，此岁中亦除肉刑法。”正义云：“班固诗曰：‘三王德弥薄，惟后用肉刑。……’”[①] 开元二十四年（736年），张守节《史记正义》书成献上。

给班固诗题名为“咏史”的时代较晚，可能要晚到明代。明嘉靖十六年（1537年）刻本刘节撰《广文选》卷八“咏史”首录班固《咏史》1首，次录魏阮瑀《咏史》2首，等等。《广文选》刘节《序》撰写时间为“嘉靖十有六年秋八月望”。[②] 冯惟讷《古诗纪》著录时题下注引《诗品》语，曹学佺《石仓历代诗选》、张溥《汉魏六朝百三家集》皆作班固《咏史》。

班固的“三王德弥薄”是歌诗，文学史上常常列出的张衡《同声歌》无疑也是歌诗。

汉代的“歌”或“歌诗”在流传过程中，不断给原本无题的作品加一题名，如高祖歌“大风起兮云飞扬”，后人遂依首句题为《大风歌》，冯舒《诗纪匡谬》云：“此等虽无伤大义，然今人习而不察，遂谓古实有此题，临文引用，亦所不安。”由于古人无意，却给后人认识作品的原初面貌带来困难，班固歌诗也是一例。冯舒的话给了我们很多启发，引全文如下，他在“大风歌鸿鹄歌”下按语云：“《文选》云汉高帝歌一首，《汉艺文志》云高帝歌诗二篇，则此二篇但当云高帝歌二首，不得增《大风》《鸿鹄》之名也。《初学记》云汉歌曲有‘大风’，《文中子》云：

---

① ［汉］司马迁《史记》，中华书局1982年版，第2795页。

② 参见《四库全书存目丛书》集部第296册，齐鲁书社1997年版，第628页。

‘大风安不忘危。’并是以章首二字为义。如《论语》之学而为政，《诗》之‘关雎’‘葛覃’耳。又按《汉书》名大风为三侯之章，又曰作风起之诗，《琴操》又名‘大风起’，其曰‘大风歌’者，《艺文类聚》始也。《乐府诗集》因‘吾为若楚歌’之文，名《鸿鹄篇》为楚歌，其曰‘鸿鹄歌’者，《楚辞后语》始也。此等虽无伤大义，然今人习而不察，遂谓古实有此题，临文引用，亦所不安。即如宋人《窃愤录》一书，记徽钦北狩事，《容斋》极辨其妄。万历末年，郡中人从严氏钞本鬻之，本无撰人，余邑有吴君平者妄增辛弃疾三字于卷首，余谓之曰：‘此从何来?’君平曰：‘世人不知书，若无姓氏，便尔见忽，故借重稼轩，此仅可欺不知者，如公自不必怪也。’近有一友作《心史》序，首句便云余尝读辛稼轩《窃愤录》，不觉失笑。故作文者苟不原所始，趁笔便用《大风》《鸿鹄》等题，当与辛稼轩之纰缪同类而共笑之矣。”① 在歌诗背景下考察五言诗起源尤其要重视诗歌原初的存在状态，确定班固“三王德弥薄”本为歌诗就是一个例证。

五、文人五言诗形成于东汉后期

在考察诗歌形式发展时，必须依靠文献的记载，汉代歌诗创作数量应远远大于今日所见之汉代歌诗，能流传下来的大致依靠本事记载。故可考察有本事记载的诗或歌诗，去推断五言诗写作的起始。

文人五言诗早期作品为秦嘉、郦炎和赵壹的五言诗。秦嘉《赠妇诗》3 首本事或有可疑，但早于郦炎、赵壹诗，诗见《玉台新咏》著录。郦炎和赵壹诗见于《后汉书》载录。《后汉书》卷一一〇下《郦炎传》：“灵帝时，州郡辟命皆不就，有志气，作诗二篇曰：‘大道夷且长，窘路狭且促……德音流千载，功名重山岳。’‘灵芝生河洲，动摇因洪波……安得孔仲尼，为世陈四科。’”熹平六年（177 年）死狱中，年二十八。《后汉书》卷一一〇下《赵壹传》引《刺世疾邪赋》：“有秦客者乃为诗曰‘河清不可俟，……抗脏倚门边。’鲁生闻此辞而作歌曰：‘势家多所宜……此是命矣哉。’”此赋当为赵壹早年之作，据《后汉书》本传，赋后有

① ［清］冯舒：《诗纪匡谬》，见《丛书集成初编》（第 171 册），商务印书馆 1937 年版，第 3 页。

"光和元年举郡上计到京师"之语，则《刺世疾邪赋》作于灵帝熹平间，和郦炎作五言诗2首时间正合。

秦嘉《留郡赠妇诗》五言3篇以五言述伉俪情好，其妻徐淑有《答秦嘉诗》，徐淑诗之诗式并没有用秦嘉诗之五言诗体式以相呼应，而是用句句带"兮"的歌诗体，实际为在句中加了"兮"的四言诗，这一对赠答诗形式的差异说明五言诗式还在尝试阶段。赵壹赋一云"乃为诗"，一云"而作歌"，意义有二，一是帮助我们了解早期文人五言诗"诗""歌"相杂的原生状态，二是五言诗脱离音乐而存在的创作已在文人笔下得到了实现。

大致说，有主名的文人五言诗始于东汉桓灵时期，这和无名氏的文人五言诗《古诗十九首》产生的时代基本一致，而诗歌史上所云五言诗创作兴盛局面的到来尚有一段时间。

本文所述各点，意在解决文人五言诗的起源问题。有些结论大致无疑，如班固时代是歌诗时代，班固"咏史"是"歌诗"；西汉和东汉前期，"诗"称四言，而不称其他诸诗体式；文人五言诗始于东汉桓灵时期。有些论述还有疑点，如班固《汉书》记述的歌诗偶有称"诗"的，定为班固误书是否可行；秦嘉诗，《后汉书》不载，《玉台新咏》始录，《后汉书》虽为南朝宋范晔所著，却是集前人华峤、袁宏等后汉史籍删订而成。从诗的传播看，秦嘉赠妇诗是夫妻间的私情诗，于世流传恐怕很晚，不见载《后汉书》理所当然。这样，秦嘉的诗为人所知势必晚于郦炎、赵壹二人之五言诗。郦炎、赵壹二人五言诗作同在汉灵帝熹平年间，可否视此为文人五言诗起始的时间？这些问题都可做进一步的研究。

文学史上和文论史上有一些问题貌似已经解决，其实离解决还很远，只是暂时还未能找到解决问题途径和方法，面对文学史的重构或重写，面对文学史的现代审视，我们深感任重而道远。因此，又有了如下对文学史或诗学史研究的思考和认识：

其一，寻找事物彼此间的联系。历史上有许多问题因为时间的阻隔和记载的残缺变得模糊不清，但我们面临的似乎杂乱无章的材料恰恰是事物在一定空间和时间中呈现其本质的载体，当把许多材料依一定规则汇集到一起时，就会发现其彼此间的联系，那些司空见惯的材料又被赋予了重新阐释的意义。作为曾经存在于某一历史时空的事物，不管它隐藏得如何巧妙，总会留下蛛丝马迹。

其二，我们的研究的对象因时间和文献的关系，其呈现状态各不相同，有些问题很清晰，而有些问题却很模糊。其实，时至今日，对某一问题的了解，文献资料也大致不成问题，特别是唐宋以前的文学研究。检索一下我们的成果，对某一问题的探讨所面对的材料大致相同，加上当代大量文献的整理印行，找到资料也变得非常容易；大量数据文献不断面世，也成为人们搜集材料的便捷工具，如《国学宝典》《四库全书》《四部丛刊》等数据光盘，可能已成为文史工作者须臾不能离开的重要工具。而我们所面临的最艰巨的任务是在共享的资源中做出成绩，真正解决文学史问题。其实陈寅恪等前辈学者早已说过并使用过的方法是用常见书解决问题，其潜在意义在于：要求研究者有敏锐的学术眼光，要探幽索隐去揭示隐含在材料背后的意义。因此靠光盘来检索是不能出好文章的，还需要坐下来慢慢读书，一边读书一边思考，使原本模糊的问题不断清晰起来。学术界不断强调研究中“问题”意识，读原著和在原始材料基础上进行思考是加强问题意识的必由之路。

其三，文学史观有待更新。我们的文学史观还是受到传统的制约的，《汉书》《文心雕龙》《诗品》等，阐述诗歌形式发展时，都是考虑句中字数、句式，而缺少新体式产生的文化对应关系。对于文学史上的许多重大问题，应该寻求解决问题的最佳途径，而那最佳途径事实上是事物性质呈现的状态和接近这一状态并能解释的方法和角度。比如词的起源，从结构形成（句式长短、句段的组合）来探讨显然不能做出完美的解释，因为文人在中唐以前并不缺乏作长短句的能力，而作为一种新兴的文学样式，只能在燕乐配合下才能出现，因此在音乐背景下来阐释音乐歌辞的发生，才算寻找到最佳途径。同样，“诗言志”“诗缘情”的差异如果仅仅在“志”“情”的内涵上去寻求其本质联系，很难找到答案。如果换一个角度，事物本质的呈现就会明朗许多，它是由阅读之《诗》转变为创作之“诗”，在这一前提下来审视“诗言志”“诗缘情”二者的关系，就会更加深入而有可能触摸到事物运行的规律和对其本质做出表述。又如五言诗的起源问题，如果循着古人的思路去找五言“滥觞”的形式，很难有令人信服的答案，本文则在文化观念形态中探求五言诗的形成过程，认为文人五言诗成熟较晚，并不是技巧问题，而是观念问题。这样换一个角度来思考问题，其结果至少可以丰富人们对这一问题的研究，并推动这一研究向前发展。

其四，从学术史角度看，任何一个问题要尽善尽美地解决，实属不易。将一个问题不断细化，使之精细饱满，固然重要，但它的负面影响也是显而易见的，容易在思路和方法，甚至在观念和材料的阐释上，不断重复而烦琐起来，结论趋于雷同，使本该充满生机的学术研究变得单调和乏味，这不能不引起我们的警惕；学术的生命在于创新，创新才是有价值的具有创造性的充溢着智能的劳动。也许因其为创新而出现一些不能尽如人意的地方，如表述的立场和方法上的夸张、观点和资料的局部误接，但这不并妨碍创新精神引发的对某一问题深入探讨的可能性和启发性，而理性的研究技术和工具的提供，有可能让人们重新审视那些似乎已被认识的事物，为学术研究开拓一条新路。

（原载《学术研究》2008 年第 2 期）

佛经转读与四声发现献疑

诗歌史中的永明体在中国诗歌形式发展中有重要地位，它以四声发现为前提。有关四声发现的研究，其主流观点是四声发现与佛教相关，如陈寅恪认为缘于转读，饶宗颐认为缘于悉昙。在长期的学术讨论中，尽管存在分歧，但过程和方法都对在相关交叉学科中解决问题提供了有益的经验。有研究论证四声发现是由汉语内部不同语音系统的比较而实现的，而佛教的影响可能在外部产生了推力。四声发现的问题不仅是语言学研究关注的重点，也是佛学领域试图解决的重要课题。因此，为了进一步弄清佛教与四声发现的联系，有必要对四声与转读、四声与梵呗等关系进行重新梳理。

一、“转读”释义存疑

关于四声与佛教相关的旧说，涉及的重要概念是“转读”，转读所指似无歧义，《高僧传》卷十三《经师》论曰：“然天竺方俗，凡是歌咏法言，皆称为呗。至于此土，咏经则称为转读，歌赞则号为梵呗。”① 也就是说，在天竺称为歌咏法言的“呗”到了中国，被分解成两种事物：转读和梵呗。从本质上看，天竺和中土“歌咏法言”之别正在于将梵语译为汉语，而其中的“转”字就具有了不同寻常的意义。

“转读”二字的含义和解释来自于《高僧传》的“咏经则称为转读”。《汉语大词典》“转读”释义：“诵读佛经。南朝梁慧皎《高僧传·经师传论》：‘天竺方俗，凡是歌咏法言，皆称为呗。至于此土，咏经则称为转读，歌赞则号为梵呗。’又，仅读每卷佛经中的初、中、后数行也叫‘转读’。”有关“转读”的解释并无分歧，但“咏经”即“转读”，却没有得到解释。其实《高僧传·经师传论》也描述过“转读”的内涵，其一是有“声”和“文”的要求，“但转读之为懿，贵在声文两得。若唯

① ［梁］慧皎《高僧传》，中华书局1992年版，第508页。

声而不文，则道心无以得生；若唯文而不声，则俗情无以得入。故经言，以微妙音歌叹佛德，斯之谓也”。其二是“顷世学者，裁得首尾余声，便言擅名当时”，这是旁门左道，不能称为正宗的“转读”，那种“裁得首尾余声”的做法使得“经文起尽，曾不措怀。或破句以合声，或分文以足韵，岂唯声之不足，亦乃文不成诠”。也就是说，这种是破坏了“转读”正确形式的做法，故《汉语大词典》所谓“又，仅读每卷佛经中的初、中、后数行，也叫‘转读’”是不确切的解释，这一方法只是“顷世学者，裁得首尾余声，便言擅名当时”的假转读。《高僧传》所云应指三种情况：第一种情况是有选择地转读佛经，即开头几行、中间几行、末尾数行；第二种情况是说对转读一知半解，尚未全面掌握；第三种情况是转读时不能游刃有余地处理转读中的声、文关系，或就声而破文，或就文而破声，不能使声文相互助益、两全其美。

至此，可以看出“转读”本义所指尚需进一步探讨。

二、转读不是简单“咏经”，而是重在“转”

陈寅恪云：“据僧传后论，转读与梵呗有别，竟陵王所造新声乃转读之声，非梵呗之声。盖转读之声即诗品所谓不备管弦，而有声律者也。”① 陈寅恪先生的理解是有误的。慧皎本人的解释验之其他载录尚有不一致处。

第一，转读只关文字，和义理对应，并不关音乐和音调，这是一种说法。《出三藏记集》卷十二《法苑杂缘原始集目录序第七》：“然而讲匠英德，锐精于玄义；新进晚习，专志于转读，遂令法门常务，月修而莫识其源，僧众恒仪，日用而不知其始。”② 这里“转读”对应“玄义”。《高僧传》卷五《晋长安五级寺释道安》：“既达襄阳，复宣佛法。初，经出已久，而旧译时谬，致使深藏隐没未通，每至讲说，唯叙大意，转读而已。安穷览经典，钩深致远，其所注《般若》《道行》《密迹》《安般》诸经，并寻文比句，为起尽之义。乃析疑甄解，凡二十二卷。序致渊富，妙尽深

① 陈寅恪：《四声三问》，见《金明馆丛稿初编》，上海古籍出版社 1982 年版，第 338 页。
② ［梁］释僧祐：《出三藏记集》，苏晋仁、萧炼子点校，中华书局 1995 年版，第 476 页。

旨，条贯既叙，文理会通，经义克明自安始也。”[①]《高僧传》所述源自《出三藏记集》卷十五，[②] 文中是谈佛经翻译，早期翻译比较生硬，没有很好地传达出佛经之“玄义”，即没有能较好地表达出佛经的思想，故僧人讲说“唯叙大意，转读而已”。《高僧传》卷十三：“帛法桥，中山人。少乐转读而乏声。每以不畅为慨。……于是作三契，经声彻里许，远近惊嗟，悉来观听。尔后诵经数十万言，尽夜讽咏，哀婉通神。至年九十，声犹不变。”从“乐转读而乏声”可知，转读亦可“乏声”，只是有“不畅”的感叹。

第二，转读和自然之声相关，但又和音乐、音调相随。这是另一种说法。转读和“妙声”相关。《高僧传》卷十三：“支昙钥，本月支人，寓居建业。……钥特禀妙声，善于转读。尝梦天神授其声法，觉，因裁制新声。……所制六言梵呗，传响于今。”转读和“自然之声”相关。《高僧传》卷十三：“释道慧……特禀自然之声，故偏好转读。发响含奇，制无定准，条章析句，绮丽分明。后出都，止安乐寺。转读之名，大盛京邑。”转读效果是“声至清而爽快”。《高僧传》卷十三：“释智宗……博学多闻，尤长转读，声至清而爽快。若乃八关长夕，中宵之后，四众低昂，睡蛇交至。宗则升座一转，梵响干云。”《高僧传》卷十三：“释昙智……既有高亮之声，雅好转读。虽依拟前宗，而独拔新异，高调清彻，写送有余……时有道朗、法忍、智欣、慧光，并无余解，薄能转读。道朗捉调小缓，法忍好存击切，智欣善能侧调，慧光喜飞声。”其中“捉调小缓”“击切”“侧调”“飞声”皆是音乐术语，和音乐、音调相关。

转读之“转”可和“译”对应。上述第一和第二两点，看似矛盾的现象，其实很好解释，转读应是偏正式，即转之读，“转”是修饰“读”的，“转”在义，“读”在声。侧重前者，无关音乐；侧重后者，又和音声相关联了。转读虽为技能，但也有一定的专业素养，也是某类综合才能的体现。像道朗、法忍、智欣、慧光，只是具有某一点特长，所谓“薄能转读”；而昙智等应兼善“捉调小缓”“存击切”“能侧调”“善飞声”等技能。转读的能力因为是技能，故有学习入门的方法，《出三藏记集》卷十二《齐太宰竟陵文宣王法集录序第二》“转读法并释滞一卷”当为记

---

① ［梁］慧皎：《高僧传》，中华书局1992年版，第178页。

② 参见［梁］释僧祐《出三藏记集》，苏晋仁、萧炼子点校，中华书局1995年版，第561页。

录转读方法的文字。

《出三藏记集》卷二："异出经者，谓胡本同而汉文异也。梵书复隐，宣译多变，出经之士，才趣各殊。辞有质文，意或详略，故令本一末二，新旧参差。若国言讹转，则音字楚夏；译辞格碍，则事义胡越。岂西传之踳驳，乃东写之乖谬耳。"造成"胡本同而汉文异"的现象，归结起来主要有两类："音字楚夏"和"事义胡越"。"音字楚夏"为音译所致，"事义胡越"由意译所致。

专有名词如人名、地名等，采用音译，纯属正常。此外，一些词语一时找不到恰当的词来翻译，只好采用音译，早期翻译水平不高，音译词过多，读来较为不便，《出三藏记集》卷七："然此《首楞严》自有小不同，辞有丰约，文有晋胡，较而寻之。要不足以为异人别出也。恐是（支）越嫌（支）谶所译者辞质多胡音，所异者删而定之；其所同者述而不改。二家各有记录耳。此一本于诸本中辞最省便，又少胡音。遍行于世，即越所定者也。"支越所删支谶者为"辞质多胡音"方面。《出三藏记集》卷十一沙门竺昙无兰抄《千佛名号序第十六》（出《贤劫经》）："亦时有字支异者，想梵本一耳，将是出经人转其音辞，令有左右也。"最好的译本是"辞最省便，又少胡音"，如此，易"遍行于世"。

《出三藏记集》提到的"国言讹转""转其音辞"，其"转"的意思就是翻译。如果说，这里的"转"字意思还不够明确，那么，下面的"转"字就明确是两种语言或文字间的翻译：例一，《出三藏记集》卷七，"经后记云：沙门昙法护于京师，遇西国寂志从出此经。经后尚有数品，其人忘失，辄宣现者，转之为晋"。例二，《出三藏记集》卷九，"近敕译人，直令转胡为秦，解方言而已。经之文质所不敢易也"。例三，《出三藏记集》卷十三《支谶传第二》，"沙门竺朔佛者，天竺人也。汉桓帝时，亦赍《道行经》来适洛阳，即转胡为汉。译人时滞，虽有失旨，然弃文存质，深得经意"。例四，《出三藏记集》卷十，"每至讲论，嗟咏有余。远与同集，劝令宣译。提婆于是自执胡经，转为晋言。虽音不曲尽，而文不害意；依实去华，务存其本。自昔汉兴，逮及有晋，道俗名贤，并参怀圣典。其中弘通佛教者，传译甚众。或文过其意，或理胜其辞，以此考彼，殆兼先典。后来贤哲，若能参通晋胡，善译方言，幸复详其大归，以裁厥中焉"。

例一"转之为晋"、例二"转胡为秦"、例三"转胡为汉"、例四

“转为晋言”之“转”和《出三藏记集》《高僧传》中的“译胡为晋”“译胡为汉”之“译”在语法功能和汉字意思上都是一样的：

《出三藏记集》卷五，“延及此土，当汉之末世，晋之盛德也。然方言殊音，文质从异。译胡为晋，出非一人。或善胡而质晋，或善晋而未备胡。众经皓然，难以折中”。《出三藏记集》卷七，“又诸佛兴，皆在天竺。天竺言语与汉异音，云其书为天书，语为天语。名物不同，传实不易。唯昔蓝调、安侯世高、都尉、弗调，译胡为汉，审得其体。斯以难继”。

“转读”之“转”，又会和“传读”“传译”之“传”义近而同用，《出三藏记集》僧祐《序》云：“原夫经出西域，运流东方，提挈万里，翻转胡汉。国音各殊，故文有同异。”校勘记［六］云：“翻转胡汉，‘转’字（高）丽本作‘传’，兹从宋本、碛砂本、元本明本。”转、传于此义同。转者，自此移彼；传者，自此达彼。用于翻译皆为将一种文字或语言转变为另一种文字或语言。“转”“传”“译”单字使用时，其义即“翻译”，“转”已有“由此转变为彼”之义，故不和“译”合用为“转译”；“传”为“由此达彼”之义，可和“译”合用为“传译”，“传译甚众”是也。

“转”“传译”也指梵语和汉语之间的互译，即梵语译为汉语，或者汉语译为梵语，《出三藏记集》卷十三《尸梨蜜传第九》：“俄而（周）顗遇害，蜜往省其孤。对坐作胡呗三契。梵响凌云。次诵呪数千言，声音高畅，颜容不变。……蜜性高简，不学晋语。诸公与之语言，蜜因传译，然而神领意得，顿尽言前，莫不叹其自然天拔，悟得非常。……又授弟子觅历高声梵呗，传响于今。”其中的“传译”就是双向的。“蜜因传译”者就是尸梨蜜借助于梵汉之间翻译，因而能达到“神领意得”。

丁福保《佛学大辞典》释“转读”云：“（术语）读诵经典也。转者自此移彼展转之义。地藏本愿经下曰：‘或转读尊经。’高僧传经师论曰：‘咏经则称为转读，歌赞则为梵音。’”《汉语大词典》释义同此，同样引《高僧传》为证。但省去“转者自此移彼展转之义”一语。看来《佛学大辞典》此条已意识到，将“转读”解释为“读诵经典”，其中“转”字之义未得到落实，加上“转者自此移彼展转之义”以补救其缺，但仍然没有明确“转”字真正的内涵，《汉语大词典》虽参考了《佛学大辞典》，认为“转者自此移彼展转之义”字面上虽有落实，却不能在“转读”释义中体现，故删去。事实上，自《高僧传》给“转读”定义后，就相沿至今，习用而不察其本义。

“转读”二字最权威的解释来自《高僧传》的“咏经则称为转读”，这一解释尚可讨论，“咏经”只是“转读”之“读”的一种功能，而且“咏经”是否为“转读”之“读”尚需进一步考察。“转读”二字包含“转”和“读”的两重功能，即将梵文或音译、或意译为汉语，再按一定声腔、节奏去诵读，这更能接近“转读”之本义，而这一过程并没有对比其声、韵、调的必要条件。“转”者重视梵、汉之间的意思对应，“读”者则是诵读已“转”之文本。此与四声发现无关。故“转读”已久，而四声发现较晚是自然的事。

三、梵呗乃天竺歌赞，无关汉语汉音

《高僧传》卷十三《经师》论曰：“咏经则称为转读，歌赞则号为梵呗。”因此，有人论四声之发现又和梵呗联系起来，梵呗之呗为天竺歌咏佛经的统称，它传入中土后发生变化，“东国之歌也，则结韵以成咏；西方之赞也，则作偈以和声”。呗是入乐的，“设赞于管弦，则称之以为呗”。此管弦所奏乐应是梵乐，所歌即为偈语。“自大教东流，乃译文者众，而传声善寡。”原因是“梵音重复，汉语单奇。若用梵音以咏汉语，则声繁而偈迫；若用汉曲以咏梵文，则韵短而辞长”，“金言有译，梵响无授”就是当时的现状，也就是说，当时中土咏经和呗赞是梵音、梵文与汉曲、汉文是处于或分或合的状态的。如何使二者以适当的方式结合，也是当时有敬业精神、有学识的高僧经常思考和努力的方向。对于其理想状态，《高僧传》做了如下描述：“若能精达经旨，洞晓音律，三位七声，次而无乱，五言四句，契而莫爽，其间起掷汤举，平折放杀，游飞却转，反迭娇弄，动韵则流靡弗穷，张喉则变态无尽。故能炳发八音，光扬七善，壮而不猛，凝而不滞，弱而不野，刚而不锐，清而不扰，浊而不蔽。谅足起畅微言，怡养神性。故听声可以娱耳，聆语可以开襟。若然，可谓梵音深妙，令人乐闻者也。”以上所论大抵为梵呗，要达到慧皎所描述的理想状态很不容易。慧皎所能知道的梵呗只有几种流传：“其后居士支谦，亦传梵呗三契，皆湮没而不存。世有共议一章，恐或谦之余则也。唯康僧会所造《泥洹》梵呗，于今尚传。即敬谒一契，文出双卷《泥洹》，故曰泥洹呗也。爰至晋世，有高座法师初传觅历，今之行地印文，即其法也。钥公所造六言，即大慈哀愍一契，于今时有作者。近有西凉州呗，源出关右而流于晋阳，今之面如满月是也。凡此诸曲，并制出名师。后人继作，多有讹漏。或时沙弥小儿，互相传授，惜哉！”从这里不难理解中土梵呗之奇，现状令人不满，而又无力去改变。故《高僧传》卷十三所列经师能梵呗者极少，而且社会上流行的所谓梵呗“畴昔成规，殆无遗一”。因此，不能夸大梵呗在中土的影响，更不能牵合梵呗和四声的联系。

梵呗可以不和汉字关联，只是和梵音联系，《出三藏记集》卷十三《尸梨蜜传第九》：“俄而（周）顗遇害，蜜往省其孤。对坐作胡呗三契。梵响凌云。次诵呪数千言，声音高畅，颜容不变。……蜜性高简，不学晋语。诸公与之语言，蜜因传译，然而神领意得，顿尽言前，莫不叹其自然天拔，悟得非常。……又授弟子觅历高声梵呗，传响于今。”“胡呗”者，即“梵呗”。尸梨蜜可以不学晋语，胡汉之间对话，靠翻译传达，即“蜜因传译”，因，凭借也。但他可以传授梵呗。此又为“梵呗”无关汉字及四声之一佐证。

从翻译和诵读佛经的实际看，一种具有表演性的佛经传唱，应该以意思传达为先，如是长篇经文的传播更是如此。因此，所谓“咏经则称为转读，歌赞则号为梵呗”就应该是性质不同的两类传播方式。“自大教东流，乃译文者众，而传声盖寡。良由梵音重复，语单奇。若用梵音以咏汉语，则声繁而偈迫；若用汉曲以咏梵文，则韵短而辞长。是故金言有译，梵响无授。”[①] 在这里，两种方法被概括为“译文”和“传声”，当“文”与“声”配时，出现难以适应的矛盾，无论是梵音与汉语，还是汉曲与梵文都不能调协。“经”与“赞”分开成为必然，“咏经”成了“转读”，而“歌赞”被称为“梵呗”。前者是诵读已经翻译了的汉语，后者仍旧用梵语歌唱，故称“梵呗”。这样在技术层面上亦能方便处理，经文篇幅长，用梵音或梵文皆不易操作，毕竟用外来语“咏经”对中土人士而言，非专业而不能；而歌赞部分是对偈语的歌咏，形制短而易把握，最大的优势是保留了梵语佛经咏唱的原生态，尽管是很少的部分，却在佛经的歌咏中体现了天竺歌咏佛经的气味和声息，从源头上体现出中土佛经诵读的专

① ［梁］慧皎：《高僧传》，中华书局1992年版，第507页。

门化和权威性。《高僧传·鸠摩罗什传》载："初，沙门慧叡才识高明，常随什传写。什每为叡论西方辞体，商略同异。云：'天竺国俗，甚重文制，其宫商体韵，以入弦为善。凡覲国王，必有赞德见佛之仪，以歌咏为贵，经中偈颂，皆其式也。但改梵为秦，失其藻蔚，虽得大意，殊隔文体，有似嚼饭与人，非徒失味，乃令呕哕也。'"[①] 这一段话意思甚明，"天竺国俗，甚重文制，其宫商体韵，以入弦为善"。这大致等同于"然天竺方俗，凡是歌咏法言，皆称为呗"之意。"凡覲国王，必有赞德见佛之仪，以歌咏为贵，经中偈颂，皆其式也。"这里的"国王"即鸠摩罗什所历之前秦、后凉诸国主。在"赞德见佛之仪"中，以"以歌咏为贵"，而歌咏的部分正是佛经中的偈颂，"皆其式也"即歌咏偈颂都是用的天竺歌咏法言的方式。鸠摩罗什说"但改梵为秦，失其藻蔚，虽得大意，殊隔文体，有似嚼饭与人，非徒失味，乃令呕哕也"，此指偈颂的部分，并无疑问，鸠摩罗什反对偈颂部分"改梵为秦"。这样也就容易理解"至于此土，咏经则称为转读，歌赞则号为梵呗"的确切内涵。"转读"与"梵呗"对应，是"经"与"赞"传播方法不同的表述，"梵呗"体现了中土仍保留天竺歌赞的方法，"转读"字面意思虽然不能完全传达出中土咏经的准确意思，但其概念一定是对当时某一现象的归纳，它与"梵"的对应，已充分体现出由"梵"转"汉"的内容。

用"咏经则称为转读，歌赞则号为梵呗"来描述和定名天竺"凡是歌咏法言皆称为呗"是非常简约的做法，这种做法富有智慧。"梵呗"表明在中土的歌赞部分是对天竺"呗"的原封不变的使用，"梵"不仅表明来源和属性，也和"转读"相区别；"转读"表明在中土的"咏经"已不同于天竺的"咏经"，其中重要的内容是已将梵文的经翻译为汉文的经，所咏之经乃汉文之经。当然，"梵呗"有同"转读"一样，应是动态概念，因为它们是在天竺与"中土"之间联系的产物，在概念的使用和阐释的过程中一定有本土化的倾向，至少不断加入了"中土"元素，与本初的概念不尽相同，这也是理解两个概念的困难之处，也是两个概念在后来文献记载中或在人们使用中出现理解不统一的原因。如"梵呗"在理论上指天竺歌赞，无天竺、中土之别，无关汉语，后来中土人士有时将梵呗和汉字、汉曲联系起来，只能视为梵呗不断本土化的表现。

① ［梁］慧皎：《高僧传》，中华书局1992年版，第53页。

四、佛经译读与四声

佛经翻译的方式大致以意译和音译为主，兼及直译。音译，寻找发音相似或相近的汉字；意译，则寻找意思相似或相近的汉语字词。以上两类是在不同语系中联系两者，故不涉及二者声、韵、调的问题，其情形和今天译英文中的名词一样，并不涉及英、汉语中的声、韵、调对应问题。①

在佛经翻译过程中，必要条件是要通梵语，然后以适当的汉语形式转达梵语记录之佛经。《出三藏记集》卷九释僧祐新撰《贤愚经记第二十》："（释昙）学等八僧随缘分听，于是竞习胡音，析以汉义，精思通译，各书所闻。"故达到"通译"需要"竞习胡音，析以汉义"，也就是说，"胡"在于"音"，"汉"在于"义"。

而翻译的过程有不同，有的是一个人去做，有的是几个人配合去做，《出三藏记集》卷十一释道安作《比丘大戒序第十一》云："自襄阳至关右。见外国道人昙摩侍讽阿毘昙，于律持善。遂令凉州沙门竺佛念写其梵文，道贤为译，慧常笔受。经夏渐冬，其文乃讫。"这是三人完成翻译之例，由一人用梵文写下口传之经文，一人用汉语口头翻译梵文，一人再用汉语笔录。其实这一过程告诉我们，最后一位笔录者未必懂得梵文、梵语，有如林纾的翻译，林纾是不懂外文的。同样说明，以汉语定本之佛经是侧重意思的，而和梵语原著关联不多，和梵语读音关联更远。又云："（慧）常乃避席谓：'……此土《尚书》及与《河洛》，其文朴质无敢措手。明祇先王之法言而顺神命也。何至佛戒，圣贤所贵，而可改之以从方言乎？恐失四依不严之教也。与其巧便，宁守雅正。译胡为秦，东教之士，犹或非之。愿不刊削以从饰也。'众咸称善。于是按胡文书，唯有言倒时，从顺耳。"这里强调在翻译过程中要尽量保持原文的意思，提出"与其巧便，宁守雅正"的原则，也就是鸠摩罗什所追求的"存其本旨，必无差失"。在具体翻译中，以直译为主，只有在直译中因语词摆放的位置影响意思的表达时，才迁就意思做语词的调整，此为"按胡文书，唯有言倒时，从顺耳"的内涵。

---

① 参见陈顺智《汉语"四声"之形成与佛经"转读"无关论》，载《西南师范大学学报》2005年第1期。

因为转胡为汉如此之难，故在翻译中保留了大量的音译，《出三藏记集》卷十一《比丘大戒本》云："欲说戒，维那出堂前唱：'不净者出。'次曰：'庾跋门怒钵罗鞞处。'（小注：可大沙门入。三唱）然后入，唱：'行筹。'曰：'頞簸含陀（小注：寂静），阿素（小注：生也），舍罗遮丽吏（小注：行筹），布萨陀（小注：说戒），心蜜栗棉（小注：一心）……舍罗姞隶怒（小注：把筹）'说戒者乃曰：'僧和集会，未受大戒者出。僧何等作为？'答：'说戒。''不来者嘱授清净说。'（小注：小住洁向说竟）说已。那春夏冬若干日已过去（小注：随时计日）。"文中小注大多是对音译的汉语注解。在对照中不难获知，梵语和汉语之间不会发生与四声的关系，也就是说，在梵语和汉语的意译过程中不会关涉四声。

梵语、汉语之别在于：梵文以表音见长，而汉字以表意为主。如郑樵《通志·六书略》"论华梵"所云："梵人长于音，所得从闻入；华人长于文，所得从见入。"在翻译中，名号多用音译，梵语"Bhagavat"，音译薄伽梵，也作婆伽婆、婆哦缚帝、婆伽梵、婆伽伴。意译作"世尊"，亦直译作"有德、有名声、能破、尊贵"等，即"富有众德、众佑、威德、名声、尊贵者"之意。其中，以"世尊"最为流行，并以之作为佛陀的尊称。因其含多义故，即无法用一种意译来概括世尊所具有的自立、炽盛端严、名称、吉祥和尊贵诸义，玄奘译《大般若波罗蜜多经》时则坚持用音译名。义理也有用音译的，梵语"Prajñā"，音译般若，也作波若、般罗若、钵剌若。意译为慧、智慧、明、黠慧，是明见一切事物及道理之高深智慧。

从一个梵语词有众多的汉语音译词看，梵语与汉语音词之间是在寻找相近的读音，并不要去辨四声，而不同的汉语音译是由于译者所操语音不同所致，也是由于各自的表音习惯所致。后来随着翻译佛经工作的研究探索，有了可操作的方法，也就日渐规范化、技术化、普及化，最初的疑难和复杂问题也简易化了，初唐僧人义净在翻译佛经的同时，编写出《梵唐千字文》，据其序所云："各注中梵字，下题汉字。其无字者，以音正之。并是当涂要字，但学得此，则余语皆通，不同旧千字文。若兼悉昙章读梵本一两年间即堪翻译矣。"①

考虑到梵语翻译成汉语的过程，考虑到拼音系统的梵语书写与汉字之

① 《大正藏》卷五十四，第1190页。

间的关系，可以说，无论是直译、音译，还是意译，可能都不会和四声发生关系，况且佛经传译之始于东汉，而四声发现迟至南朝。那么，如何发现四声，尚待深考。四声的发现、研究与运用是永明新诗体产生的重要基础和必要条件。四声发现之时正是吴音与洛下音，即南方音与北方音并存的“双音”时期。南北音系之间的相互对比促进了汉字语音之间的比较语音学的产生。四声的发现应当是在汉语内部的不同语音之差别辨析中产生的，与南、北音系的对比、联系密切相关。于此，又有专文论述。

（原载《世界宗教研究》2013 年第 1 期）

四声与南北音

永明体在中国诗歌形式发展中有重要地位，它以四声发现为前提。有关四声的研究，其主流观点是四声发现与佛教相关，陈寅恪认为因缘于转读，饶宗颐认为因缘于悉昙。有关四声与佛学的关系的学术讨论至为复杂，但有一点可以肯定：四声发现与佛教转读及梵呗相联系的传统说法是不可信的。佛经歌咏在天竺称为“呗”，传入中国析为二事，咏经称为“转读”，歌赞称为“梵呗”。转读应含有两种内容，即转和读，“转”当为翻译佛经，“转读”当将梵文或音译、或意译为汉语，再按一定声腔、节奏去诵读。佛经翻译在梵语、汉语之间进行，梵文以表音见长，而汉字以表意为主，两者之间并无声调的联系。因此，在佛经翻译和转读中，不能发现四声。四声发现当由汉语内部不同语音系统的比较来实现。[①] 本文则旨在研究四声与南北音的因缘：在南朝官话和吴语“双语（音）并存”的特殊阶段，语音学的发展有了机遇。双语并存具有普遍性，因为官话与土著方言之吴音共存共生；双语并存具有可比性，因为二者是汉语内部的语言学关系；双语并存具有长效性，有了广泛而长时段的语言基础，研究是为了运用，运用又促进了研究，并有语言学的理论总结的要求，这一时期成了汉语音韵学研究的前所未有的高峰。对于一次政治意义的移都，一个庞大的语音群，而且是官方语用群，整体迁移到最为保守的语言区，吴语至今仍然保存在中国最有文化活力的区域，足以说明其具有顽强的生命力。从语言学上看，这一主流的官方语言强制性地、大规模地移入有传统有势力的吴语区，其价值尚未被人们充分意识到。

一、北音和南音“双音”并存的特定语音时代

东晋中后期应是吴音和洛下音（邺下音）并存的“双音”时期，从在这以后在关于南音和北音的研究和讨论中可知，“双音”并存一直延续

① 参见戴伟华《佛经转读与四声发现献疑》，载《世界宗教研究》2013年第1期。

到隋。今之双语教学指使用两种不同语种进行教学，如汉语、英语；而此处的双音是指汉语内部的两种不同语音系统。任何时代都会容纳多种方言，就其主流而言，确立东晋南朝为南方音系和北方音系并存的“双音”时代应无问题。吴音与北方音双音并存的时代特点是：书写文字同一，官方语同一，同一种文字，语音的差别在于两种发音系统的交流和切磋，互为影响。

陈寅恪《东晋南朝之吴语》：“除民间谣谚之未经文人删改润色者以外，凡东晋南朝之士大夫以及寒人之能作韵者，依其籍贯，纵属吴人，而所作之韵语则通常不用吴音，盖东晋南朝吴人之属于士族阶级语者，其在朝廷论议社会交际之时尚且不操吴语，岂得于其摹拟古昔典雅丽则之韵语转用土音乎？至于吴人之寒人既作典雅之韵语，亦必依仿胜流，同用北音，以冒充士族，则更宜力避吴音而不敢用。故今日东晋南朝士大夫以及寒人所遗传之诗文虽篇什颇众，却不能据以研究东晋南朝吴音与北音异同及韵部分合诸问题也。”“永嘉南渡之士族其北方原籍虽各有不同，然大抵操洛阳近傍之方言，似无疑义。故吴人之仿效北语亦当同是洛阳近傍之方言，如洛生咏即其一证也。由此推论，东晋南朝疆域之内其士大夫无论属于北籍，抑属于吴籍，大抵操西晋末年洛阳近傍之方言，其生值同时，而用韵宽严互异者，既非吴音与北音问题，亦非东晋南朝疆域内北方方言之问题，乃是作者个人审音之标准有宽有严，及关于当时流行之审音学说或从或违之问题也。”①

周一良《南朝境内之各种人及政府对待之政策》云：“然渡江以后，侨人既以中原为尚，一切皆北胜于南。以庐江何氏在江南甲族之上例之，则保存达百年未变之楚音，自当为侨人所贵，何以仍如西晋时之对楚音表示轻鄙？此其一。侨人语音即来自中原，虽晋宋以后中原语音渐杂夷虏，亦不至相悬已甚，何以梁时对伧人语音如是之憎恶？此其二。窃谓一言以蔽，侨人同化于吴人耳。大凡异族因杂居与杂婚关系，最易同化。况侨人南人本非异族，士大夫中通婚虽少，然非绝无；民间固有如王元规者，似属少数，侨旧终不免于相为婚姻。自东晋至梁末，杂居二百余年，无论侨人吴人如何保守，无形间之影响同化乃意中事。颜之推已言‘南杂吴越’，吴越即南朝杨州之境，盖杨州之侨人不自觉中受吴人熏染，于中原

① 陈寅恪：《金明馆丛稿二编》，上海古籍出版社1980年版，第271、272页。

与吴人语音以外，渐型成一种混合之语音。同时杨州土著士大夫（江东甲族尽出会稽、吴，吴与诸郡，皆属杨州）求与侨人沆瀣一气，竞弃吴语，而效侨人之中原语音。然未必能得其似，中原语音反因吴人之模拟施用，益糅入南方成分。此种特殊语音视杨州闾里小人之纯粹吴语固异，视百年未变之楚言亦自不同。”附记云：“此文承陈寅恪先生、傅孟真先生指导修正，谨志谢忱。”①

陈寅恪和周一良的论述虽不能完全反映当时语言的复杂状况，文献不足征也；但大致可以归纳出如下三个概念以反映当时语言的实际状况：北方音、南方音以及杂糅之南北合音，而杂糅之南北合音是由北方音和南方音派生出的。故举其大者即为北方音和南方音两类。

“双音”并存的结果为，在南朝中央区域，即金陵及其周边，以北音为主导融合了南音，成为金陵话，今日南京、镇江话已和江淮方言大致相同，成为一个方言区；而此外的地区，虽融入了北音，但仍然保持吴语的主要成份，成为今苏南话，即吴语方言区，成为有特色有代表性的方言品种。从今江苏省境内看，东晋以前大致以长江为分界的南音和北音，由于金陵建都的关系，改为了南、北音大致以长江为界空间分布的自然格局。

二、“双音”并存在语言学上的意义

从使用语音的实际状况看，可以将东晋南朝士人中北人学习吴语的时间划为三个时期：第一代北人初涉吴音，如王导（276—339年）渡江时正值40岁；第二代北人习吴音过半；第三代北人通习吴音。这是一个大致的时间划分。南人则不同，他们既保留吴音交流的习惯，又努力学习北音。而第三代北人通习吴音的阶段应是比较语音学成果最丰硕也最成熟的时期。北音和南音的对比推动了语音学的发展。

1. 有关《切韵》

《切韵》是隋代人对东晋南朝南音和北音汇通的成果。“《切韵》音系大体上是一个活方言音系，但也多少吸收了一些别的方音特点。具体地

① 台北“中央研究院”历史语言研究所：《历史语言研究所集刊》第七本第四分，江苏古籍出版社2008年版，第492、504页。

说，它的基础音系是洛阳音系，它所吸收的方音特点主要是金陵话的特点。”[①] 还有一种意见认为：“切韵音系的基础，应当是公元六世纪南北朝士人通用的雅言。至于审音方面细微的分别，主要根据的南方承用的书音。”[②] 有关《切韵》的音系的讨论分歧较大，这里仅列出邵荣芬、周祖谟二家的意见。如果从语言生态和语音发展的角度去分析，围绕《切韵》音系的讨论至少可以达成如下共识：

（1）在东晋南北朝时期，存在着南方音系和北方音系。

（2）南、北音系在文化层面上部分存在边际不清的状况。

（3）两种音系发生关系时，人们对语音的辨析是客观存在的。

（4）后来人们对《切韵》音系的研究，客观上也是尊重南、北音系存在差异的事实。

关于《切韵》的讨论，反映了音韵学的比较和发展是在雅音和吴音的比较基础上发展而来的。周祖谟《切韵的性质和它的音系基础》《切韵与吴音》二文对《切韵》语音系统做了较为深入的分析，[③] 指出：“切韵是一部极有系统而且审音从严的韵书，它的音系不是单纯以某一地行用的方言为准，而是根据南方士大夫如颜、萧等人所承用的雅言、书音，折衷南北的异同而定的。……这个系统既然是由南北儒学文艺之士共同讨论而得，必定与南北的语言都能相应。这个音系可以说就是六世纪文学语言的语音系统。”（《切韵的性质和它的音系基础》）所谓南北语音，大致指北方语音和吴音。

《切韵》多与北方语音相异，而与吴音相近，遂有人指《切韵》主吴音。唐代李涪《刊误》是其代表，《切韵与吴音》一文主要是批评《刊误》的，认为“李涪以为切韵完全就是吴音那是不对的”。李涪在《刊误》中说：“吴音乖舛，不亦甚乎？上声为去，去声为上。又有字同一声，分为两韵。……夫吴民之言，如病瘖风而噤，每启其口，则语戾喎呐，随笔作声，下笔竟不自悟。凡中华音切莫过东都，盖居天之中，禀气特正。”

---

① 邵荣芬：《切韵研究》，中国社会科学出版社 1982 年版，第 1 页。

② 周祖谟：《切韵的性质和它的音系基础》，见周祖谟《问学集》，中华书局 1981 年版，第 471 页。

③ 参见周祖谟《问学集》，中华书局 1981 年版，第 434 ～ 482 页。

李涪《刊误》在批评吴音乖舛时，意识到“上声为去，去声为上”的吴语与北音的声调之别，值得充分重视。

2. 有关日语音读中的汉音与吴音

日语汉字读音分为两类：一类为音读，另一类为训读。音读中的吴音和汉音均来自古汉语的通语或方言。5—6 世纪（东晋南朝时代）或稍早一些传入的音读称“吴音”，8 世纪末（中国盛唐、中唐时代）传入的音读称“汉音”，汉音大致是以长安、洛阳音为主的唐音。二者俱是唐代和唐代以前的古音。[①] 吴音是日本语音读中所占比例甚大的读音，《日本基本汉字》（大西雅雄，三省堂，1941 年）收汉字 3000 个，在音读汉字中，吴音占 37.8%。吴音主要用于佛经诵读，798 年，日本发布官方文件，“用汉音，读五经，明经之徒从之读十三经也。如诗文杂书，吴汉杂用。佛书仍旧以吴音读焉”[②]。

王力先生所提出的汉语对日语的影响现在可以倒置为通过日译吴音、汉音的研究来描述汉语在不同阶段、不同地域的发音状态，这方面的研究在不断细化。如分析日译吴音中重纽韵的读音层次，仙韵中“展チン”的音形，在南方音系中主元音为高元音的有苏州、温州、双峰、广州、阳江，苏州方言中山摄三等（仙元）今多读 -I（即 -iI），“山摄三等主元音变为高元音是一种方言性现象。吴音仙韵中有一些字采取了 in 型转写方式或许正是其早期形态的一种反映”[③]。

安然《悉昙藏》卷“定异音条”：“我日本国元传二音，表则平声直低，有轻有重，上声低直昂，有轻无重，去声稍引，无轻无重，入声径止，无内无外。平中怒声与重无别，上中重音与去不分；金则声势低昂与表不殊，但以上声之重稍似相合，平声轻重，始重终轻，呼之为异。唇舌之间亦有差升。”[④] 写于 880 年，属晚唐，表、金二家，表是表信公，金

---

① 参见王力《汉语对日语的影响》，载《北京大学学报》1984 年第 5 期，第 1 ～ 26 页；杨春霖、李怀墉《现代汉语声母和日语音读（吴音、汉音）对应关系的研究》，载《西北大学学报》1980 年第 1 期，第 40 ～ 52 页；李月松《从汉语中古音看日语吴音与汉音之差异》，载《外国语》1996 年第 6 期，第 17 ～ 20 页。

② 成春友：《日本汉字音读研究》，中国科学技术大学出版社 2002 年版，第 108 ～ 112 页。

③ 李香：《日译吴音中重纽诸韵的读音层次》，见四川大学汉语史研究所《汉语史研究集刊》（第八辑），巴蜀书社 2005 年版，第 338 ～ 367 页。

④ 《大正藏》卷八十四，第 414 页。

是金礼信。日净严《悉昙三密钞》卷上云："我日本国元传吴汉二音。初金礼信来留对马音，传于吴音，举国学之，因名曰对马音；次表来筑博德，传于汉音，是曰唐音。"①

成书于1287年的日本人了尊《悉昙轮略图抄》云："吴汉音声互相搏，平声重与上声轻，平声轻与去声重，上声重与去声轻，入声轻与同声重。"② 并附有一份音位图（见图1）。

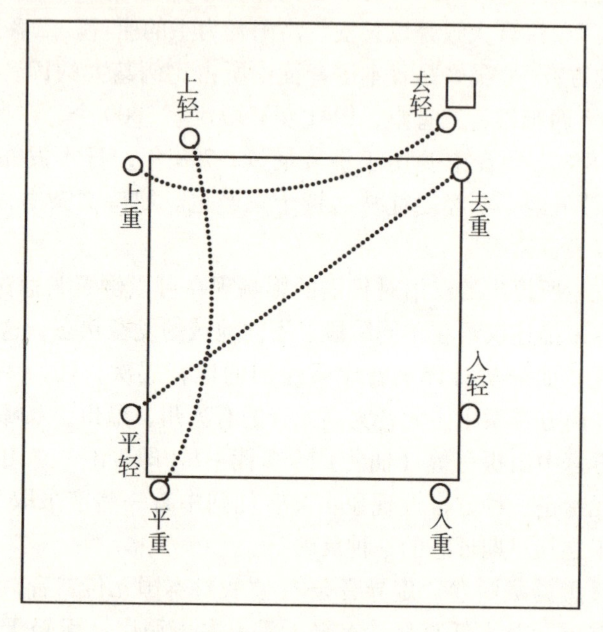

图1　音位图

这里的吴、汉音声即日语音读中的吴音和汉音，可以理解为南方音系和北方音系。"相搏"，相搏击，相互接触、相互切磋，模拟发音，揣摩异同。为我们提供东晋南北朝时"金陵""邺下"音相互接触、辨析声调、产生比较音韵学的佐证。这种规律中古已经存在，故了尊所概括的南方音系和北方音系的比较关系可以施行于东晋南北朝的"邺下""金陵"音的比较、辨析之中。

吴音和汉音的音读差别大致上反映了六朝时期的南方音系和唐朝长安

① 《大藏经》卷八十四，第731页。

② 《大正藏》卷八十四，第657页。

音系在音韵上的发展变化。

3. 现在音韵学研究的成果以双音比照为基础

范新干以东晋刘昌宗音为中心，描述六朝音变的轨迹。[1] 因为语音的变化和人类的聚离和移动密切相关，通语和方音的分离及彼此渗透，都造成语音复杂分布的局面，就是习惯使用通语的士人也会因生活于一个方言区，受到方音的侵蚀，而讲出带有方音的通语。而方言区的人士讲通语，一般都会带有方音，古今如此，少有例外。在描述刘昌宗音时，在将刘昌宗音与其先后的学者吕忱、徐邈、裴骃、邹诞生等做比较时，从整体上描述其大势是正确的方法。"刘音是在继承发展上古音基础上形成的，其声调系统，在六朝五家音里，大都具有共性或较有普遍性，同时也存在一些颇有人性的类聚。这三方面构成了刘音既有时代共性又有'土风'色彩的声韵调特点，其中的'土风'方面最能代表刘音的本色。"这里的"土风"方音应指吴音，或称"江左音"，因此，时间先后的吕忱音和刘昌宗音的差异不是简单的历时性的变化，"有的则当是江左音的掺入而造成的，属于方音歧异，比如船禅的分合、支脂之微的分合等，即是由江左音掺入而引起的。由此可见，刘音在继承发展吕音的同时掺杂了一些江左音……刘音这种以中原音因素为主干成分，同时又带有某些江左音色彩的综合体系，反映的当是刘昌宗时代南北融合的语音局面"[2]。

在声调方面，范新干也做了细致的比较研究工作，在和吕忱音的比较中得出如下结论，"刘音和吕音的声调，情况大同小异，刘音吕音的调类，都是平上去入四类——各类之中都没有阴阳调之分，字调的具体归类方面，都是大部分情况与《广韵》一致，同时也有少数与《广韵》不一致的情况。在这方面，吕音有平上混用、平去混用、上去混用、去入混用之类，刘音亦然。其中的上去混用问题，吕音有全浊上声和去声的混用情况存在，刘音亦有之。在这方面，吕音只有以去切浊上之类，刘音除了此类之外，还有以浊上切去之类，且音例也多于吕音，可见浊上变去问题，虽然刘音吕音同处在开端阶段，但相对来说，刘音比吕音更进了一步"[3]。

裴骃音重唇音和轻唇音、端和知、定和澄、船和禅等类聚分立，范新

---

① 参见范新干《东晋刘昌宗音研究》，崇文书局2003年版。

② 范新干：《东晋刘昌宗音研究》，崇文书局2003年版，第238页。

③ 范新干：《东晋刘昌宗音研究》，崇文书局2003年版，第201页。

干《轻唇音声母发端于刘宋时代考》一文联系郭璞、李轨、刘昌宗、徐邈、徐广、邹诞生、顾野王、陆德明八家，认为裴骃音中重、轻唇音声母的分立是事实，“在当时虽然尚有一些不成熟之处，但确已初具一定基础”。轻唇音发端至迟应在刘宋时代。[①] 而“刘音裴音的异同大都反映的是历时性区别，同时也夹杂有一些方音差异”，这里的方音（可理解为以吴音为主的方言）正是促使新兴音类形式的动力。[②]

三、“双音”与四声

发现四声的过程应该是先发现汉字有声调，然后才发现是四个声调。

传统的逻辑：四声为汉字所固有的属性，后为一批文人发现，在诗中做实验，成永明体。这样整体而有序的表述似乎非常合理。

但事物本身发展的关系应是：在诗歌写作中因某一字与字的配合具有美感，即声韵之美。这种写作过程是和具体而非抽象的字联系在一起，故又是和特定的语言中特定字的读音相联系的。特定的语言指不同个人所操语音，南朝时主要指雅言和吴音的区别，有如今天写旧体诗一样，为何用方言就平仄押韵符合规则，而用普通话系统则不能，事实上，这时普通话与方言的区别就成了古代语音与现代语音的区别，在这种区别中，人们想到的是古代某字如何念，在思维系统中完全是某字古音（方言中保留的）和今音声调或读音的比较。因此，可以想见，南朝人写诗一旦注意到字与字的“音”组合可以美听，必然去寻找其规律，然后才有“发现”之可能和必然要求；接下来，文人就去探讨“声”的分类：首先，如何知道汉字是可以进行四声分类的？其次，为何不分五声而只分四声？我们可以假设，有可能受音乐的“五音”影响，但和音乐五音无关，只是借用音乐之名和分类学上的意思。那么，什么最能影响汉字四声的分类的确定呢？应是当时共存的主要语音系统在实际生活中的运用。从感到汉字有“声”的分类，到对声类的划分，再到确定包括所有汉字只有四声，这个过程应该是很漫长的。

等到天子听到有四声分类的事实时，四声已定型。《梁书》卷十三范

---

① 参见范新干《东晋刘昌宗音研究》，崇文书局2003年版，第307页。

② 参见范新干《东晋刘昌宗音研究》，崇文书局2003年版，第217页。

云沈约传云："又撰《四声谱》，以为在昔词人，累千载而不寤，而独得胸衿，穷其妙旨，自谓入神之作，高祖雅不好焉。帝问周舍曰：'何谓四声？'舍曰：'天子圣哲是也。'然帝竟不遵用。"高祖，梁武帝萧衍。又有帝闻外间有四声之说，《太平广记》卷二《谈薮》云："重公尝谒高祖，问曰：'天子闻在外有四声？''何者为是？'重公应声答曰：'天保寺刹。'出逢刘孝绰，说以为能，绰曰'何如道天子万福。'"可见，不仅要会分四声，还要会使用四声表达意思，同是平上去入的"天保寺刹"，为何不如"天子万福"，并非四声出了问题，而是意思有问题，"刹"，音同"杀"。

学问和语言能力（指语音）并无直接关系，语音能力与人的语言感觉有关，还与对不同形态语音的了解和掌握有关，故不少方言学者或音韵学者都会熟悉除通语外的一两种方言，在比较语音中寻找各种语言形态的规律。辨析不同语言形态的重要事项应是声调、声韵母，语法是在这两项外进一步讲究的。古代汉语以单字表义，更注意声调。

讨论四声与吴语相关，讨论永明体则只要讨论与南北音系的关联，而不必和佛教牵合。唐作藩《音韵学教程》中讲反切时说了一句话，很值得今天研究古代音韵的学者玩味："现在我们有了语音学的知识，了解双声叠韵是比较容易的，而古时候特别是反切创制的初期则是困难的，懂反切的人要把双声叠韵解释清楚也很不容易。"① 要补充一句，今天人们要把古人的认识讲清楚也不容易。借用唐作藩的话，可以对四声创制初期的状况做如下表述：现在我们有了语音学的知识，有了关于汉字分为四声的规定及规则，了解四声是比较容易的，而古时候，特别是四声发现的初期，是困难的，懂汉字有"声"之别的人，要把汉字先分为四声，再把汉字在四声下做全面的归纳是很不容易的。周祖谟《古音有无上去二声辨》云："四声之名，古所未有，学者皆知起于宋齐之世。至于四声之分，则由来已远，非创始于江左也。观魏晋之人，为文制韵，固已严辨四声，即上求周秦两汉之文，亦莫不曲节有度，急徐应律，平必韵平，入必韵入。故知字有声调之别，自古已然。惟古之声调是否有四，实不易辨。"② 周祖谟说"魏晋之人，为文制韵，固已严辨四声"，周祖谟与罗常

① 唐作藩：《音韵学教程》，北京大学出版社1987年版，第25～26页。
② 周祖谟：《问学集》，中华书局1981年版，第32页。

培合著的《汉魏晋南北朝韵部演变研究》对此已有考证。但其所指为押韵中四声不相混，非谓四声相配以美文。

“四声的名称起于南北朝齐梁时代（5 世纪末—6 世纪初）。在此以前，汉族人自己并没有察觉到汉语中有四声的区别，这正像现代有些方言区的人并不知道自己的方言里有多少个声调、有多少个声母和韵母一样，不足为奇。”[①] 今天普通话的声调“阴阳上去”的分法是人们长期研究和使用的科学分类，由此，应该对古代四声分类做出评价，古代四声分类并不是面对所有语音形态的，但又是历史上很长时间内最好的分类。原因在于：第一，实际的通语和方言中的声调是多元的；第二，人们尚无法意识到，平分阴阳是一个清浊问题，在《广韵》中，阴平、阳平的区分尽管有不少反切下字与被切字同为阴平或同为阳平。但阴平必用清声母切上字，阳平必用浊声母切上字，绝不相混。另有不少是不一样的，如“东，德红切”“隆，力中切”“钟，职容切”“龙，力钟切”等。这些也完全靠反切上字的清浊来定，而不管反切下字是阴平还是阳平，即阴平阳平之确定全依切上字之清浊。阴平和阳平只是一个清浊的问题，不涉及声调。而平上去入的区别则完全靠反切下字定。这样做的理由是从现在方言中大致可以知道平声因清浊而分为阴平和阳平，唐作藩列出的 12 种方言中只有银川话调类为 3 种，平声不分阴阳，也可以说，阴平和阳平的客观存在应该是古来有之，这一点也说明文人对四声的归类主要是对诗歌写作的运用的简单而实用的归纳，而不是对生活语言的调类的科学归纳；从古代反切中，阴平、阳平的区分有时不是靠反切下字定调，而是参用反切上字之清浊而定的事实，同样可知阴平、阳平在语音中是存在的，但确定较为困难。

从唐作藩书中列举的 12 种方言中可以看出，由北而南的调类分布基本是由简而繁的，依次为北京 4、银川 3、济南 4、汉口 4、大同 5、长沙 6、梅县 6、苏州 7、厦门 7、温州 8、广州 9、博白 10。[②] 需要说明的是，对这些地区，除了要考虑在地域上有南北的远近之分，还要考虑到受官话或北方话影响的程度以及方言的独立程度，如梅县地属岭南，但北方南下的士人很多，即客家人多，官话或北方话对其的影响就大。又如经过学者

① 唐作藩：《音韵学教程》，北京大学出版社 1987 年版，第 55 页。
② 参见唐作藩《音韵学教程》，北京大学出版社 1987 年版，第 58 页。

调查研究，方言的调类或有增减，但唐作藩所列方言调类分布基本可以参用。在一定程度上，今天之方言存在状况可以理解为古今语音存在之状况。即古之语音调类繁，而今之语音调类趋简，普通话只有四个调类。

不管如何假设，可以肯定的是，它首先是在诗歌写作中提出的问题，解决问题后又在诗歌写作中实验。

在诗歌写作中探讨语音调类的规则比在日常生活中探讨语音调类的规则相对要容易一点。换句话说，四声的探讨只是在书面语中进行，可以舍弃生活交流中语音的复杂性而更单一。和今天写旧体诗的情形有极为相似的地方，某字要符合平仄，常常可在方言和普通话的比较中获得正确的选择，因为方言中保留了大量的古音，而旧体诗的平仄是以古韵书为标准的。当日京都所操音为两大系：官话（由洛下音来）和吴音（土著人所操音）。文人在写作中选择适当的字来满足美听的要求，一字不同的两种读音必然会成为反复比照的对象，也必然会发现某个具体字发音的官话和吴音的不同，这是第一步，可以以简单的听觉来判断；然后会发现官话和吴音发音的最大差异在调类，官话的调类和吴音不同，官话调类相对简单，吴音调类相对繁杂，这是第二步，这一步较难；当把官话的调类大致分为四个调类时，这是第三步，这一步非常难，如果说前面所言尚多为现象，而将汉字音调分类归纳才是本质的分析。至此，以《四声谱》为标志的所谓四声之“发现”才大致完成。只能是大致，如果用今天的语音分析的方法，官话当不止四个调类。

如果以隋代语音为基础，采用溯源法，可以看到东晋南朝人们在语音学方面最关心的是南、北音，隋代《切韵》谓“江东取韵，与河北复殊，因论南北是非，古今通塞”，以江东与河北说南北语音之是非；唐代景审《一切经音义序》云：“然则古来音反，多以傍纽，而为双声，始自服虔，元无定旨，吴音与秦音莫辩，清韵与浊韵难明。至如武与绵为双声，企以智为叠韵，若斯之类，苊所不取。”明其关键在吴音（南方音）和秦音（北方音）的差异，而“清韵”与“浊韵”之别也是南、北音的问题。北方音和南方音相遇时，在读音方面的差异很多，包括声、韵、调的差异，而据李涪所言，声调是其重要差异之一，比如吴音中“上声为去，去声为上”。日本音读之吴音和汉音传入虽有先后，但语音存活于域外，保留最为原始，比较其异同，则先后并不重要，了尊《悉昙轮略图抄》的音位图以吴音和汉音的比对确定平上去入声调的位置，是我们了解南朝人以北音和南音相比对而确立四声的最为重要的参照。[①]

南朝沈约在诗歌写作中探索到声调运用的重要，又将周颙等人对汉字声调的四声归纳用于诗歌写作中，并使四声在诗中呈“美听”的规则分布，可以说，沈约之于四声是从写作中来，又运用到写作中，对中国诗歌形式做出了重要贡献。“因为四声的发现，意味着对汉语音节的分析已经由反切的声、韵两分法发展到析为声、韵、调三部分的三分法。而以平上去入为四声命名，表明沈约等人对声调主要是由音高变化而构成这一性质已有一定的认识。”[②] 据《南齐书》陆厥传载，沈约回答陆厥质疑云：“自古辞人岂不知宫羽之殊，商征之别？虽知五音之异，而其中参差变动，所昧实多，故鄙意所谓‘此秘未睹’者也。”由此，有可能四声之名是参用了音乐的五音之名，而沈约却用音乐五音的术语讲“此秘未睹”的汉字四声调，为何？其过程应该是初借五音之名而定五声之名，后简约为四声，平声调中初有阴、阳之分，因不易分辨，故以一平声调统一之。因此，初步研究可以做出如下判断：南朝宋齐间语音实际上不止四声，包括当时使用的官话（北方音）和土著音（吴音），此即周祖谟所云“故知字有声调之别，自古已然。惟古之声调是否有四，实不易辨”。而归纳为四声是文人为写作诗歌而探索的规则，如果是实际语言中的发音规则，就不会出现皇帝不管或不遵用的事实。沈约是南方人，于辨音有其优长之处，周祖谟《切韵的性质和它的音系基础》一文中说：“至于北齐邺下或洛阳的读书音与南方相去多少，还无法说明。就颜之推所说而论，除崔子约、李祖仁等少数人以外，语音切正者不多，足见辨音分韵不如南方精切。”[③] 沈约比较南、北音之同异，并用于写作实践，发古之未睹之“秘”，实得益于南人辨音精切。讨论东晋南北朝时期语音学者之籍贯，与南、北音之分合，又可深论矣；在南北双音并存时代，以四声发现为条件的永明体具有了新的面貌，而且深刻影响了其后的唐诗，于此当有新解。

---

① 关于四声来源说法不同，可参考梅祖麟《中古汉语的声调与上声的来源》、奥德里古尔《越南语声调的起源》。参见潘悟云《境外汉语音韵学论文选》，上海教育出版社 2010 年版，第 41～60 页，319～334 页。

② 沈建民：《论〈切韵〉韵目用字的“同纽原则”》，载《语言科学》2005 年第 1 期。

③ 周祖谟：《问学集》，中华书局 1981 年版，第 472 页。

鲁国尧认为在研究古代音韵问题应采用“历史文献考证法”和“历史比较法”相结合的方法,[①] 这样可达到历史和逻辑的统一。以方言去探求古代音韵的存在状态，或许就是鲁先生所言“研究汉语史的最佳方法或者最佳方法之一”。本文只是讨论四声发现之历史背景在于汉语“双音”并存之时代，而其内在的音韵形态关系则有待专家的研究。

（原载《学术研究》2013 年第 10 期）

① 参见鲁国尧《“颜之推迷题”及其半解（下）》，载《中国语文》2003 年第 2 期。

孔稚珪《游太平山诗》补

孔稚珪（448—501年），字德璋，会稽山阴人。齐代曾任太子詹事等职。有辑本《孔詹事集》一卷。其《北山移文》为南北朝散文名篇，也是骈文中风格独特的佳作，钱锺书先生在《管锥编》中赞叹道："按此文传诵，以风物刻画之工，佐人事讥嘲之切，山水之清音与滑稽之雅谑，相得而益彰。"（见《全齐文》卷十九）孔稚珪也是一位诗人，只是诗名被《北山移文》的盛名所掩。

孔稚珪存诗不多，逯钦立《先秦汉魏晋南北朝诗·齐诗》卷二载录其作：《白马篇》《游太平山诗》《旦发青林诗》、残句《白纻歌》《酬张长史诗》。《游太平山诗》逯钦立所编只录4句："石险天邈分，林交日容缺。（注云：《舆地纪胜》作"阙"）阴涧落春荣，寒岩留夏雪。"及读元人《至正四明续志》，始知《艺文类聚》《舆地纪胜》《诗纪》诸书所载《游太平山诗》为残篇。

《至正四明续志》卷二十（中华书局影印本《宋元方志丛刊》第6648页）："集古考"下孔稚珪《游太平山诗》注云："本志（笔者按：指《延祐四明志》）山川考太平山条云，孔稚珪亦有诗详见题咏，而集古考下卷仅录四句，疑阙文也，今补。按《宝庆慈溪县志》亦只载四句，然彼在叙山条中偶然采用，不妨摘录，例与此异，特怪历来选齐梁诗者无不只此四句，岂皆未见其全耶。"查元《延祐四明志》卷七所记仅"又孔稚珪亦有诗"数字，下有小字注云："详见题咏"，《延祐四明志》卷二十"集古考"下录有《游太平山诗》4句，"林交月容缺"中"缺"作"阙"，此或本于《舆地纪胜》。《至正四明续志》卷二十《游太平山诗》全文如下：

逸访追幽踪，寻奇赴远辙。制芰度飞泉，援萝上危岜。万壑左右奔，千峰表里绝。曲栈临风听，奇檐倚云穴。石险天貌分，林交日容缺。阴涧落春荣，寒岩留夏雪，昔闻尚平心，今见幽人节。志入青松高，情投白云洁。泛酒乘月还，闲谈追霞灭。接赏聊淹留，方今桂枝发。

全诗注明出于《四明山志》，据《至正四明续志》校勘记九“余考”载《四明山志》有三种，前两种似是单篇记文，而第三种《四明山志》一卷，注云：“不知撰人名氏，目见《通志·艺文略》及《宋史·艺文志》，并不知作者。”著录孔稚珪全诗者当为第三种。

《游太平山诗》一韵到底，一气贯注。以往著录孔稚珪四句《游太平山诗》者，其诗主名皆无疑义，因此，此全诗20句俱为孔稚珪所作应是确信无疑的。孔稚珪会稽人，据《嘉泰会稽志》（本文所引方志皆据中华书局影印《宋元方志丛刊》）卷九载：“尚书坞在县东南三十三里，《寰宇记》云孔稚珪之山园也。”孔稚珪家居县东南，而太平山在县东南七十八里，孔稚珪进行太平山之游极为便利。况且，诗中所使用尚平之典、制芰之语亦为孔稚珪所习用，《北山移文》有“尚生不存，仲氏既往，山阿寂寥，千载谁赏”和“焚芰制而裂荷衣”之语，可与诗对读。

浙东有太平山三处，孔稚珪所游乃会稽太平山，此需做一些辨析。据《嘉泰会稽志》记载，太平山有三处：一在会稽，一在上虞，一在余姚。《嘉泰会稽志》卷九云：“余姚太平山在县东南七十里。《舆地志》云：余姚有太平山，山势似伞，四角各生一种木，不杂他木。……有道士旧筑居山上，秽身者来辄飞倒，自非洁斋不敢至焉。《艺文类聚》：余姚江源出太平山，东至陕江口入于海。孔稚珪诗云‘阴涧落春荣，寒岩留夏雪’即此。”此文下有小字注云：“太平山有三，一在会稽，一在上虞，一在余姚。而余姚山最著，谢敷居太平山不著何所，但云会稽人，故系之会稽，然敷所居或恐即此。梁杜京产居日门山，陶弘景有太平山日门馆碑云，吴郡杜征君拓宇太平之东，菁山之北，爰以幽奇别就基址，栖集有道，多历世年。盖京产所居日门亦太平山之别名也。”又云会稽太平山“在县东南七十八里，晋谢敷隐居太平山中十余年，以母老还南山若耶中”。其下有小字注云：“谢敷所隐属会稽或上虞未详，今系于此，从旧经也。”又云：“上虞伞山，在县南五里，一名太平山，旧经云形如伞也，吴道士干吉筑馆于此山巅，平衍有良畴数十顷，横塘溉之，无水旱。”按，太平山三处记载，于史实互有牵合。从孔稚珪诗所写内容看，余姚太平山、上虞太平山似非孔稚珪所游之太平山，二山形貌殊异，此不见孔稚珪的诗有纤毫所记，孔稚珪所游乃会稽太平山，除前面已提到的孔稚珪的家离这座山很近，便于游观外，此点可算又一有力说明。

那么，孔稚珪游太平山寻访的幽人高士是谁呢？从诗中可以看出，幽人是隐居于太平山的一名隐士。诗云："昔闻尚平心，今见幽人节。"尚平，《高士传》云："尚平，字子平，河内朝歌人也。隐居不仕，性尚中和，好通《老》《易》。"诗将幽人与尚子平并提，可见孔稚珪对他的敬佩。幽人当是杜京产，杜京产是齐梁大隐士，与孔稚珪有联系，据《南齐书》卷五四《高逸传·杜京产》记载："孔稚珪，周颙、谢瀹并致书以通殷勤。永明十年，稚圭及光禄大夫陆澄、祠部尚书虞悰、太子右率沈约、司徒右长史张融表荐京产曰：'窃见吴郡杜京产，洁净为心，谦虚成性，通和发于天挺，敏达表于自然。学遍玄、儒，博通史、子，流连文艺，沉吟道奥。泰始之朝，挂冠辞世，遁舍家业，隐于太平。葺宇穷岩，采芝幽涧，耦耕自足，薪歌有余。确尔不群，淡然寡欲，麻衣藿食，二十余载。虽古之志士，何以加之。谓宜释巾幽谷，结组登朝，则岩谷令欢，薜萝起抃矣。'不报。"可知，杜京产确实是"遁舍家业，隐于太平"的，诗中对幽人赞赏备至，以为其"志入青松高，情投白云洁"，这和孔稚珪表荐京产"洁净为心，谦虚成性"是一致的。据《北齐书》的记载，可以推断出这首诗写作的大致时间。孔稚珪崇尚隐居，早对杜京产有企慕之意，"致书以通殷勤"，从诗句"昔闻尚平心，今见幽人节"看，在孔游太平山之前似未曾与杜京产见过面，久慕高名，故十分喜悦。这次游太平山能与杜京产相会，其心情很好，两人饮酒赏月、高谈阔论，彼此悠然心会。孔稚珪和他人联名表荐杜京产很可能就在这次游太平山后不久。如此，则此诗大约作于永明十年（492年）。

此诗不仅可以帮助我们更具体、更全面地了解孔稚珪其人其文，也可以帮助我们去深入理解他的名篇《北山移文》。

（原载《文学遗产》1993年第2期）

唐代春秋左传学别论

《春秋》和《春秋左氏传》在唐代经学中有其特殊性，唐太宗时诏孔颖达等编定的《五经正义》为科举考试的必修经典，《左传》即在其中。而且科举考试中以《礼记》和《春秋左氏传》为大经，“凡《礼记》《春秋左氏传》为大经，《诗》《周礼》《仪礼》为中经，《易》《尚书》《春秋公羊传》《谷梁传》为小经。通二经者，大经、小经各一，若中经二。通三经者，大经、中经、小经各一。通五经者，大经皆通，余经各一，《孝经》《论语》皆兼通之”。“凡治《孝经》《论语》共限一岁，《尚书》《公羊传》《谷梁传》各一岁半，《易》《诗》《周礼》《仪礼》各二岁，《礼记》《左氏传》各三岁。”① 大、中、小经之分是由字数的多寡决定的，因此学习时间也有不同，如大经《礼记》和《左氏传》需要学习3年。但同一等级的经中，字数不可能相同，殷侑《请试三传奏》云：“谨按《春秋》二百四十二年行事，王道之正，人伦之纪备矣。故先师仲尼称志在《春秋》，历代立学，莫不崇尚其教。伏以《左传》卷轴文字，比《礼记》多较一倍，《公羊》《谷梁》比《尚书》《周易》多较五倍。是以国朝旧制，明经若大经、中经能习一传，即放冬集。然明经为学者，犹十不二。今明经一例冬集，人之常情，趋少就易，三传无复学者。伏恐周公之微旨，仲尼之新意，史官之旧章，将坠于地。伏请置三传科，以劝学者。《左传》问大义五十条，《公羊》《谷梁》各问大义三十条，策三道。义通七以上、策通二以上与及第。其白身应者，请同五经例处分。其先有出身及前资官应者，请准学究一经例别处分。”② 同是大经的《左传》文字比《礼记》多1倍，而同是小经的《公羊》《谷梁》比《尚书》《周易》多了5倍。从举子习业的角度看，《春秋》三传都很有难度，这就造

① ［宋］欧阳修、宋祁等：《新唐书·选举志上》，中华书局1975年版，卷四十四，第1160页。此文本参见［唐］李隆基、李林甫《大唐六典》，［日］广池千九郎校注，［日］内田智雄补订，三秦出版社1991年版，第48、396页。

② ［清］董诰等：《全唐文》，中华书局1983年版，卷七五七，第7856页，又见《唐会要》卷七十六《三传·三史附》。

成了如殷侑所指出的那样："人之常情，趋少就易，三传无复学者。"其实，中唐权德舆就为"趋末流而弃夷道"而担心，其《韩洄行状》云："复除兵部侍郎，累岁改国子祭酒。自兵兴以来，多趋末流而弃夷道，故学者不振，而《子衿》之诗作焉。公曰：'崇化励贤，本于六籍，不学将落，吾其忧乎！'乃表名儒袁颐、韦渠牟列于学官，讲《左氏春秋》《小戴礼》，抠衣鼓箧之徒，溢于国庠，讲诵之声，如在洙泗。"① 从这一叙述中可以探知一消息：《左传》《小戴礼》不被士子重视，而研习《春秋左氏传》的学者则更少，此种情形和韩愈所云"春秋三传束高阁"是一致的。②

可以推测，科举教育中选《春秋》三传作为习业和考试科目者只是少数。但《春秋左传》学在唐代经学史中却有其重要位置，③ 在有关唐宋思想转型和韩柳古文运动思想的阐释中都会涉及于此。

本文则尽量避开已有的研究，而讨论《春秋左氏传》和史学、文学和子学之间的关系，从《春秋左氏传》成书性质看，它介于经、史之间；从其描写手法和语言看，它又近于文学；从其主要描述对象为战争看，它又近于兵书，即近于子学。

---

① ［清］董诰等：《全唐文》，中华书局 1983 年版，卷五〇七，第 5158 页。

② 参见［唐］韩愈《寄卢仝（宪宗元和六年河南令时作）》，见《全唐诗》，上海古籍出版社 1986 年版，卷三四〇，第 841 页。

③ 参见沈玉成、刘宁《春秋左传学史稿》，江苏古籍出版社 2001 年版。其章节和主要观点如下，第七章"从总结到转变——隋唐"，第一节"刘炫述义对杜注的疏通补证"："刘炫不盲目宗杜，与杜注违异的意见在《正义》里被当作反面例子来引用，所以对刘炫的原文常常只是撮叙大意。即使如此，也仍还可以看出刘炫治学中所具有的清通简要的特色。""主要继承了汉代古文经学重实证的学风，遍稽群籍，对杜注作疏通和补证。"第二节"孔颖达《春秋左传正义》"："《正义》的编撰，客观上对前代的注疏带有总结的意义，主观上则在于证成所选定传注的合理可靠，并在不违背这一前提的原则下对传注作疏通发挥。"第三节"史通中的'惑经''申左'"："敢于把五经中的《尚书》《春秋》和解经的《左传》、不解经的《国语》以及《史》《汉》并列，这本身就是把'经'降而为史。"第四节"开宋学先河的舍传求经之风"："啖、赵、陆这一学派的主张，并非全无积极意义。至少，他们摒弃了过去治三传学者的互相攻讦，意在彻底清除从东汉以来的门户之见，事实上致力于兼取三传之长，以期融为一家之学。同时，唐初以杜注孔疏为官学，他们敢于冲破束缚，解放思想，在某种程度上也是宋人高谈性理和疑古之风的滥觞。"

一

《春秋》和《左氏传》在经学著作中性质较为特殊，对其进行的讨论也颇多分歧。以《春秋》和《左氏传》为经，这是一种常识，唐人修《五经正义》，《春秋左氏传》在其中，科举考试《春秋左氏传》列为“大经”。但另一方面的意见也不断产生，认为《春秋左氏传》是史而不是经，推其本意，并非有意挑战经典，而是还原《春秋左氏传》的真实身份和真实的历史面貌。

（一）《春秋左传》为史的观念

无论是《春秋》，还是《左氏传》，就其体例和内容而言，都属于史书范畴，《史通·惑经》：“案夫子所修之史，是曰《春秋》。”浦起龙释云“《惑经》专主《春秋》”①。唐代视《春秋》为史的还有司马贞、陆龟蒙、范摅等，司马贞《史记索隐序》云：“又其属稿，先据《左氏》《国语》《系本》《战国策》《楚汉春秋》及诸子百家之书，而后贯穿经传，驰骋古今，错综隐括，各使成一国一家之事，故其意难究详矣。”② 陆龟蒙《与友生论文书》：“史近《春秋》，《春秋》则记事之史也。六籍中独诗书易象与鲁春秋经圣人之手耳。《礼》《乐》二记，虽载圣人之法，近出二戴，未能通一纯实，故时有龃龉不安者。盖汉代诸儒争撰而献之，求购金耳。记言记事，参错前后，曰经曰史，未可定其体也。按经解则悉谓之经，区而别之，则《诗》《易》为经，《书》与《春秋》实史耳，学者不当浑而言之。”“岂须班马而后言史哉？以《诗》《易》为经，以《书》《春秋》为史足矣，无待于外也。”“经不纯微，史不纯浅。”③ 陆龟蒙对《春秋》性质的界定有细言和浑言之别，细言之则“《诗》《易》为经，《书》与《春秋》实史”有别，浑言之则“悉谓之经”。尤为可贵的是陆龟蒙提出一种评判经、史价值的思路，即要分别考察对待，“经不纯微，

---

① ［唐］刘知几：《史通通释》，［清］浦起龙释，上海古籍出版社 1978 年版，卷十四，第 398 页。

② ［清］董诰等：《全唐文》，中华书局 1983 年版，卷四〇二，第 4107 页。

③ ［清］董诰等：《全唐文》，中华书局 1983 年版，卷八〇〇，第 8403～8404 页。

史不纯浅”，破除一元论，有助于认识经史各自的价值。另一意见也很特别，范摅《云溪友议·序》云：“野老之言，圣人采择，孔子聚万国风谣，以成其《春秋》也。”① 这虽不符合《春秋》成书之本义，却启发人们认识和思考晚唐人灵活的经学阐释思想和方法。

本来就有一种意见认为，《春秋》是《春秋》，《左传》是《左传》，经是经，史是史，《左传》不主经发，自立为史。现在刘知几认为《春秋》是史，那么《左传》更是史了。皮锡瑞非常赞同《左传》是史的意见，但他认为“《春秋》是经，《左氏》是史”。皮锡瑞将《左传》和司马迁《史记》、班固《汉书》并论，《论春秋是经左氏是史必欲强合为一反致信传疑经》：“左氏叙事之工，文采之富，即以史论，亦当在司马迁班固之上，不必依傍圣经，可以独有千古。史记汉书后世不废，岂得废左氏乎。且其书比史汉近古，三代故实，名臣言行，多赖以存。”② 这里指出《左传》“不必依傍圣经，可以独有千古”。

皮锡瑞直言“左氏传本是史籍”，其《论杜预专主左氏似乎春秋全无关系无用处不如啖赵陆胡说春秋尚有见解》云：“啖助在唐时，已云习左氏者，皆遗经存传，谈其事迹，玩其文采，如览史籍，不复知有春秋微旨。盖左氏传本是史籍，并无春秋微旨在内，止有事实文采可玩。自汉以后，六朝及唐皆好尚文辞，不重经术，故左氏传专行于世，春秋经义，委之榛芜。啖赵陆始兼采三传，不专主左氏，推明孔子褒贬之例，不以凡例属周公，虽未能上窥微言，而视杜预孔颖达以春秋为录成文而无关系者，所见固已卓矣。”③ 啖助所言“习左氏者，皆遗经存传，谈其事迹，玩其文采，如览史籍，不复知有春秋微旨”④ 正是上承刘知几以来的唐人阅读《左传》的倾向。

皮氏盛赞晚唐陈商视左丘明为“太史氏之流”“陈商在唐代不以经学名，乃能分别夫子修经与诗书周易等列，邱明作史与史记汉书等列，以杜预参贯经传为非，是可谓卓识”⑤。皮锡瑞征引令狐澄《大中遗事》云：“大中时工部尚书陈商《立汉文帝废丧议》《立春秋左传学议》以孔圣修

---

① ［清］董诰等：《全唐文》，中华书局1983年版，卷八〇四，第8459页。

② ［清］皮锡瑞：《春秋》，见《经学通论》（四），中华书局2003年版，第49页。

③ ［清］皮锡瑞：《春秋》，见《经学通论》（四），中华书局2003年版，第73～74页。

④ ［唐］陆淳：《春秋啖赵集传纂例》卷一（《啖氏集传集注义第三》），四库全书本。

⑤ ［清］皮锡瑞：《春秋》，见《经学通论》（四），中华书局2003年版，第50页。

经，褒贬善恶，类例分明，法家流也；左丘明为鲁史载述时政，惜忠贤之泯灭，恐善恶之失坠，以日系月，修其职官，本非扶助圣言，缘饰经旨，盖太史氏之流也。举其春秋，则明白而有实，合之左氏，则丛杂而无征。"[①] 皮锡瑞在《论公谷传义左氏传事其事亦有不可据者不得以亲见国史而尽信之》引朱子云："左氏是史学，公谷是经学。史学者记得事却详，于道理上便差；经学者于义理上有功，然记事多误。"[②]

（二）以经传证史

引用《左传》，当然不排除经典的合理性，但从引例看，更注重史实，也就是说，重视历史的真实性及其存在的意义。这是发挥经典另一层面的功用，经典中的行事，必然是经典的体现，故以经典的行为来推阐经典的意义，以此来修正当代人的礼制。这里的方法本质上是把经典中发生的历史事实视为经典思想的体现，因此归纳经典中的史实就足以来验证当代行为的合理与否，可谓之"以经传证史"。

吕才有一组文章即采用以经传证史的方法。①《叙禄命》云："按《春秋》：鲁桓公六年七月，鲁庄公生。今检《长历》，庄公生当乙亥之岁，建申之月，以此推之，庄公乃当禄之空亡。依《禄命书》，法合贫贱，又犯句绞六害，背驿马生，身克驿马，驿马三刑，当此生者，并无官爵。火命，七月生，当病乡，为人尫弱，身合矬陋。今按《齐诗》讥庄公'猗嗟昌兮，颀而长兮。美目扬兮，巧趋跄兮。'唯有向命一条，法当长命。依检《春秋》，庄公薨时，计年四十五矣，此则禄命不验一也。"[③] ②吕才《叙葬书》："《春秋》又云：'丁巳，葬定公，雨，不克葬。至于戊午襄事。'礼经善之。《礼记》云：卜葬先还日者，盖选月终之日，所以避不怀也。今检《葬书》，以巳亥之日，用葬最凶。谨桉春秋之际，此日葬者凡有二十余件。此则葬不择日，其义二也。"[④] ③吕才《叙葬书》："《礼记》又云：'周尚赤，大事用日出；殷尚白，大事用日中；夏尚黑，大事用昏时。'郑玄注云：'大事者何？谓丧葬也。'此则直取当代所尚，

---

① ［明］陶宗仪：《说郛》，四库全书本，卷四十九。

② ［清］皮锡瑞：《春秋》，见《经学通论》（四），中华书局2003年版，第60页。朱子语见［宋］黎靖德《朱子语类》，四库全书本，卷八十三。

③ ［清］董诰等：《全唐文》，中华书局1983年版，卷一六〇，第1640页。

④ ［清］董诰等：《全唐文》，中华书局1983年版，卷一六〇，第1642页。

不择时之早晚。《春秋》又云：郑卿子产及子太叔葬郑简公，于时司墓大夫室当葬路，若坏其室，即日出而堋；不坏其室，即日中而堋。子产不欲坏室，欲待日中。子太叔云：'若至日中而堋，恐久劳诸侯大夫来会葬者。'然子产既云博物君子，太叔乃为诸侯之选。国之大事，无过丧葬，必是义有吉凶，斯等岂得不用？今乃不问时之得失，唯论人事可否。《曾子》问云：'葬逢日蚀，舍于路左，待明而行，所以备非常也。'若依葬书，多用干、艮二时，并是近夜半，此则交与礼违。今检《礼传》，葬不择时，其义三也。"例①用《春秋》记事考证"禄命不验"，文章用了综合考证的方法，《春秋》载鲁庄公七月生，而依《禄命书》则七月生者"七月生，当病乡，为人尪弱，身合矬陋"，《齐诗》则赞美庄公"颀而长、美目扬"，可见《禄命书》之非。例②以《春秋》葬例证驳《葬书》之非，论证"葬不择日"。例③以《春秋》葬例考证"葬不择时"。

又贾公彦《周礼正义序》以《春秋左氏传》和杜《注》考证上古官名之由，接下去论证"高辛氏之官，唯有重犁及春之木正等"，其云："颛顼及尧官数，虽无明说，可略而言之矣。按《昭二十九年》魏献子曰：'社稷五祀，谁氏之五官？'蔡墨对曰：'少皞氏有四叔，曰重、曰该、曰修、曰熙。实能金木及水，使重为勾芒，该为蓐收，修及熙为元冥，世不失职，遂济穷桑，此其三祀也。'注云：'穷桑，帝少皞之号也。'颛顼氏有子曰犁，为祝融；共工氏有子曰勾龙，为后土，此其二祀也。后土为社稷，田正也。有烈山氏之子曰柱，为稷，自夏以上祀之。周弃亦为稷，自商以来祀之，故外传犁为高辛氏之火正，此皆颛顼时之官也。按郑语云：'重犁为高辛氏火正。'故《尧典》注：'高辛氏之世，命重为南正司天，犁为火正司地。以高辛与颛顼相继无隔，故重犁事颛顼，又事高辛。若稷契与禹事尧又事舜。'是以《昭十七年》服注'颛顼'之下云：'春官为木正，夏官为火正，秋官为金正，冬官为水正，中官为土正。'高辛氏因之，故《传》云：'遂济穷桑。'穷桑颛顼所居，是度颛顼至高辛也。若然，高辛氏之官，唯有重犁及春之木正等，不见更有余官也。"[①] 以《左传》所记为史，皮锡瑞《经学历史·经学统一时代》云："而据《隋经籍志》，郑注《易》《书》，服注《左氏》，在隋已浸微将绝，

① ［清］董诰等：《全唐文》，中华书局1983年版，卷一六四，第1671～1672页。

则在唐初已成‘广陵散’矣。”[1] 周予同注云：“盖以《广陵散》之绝调喻郑、服著作之佚亡也。”据贾《序》则服虔注《左氏》在唐初实未佚亡。

又如张柬之《驳王元感丧服论》[2] 疑经而推重《左传》杜注考校，尽管是礼制的考证，但是是以事实的考辨为基础的；王綝《明堂告朔议》以《左氏传》“闰月不告朔，非礼也”考证“天子闰月亦告朔”。[3]

《春秋左氏传》在唐代既有经学的意义，也有史学的观念，人们引用《春秋左氏传》，除经典意义外，尚有史实的功用，引经传证史是唐人运用《春秋左氏传》的方法之一。

二

《春秋左氏传》是经学，是史学，也是文学。抛开《左传》被阐释过程中不断添加的意义和内容，《左传》自身就是优秀的文学读物。今天的文学史教科书列《左传》一章，并无例外。但我们在这里所要讨论的是唐人如何从文学角度来欣赏《春秋左氏传》的。

（一）《左传》文学论

《左传》因其是史，故有叙事记言，而有文学因素。但因《左传》为经，经的意义在于有微言大义，而不在于文学性。

唐以前就有学者文士从文学角度去关注《左传》，《经义考》卷一六九《春秋》二云：“王接曰：‘左氏辞义赡富，自是一家书，不主经发。’”“荀崧曰：‘其书善礼，多膏腴美辞，张本继末以发明经意，信多奇伟，学者好之。’”“范宁曰：‘左氏艳而富，其失也巫。’”“巫”，《经义考》卷二〇九引作“其失也诬”，当作“诬”。“诬”有“夸说不实”的意思。《北堂书钞》卷九十五《春秋》五载：“贺子云：‘左氏之传，史之极也，文采若云月，高深若山海。’”王接，荀崧，范宁，晋学者。贺子，贺循，南朝陈文人。以上诸家所言“辞义赡富”“多膏腴美辞”

① ［清］皮锡瑞：《经学历史》（七），中华书局1981年版，第198页。

② ［清］董诰等：《全唐文》，中华书局1983年版，卷一七五，第1787～1788页。

③ 参见［清］董诰等《全唐文》，中华书局1983年版，卷一六九，第1730页。

“艳而富”“文采若云月”实际上都是就《左传》的文学性而言的。文士中有极喜读《左传》者，也应该是《左传》有文学性所致，《册府元龟》卷七六八载：“庾信尤善《春秋左氏传》。”

刘知几《史通》对前代人评《左氏》文学性有所继承，特别是他自幼讽读，加深了对《左传》艺术的体会，他在《自叙》中云：“予幼奉庭训，早游文学，年在纨绮，便受古文《尚书》。每苦其辞艰琐。难为讽读，虽屡逢捶挞，而其业不成。尝闻家君为诸兄讲《春秋左氏传》，每废《书》而听，逮讲毕，即为诸兄说之。因窃叹曰：‘若使书皆如此，吾不复怠矣！’先君奇其意，于是始授以《左氏》，期年而讲诵都毕，于时年甫十有二矣。所讲虽未能深解，而大义略举。”[①] 他在评《左传》文学性时注意到两个方面，即言语和叙事，其《载言》云：“逮《左传》为书，不遵古法，言之于事，同在传中。然而言事相兼，烦省合理，故使读者寻绎不倦，览讽忘疲。”[②] 因《左传》“言事相兼”达到“使读者寻绎不倦，览忘疲”的效果，这也就是刘知几少时读《左传》感叹的“若使书皆如此，吾不复怠矣”的原因。《春秋》三传各有特点，《左传》以文胜应是读者的共识，萧颖士撰《历代通典》，云：“于《左氏》取其文，《谷梁》师其简，《公羊》得其核，综三传之能事，标一字以举凡。”[③] 那么，《左传》的文学性在“言事相兼”上有哪些特点呢？刘知几《史通》虽未集中论述，但在很多篇章中多有阐述。

1. 言语

刘知几《言语》云：“大夫、行人，尤重词命，语微婉而多切，言流靡而不淫，若《春秋》载吕相绝秦，子产献捷，臧孙谏君纳鼎，魏绛对戮杨干是也。”[④] 其中所举“吕相绝秦”等即文学史上所阐述的《春秋左氏传》的辞令之美。《申左》：“寻《左氏》载诸大夫词令，行人应答，其文典而美，其语博而奥，述远古则委曲如存，征近代则循环可覆。必料其功用厚薄，指意深浅，谅非经营草创，出自一时，琢磨润色，独成一

① ［唐］刘知几：《史通通释》，［清］浦起龙释，上海古籍出版社1978年版，卷十，第288页。
② ［唐］刘知几：《史通通释》，［清］浦起龙释，上海古籍出版社1978年版，卷二，第34页。
③ ［清］董诰等：《全唐文》，中华书局1983年版，卷三二三，第3278页。
④ ［唐］刘知几：《史通通释》，［清］浦起龙释，上海古籍出版社1978年版，卷六，第149页。

手。"《公羊传》《谷梁传》二传"记言载事""比诸《左氏》，不可同年"①。另外，刘知几认为《左传》能将当时谣谚载入，亦有特点，"寻夫战国以前，其言皆可讽咏，非但笔削所致，良由体质素美。何以核诸？至如'鹑贲''鸲鹆'，童竖之谣也；'山木''辅车'，时俗之谚也；'皤腹弃甲'，城者之讴也；'原田是谋'，舆人之诵也。斯皆刍词鄙句，犹能温润若此，况乎束带立朝之士，加以多闻博古之识者哉！则知时人出言，史官入记，虽有讨论润色，终不失其梗概者也"。此所举例皆讽咏之谣谚讴诵，这样的原始歌谣进入叙事当中，不仅保持了民间歌谣的原初面貌，增强了叙事的真实性，还让人有如聆歌唱的身临其境之感受。不过，刘知几此处的"言语"是指史载之"口语"，而不是叙述之辞，浦起龙释云："此节虽专举《左》文，却是统证首幅，用以形起后史所载口语，皆由倩饰也。"②《杂说上》云："《左氏》之叙事也，述行师则簿领盈视，哤聒沸腾；论备火则区分在目，修饰峻整；言胜捷则收获都尽；记奔败，则披靡横前；申盟誓则慷慨有余；称谲诈则欺诬可见；谈恩惠则煦如春日；纪严切则凛若秋霜；叙兴邦则滋味无量；陈亡国则凄凉可悯。或腴辞润简牍，或美句入咏歌，跌宕而不群，纵横而自得。若斯才者，殆将工侔造化，思涉鬼神，著述罕闻，古今卓绝。如二《传》之叙事也，榛芜溢句，疣赘满行，华多而少实，言拙而寡味。若必方于《左氏》也，非唯不可为鲁、卫之政，差肩雁行，亦有云泥路阻，君臣礼隔者矣。"浦起龙释："此亦《申左》之余也。《申左》多论载事之离合，此条乃论文字之工拙。"③ 这是指叙事之文字"或腴辞润简牍，或美句入咏歌，跌宕而不群，纵横而自得"。

2. 叙事

这是刘知几在《史通》中论述最多的地方。刘知几极其推许《左传》叙事，《仿真》云："盖《左氏》为书，叙事之最。自晋已降，景慕者多，有类效颦，弥益其丑。然求诸偶中，亦可言焉。""盖文虽缺略，理甚昭著，此丘明之体也。至如叙晋败于邲，先济者赏，而云：'上军、下军争

① ［唐］刘知几：《史通通释》，［清］浦起龙释，上海古籍出版社 1978 年版，卷十四，第 419 ～ 420 页。

② ［唐］刘知几：《史通通释》，［清］浦起龙释，上海古籍出版社 1978 年版，卷六，第 150 页。

③ ［唐］刘知几：《史通通释》，［清］浦起龙释，上海古籍出版社 1978 年版，卷十六，第 451 ～ 452 页。

舟，舟中之指可掬。’夫不言攀舟乱，以刃断指，而但曰‘舟指可掬’，则读者自睹其事矣。”① 因细节描写具体细微，栩栩如生，而使“读者自睹其事”。总之，《左传》叙事成就突出，并影响了后世的写作，“夫史之称美者，以叙事为先”。“其款曲而言人事也，则有犀革裹之，比及宋，手足皆见；三军之士，皆如挟纩。斯皆言近而旨远，辞浅而义深，虽发语已殚，而含义未尽。使夫读者望表而知里，扪毛而辨骨，睹一事于句中，反三隅于字外。”②

（二）韩柳与《春秋左氏传》

唐代韩愈、柳宗元的散文创作无疑也受到了《春秋左氏传》影响，但韩愈、柳宗元的文章对此并没有多少阐述。

1. 韩柳正面提到《左传》

韩愈、柳宗元正面提到《左传》的有三则材料。

（1）韩愈《施先生墓铭》云：“先生明《毛郑诗》，通《春秋左氏传》，善讲说，朝之贤士大夫从而执经考疑者继于门，太学生习《毛郑诗》《春秋左氏传》者，皆其弟子。贵游之子弟，时先生之说二经，来太学，帖帖坐诸生下，恐不卒得闻。先生死，二经生丧其师，仕于学者亡其朋。故自贤士大夫，老师宿儒，新进小生，闻先生之死，哭泣相吊。”③ 贞元十八年（802 年），韩愈为四门博士，施士丐卒于太学博士任，据《旧唐书·职官志》，太学博士，正六品上。太学博士掌教文武五品已上及郡县公子孙，从三品曾孙之为生者。四门博士，正七品上。四门博士掌教文武七品已上及侯伯子男子之为生者，若庶人子为俊士生者。无论从阶品还是执教对象看，太学博士均高于四门博士，施士丐大历时以《诗》名其学，《韩昌黎文集校注》引《刘公嘉话拾遗》云：“予尝与柳八韩十八诣施士丐听《毛诗》。”

（2）柳宗元《先侍御史府君神道表》：“先君之道，得《诗》之群，

---

① ［唐］刘知几：《史通通释》，［清］浦起龙释，上海古籍出版社 1978 年版，卷八，第 222、224 页。

② ［唐］刘知几：《史通通释》，［清］浦起龙释，上海古籍出版社 1978 年版，卷六，第 165、174 页。

③ ［唐］韩愈：《韩昌黎文集校注》，马其昶校注，上海古籍出版社 1998 年版，卷六，第 351 页。

《书》之政，《易》之直方大，《春秋》之惩劝，以植于内而文于外，垂声当时。天宝末，经术高第。遇乱，奉德清君夫人载家书隐王屋山。间行以求食，深处以修业，作《避暑赋》。合群从弟子侄讲《春秋左氏》《易王氏》，衎衎无倦，以忘其忧。"[①] 其父柳镇精《春秋左氏传》。

（3）柳宗元《万年县丞柳君（元方）墓志》，自称"从弟宗元，受族属之教"，《墓志》云："少孤，季父建抚字训道，通《左氏春秋》，贯历代史，旨画罗列，接在视听，嗜为文章，辞富理精。"[②]

以上三则材料是说明与韩愈、柳宗元有较亲密关系的人中确有通《左氏春秋》者，他们当对韩愈、柳宗元产生影响。

2. 对《左传》评价的共性

韩愈《进学解》："沉浸醲郁，含英咀华，作为文章，其书满家。上规姚姒，浑浑无涯；《周诰》《殷盘》，佶屈聱牙；《春秋》谨严，《左氏》浮夸，《易》奇而法，《诗》正而葩。下逮《庄》《骚》，太史所录，子云相如，同工异曲。先生之于文，可谓闳其中而肆其外矣。"[③] 要弄清楚这段话，先引两则材料。

（1）张说《唐赠丹州刺史先府君碑》："过四十始阅六籍：观《诗》得之厚，观《书》得之恒，观《乐》得之和，观《礼》得之别，观《春秋》得之正，观《易》得之元。"[④]

（2）柳宗元《答韦中立论师道书》："本之《书》以求其质，本之《诗》以求其恒，本之《礼》以求其宜，本之《春秋》以求其断，本之《易》以求其动，此吾所以取道之原也。"[⑤]

以上三说略有不同，韩愈之于"文"，张说之于"经"，柳宗元之于"文"而兼及"经"。这里所要说的是，韩愈文中讲"文"涉及"经"，和张说"六籍"比较，韩愈文中没有提及的是《乐》和《礼》，此二经似与文学无关。而"上规"为经，"下逮"者则非经。韩愈从文学角度评经书是有区别的，《书》经文字难懂，"佶屈聱牙"，这和刘知几"其辞艰

---

① ［清］董诰等：《全唐文》，中华书局 1983 年版，卷五八八，第 5942 页。

② ［清］董诰等：《全唐文》，中华书局 1983 年版，卷五九〇，第 5961 页。

③ ［唐］韩愈：《韩昌黎文集校注》，马其昶校注，上海古籍出版社 1998 年版，卷一，第 46 页。

④ ［清］董诰等：《全唐文》，中华书局 1983 年版，卷二二八，第 2301 页。

⑤ ［唐］柳宗元：《柳宗元集》，中华书局 1979 年版，卷三十四，第 873 页。

琐、难为讽读”看法一致。当把《春秋》和《左传》放在一起比较时，则一“谨严”，一“浮夸”。韩愈以“浮夸”评《左传》，“浮夸”一词的具体内涵颇难解释，而晋范宁曰“左氏艳而富，其失也巫”当是“浮夸”的最好注释，“艳而富”难免有夸大失实之弊。

《进学解》告诉人们，《左传》也是韩愈“沉浸”“含咀”之对象，只是认为其特点是“浮夸”，这一点和柳宗元的整体思路及判断一致。柳宗元没有对《左传》文学性的直接评价，但综合其不同场合、不同文章的意见，可以厘清柳宗元的《左传》文学观点。其一，柳宗元在一篇较为系统地论师道的文章中论述其取道之原和作文之道，并没有提到《左传》，《答韦中立论师道书》：“本之《书》以求其质，本之《诗》以求其恒，本之《礼》以求其宜，本之《春秋》以求其断，本之《易》以求其动，此吾所以取道之原也。参之谷梁氏以厉其气，参之《孟》《荀》以畅其支，参之《庄》《老》以肆其端，参之《国语》以博其趣，参之《离骚》以致其幽，参之太史公以著其洁，此吾所以旁推交通而以为之文也。”① 这里论述的意义可以和韩愈《进学解》相关内容等同，文中提到《春秋谷梁传》，提到《国语》。其二，将《春秋左氏传》置于“经言”之外，《报袁君陈秀才避师名》：“大都文以行为本，在先诚其中。其外者，当先读六经，次论语孟轲书，皆经言；左氏国语庄周屈原之辞，稍采取之；谷梁子太史公甚峻洁，可以出入。”② 文中“左氏”即《春秋左氏传》，它和《国语》《庄子》、屈骚同等，属“稍采取之”一类。其三，柳宗元并不否认《春秋左氏传》和《国语》是同一作者，柳宗元《先侍御史府君神道表》云“合群从弟子侄讲《春秋左氏》《易王氏》”，《非国语序》云“左氏《国语》”，二文中的左氏当指同一人。其四，对左氏《国语》持批判态度，《与吕道州温论非国语书》：“尝读《国语》，病其文胜而言尨，好诡以反伦，其道舛逆。而学者以其文也，咸嗜悦焉，伏膺呻吟者至比六经，则溺其文，必信其实，是圣人之道翳也。”③ 《非国语序》：“左氏《国语》，其文深闳杰异，固世之所耽嗜而不已也。而其说多诬淫，不概于圣。余惧世之学者溺其文采而沦于是非，是不得由中庸以入

① ［唐］柳宗元：《柳宗元集》，中华书局1979年版，卷三十四，第873页。
② ［唐］柳宗元：《柳宗元集》，中华书局1979年版，卷三十四，第880页。
③ ［唐］柳宗元：《柳宗元集》，中华书局1979年版，卷三十一，第822页。

尧舜之道。本诸理，作《非国语》。”[①] 柳宗元的论述在客观上承认《国语》的文学性，承认其“文胜而言尨”“深闳杰异”。其五，柳宗元虽未正面评价《春秋左氏传》的文学性，但他认为《春秋左氏传》和《国语》是同一作者。可以这样说，柳宗元对《国语》文学性的评价事实上就隐含了对《春秋左氏传》的文学性评价，《报袁君陈秀才避师名》云“左氏国语庄周屈原之辞稍采取之”，“左氏”即《左传》，它和《国语》排列在一起。《答韦中立论师道书》中云“参之《国语》以博其趣”，而参之《左氏传》亦有“博其趣”的功用。尤其是《非国语序》中云《国语》“其说多诬淫”，“诬淫”者，言过其实也，即范宁所云：“左氏艳而富，其失也巫”，联系到《与吕道州温论非国语书》中“病其文胜而言尨，好诡以反伦”，这些观点和韩愈的“《左氏》浮夸”相同。因此，韩愈、柳宗元评价《左传》文学性的观点是趋向于一致的。

3. 韩柳创作受《左传》影响

韩愈、柳宗元在唐代是读书甚勤、涉猎甚广的两位优秀作家，韩愈置《左传》在“上规”之列（《进学解》），柳宗元云“左氏国语庄周屈原之辞稍采取之”（《报袁君陈秀才避师名》）。韩愈《上兵部李侍郎书》云：“性于好文学，因困厄悲愁无所告语，遂得究穷于经传史记百家之说，沉潜乎训义，反复乎句读，砻磨乎事业，而奋发乎文章。凡自唐虞已来，编简所存，大之为河海，高之为山岳，明之为日月，幽之为鬼神，纤之为珠玑华实，变之为雷霆风雨，奇辞奥旨，靡不通达。”[②] 其文中“齐桓举以相国，叔向携手以上”一语则化用《左传·昭公二十八年》中的典故。值得注意的是，韩愈的同僚、学术前辈施士丐精通《春秋左氏传》；柳宗元的父亲精通《春秋左氏传》，“合群从弟子侄讲《春秋左氏》《易王氏》”。在中晚唐时期，专精《左传》的学者太少了，而这两位《左传》专家却与韩愈、柳宗元有特殊关系。

那么，韩愈、柳宗元的创作是如何接受或借鉴《左传》的写作经验的呢？这并不是一个易于表述的话题。但韩愈“之于文，可谓闳其中而肆其外矣”，文能闳肆，少不了“左氏浮夸”的影响，柳宗元“参之《国

① ［唐］柳宗元：《柳宗元集》，中华书局 1979 年版，卷四十四，第 1265 页。

② ［唐］韩愈：《韩昌黎文集校注》，马其昶校注，上海古籍出版社 1998 年版，卷二，第 143 页。

语》以博其趣”“左氏国语庄周屈原之辞稍采取之”，其创作也少不了受《左传》文采意趣的影响。《左传》毕竟长于叙事、精于言语，韩愈、柳宗元文中这两点也是明显的。举例来说，《左传》叙事精于细节描写，如《晋公子重耳之亡》中，写重耳“过卫”，受野人块；“及齐”，姜氏杀蚕妾，重耳以戈逐子犯；“及曹”，曹共公近观重耳裸浴。这些细节描写生动，对韩愈、柳宗元就有影响，如韩愈的一些文章也以细节描写而传神，《祭十二郎文》云：“吾与汝俱幼，从嫂归葬河阳，既又与汝就食江南，零丁孤苦，未尝一日相离也。吾上有三兄，皆不幸早世。承先人后者，在孙惟汝，在子惟吾。两世一身，形单影只。嫂尝抚汝指吾而言曰：‘韩氏两世，惟此而已。’汝时犹小，当不复记忆；吾时虽能记忆，亦未知其言之悲也。”[①]《张中丞传后叙》云：“愈尝从事于汴、徐二府，屡道于两府间，亲祭于其所谓双庙者。其老人往往说巡、远时事，云：南霁云之乞救于贺兰也，贺兰嫉巡、远之声威功绩出己上，不肯出师救。爱霁云之勇且壮，不听其语，强留之，具食与乐，延霁云坐。霁云慷慨语曰：‘云来时，睢阳之人不食月余日矣。云虽欲独食，义不忍，虽食，且不下咽。’因拔所佩刀断一指，血淋漓，以示贺兰。一座大惊，皆感激为云泣下。云知贺兰终无为云出师意，即驰去，将出城，抽矢射佛寺浮图，矢著其上砖半箭，曰：‘吾归破贼，必灭贺兰，此矢所以志也！’愈贞元中过泗州，船上人犹指以相语。城陷，贼以刃胁降巡，巡不屈。即牵去，将斩之；又降霁云，云未应，巡呼云曰：‘南八，男儿死耳，不可为不义屈！’云笑曰：‘欲将以有为也，公有言，云敢不死！’即不屈。”[②] 研究古文与传奇小说的关系应关注其与《左传》叙事的联系。

三

《春秋左氏传》大量描写战争，这一因素也影响了唐人读《左传》的兴趣，因此，《左传》和兵法有了联系。

---

① ［唐］韩愈：《韩昌黎文集校注》，马其昶校注，上海古籍出版社 1998 年版，卷五，第 337 页。

② ［唐］韩愈：《韩昌黎文集校注》，马其昶校注，上海古籍出版社 1998 年版，卷二，第 76 页。

（一）《左传》新读者

《春秋左氏传》是唐代科举教育和考试的重要内容，但因其篇幅过大，渐为士子所放弃，所谓“人之常情，趋少就易，三传无复学者”，殷侑的说法肯定有些夸大其辞，但《左传》字数最多，读《左传》者人数最少当是事实。按常情来说，社会上也还会有一些士子读《左传》和考《左传》。从家庭教育看，毕竟有像柳镇那样的人在“群从弟子侄”中讲授《左传》；从国家教育看，也有像施士丐那样的太学博士教授“太学生习《毛郑诗》《春秋左氏传》”。还有一些并非为科举考试而有兴趣读《左传》的，如刘知几读《左传》“寻绎不倦，览讽忘疲”。另外，学者为了研究也得读《左传》，如中唐的啖助、陆淳和赵匡，以及受其影响的文士。

但还有一种现象值得注意，唐代出现了一批有别于经学、史学和文学的新读者，即一些武人喜欢读《左传》，例如：①哥舒翰，《新唐书·哥舒翰传》，“又事王忠嗣，署衙将。翰能读《左氏春秋》《汉书》，通大义”[1]。②浑瑊，《新唐书·浑瑊传》，“瑊好书，通《春秋》《汉书》。尝慕《司马迁自叙》，著《行纪》一篇，其辞一不矜大”[2]。结合《高固传》，可以推知浑瑊通《春秋左氏传》。③高霞寓，《旧唐书·高霞寓传》，“霞寓少读《左氏春秋》及孙吴兵法，好大言，颇以节概自许。贞元中，徒步造长武城使高崇文，待以犹子之分，擢授军职”[3]。④高固，《旧唐书·高固传》，“固生微贱，为叔父所卖，辗转为浑瑊家奴，号曰黄芩。性敏惠，有膂力，善骑射，好读《左氏春秋》。瑊大爱之，养如己子，以乳母之女妻之，遂以固名，取《左氏传》高固之名也”[4]。⑤张仲武，《旧唐书·张仲武传》，“范阳人也，仲武少业《左氏春秋》，掷笔为蓟北雄武军使”[5]。⑥田弘正，《新唐书·田弘正传》，“弘正性忠孝，好功名，起楼聚书万余卷，通《春秋左氏》，与宾属讲论终日”[6]。

---

① ［宋］欧阳修、宋祁等：《新唐书》，中华书局1975年版，卷一三五，第4569页。
② ［宋］欧阳修、宋祁等：《新唐书》，中华书局1975年版，卷一五五，第4894页。
③ ［后晋］刘昫等：《旧唐书》，中华书局1975年版，卷一六二，第4249页。
④ ［后晋］刘昫等：《旧唐书》，中华书局1975年版，卷一五二，第4077页。
⑤ ［后晋］刘昫等：《旧唐书》，中华书局1975年版，卷一八〇，第4677页。
⑥ ［宋］欧阳修、宋祁等：《新唐书》，中华书局1975年版，卷一四八，第4784页。

另有一类是志存高远，深于谋略者，例如：①裴炎，参与武则天废中宗，《旧唐书·裴炎传》，“有司将荐举，辞以学未笃而止。在馆垂十载，尤晓《春秋左氏传》及《汉书》”[①]。②苏安恒，《新唐书·苏安恒传》，“冀州武邑人。博学，尤明《周官》《春秋左氏》学。武后末年，太子虽还东宫，政事一不与，大臣畏祸无敢言。安恒投匦上书曰……”[②]。③李德裕，《旧唐书·李德裕传》，“德裕幼有壮志，苦心力学，尤精《西汉书》《左氏春秋》。耻与诸生同乡赋，不喜科试……以父谴逐蛮方，随侍左右”[③]。④刘蕡，《旧唐书·刘蕡传》，“博学善属文，尤精《左氏春秋》。与朋友交，好谈王霸大略，耿介嫉恶。言及世务，慨然有澄清之志”[④]。

（二）《春秋左氏传》与兵法

在上面的分析中，已经看到高霞寓读《春秋左氏传》和孙吴兵法。其实在唐代，有人是把《春秋左氏传》当作兵书来读的，《左传》记录了大量的战例，并对战争成败的原因多有分析，如《曹刿论战》，就是讨论战争过程和取胜原因的。唐代以前就有武人读《左传》之例，如《后汉书·冯异传》：“好读书，通《左氏春秋》《孙子兵法》。”《梁书·羊侃传》：“雅爱文史，博涉书记，尤好《左氏春秋》及《孙吴兵法》。”[⑤] 但将《左氏春秋》《孙子兵法》或《孙吴兵法》合观却有其妙处，《孙子兵法》只是在理论上阐述用兵之法，而《左传》有大量战例，理论和战结合起来，相辅相成，就更易于理解和操作，以便指导实战。

唐人深明《左传》的用兵之道，于休烈《请不赐吐蕃书籍疏》云：“且臣闻吐蕃之性，剽悍果决，敏情特锐，喜学不回。若达于《书》，必能知战。深于《诗》，则知武夫有师干之试；深于《礼》，则知月令有废兴之兵；深于《传》，则知用师多诡诈之计；深于《文》，则知往来有书檄之制。何异借寇兵而资盗粮也！”“若陛下虑失蕃情，以备国信，必不得已，请去《春秋》。当周道既衰，诸侯强盛，礼乐自出，战伐交兴，情

---

① ［后晋］刘昫等：《旧唐书》，中华书局1975年版，卷八十七，第2843页。

② ［宋］欧阳修、宋祁等：《新唐书》，中华书局1975年版，卷一一二，第4167页。

③ ［后晋］刘昫等：《旧唐书》，中华书局1975年版，卷一七四，第4509页。

④ ［后晋］刘昫等：《旧唐书》，中华书局1975年版，卷一九〇《文苑传下》，第5084页。

⑤ 沈玉成、刘宁：《春秋左传学史稿》，江苏古籍出版社2001年版，第134页。

伪于是乎生，变诈于是乎起，则有以臣召君之事，取威定霸之名。若与此书，国之患也。”[①] 诸书中最利于吐蕃者莫过于《春秋左氏传》，因其有“用师诡诈之计”。有人谓《左传》为“武经”，权德舆《刘公纪功碑》：“公姓刘氏，彭城人，少沈毅尚气节，得大《易》之师贞，《春秋》之武经，肇自幼学，揣摩感概。”[②] 弃文从军而想建功立名者当读《左传》和《兵法》，权德舆《马燧行状》：“年十四从师讲学，因辍卷喟然曰：‘大丈夫当建功立名，以康济天下，岂能矻矻为章句儒耶?’读《左氏春秋》、孙吴《兵法》，与历代君臣大本，成败大较，忠贤功用，奇正方略，会其归趣，妙指诸掌。”[③] 杜预为《春秋左氏经传集解》也当与此相关，尽管他自陈“家世吏职，武非其功”（《晋书·杜预传》），但他以武功闻名是事实。将《左传》和兵法二者关系说得明白的还是苏轼，其《管仲论》云：“昔者尝读《左氏春秋》，以为丘明最好兵法。”[④] 其实唐诗中已有这样的表述，张说《奉和圣制送王晙巡边应制》云：“礼乐知谋帅，春秋识用兵。”[⑤] 杜甫《八哀诗·赠司空王公思礼》云：“晓达兵家流，饱闻春秋癖。”[⑥] 将兵家和《春秋》（即《春秋左氏传》）并举，也隐含了这样的意思，只是没有得到人们的关注而已。也有习《春秋左氏传》而用兵不当者，如房琯，《旧唐书·房琯传》载：“十月庚子，师次便桥。辛丑，二军先遇贼于咸阳县之陈涛斜，接战，官军败绩。时琯用春秋车战之法，以车二千乘，马步夹之。既战，贼顺风扬尘鼓噪，牛皆震骇，因缚刍纵火焚之，人畜挠败，为所伤杀者四万余人，存者数千而已。”[⑦] 看来房琯不能灵活运用古代兵法，《旧唐书》评曰：“琯好宾客，喜谈论，用兵素非所长。”

（三）杜牧注《孙子兵法》多引《春秋左氏传》

如上所述，《春秋左氏传》记事最突出的是描写战争，《左传》一书

---

① ［清］董诰等：《全唐文》，中华书局1983年版，卷三六五，第3717页，又见《旧唐书·吐蕃（上）》，卷二〇七。

② ［清］董诰等：《全唐文》，中华书局1983年版，卷四九六，第5060页。

③ ［清］董诰等：《全唐文》，中华书局1983年版，卷五〇七，第5159页。

④ ［宋］苏轼：《苏轼文集》，中华书局1986年版，卷三，第88页。

⑤ ［清］彭定求等：《全唐诗》，上海古籍出版社1986年版，卷八十八，第227页。

⑥ ［清］彭定求等：《全唐诗》，上海古籍出版社1986年版，卷二二二，第532页。

⑦ ［后晋］刘昫等：《旧唐书》，中华书局1975年版，卷一一一，第3320页。

记录了大小数百次战争，如城濮之战、崤之战、邲之战、鞌之战、鄢陵之战，《左传》除直接写战争过程外，著笔较多的还有对战争缘起及战后结果的叙述和分析，这正是兵书所需要揭示的内容。早期注《孙子兵法》的曹操，偶有一例是引《左传》的，《军争篇》云“故善用兵者，避其锐气，击其惰归，此治气者也……”，曹操注云：“《左氏》言一鼓作气，再而衰，三而竭。”此见《左传·庄公十年》，即名篇《曹刿论战》。杜牧《注孙子序》所言，“武所著书，凡数十万言，曹魏武帝削其繁剩，笔其精切，凡十三篇，成为一编。曹自为序，因注解之，曰：‘吾读兵书战策多矣，孙武深矣。’然其所为注解，十不释一，此者盖非曹不能尽注解也。予寻《魏志》，见曹自作兵书十余万言，诸将征伐，皆以新书从事，从令克捷，违教者负败。意曹自于新书中驰骤其说，自成一家事业，不欲随孙武后尽解其书，不然者，曹岂不能耶！今新书已亡，不可复知”[①]。曹操注《孙子兵法》基本未用《左传》例，是因为其简约精切的体例。

但从现存的《孙子兵法》注看，有意于用《左传》释兵法的是杜牧。唐代李筌、陈皞、孟氏注《孙子兵法》偶用《左传》例，而杜牧注《孙子兵法》用《左传》例较多，如《计篇》“兵者，国之大事”。杜牧曰：“《传》曰：‘国之大事，在祀与戎。’”[②] 又“天者，阴阳、寒暑、时制也”。杜牧曰：“《左传》昭公三十二年夏，吴伐越，始用师于越，史墨曰‘不及四十年，越其有吴乎？越得岁而吴伐之，必受其凶。’注曰：‘存亡之数，不过三纪，岁星三周三十六岁。故曰不及四十年也。’此年岁星在纪，星纪，其分也，岁星所在，其国有福，吴先用兵，故反受其殃。哀二十二年，越灭吴，至此三十八岁也。”又“将听吾计，用之必胜，留之；将不听吾计，用之必败，去之”。杜牧曰：“若彼自备护，不从我计，形势均等，无以相加，用战必败，引而去之。故《春秋传》曰：‘允当则归也。’”又“用而示之不用”。杜牧曰：“此乃诡诈藏形。夫形也者，不可使见于敌；敌人见形，必有应。《传》曰：‘鸷鸟将击，必藏其形。’如匈奴示羸老于汉使之义也。”“乱而取之。”杜牧曰：“敌有昏乱，可以乘而取之。《传》曰：‘兼弱攻昧，取乱侮亡，武之善经也。’”杜牧引唐前战事

---

① ［唐］杜牧：《樊川文集》，上海古籍出版社1978年版，第151页。

② ［春秋］孙武：《十一家注孙子校理》，［三国］曹操等注，杨丙安校理，中华书局2004年版，新编诸子集成本。

释《孙子兵法》，其中亦有直接引用《左传》而不注出处的，如《军争篇》“锐卒勿攻”。杜牧曰：“避实也。楚子伐隋。隋臣季良曰：‘楚人尚左，君必左，无与王遇。且攻其右，右无良焉，必败。偏败，众乃携矣。’隋少师曰：‘不当王，非敌也。’不从，隋师败绩。”此见《左传·桓公八年》。《地形篇》：“大吏怒而不服，遇敌怼而自战，将不知夔能，曰崩。”杜牧曰：“春秋时，楚子伐郑，晋师救之，伍参言于楚子曰：‘晋之从政者新，未能行令。其佐先縠刚愎不仁，未肯用命。其三帅者，专行不获，听而无上，众无适从。此行也，晋师必败。’”此见《左传·宣公十二年》。可见，熟读《左传》才能如此娴熟引用。杜牧注《孙子兵法》引用《左传》例还不是很多，却将《左传》和兵法的密切关系显示出来。

杜牧《注孙子序》：“冉有曰：‘即学之于孔子者，大圣兼该，文武并用，适闻其战法，犹未之详也。’复不知自何代何人分为二道，曰文曰武，离而俱行。因使缙绅之士，不敢言兵，或耻言之，苟有言者，世以为粗暴异人，人不比数。呜呼！亡失根本，斯最为甚。”[①] 故裴延翰《樊川文集序》云：“尚古两柄，本出儒术，不专任武力者，则注《孙子》而为其序。”[②] 杜牧、裴延翰之论传达出两个信息：一是时人有文人不论武之习俗；二是为文人论武事正名，所谓文武二道实本于儒术一途。故唐代注《孙子兵法》之李筌、陈皞、孟氏都名位不彰，李筌事迹稍有可采；陈皞，生平不详；孟氏则名号生平皆不详。这也应了杜牧之言，怕担上“粗暴异人”之恶名。

《春秋左传》学在唐代有相当大的影响，初唐《五经正义》修撰为唐代的发展在国家意识形态和教育制度上起到了规范作用；中唐啖助、赵匡、陆淳“春秋学”的舍传求经开宋学先河。围绕这些内容展开的唐前后期经学转变、唐宋儒学转型、柳宗元的春秋学等课题的讨论无疑深化了唐代《春秋左传》学的研究，这一方面的成果也比较饱满。本文则避开这些话题，跳出了经学的设限，而从史学、文学、兵学的角度对唐代《春秋左传》学进行探讨，相对于传统的论述范围，笔者只是从侧面看经学，故谓之“别论”。

---

① ［唐］杜牧：《樊川文集》，上海古籍出版社 1978 年版，第 150 页。
② ［唐］杜牧：《樊川文集》，上海古籍出版社 1978 年版，序第 2 页。

笔者认为《左传》在经学中有其特殊性，除经学外，它身上还被赋予了史学、文学、兵学（属于子学类）的特质。因此本文有如下思路：

当将《春秋》看成史时，其经典意义仍然存在，只是在实际操作中，《左传》的史实已成为他们论证现实行为合理性的文献资料和有史可循的古典依据；文学视野中的《左传》因其和经学有割不断的联系，人们对其的评价是审慎的，对其吸收也是含蓄的；而人们理解《春秋左氏传》中的兵学要素更具有实用性。从史学、文学和兵学角度思考和研究《春秋左氏传》，对经学而言，更具有拓展的现实空间。

（原载《隋唐五代经学国际研讨会论文集》，主编蔡长林，台北“中央研究院”中国文哲研究所，2009 年 6 月）

唐代文学研究中的文人空间排序及其意义

讨论唐代文学研究中的文人空间排序应关注三个方面的问题：①描述和考订文人的空间集聚和分布状态；②探求其规律；③阐明其意义。事实上文人的分布状况是复杂而又相当具体的，故本文只是在对几种不同类型的文人空间排序的具体解析中兼顾以上三点的阐述。所谓文人空间排序，是指按照一定规则将文人在空间中进行组合和排列，这种组合和排列可以是纵向的，也可以是横向的；可以是长时间的，也可以是短时间的；可以是实体，也可以是依事物性质所作的合并和归类；可以是连续的，也可以是间断的；可以是局部的，也可以是普遍的。从文人空间排序来研究唐代文学，已有不少人在做一些尝试，本文是在吸收现有成果的基础上，对此进行论述，许多问题以后可以做专题研究。

一、和地域结合：关于文人占籍的分析

文人以占籍为单位的空间排列，历来为唐代文学研究者所重视，但由于作家资料的零散和籍贯相混，因此难以清理，陈尚君先生《唐诗人占籍考》[①] 则填补了这一空白，唐代诗人的占籍情况据陈尚君考订，大致如下：京畿道226人，其中京兆府186人；关内道6人；都畿道200人，其中河南府120人；河南道157人；河东道149人，其中蒲州79人；河北道245人；山南东道77人；山南西道4人；陇右道27人；淮南道60人；江南东道404人；江南西道159人；黔中道0人；剑南道66人；岭南道27人。诗人占籍的分布对我们研究唐代文学会有多方面的启发，这里谈三个相关问题。

（一）诗人占籍和文化繁荣的认知

我们在审视经济繁荣、文化繁荣和作家分布的变迁问题时，作家占籍

① 陈尚君：《唐代文学丛考》，中国社会科学出版社1997年版，第138～170页。

又成了一个重要的参照物。如果把唐代诗人的占籍作为一个整体来认识，则北方籍作家的比例超出南方，而南方相对集中的是江南东道和江南西道，其中一些州历来就是文化发达地区，诗人占籍量也比较大，如润州43人、苏州69人。如果考虑到时间因素，中晚唐南方地区的诗人占籍增长率显然超出北方，比如福建、泉州等地。另一方面也不容忽视，尽管我们试图勾勒出安史之乱对诗人地域分布的影响，以描绘一条文化南移的轨迹，但我们发现诗人占籍与经济、文化繁荣并不能处处构成同一的对应关系，如扬州和益州在唐代中后期极其繁荣，有“扬一益二”之说，但从诗人占籍看，扬州26人，益州32人，而终唐之世都相当落后的福州和泉州，其诗人占籍数却分别是48和34人。何以会出现这样的分布，原因相当复杂，正和诗人成长一样，并非符合一两个条件就行。事实上，我们的统计只是一种相对的成果，或者说还是一个粗线条的工作，假使我们能对每个诗人进行质的考察，将他们分为不同等级——上、中、下三级，在同一等级上对其占籍做统计；假如我们有条件对诗人所属阶层进行分析，将其划分为如士族、寒素或官僚、隐士、僧道，在同一阶层对其占籍做统计，那么就会有更多的发现，也会较为精确地说明一些规律，使研究向前推进一步。举一个例子来说，如上文提及的福州和泉州，安史之乱后，诗人占籍虽有大幅度的增长，但从质量上看，没有出现比较杰出的诗人，甚至二流诗人也难数一二。再从阶层上看，僧人占有极大比重，福州48人，其中僧人有17人——释希运、卿云、师备、怀浚、道虔、义忠、道溥、神禄、灵佑、志勤、惟劲、常察、清豁、神赞、文矩、皎然（五代闽僧）、志端；泉州34人，其中僧人有9人——释玄应、全豁、义存、无了、本寂、光云、慧救、慧忠、省僜。

诗人的占籍在一定范围和一定程度上可以帮助人们理解文化现象和内在规律，但要尊重实际，也要有相当的灵活性。事实上，文化南移与占籍有一定联系，而更多的是与文人的活动相关，如大历浙东使府规模浩大的文人唱和，颜真卿刺湖州时多达90余人的联唱集团。因此，我们在研究唐代使府与文学关系时曾进行过一些探讨。从文学家占籍来考察，籍里为北方者居多，而参幕则多在南方。文人自叙籍里，或为人作碑、传，特别喜欢追溯其郡望、祖籍，尤以出身北方名门望族为荣，如果剖析一下，里面的含义是丰富的，它不仅标示着门第（血统）地位，也表现了文明的程度（不管实际情况如何，至少形式上如此），等等；而在选择做官或入幕地点却又以南方居多，史料记载，士人不愿在朝为一般官吏而求任地方官或求入幕，事实上是指到南方为官作佐。这样的分离实质上是缘于二者的不同价值取向：对郡望的要求主要出于“名”的满足，而仕宦南方就出于“利”的需要。这样一来，客观上给南方文化的发展带来了实际的帮助，促进了文化的彼此交流与渗透。但是，南方文化发展滞后于经济发展，从地方官和南方幕府僚佐以及活动于南方的文人占籍来分析，北方士人暂时还承担着南方文化发展的重要角色。《新唐书·常衮传》载，常衮，京兆人，“建中初，杨炎辅政，起为福建观察使。始，闽人未知学，衮至，为设乡校，使作为文章，亲加讲导，与为客主均礼，观游燕飨与焉，由是俗一变，岁贡士与内州等”。又《唐语林》卷四载：“闽自贞元以前未有进士。观察使李琦始建庠序，请独孤常州及为新学记，云：‘缦胡之缨，化为青衿。’林藻弟蕴与欧阳詹睹之叹息，相与结誓，继登科第。”由于他们的兴教，南方边远地区文化发展有了突破。

除了兴教，他们还努力改变落后地区的生活方式、宗教信仰。《新唐书·韦正贯传》载，正贯，京兆万年人，为岭南节度使，“南方风俗右鬼，正贯毁其淫祠，教民毋妄祈。会海水溢，人争咎撤祠事，以为神不厌，正贯登城沃酒以誓曰：‘不当神意，长人任其咎，无逮下民。’俄而水去，民乃信之”。又《新唐书·杨于陵传》载，于陵，弘农人，“出为岭南节度使，辟韦词、李翱等在幕府，咨访得失，教民陶瓦易蒲屋，以绝火患”。为南方文化发展做出了贡献的人是会得到应有的尊敬的，如常衮兴办教育，“其后闽人春秋配享衮于学官”（《新唐书·常衮传》）。

我们企图说明北方士人对南方文化的发展作用，换言之，北方士人的文化素养一般高于南方，这从对495位文学家籍里所做的统计中也可以得到佐证，除25人籍里不详外，北方籍文人占相当大的比重：陕西85人、河南82人、河北和山西均为49人。

另外，出于地理和历史的原因，南方文化的发展又是不平衡的，南方长江下游的部分地区：江浙一带文化相当发达，江苏及浙江是六朝的政治、文化中心和人才资源中心，所谓“长江之南，世有词人”[①]，我们在对495位文学家的籍里统计中，江苏59人、浙江50人。从文士入幕看，江浙人由于所处的地方风景优美、自然物产丰富，易生安土重迁之心，他

① ［唐］陶翰：《送惠上人还江东序》，见《文苑英华》卷七二〇，第7页。

们首次入幕一般还是做就近的选择。因此，我们不能把长江以南和沿长江两岸区域的文化等同对待，它应该含有如下三个层次：发达富饶地区、次发达富饶地区和落后地区。如果忽视这种差异，就会面对许多无法解决的矛盾。可以说，文人参幕南方主要是指前两个地区，而文人的参幕协同府主推动了某些地区的文化发展，某些地区主要是指落后地区。

（二）家族：一种文化和文学传递的形式

家族需要每一个成员在一个共同目标下各尽其力以维护家族的利益，《旧唐书》卷一九〇上载，孔绍新与弟绍安以文词知名，绍新曾经对外兄虞世南说："本朝沦陷，分从湮灭，但见此弟，窃谓家族不亡矣。"家族讲究门风，"门户须历代人贤，名节风教，为衣冠顾瞩，始可称举"（《旧唐书》卷一九〇上《袁谊传》）。门户的形成要靠数代人的持续奋斗。士族阶层的势力在唐后期虽渐次削弱，但士族观念仍存在。士族以不同的方式、从不同的方面沿承和发扬家族的传统，即使由科举进入仕途的中小地主阶级知识家族，也会以士族的手段来维持家族的荣誉和门风（因此在研究家族对文化传递的作用时不必太多关注士庶的问题）。杜甫的祖父杜审言是初唐大诗人，杜甫在《赠蜀僧闾丘师兄》诗中云："吾祖诗冠古。"又在《宗武生日》诗中告诫其子云："诗是吾家事。"这就意味着，杜甫以他祖父的业绩而骄傲，也要求自己和自己的后代为维护祖业而做不懈的努力。从诗人的占籍看，有亲缘关系的家族中同辈、子孙等同为诗人的很多，达200余例（唐宗室不计在内），例如：①颜允南、颜真卿、颜岘、颜浑、颜颛、颜须、颜顼、颜舒；②窦叔向、窦常、窦弘余、窦牟、窦群、窦庠、窦巩；③柳公绰、柳公权、柳珪；④杜审言、杜甫；⑤韩愈、韩弇、韩湘；⑥元结、元友直、元友让、元季川；⑦姚崇、姚系、姚伦、姚合、姚岩杰；⑧崔融、崔禹锡、崔翘、崔彧、崔岐、崔安潜；⑨薛据、薛蒙、薛蕴；⑩卢羽客、卢纶、卢汝弼、卢嗣业；⑪沈佺期、沈东美；⑫李端、李虞仲、李昂、李胄；⑬李栖筠、李吉甫、李德裕；⑭王播、王炎、王铎、王镣、王起、王龟；⑮皇甫冉、皇甫曾；⑯包融、包何、包佶；⑰皇甫湜、皇甫松；⑱廖匡图、廖凝、廖匡齐、廖融。

以上18例只是一小部分，这就说明了一个事实，家族成了文化传承中的重要链节，陈寅恪先生在《隋唐制度渊源略论稿·礼仪》中曾论及家族在学术发展中的意义："盖自汉代学校制度废弛，博士传习之风气止息以后，学术中心移于家族，而家族复限于地域，故魏、晋、南北朝之学术、宗教皆与家族、地域两点不可分离。”此因唐前而发论，但对我们理解唐代家族承担某种文化或文学传播责任并发挥其作用具有同样意义。所以我们在研究一个作家的生平时，应该研究作家的家庭文化背景和家学渊源。

（三）出生与僧诗通俗化的联系

诗僧的占籍可以引起我们对僧诗的通俗化的思考，僧诗是文学史上的一种现象。据陈尚君考订，京兆府 186 人，其中诗僧 3 人；都畿道 200 人，其中诗僧 2 人；河南道 157 人，其中诗僧 11 人；河东道 149 人，其中诗僧 4 人；河北道 245 人，其中诗僧 8 人；山南东道 77 人，其中诗僧 4 人；山南西道 4 人，其中诗僧 1 人；陇右道 27 人，其中诗僧 1 人；淮南道 60 人，其中诗僧 4 人；江南东道 404 人，其中诗僧 64 人；江南西道 159 人，其中诗僧 10 人；剑南道 66 人，其中诗僧 5 人；岭南道 27 人，其中诗僧 4 人。不详者 32 人，其中诗僧咸秦 1 人，江南 2 人，海隅 1 人。这一统计说明：一是南方诗僧数量高于北方，北方最重要的地区京兆府和都畿道的诗僧约占总数的 1.3%；南方重要的地区江南东道的诗僧约占总数的 15.8%。二是相对落后地区诗僧数量高于相对发达地区。三是处于政治中心的中原地区的诗僧数量低于非处于政治中心的其他地区。

似乎可以这样说，与上述统计相对应的是，僧人多数出生在贫穷地区，具体到个人，则是指僧人大多出生于贫寒人家，换句话说，除了落发寺院研习佛经之外，他们大多数并没有条件接受良好的教育。从地区看，江南东道诗僧最多，但最多的还是落后地区，温州诗人计 10 人，僧人有 6 人；台州诗人计 8 人，僧人有 3 人；福州诗人计 48 人，僧人有 17 人；泉州诗人计 34 人，僧人有 9 人。江东诗僧多的原因很多，如山水秀丽、寺庙林立等，我们这里只是考察其中的一方面。从出身看，唐代绝大多数僧人都出身寒素，或自小就入寺庙连出生地都不详，翻一下《宋高僧传》就可得知，“释圆寂，不知何许人也”[①]“释甄叔，不知何许人”[②]“释怀

---

① ［宋］赞宁：《宋高僧传》，中华书局 1987 年版，第 234 页。
② ［宋］赞宁：《宋高僧传》，中华书局 1987 年版，第 235 页。

海，闽人也”[1]“释邬月，姓韩氏，上党人也，厥父为土盐商”[2] “释天然，不知何许人也，少入法门”[3]“释庆诸，俗姓陈，庐陵新淦玉笥乡人也，乃祖厥考，咸不为吏”[4]“释休静，不知何许人也”[5]“释师备，俗姓谢，闽人也，少而憝黠，酷好垂钓，往往泛小艇南台江自娱”[6]“释文益，姓鲁氏，余杭人，年甫七龄，挺然出俗……益好为文笔，特慕支汤之体，时作偈颂真赞，别形纂录”[7]。又如诗僧寒山、拾得皆出身贫贱之家，《宋高僧传》载：“寒山子者，世谓为贫子风狂之士，弗可恒度推之，隐天台始丰县西七十里，号为寒暗二岩，每于寒岩幽窟中居之，以为定止……拾得者，封干禅师先是偶山行至赤城道侧，仍闻儿啼，遂寻之，见一子可数岁已来，初谓牧牛之竖，委问端倪，云无舍，孤弃于此。”[8]

以往的研究在论述诗僧创作的通俗性时，都指出其缘于佛教，传播的对象是大众，要求颂赞偈铭的通俗，极端者则以淫秽之事取悦听众，《唐罗史补　因话录》卷四载：“有文溆僧者，公为聚众谭说，假托经论所言，无非淫秽鄙亵之事。不逞之徒，转相鼓扇扶树。愚夫冶妇，乐闻其说，听者填咽。寺舍瞻礼崇奉，呼为和尚。教坊效其声调，以为歌曲，其氓庶易诱。”[9] 笔者认为除此之外，还要考虑僧人阶层的出身以及他们的文化修养，在唐代科举制度下，即使出身寒素，也尽量走科举一路进入仕途，而入释门的人其文化水平当等而下之。当然，诗僧中有小部分人修养较高，和当时文士交往密切，如灵一、皎然等，成书于贞元初的《中兴间气集》评灵一云：“自齐梁以来，道人工文者多矣，罕有入其流者。一公乃能刻意精妙，与士大夫更唱迭和，不其伟欤。”于頔《吴兴昼上人集序》盛赞皎然诗作，以为“江南词人，莫不楷模”。皎然与当时文人唱和较多；还有一类在诗僧中占绝大多数，出生在文化落后地区的贫寒之家，没有多高的文化知识，只是靠自己的经验和冥思，用韵语记录下对佛教思

---

① ［宋］赞宁：《宋高僧传》，中华书局 1987 年版，第 236 页。
② ［宋］赞宁：《宋高僧传》，中华书局 1987 年版，第 237 页。
③ ［宋］赞宁：《宋高僧传》，中华书局 1987 年版，第 250 页。
④ ［宋］赞宁：《宋高僧传》，中华书局 1987 年版，第 282 页。
⑤ ［宋］赞宁：《宋高僧传》，中华书局 1987 年版，第 303 页。
⑥ ［宋］赞宁：《宋高僧传》，中华书局 1987 年版，第 305 页。
⑦ ［宋］赞宁：《宋高僧传》，中华书局 1987 年版，第 313、314 页。
⑧ ［宋］赞宁：《宋高僧传》，中华书局 1987 年版，第 484、485 页。
⑨ ［唐］李肇、赵璘：《唐国史补　因话录》，上海古籍出版社 1983 年版，第 94 页。

想的阐释和理解，他们始终在自己的宗教文化圈子里活动，他们发表诗作也是缘于宣扬佛教，故通俗易懂，玄觉《永嘉证道歌》云：“穷释子，口称贫，实是身贫道不贫。贫则身常披缕褐，道则心藏无价珍……几回生，几回死，生死悠悠无定止。自从顿悟了无生，于诸荣辱何忧喜。”天然《骊龙珠吟》云：“认取宝，自家珍，此珠元是本来人。拈得玩弄无穷尽，始觉骊龙本不贫。”诗僧的写景怀人之作也是通俗的，如拾得诗：“云山迭迭几千重，幽谷路深绝人踪。碧涧清流多胜境，时来鸟语合人心。”栖白《哭刘得仁》诗：“为爱诗名吟至死，风魂雪魄去难招。直须桂子落坟上，生得一枝冤始消。”这些诗和文人的所谓通俗诗比较，大异其趣。《唐国史补　因话录》卷四云：“元和以来，京城诸僧及道士，尤多大德之号……至有号文章大德者，夫文章之称，岂为缁徒设耶？讹亦甚矣！”这里对僧道者流的评价并非故意贬低，至少代表了当时社会流行的一种观念。而诗僧们大量通俗的颂赞偈铭拥有了一大批非正统文人可企及的读者听众，敦煌相关文献也佐证了这一观点。这也是从诗僧占籍所产生的想法，可做进一步探索。

二、和制度结合：科举和使府

（一）科举制度下的文人聚合

举子一旦及第，就改变了原来的身份，并以进士及第者的资格和其他人组成一个新的空间序列。

据《登科记考》，这里对上元元年至元和元年（674—806 年）之间的登科情况做一抽样排列。上元二年（675 年）进士：沈佺期、宋之问、刘希夷、张鷟。开耀二年（682 年）进士：陈子昂、刘知几。开元十四年（726 年）进士：储光羲、崔国辅、綦毋潜；知贡举：严挺之。开元十五年（727 年）进士：王昌龄、常建；高才沉沦、草泽自举科：王缙；知贡举：严挺之。开元十九年（731 年）进士：王维、薛据；博学宏词科：萧昕、陶翰、王昌龄；知贡举：裴敦复。开元二十一年（733 年）进士：刘长卿、元德秀。开元二十二年（734 年）进士：阎防、颜真卿、杜鸿渐；博学宏词科：王昌龄；知贡举：孙逖。开元二十三年（735 年）进士：贾至、李颀、萧颖士、李华、柳芳；牧宰科：崔国辅；知贡举：孙逖。天宝六年至八年（747—749 年）进士：包佶、包何、李嘉祐、权皋、李栖筠、高适；风调古雅科：薛据；知贡举：李岩。天宝十三年（754 年）进士：韩翃、元结、刘太真；洞晓玄经科：独孤及；知贡举：杨浚。天宝十五年（756 年）进士：郎士元、皇甫冉、关播、封演；知贡举：杨浚。大历四年（769 年）进士：齐映、李益、冷朝阳；知贡举：薛邕。大历五年（770 年）进士：李端、顾少连、韦重规；知贡举：上都薛邕、东都张延赏。大历六年（771 年）进士：章八元、卢景亮、杨于陵；讽谏主文科：李益；知贡举：张谓。大历七年（772 年）进士：畅当、王仲堪；博学宏辞科：杨于陵；诸科：归登；知贡举：张谓。大历八年（773 年）进士：陆贽、严绶；知贡举：上都张谓、东都蒋涣。大历九年（774 年）进士：杨凭、阎济美；知贡举：上都张谓、东都蒋涣。建中元年（780 年）进士：魏弘简、唐次、孔戣、杜兼；贤良方正能直言极谏科：元友直、樊泽、吕元膺；文辞清丽科：奚陟、梁肃、吴通玄；知贡举：令狐峘。贞元八年（792 年）进士：陈羽、欧阳詹、李观、冯宿、王涯、张季友、齐孝若、韩愈、李绛、庾承宣、崔群；博学宏词科：李观、裴度；知贡举：陆贽。贞元九年（793 年）进士：穆寂、柳宗元、刘禹锡、张复元、武儒衡、穆员、薛公达、卫中行；明经：元稹；博学宏词科：张复元、李绛；知贡举：顾少连。贞元十六年（800 年）进士：白居易、戴叔伦、杜元颖、崔玄亮；知贡举：高郢。元和元年（806 年）进士：皇甫湜、李绅、崔公信；博学宏词科：杜元颖；才识兼茂明于体用科：元稹、白居易、崔护、沈传师；知贡举：崔邠。

从上述对上元元年至元和元年（674—806 年）的有选择的统计，至少有这样三点认识。

第一，体现文运兴替和文学演进的段落层次。沈佺期、宋之问的登第才使他们有机会总结六朝以来声律方面的创作经验，以其创作实践表明律诗体制初步形成。开耀二年（682 年）陈子昂登第，离开了相当闭塞的故乡梓州，他才有可能在诗歌领域积极倡导恢复失去已久的建安风骨。开元十四年至开元十八年（726—730 年）的四五年间，储光羲、崔国辅、綦毋潜、王昌龄、常建、王维、薛据、陶翰先后登科，诗坛以他们为主体，绘写出盛唐气象。大历和元和诗坛的形成在文人登科年代中也可以寻找出一条清晰的线索。这不仅和文学史的描述进程是一致的，而且在同一时代文人先后登场的次序和辈份层次也十分清楚，如大历诗人中韩翃、郎士元、皇甫冉等登科较早，而章八元、畅当等登科较晚。

第二，知贡举对文人聚合的作用，开元二十二年（734 年）、开元二十三年（735 年）孙逖知贡举，录取进士：阎防、颜真卿、杜鸿渐、贾至、李颀、萧颖士、李华、柳芳；博学宏词科：王昌龄；牧宰科：崔国辅。大历六年至大历九年（771—774 年）张谓知贡举，录取进士：章八元、卢景亮、杨于陵、畅当、王仲堪、陆贽、严绶、杨凭、阎济美；讽谏主文科：李益；博学宏辞科：杨于陵；诸科：归登。贞元八年（792 年）陆贽知贡举。贞元九年（793 年）顾少连知贡举，录取了一批重要文士。同年是当时文士交往中的一大重要社会关系。

第三，举子登第后，意味着个体融入了一个特定的群体，在帝都有了立足的资本，是逐步走向上层社会的起点，举子及第后就有了身份，周围的人会给予相当的尊重。冷朝阳及第后归江宁，据于邵《送冷秀才东归序》云："近三四年，复与士合，每岁以故事选实而流颂声，则江宁冷侯，由此擢秀。今乏与比，前或少双。是以中朝宗文，当代秉义者，盖向风矣。不复相鄙，愚无间然，得为田苏之游，不负金石之契，亦既多矣……冷侯深于诗也，秘监韦公叙焉。其为歌诗以出饯，皆汉廷显达，士林精妙。各附爵里，为一时之荣。"《唐才子传》卷四载："大历四年齐映榜进士及第，不待调官，言归省觐，自状元以下，一时名士大夫及诗人李嘉祐、李端、韩翃、钱起等，大会赋诗攀饯。"钱起《送冷朝阳擢第后归金陵觐省》、韩翃《送冷朝阳还上元》、李嘉祐《送冷朝阳及第东归江宁》。

（二）使府制度下的文人聚合

参照本人的《唐方镇文职僚佐考》可知，使府文士的空间排列暗示了文士的活动走向。

第一，从文士入幕的规模看，长江流域的大镇成了文士入幕的趋竞之所，而文人入幕于多于北方方镇，只有河东、河中。西川、淮南的特殊位置决定了两地入幕文士的最大规模，而江淮流域的其他地区因其土地肥沃、物产丰富而吸引文人入幕，这些地区是浙东、浙西、宣歙、荆南、江西。陈少游先后镇宣歙、浙东、淮南，史谓"三总大藩，皆天下殷实处也"（《旧唐书·陈少游传》）。入幕文士较多的还有山南东道，江南东道也有地利，《新唐书·朱朴传》云："议迁都曰：'……臣视山河壮丽处多，故都已盛而衰，难可兴已；江南土薄水浅，人心嚣浮轻巧，不可以都；河北土厚水深，人心疆愎狠戾，不可以都。惟襄邓实惟中原，人心质良，去秦咫尺，而有上洛为之限，永无夷狄侵轶之虞，此建都之极选也。'”另外，户口的增加也说明了山南东道在安史之乱及其后的一段时间内是相当稳定的，正可谓“无夷狄侵轶之虞”，以今本《元和郡县志》所存各道而论，除剑南道以外，户口有增的诸州中，襄州居第一，天宝时户数36357，元和时户数107107，其他多在江南地区。襄州美丽的山川和传统的文化对文人有较大的魅力，李益在《送襄阳李尚书》诗中这样写道：“天寒发梅柳，忆昔到襄州。树暖然红烛，江清展碧油。风烟临岘首，云水接昭丘。俗尚春秋学，词称文选楼。”① 北方河东、河中二镇皆为大镇，唐天授元年（690年），河东置北都，其间有废有复，河东节度使皆同时兼北都留守，河东又为唐龙兴之地，“晋阳，国家之丰沛，天下劲兵所处”②。河中为长安与河东的通道。这样就不难理解文人空间分布的合理性。

第二，从文士入幕的素质看，进士及第入幕者占相当的比例。这一现象的出现有较多的原因。首先，朝廷委任的方面大员多为文吏，如李德裕、元稹、严武、武元衡、杜佑、沈传师、李绅等，不胜枚举。《唐语林》卷一载：“宣宗性至孝……舅郑光为平卢、河中两镇节度使，大中七年自河中来朝，上询其政事，光不知文字，对皆鄙俚。上命留光奉朝谒，后以光生计为忧，乃厚赐金帛，不复更委方镇。”同样说明了朝廷对委任的方镇要求有很高的文化素养，所以方镇比较重视幕僚的文化素质。《唐语林》卷七云：“薛能尚书镇郓州，见举进士者，必加异礼。”辟进士及第者入幕当为方镇自身的自觉行为。其次，朝廷也希望方镇所辟僚佐为登科者，并对非登科者入幕设置严格的限制。最后，由于每年进士及第人数的增多和积累，朝廷无法满足登科者的仕宦要求，一般新第进士都例辟外府，当然加大了幕府进士的比重。

第三，文人分布不仅是一个形式问题，它还可以帮助人们了解文人流向的某些带本质性的东西。比如说根据幕府文人分布的情况可以研究入幕文人的类型，文人入幕从大的方面说，有政治型、文化型和经济型。所谓

---

① ［清］彭定求：《全唐诗》，中华书局1960年版，第3220页。

② ［唐］梁肃：《送周司直赴太原序》，见［清］董诰《全唐文》卷五一八，中华书局1983年版，第5267页。

政治型就是有很明确的政治目的，服务于政治需要和仕进需要，由于文人入幕只是仕途的过渡阶段，因此绝大多数入幕文人都可以归入这一类，或兼而有之。他们入幕要“赞师律安戎旅”[①]，方镇政治地位和权力至大，故朝廷较重幕职的选任“舜以五长绥四国，若今之节制也。周以十联率诸侯，若今之廉察也。国家合为一柄，付有功诸侯；故其陪臣，选任益重：或辍朝籍、授简书者，往往而有”[②]，北方幕府以此类为多。所谓文化型是指入幕者与府主之间主要以文才相知而建立的一种关系，如李德裕和刘三复的关系，《唐语林》卷三“赏誉”：“刘侍郎三复，初为金坛尉，李卫公镇浙西，三复代草表云：‘山名北固，长怀恋阙之心；地接东溟，却羡朝宗之路。’卫公嘉叹，遂辟为宾佐。”《册府元龟》卷七一八《幕府部·才学》：“刘三复长于章奏，李德裕始镇浙西，迄于淮甸，皆参佐宾筵，军政之余，与之吟咏终日。”又如元稹和窦巩的关系，《嘉泰会稽志》卷二：“《旧经》云，所辟幕职皆当时文士，镜湖秦望之游，月三四焉，而讽咏诗什，动盈卷秩，副使窦巩海内诗名，与稹酬唱最多，至今称兰亭绝唱。”安史之乱以后，南方各镇一般都以文吏为方镇，故选任幕僚更多为文化型，这一点是我们研究唐代幕府与文学创作关系的前提。幕府文士选任非常重视文辞，故进士出身比例甚大，此类以南方幕府为多。所谓经济型，是指入幕主要为生计考虑，沈亚之《与路鄜州书》云：“且走来阁下之门者，亦不独尽穷饿无依而来求粟帛于阁下，亦有抱其智，怀其才，闻阁下好贤而来求臧否于阁下。”由此可知当日不少投方镇入其幕者都是为解决衣食之事，中唐文人入幕还把衣食之事放在仕进之下，《昌黎先生集》卷十七《与卫中行书》云：“于汴徐二州，仆皆为之从事，日月有所入，比之前时，丰约百倍，足下视吾饮食衣服亦有异乎？然则，仆之心或不为此汲汲也，其所不忘于仕进者，亦将小行乎其志耳，此未易遽言也。”到晚唐为生计入幕者甚多，“今之诸侯延宾府，礼贤俊，非尽能备策谋樽俎之事，徒系官秩廪食而已，至于藩方有事，鲜能有济危纾难者”[③]。张信开成初为义昌李彦佐巡官。此类不仅存在于经济发达地区，

---

① 《王师闵可检校水部员外郎徐泗濠等州观察判官制》，见［唐］白居易《白居易集》卷五十二，中华书局1999年版，第1095页。

② 《李彤授检校工部郎中充郑滑节度副使等制》，见［唐］白居易《白居易集》卷四十九，中华书局1999年版，第1034页。

③ 《张信墓志铭》，见《千唐志斋藏志》，文物出版社1984年版，第1111页。

更多的是存在于具有自主权（相对独立于中央政府之外的割据和半割据）的方镇区。

三、和典籍结合：唐人选唐诗

文人的空间排序和典籍的结合是一特殊方式，这些被列在一起的文人可以在实际生活中没有接触和交往，这种排列是由于一个人出于某种目的而将他们放在一个空间来考察，此可称之为依事物性质所做的合并和归类的空间组合。这种组合带有主观和人为的色彩，并有某种偶然性，一些唐人选唐诗即可作如是观。

《翰林学士集》① 是唐初宫廷君臣唱和诗的选集，传为许敬宗所编，文人空间排列是以皇帝和皇族为中心的，以歌功颂圣美化升平为内容。如《五言奉和侍宴仪鸾殿早秋应诏并同应诏四首并御诗诗》，太宗《赋得早秋》：“寒惊蓟门叶，秋发小山枝。松阴背日转，竹影避风移。提壶菊花岸，高兴芙蓉池。欲知凉气早，巢空燕不窥。”长孙无忌应诏结句云：“既承百味酒，愿上万年杯。”杨师道云：“称觞奉高兴，长愿比华嵩。”朱子奢云：“承恩方未极，无由驻落晖。”许敬宗云：“小臣参广宴，大造谅难酬。”关于这类诗的写作背景，都和许敬宗在《五言侍宴中山诗序》中说的差不多：“皇帝廓清辽海，息驾中山，引上樽而广宴，奏夷歌而昭武。于时绮窗流吹，带薰风而入襟；雕梁起尘，杂飞烟而承宇。更深露湛，圣怀兴豫。爰诏在列，咸可赋诗。各探一字，四韵云尔。”这样的文人空间聚合也就决定了他们诗歌的格调。《河岳英灵集》则属于另一形式的文人空间聚合，即编选者以一种标准使一批文人以特殊的方式排列在一处，殷璠在《河岳英灵集序》中说，入选作品应是“既闲新声，复晓古体，文质半取，风骚两挟”。选取也相当严肃，“如名不副实，才不合道，纵权压梁、窦，终无取焉”。从《河岳英灵集》可以了解开元、天宝诗坛的风貌。

唐人选唐诗所展示的文人空间排序的特殊形式不仅可以使人们了解一定时代的文学风貌，还可以帮助人们做出如下的思考。

（1）被选者如在世，他自然会认同这样一种空间组合，也就是说，

---

① 傅璇琮：《唐人选唐诗新编》，陕西人民教育出版社1996年版，第1页。

他很珍惜这样的空间组合，并为这一空间组合的合理性和优越性做出进一步的努力。如有不同看法，也是在这种组合的前提下发表自己的观点，如初唐四杰在当时以文辞齐名，海内称“王杨卢骆”，而杨炯则说：“吾愧在卢前，耻居王后。”此例和唐人选唐诗有非常相似的地方，亦可移来解释唐人选唐诗的空间排列的认同和异议。

（2）由于编选者是依照一定的标准进行文人空间排列的归类和合并的，所以唐人选唐诗本身就提供了一个让后人在一定程度上了解当时诗歌范式和审美风尚的物质形态。如果后人对前代某一文人空间序列产生了浓厚的兴趣，并进行充分的模仿，或者对前面的某种空间序列不满而有意识地背道而驰，无论如何，一个新的文人空间序列又会出现。《全唐诗》卷六七五郑谷《续前集二首》之一云：“殷璠裁鉴《英灵集》，颇觉同才得旨深。何事后来高仲武，品题《间气》未公心。”这里透露出某种信息。因为文献不足，我们已无法弄清其中的细节，如果我们联系一下宋代产生的江湖诗派，就会对以典籍为介的文人空间组合的形态和意义有进一步的认识，江湖诗派是在反对江西诗派、学习晚唐中组建的新序列，同样印证了我们对文人空间排序的观点。

（3）以典籍为物质形态的文人的空间排序有其局限性，排序的出发点应该是张扬文学流派，将创作引向健康的轨道，但与之相关的负面影响也同时存在，即有可能使创作纳入同一范式，抑制了文学风格多样化。

四、和文化行为结合：编纂群体

这种文人空间排序是因某种文化事业造成的，如宋代一帮文臣杨亿、刘筠、钱惟演等奉命编纂《历代君臣事迹》（完成时定名《册府元龟》），他们在秘阁编纂之余，进行诗歌唱和，其诗结集成《西昆酬唱集》。唐代也有类似的情况，如武后时，一批宫廷文人修《三教珠英》，崔融集其诗成《珠英集》，宋晁公武《郡斋读书志》卷二十载：“《珠英学士集》五卷，右唐武后朝诏武三思等修《三教珠英》一千三百卷，预修书者四十七人，崔融编集其所赋诗，各题爵里，以官班为次，融为之序。”这种文人的空间聚合，一是规模大人员多，二是时间相对较长，三是文人文化素质大致相近，因此，其诗歌的格调、内容也比较单一呆板。《珠英集》自宋以后散佚，敦煌石窟打开，写本《珠英集》始面世。①

唐初修撰史书的文士也是性质相似的空间聚合。贞观年间，尚书左仆射房玄龄、侍中魏征、散骑常侍姚思廉、太子右庶子李百药孔颖达、礼部侍郎令狐德棻、中书侍郎岑文本、中书舍人许敬宗等，撰成周隋梁陈齐《五代史》(《唐会要》卷六十三史馆上)。房玄龄等人修《晋书》，《唐会要》载："于是司空房玄龄、中书令褚遂良、太子左庶子许敬宗掌其事，又中书舍人来济、著作郎陆元仕、著作郎刘子翼、主客郎中卢承基、太史令李淳风、太子舍人李义府薛元超、起居郎上官仪、主客员外郎崔行功、刑部员外郎辛丘驭、著作郎刘胤之、光禄寺主簿杨仁卿、御史台主簿李延寿、校书郎张文恭，并分功撰录。又令前雅州刺史令狐德棻、太子司仪郎敬播、主客员外郎李安期、屯田员外郎李怀俨，详其条例，量加考正。"

上述编撰皆发生在上层，也有在下层的，如陆质等人"春秋学"的研习编纂。《新唐书》卷二〇〇《儒学传》云："(啖)助门人赵匡、陆质，其高第也。助卒，年四十七。质与其子异裒录助所为春秋集注总例，请匡损益，质纂会之，号纂例。"《纂例》是他们的共同成果，凝聚了他们三人对《春秋》学的理解和发明。

据陆质《春秋例统序》(《全唐文》卷六一八)，赵匡先后为陈少游宣歙、浙东二府从事，并就学于啖助。《春秋例统序》云："啖先生讳助，字叔佐，关中人也。聪悟简淡，博通深识。天宝末客于江东，因中原难兴，遂不还归。以文学入仕，为台州临海尉，复为润州丹阳主簿。秩满，因家焉。陋巷狭居，晏如也。始以上元辛丑岁集三传，释春秋，至大历庚戌岁而毕。赵子时宦于宣歙之使府，因往还浙中，途过丹阳，乃诣室而访之，深话经意，事多向合，期反驾之日，当更讨论。呜呼，仁不必寿。是岁，先生即世，时年四十有七。是冬也，赵子随使府迁镇于浙东。淳痛师学之不彰，乃与先生之子异躬自缮写，共载以诣赵子。赵子因损益焉，淳随而纂会之，至大历乙卯岁而书成。"陆质，本名淳，因避宪宗名改之。赵匡与陆质后又同入陈少游淮南幕。《新唐书》卷一六八《陆质传》云："明《春秋》，师事赵匡，匡师啖助，质尽传二家学。陈少游镇淮南，表在幕府。"又《柳宗元集》卷九《唐故给事中皇太子侍读陆文通先生墓表》注引孙曰："匡，字伯循，河东人，历淮南节度判官、洋州刺史。"

① 参见傅璇琮《唐人选唐诗新编》，陕西人民教育出版社1996年版，第41页。

赵匡为淮南判官当在浙东之后，与陆质同幕。因此，其幕府生活与经学研究的经历可列述如下：

大历元年至大历五年（766—770年），啖助集三传释春秋，赵匡时为宣歙幕僚，向啖助请教并讨论春秋经义；大历五年至大历八年（770—773年），赵匡为浙东幕僚，陆质携啖异赴浙东与赵匡讨论春秋经义，修改编撰《春秋纂例》；大历八年至兴元元年（773—784年），赵匡、陆质为淮南幕僚，陆质入幕或因赵匡的推荐，二人同时讨论春秋经义，至大历乙卯［大历十年（775年）］而成《春秋纂例》。

可见，《春秋纂例》这样重要的经学研究成果是在幕府中定稿的。从文化区域看，江浙一带素有经学传统，出现了不少经学大家。《隋书·儒林传》载："吴郡褚辉，字高明，以《三礼》学称于江南。""余杭顾彪，字仲文，明《尚书》《春秋》。""余杭鲁世达，炀帝时为国子助教，撰《毛诗章句义疏》四十二卷，行于世。""吴郡张冲，字叔玄……撰《春秋义略》，异于杜氏七十余事。"隋唐之际，陆士季从同郡顾野王学《左氏春秋》（《新唐书·孝友传》）。苏州人朱子奢从乡人顾彪学《左氏春秋》（《新唐书·儒林传上》）。这样的文化氛围容易出现像陆质这样的经学大师。另外，文化的南移在客观上部分打破了中央文化一统的局面，产生了一些新思想，陆质等人对传统经学的突破正是出现在这一文化背景之下。

文人的生存需要自己的空间，文人的生活变化也会时刻改变着自己的生存空间，如文士受到贬谪，就会顷刻间失去原有的空间序列，而重新建立一个空间组合；同样一位隐士，一旦征辟到朝廷来，他的生存空间就会从山林移到宫殿，而他与周围文士构成的空间组合也随之发生变化。因此，文人的空间组合并不是固定不变的，当一个文人进入了新的空间排序，则意味着他原在的空间排序已被改变，甚或被解析而丧失。也正因为如此，文人的空间聚合与分离会给文化带来刺激，给文学发展带来生机。

（原载《扬州大学学报》1999年第1期）

唐代小说的事、传之别与雅、俗之体

唐代小说内涵的确定尚有分歧，侯忠义分为传奇、志怪、轶事三类。[①] 周勋初认为："但不管作品的性质属于志人、志怪，抑或属于学术随笔性质的著作，在古人看来，中间还是有其相通的地方，即对正经而言，都属'丛残小语'；对正史而言，大都出于'街谈巷语，道听途说'；学术随笔，则大都为纠正历代相传之讹误而作。因此这些著作都可在'小说'名下统一起来。"[②] 本文中的小说概念也较为宽泛。从文学发生学看，小说一体，多起于民间，并没有得到文人应有的关注。唐代的人也不太重视小说，举例来说，唐代文人的行卷可以用诗，也可以用散文，但鲜有用小说者。唐以小说行卷的记录只有一例，宋人钱易《南部新书》甲卷载："李景让典贡年，有李复言者，纳省卷，有《纂异》一部十卷。榜出曰：'事非经济，动涉虚妄，其所纳仰贡院驱使官却还。'复言因此罢举。"[③] 且不说钱易的记录是否属实，即使如实，也只能说明李复言以小说行卷只是一种尝试，想以奇取胜，结果却遭斥逐。李景让知贡举在晚唐的文宗开成五年（840 年）。"虚妄"成为李景让轻视《纂异》的理由，但这正反映了小说虚构的特点。一般而言，越是受重视的文体，其形式上的成熟度与纯净度就越高，越容易具有排他性。小说因其地位和受重视程度的相对低下，其结构具有较大的松散性与包容性。因此，对中古时期小说形式的研究更适宜采用平面描述的方式，注重同一时间序列上各种要素的组合形态。

一

在唐代小说中，有一种明显的现象，即"事""传"二体交叉兼行。

---

① 参见侯忠义《隋唐五代小说史》，浙江古籍出版社 1997 年版。

② 周勋初：《唐人笔记小说考索》，江苏古籍出版社 1996 年版，第 19 页。

③ ［宋］钱易：《南部新书》，黄寿成点校，中华书局 2002 年版，第 9 页。

究其内涵而言，唐人以口头传述之故事谓之“事”，而以文字记述者谓之“传”。唐代文人在小说创作中也自觉运用并区分着这两个概念，这在一些重要小说中留有痕迹。白行简《李娃传》云：“贞元中，予与陇西公佐话妇人操烈之品格，因遂述汧国之事，公佐拊掌竦听，命予为传。”[①] 沈既济《任氏传》云：“众君子闻任氏之事，共深叹骇，因请既济传之，以志异云。”[②] 李公佐《南柯太守传》云：“询访遗迹，翻覆再三，事皆摭实，辄编录成传，以资好事。”[③]《卢江冯媪传》云：“钺具道其事，公佐因为之传。”[④]《谢小娥传》云：“余备详前事，发明隐文，暗与冥会，符于人心。知善不录，非《春秋》义也。故作传以旌美之。”[⑤] 陈鸿《长恨歌传》云：“鸿与琅琊王质夫于是邑，暇日相携游仙游寺，话及此事，相与感叹。质夫举酒于乐天前曰：‘夫希代之事，非遇出世之才润色之，则与时消没，不闻于世。乐天深于诗多于情者也。试为歌之，如何？’乐天因为《长恨歌》。意者不但感其事，亦欲惩尤物，窒乱阶，垂于将来者也。歌既成，使鸿传焉。”[⑥] 可以看出，一则小说经由“事”到“传”的两个传播阶段。

“事”“传”之别还体现在唐人小说中有大量关于将口头叙述转变为书面叙述的记载，这些材料已为研究者所重视，并据以阐释唐人小说受史著影响的观念，强调故事的真实性，将荒诞真实化。如唐临《冥报记》中传递了大量相关信息，[⑦] 其《释智菀》云：“殿中丞相里玄奖、大理丞采宣明等皆为临说云尔。临以十九年从车驾幽州，问乡人亦同云尔。”《大业客僧》云：“杭州别驾张德言前任兖州，具知其事，自向临说云尔也。”《东魏邺下人》云：“雍州司马卢承业为临说，云是著作郎降所传之。”亦有众人传说，如《北齐冀州人》云：“浮图今尚在，邑里犹传之矣。”《韦仲圭》云：“仲圭弟孝谐为大理主簿，为临说，更问州人，亦同

---

① ［宋］李昉等：《太平广记》卷四八四，中华书局1961年版，第3991页。

② ［宋］李昉等：《太平广记》卷四五二，中华书局1961年版，第3697页。

③ ［宋］李昉等：《太平广记》卷四七五，中华书局1961年版，第3915页。

④ ［宋］李昉等：《太平广记》卷三四三，中华书局1961年版，第2719页。

⑤ ［宋］李昉等：《太平广记》卷四九一，中华书局1961年版，第4032页。

⑥ ［宋］李昉等：《文苑英华》卷七九四，中华书局1966年版，第4201页。

⑦ 参见李时人《全唐五代小说》，陕西人民出版社1998年版，引《冥报记》诸篇见其书卷二，第27～61页。

云尔。”本为众人传说，而由知之最详者口头叙述，如《陈严恭》云：“州邑共见，京师人士亦多知之，驸马宋国公萧锐最所详审。”《崔彦武》云：“崔尚书敦礼说云然。往年见卢文励亦同，但言齐州刺史，不得姓名，不如崔具，故依崔录。”还有直接来自于当事人的传述，《孙回璞》云：“回璞自为临说云尔。”在其他小说中也有留下类似传播的痕迹，如陈玄祐《离魂记》云：“玄祐少常闻此说，而多异同，或谓其虚。大历末，遇莱芜县令张仲规，因备述其本末。镒则仲规堂叔，而说极备悉，故记之。”① 这样的现象除了将荒诞不经的故事以来源有自而令读者听众相信外，还有一层重要意义，即它暗示了故事传播的过程。这一由口头到书面叙述的过程，其文本的形式必然包含有故事叙述者的口头语言风格和故事记录整理者的书面语言风格。

唐代小说中以“传”为题的篇目数量较多，一般研究者认为这是受史书中“传”体的影响，但从唐人小说的创作情形来看，“传”还不是史书中传记的原意。从传的含义来讲，可分两层：一层含义为说明、解释。如先秦经书，各自有传，经传即因解释经义而生，史传目的也是阐发历史进程规律。《陔余丛考·史记一》云：“古人著书，凡发明义理，记载故事，皆谓之传。”②《史记》中的列传虽以人物、故事次第结篇，但主旨一贯，并非仅以故事本身为宗旨，而始终与太史公“究天人之际，通古今之变，成一家之言”的主旨相一致。另一层含义为转述与转达。《史通·六家》云：“盖传者，转也。转受经旨，以授后人。”③ 上古时期经文授受，常以师徒相传的形式进行。老师将经文诵读告知弟子，弟子则背诵记忆，尽量保留原初样式向下传习，故有伏生传书的典故流传。因此，传一方面有解释、说明的意思，另一方面有转述、转引的意思。传的这两层意思进入文章、文学体裁后，各自形成“传注”体与“传奇”体两大类。前者以说理为要旨，后者以记录为核心，虽然形式上均以故事的方式展开，但本质上仍是有所区分的。从上引唐小说“事”“传”诸例可以看出，小说的“传”是在口头材料“事”的基础上进行“传述”的意思，一经“传述”则成为书面文字。这一解释也能得到文献的支撑，白行简

---

① ［宋］李昉等：《文苑英华》卷三五八，中华书局1966年版，第2832页。

② 赵翼：《陔余丛考》，商务印书馆1957年版，第85页。

③ ［唐］刘知几：《史通通释》，浦起龙释，上海古籍出版社1982年版，第10页。

《李娃传》开头是这样的："汧国夫人李娃，长安之倡女也。节行瑰奇，有足称者，故监察御史白行简为传述。"结束时则云："贞元中，予与陇西公佐话妇人操烈之品格，因遂述汧国之事，公佐拊掌竦听，命予为传。"传即传述之意。

从"事""传"实例及析义来看，唐人对于口头叙事与书面叙事已有清晰的认识，并体察到两者之间最本质的区分：即前者为群体的、民间的创作；后者是文人的、个体的创作。唐代小说正产生于书面叙事与口头叙事的"互动"状态当中。文学叙事的两种形态不仅为唐代小说的生成所反映，也体现在有唐一代其他"说唱—记录"体式当中，如敦煌变文中就经常有两种叙事形态交织、互动。敦煌写本《舜子变》记载了在《尚书》《史记》《孟子》等经典文本之外的舜的故事，追其源头，应来源于长期以来民间口头文学传统对舜的形象记忆："从变文中呈现许多与《史记》情节的歧异的现象来看：舜的传说，在太史公写成定本之前，应即有非常丰富的口头传说，敦煌本《舜子变》的依据可能有另一与《史记》不同的源头，有可能是《列女传》，也有可能是当时广泛流传于民间的各种舜子口头传说，而在民间也可能仍有一些口传形态的不同文本。"[①] 除从材料来源上反映敦煌变文的口头传统之外，从变文自身形式上也能看出口语叙述与书面叙述的区别。由于口头表演具有即时性、即兴性，固定的故事形式、起承转合时的习惯性说法有助于艺人记忆与民间故事的传播。这一特征体现在变文当中程式化的语言："在敦煌变文中，说唱艺人在现场表演时，也常会运用一些重复的习套式词组和短语，来作为组织故事的方法。"[②] 又如，在变文中描写人物外貌时不重视个体特征，而是程式化叙述："比如《伍子胥变文》中，描写秦穆公之女的'美丽过人'：'眉如尽月，颊似凝光；眼似流星，面如花色；发长七尺，鼻直颜方，耳似珰珠，手垂过膝，拾指纤长。'猛一听来，每一个部位都出奇地美丽，但仔细推敲，在我们的面前会呈现出怎样一个美女呢？恐怕和怪物差不多。为什么会这样呢，只能说，变文作品给我们描绘出的'并不是一副具体的

① 刘惠萍：《在书面与口头传统之间——以敦煌本〈舜子变〉的口承故事性为探讨对象》，载《民俗研究》2005年第3期。

② 刘惠萍：《在书面与口头传统之间——以敦煌本〈舜子变〉的口承故事性为探讨对象》，载《民俗研究》2005年第3期。

人物肖像，而是凭借一套现成的公式捏合出一个美女的某种象征性形象’。”① 这些套语的运用有可能在变文文本内部造成细节的含混、逻辑的矛盾，但它对于主要意义的表达与传递不会构成大的障碍。相反，这种文本“缺陷”正凸显了敦煌变文与口语叙事的密切关系，正是直接来源于口语，在语词与细节上才未经仔细打磨与推敲，在结构上则体现为单一和固定化，这与书面用语的精雕细琢和富于变化是相对立的。同时，变文对口语“缺陷”或者说“特色”的记载显现出被书面传统所遮盖的民间通俗文学传统，这对于深入了解唐代小说的生成方式乃至文学经典文本的形成都具有重要的启发性意义。

从小说生成的角度不难看出，它结合了口头和书面两类叙述方法。尽管在现存的文献中，故事多以文本为载体，但仍然可以看到口头叙述在文本中留下的诸多痕迹。由“事”到“传”的过程也是故事不断被“文本”化的过程，而文本中的“口头”叙事成份自然会混杂在“书面”叙述之中，“口头”叙述也不断被改造为“书面”叙述。

二

书面叙述传统与口头叙述传统所直接作用的是唐代小说中雅化与俗化并存、并用的倾向。雅化与俗化是在两个层面上分别体现出来的。首先是体式——即文体上。雅化与俗化带来的是不同的文体构成，比如唐诗与元代散曲相比，我们可以说唐诗雅而元曲俗；如果将元曲和当时民间流行的小调或明代的山歌比，元曲多出于文人之手，那么还是可以列于雅文学的范围的。这体现出“雅”与“俗”的相对性。小说文本的“雅”和“俗”也是相对的。其次是体性——风格上，雅与俗对应着不同的审美趣味。《文心雕龙·体性》云：“若总其归途，则数穷八体：一曰典雅，二曰远奥，三曰精约，四曰显附，五曰繁缛，六曰壮丽，七曰新奇，八曰轻靡。”可见，体又可指文章的气韵、格调、风格。唐代小说雅化和俗化并存，形成了雅体和俗体的风格。它既是形式上的，又是内涵上的，这种雅俗的或分或合，正缘于唐人小说交织着“事”与“传”的两种叙事形态。由于口头叙事传统与书面叙事传统的共同作用，使得唐代小说在雅化与俗

① 富世平：《敦煌变文程式化创编所带来的文本缺陷问题》，载《文学遗产》2007 年第 6 期。

化方向上各自生成了不同的面貌，更多的情形是在同一文本中夹杂着“俗体”和“雅体”的叙事方式，而成为雅俗共生的文体形态。

唐人小说多为文人整理加工过的文本，它在脱离民间说故事的场态后，“雅”成了小说的主导风格。小说的“雅体”大致指叙事采用书面语，风格典雅，由此而形成的文人化的内容讲究情调。其实，小说中大量的作品仍然是书面叙述的产物，它不是为口头传述而创作的。早期的作品如《游仙窟》，其情节性不强，以雅致的语言叙述浅俗的内容，比如其中有以骈体形式写作的长篇书信，不适宜口述，其赠书云：“余以少娱声色，早慕佳期，历访风流，遍游天下。弹鹤琴于蜀郡，饱见文君；吹凤管于秦楼，熟看弄玉。虽复赠兰解佩，未甚关怀；合卺横陈，何曾惬意。”又如牛肃《吴保安》中有两大段书信，其一为“保安寓书于仲翔”，其二为“仲翔于蛮中间关致书于保安”，这样的作品只能以书面叙述的形式流传。有些作品只能阅读文字而不能口头传述，如韩愈《毛颖传》，此文收入《全唐五代小说》中,[①] 但不具有口头传说的特点，故事性不强，要在说理，故柳宗元观其文，方能知其详细内容。柳宗元《读韩愈所著毛颖传后题》云：“自吾居夷，不与中州人通书。有南来者，时言韩愈为《毛颖传》，不能举其辞，而独大笑以为怪。而吾久不克见。杨子诲之来，始持其书，索而读之。若捕龙蛇，搏虎豹，急与之角而力不敢暇，信韩子之怪于文也。”[②]《毛颖传》只能“读”而不能“听”，其传播的范围应当是有限制的。

小说受史学影响，借鉴史著的评论风格是其雅化的表现之一。唐代小说受史学影响，沈既济《任氏传》明显采用了史学叙述方式，如开头“任氏，女妖也。有韦使君者，名崟，第九，信安王褘之外孙。少落拓，好饮酒”。故事结束后，有议论：“嗟乎，异物之情也有人道焉！遇暴不失节，徇人以至死，虽今妇人，有不如者矣。惜郑生非精人，徒悦其色而不征其情性。向使渊识之士，必能揉变化之理，察神人之际，著文章之美，传要妙之情，不止于赏玩风态而已。惜哉！”[③] 这和《史记》“太史公曰”的议论在形式上是一致的。人物的品德都从叙述中出，如写任氏

① 参见李时人《全唐五代小说》卷二二，陕西人民出版社 1998 年版，第 608 页。

② ［唐］柳宗元：《柳河东集》卷二十一，上海古籍出版社 2008 年版，第 366 页。

③ ［宋］李昉等：《太平广记》卷四五二，中华书局 1961 年版，第 3697 页。

的善良，当她为韦某所逼，则云："郑生有六尺之躯，而不能庇一妇人，岂丈夫哉！且公少豪侈，多获佳丽，遇某之比者众矣。而郑生，穷贱耳。所称惬者，惟某而已。忍以有余之心，而夺人之不足乎？"① 深得太史公寓论断于叙事之中的撰史之法。《枕中记》："明年举进士……是夕，薨。"这一段则为卢生的完整传记，并插入卢生临终上疏和皇帝的诏书。据《旧唐书》本传，沈既济"博通群籍，史笔尤工"，为史馆修撰，李肇《国史补》卷下云："沈既济撰《枕中记》……真良史才也。"②

小说诗化是其雅化的表现之二。小说的情节简单，而以诗歌创作为主体来表现诗才，这种雅化倾向在某些小说作家那里尤为突出，小说不以口头文学为特征，因为大量的诗作的出现不适宜向第二者或更多的人陈述，就连在文人圈中的口头叙述也已不再可能。如李玫的小说，③ 以大量的诗歌来抒发情感或表现人物的命运际遇，抒情性强。作者借小说或叙事作品来表现自己在诗歌中的创作才华的欲望十分明显。首先是诗歌有一定的数量，差不多篇篇如此，可列举的作品有《嵩狱嫁女》《陈季卿》《刘景复》《张生》《蒋琛》《韦鲍生妓》《许生》等。如《陈季卿》，中间一段全是诗作："季卿熟视久之，稍觉渭水波浪，一叶渐大，席帆既张，恍然若登舟。如自渭及河，维舟于禅窟兰若，题诗于南楹云：'霜钟鸣时夕风急，乱鸦又望寒林集。此时辍棹悲且吟，独向莲花一峰立。'明日，次潼关。登岸，题句于关门东普通院门云：'度关悲失志，万绪乱心机。下坂马无力，扫门尘满衣。计谋多不就，心口自相违。已作羞归计，还胜羞不归。'自陕东，凡所经历，一如前愿。旬余至家，妻子兄弟拜迎于门。夕有《江亭晚望》诗，题于书斋：'立向江亭满目愁，十年前事信悠悠。田园已逐浮云散，乡里半随逝水流。川上莫逢诸钓叟，浦边难得旧沙鸥。不缘齿发未迟暮，吟对远山堪白头。'此夕，谓其妻曰：'吾试期近，不可久留。'即当进棹，乃吟一章别其妻云：'月斜寒露白，此夕去留心。酒至添愁饮，诗成和泪吟。离歌栖凤管，别鹤怨瑶琴。明夜相思处，秋风吹半衾。'将登舟，又留一章别诸兄弟云：'谋身非不早，其奈命来迟。旧

---

① ［宋］李昉等：《太平广记》卷四五二，中华书局1961年版，第3694页。

② ［唐］李肇、赵璘：《唐国史补　因话录》，上海古籍出版社1979年版，第55页。

③ 参见李时人《全唐五代小说》，陕西人民出版社1998年版，引李玫诸篇见其书卷四九、五〇，第1357～1405页。

友皆霄汉，此身犹路歧。北风微雪后，晚景有云时。惆怅清江上，区区趁试期。’一更后，复登叶舟，泛江而逝。”这是一个很简单却很凄丽的故事，讲的是举子陈季卿苦于功名未达，遇终南山翁，山翁作法使其终能遂愿。上引之文即中间归家一节，反映了科举场中一般举子的辛酸和漂泊情绪。小说中陈季卿并非实有其人，李玫只是借此表现落魄文士的一段经历，更主要是表现才华，没有诗也不影响叙事情节的展开。

另外，作者有意用多种体式来尝试表现诗才。在《陈季卿》中，诗体有所变化，有七绝1首，七律1首，五律3首。再看李玫其他作品，诗歌体式多样，《刘景复》中有长达32句的七言歌行，据作者说“歌今传于吴中”。有歌，《张生》中张生妻“歌六七曲”，写闺怨，凄楚动人，其一曲云：“叹衰草，络纬声切切。良人一去不复还，今夕坐愁鬓如雪。”有骚体词，《蒋琛》中所唱《怨江波》：“悲风淅淅兮波绵绵，芦花万里兮凝苍烟。虬螭窟宅兮渊且玄，排波叠浪兮沉我天。”而且有意尝试用不同风格的诗作来表现作者写诗的能力。《蒋琛》中有楚辞体的哀怨，“歌竟，四座为之惨容”。吞声饮恨、溢眸恨血的内心情感倾诉，音乐曲调的幽深绵长尽在其中；《张生》中诗歌轻艳，“落花徒绕枝，流水无返期”“怨空闺，秋日亦难暮”，写出闺中少妇的寂寞和无可奈何的情绪；《许生》中诗歌较为沉著，6首七律，有如一组咏古伤怀的组诗，如：“鸟啼莺语思何穷？一举荣华一梦中。李固有冤藏蠹简，邓攸无子续清风。文章高韵传流水，丝管遗音托草虫。春月不知人事改，闲垂光影照洿宫。”“落花寂寂草绵绵，云影山光尽宛然。坏室基摧新石鼠，潴宫水引故山泉。青云自致惭天爵，白首同归感昔贤。惆怅林间中夜月，孤光曾照读书筵。”如果说一位作家能诗备众体，那是通过很长时间创作来体现和确认的。而小说作者在其写作中或有意运用不同诗体进行创作，或展现不同风格的诗作，其意图和期待非常清楚。这必然是在展示诗歌写作修养，结果就造成了小说的雅化倾向。

李玫小说的诗化倾向在其他文人的创作中都有不同程度的体现，虽然这不是唐人小说的主流，却反映了小说在文人圈中传播时不断雅化的要求。如此一来，小说便渐渐远离其口头叙述的特点而成为案头的摆设，成为以文字方式传阅的书面文学。

与唐代小说雅化倾向相对应的是对“俗”的接受，这是指叙事的口语化，风格俚俗，讲究情节，由此而形成的世俗化的内容，尽量让听者接受，这是小说受口头叙事传统影响的结果，也是书面叙述中保留讲故事现场感的结果。小说俗化特征体现在小说中书面叙述的减少与对话内容的增加。李朝威的著名小说《洞庭灵姻传》，一作《柳毅传》，其中的重要情节就是柳毅为洞庭龙君小女传递书信，小说之妙在于没有写出信的具体内容，只在柳毅答应为其传信时，“女遂于襦间解书，再拜以进，东望愁泣，若不自胜。毅深为之戚，乃置书囊中”。柳毅传书于洞庭君，亦未及信的具体内容，“因取书进之，洞庭君览毕，以袖掩面而泣曰：‘老父之罪，不能鉴听，坐贻聋瞽，使闺窗孺弱，远罹构害。公乃陌上人也，而能急之。幸被齿发，何敢负德。’词毕，又哀咤良久，左右皆流涕。时有宦人密侍君者，君以书授之，令达宫中。须臾宫中皆恸哭”①。而书信中内容都在柳毅初见龙女时的大量对话中得到落实，这样的对话形式恰恰可以进行口头传述。唐人小说经历由小范围的口述，到文人中间的书面传递，再到面对大众的口头叙述，这一过程应引起我们的注意。由于传播要求世俗化，内容也有了变化，如在日常人生、游侠复仇、婚姻恋爱等小说中，主人公身份的差距渐渐成了叙述模式，如贵族公子和妓女之间，其中妓女成了下层人的符号，正反映了底层百姓的愿望。真正的妓女进入叙事角色，爱情的女主角多与妓人有关，仙妓于此合流。

大众、市井文化对于小说的期待还带来了小说形式上的变化，体现在因口头叙述而要求情节的自然化，细节描写的生动形象，这都在适应大众心理。用真名实姓并注意细节的真实可信，如地点、方位的真实，这样可以吸引听众，以此为基础进行虚构，虚虚实实，也是为了吸引听众。

总体来看，叙述者对同一叙述对象的处理当兼顾雅、俗两个层面，或有侧重，但从叙述形式和叙述内容来看，唐人小说的主流还是以雅为主，太俗的并没有流传下来。首先，唐人小说传播的范围大多是在文人圈内进行，这是唐人小说繁荣赖以存在的土壤，沈既济《任氏传》得之于故事中的主人韦崟，“大历中，沈既济居钟陵，尝与崟游，屡言其事，故最详悉”。这时故事虽未形之于文字，但已形成于文人的记忆中，后来又在文人间传述，并最后定型，“建中二年，既济自左拾遗与金吾将军裴冀、京兆少尹孙成、户部郎中崔需、右拾遗陆淳，皆谪居东南，自秦徂吴，水陆同道。时前拾遗朱放，因旅游而随焉。浮颍涉淮，方舟沿流，昼宴夜话，

① ［宋］李昉等：《太平广记》卷四一九，中华书局1961年版，第3412页。

各征其异说。众君子闻任氏之事，共深叹骇，因请既济传之，以志异云”①。即使故事最初来自民间，经过文士的记录、加工和改造后，大致就在文人群体中传述。其次，雅化还表现于对“俗”传统整体性的、全面性的遮蔽与取代的趋势。小说的任务是使人在闲谈时获得愉悦，传播知识不是它主要的任务。唐人小说中俗的一面肯定被历史洗刷殆尽了，通常研究文化的学者都主张注意下层文化运动，但不能进行下去的重要原因是文献不足征，特别是宋明以前的下层文化。下层文化肯定是复杂的，精华与糟粕并存。不管有无文字的记录，古往今来，谈“性”当不绝于耳，但即使将谈性视为最低俗的内容，文献中仍留下了它流传的印记。就小说而言，被我们认定有色情倾向的作品是《游仙窟》，它着重写作文人群体放荡轻佻的狎妓生活，但对情色的描写仍是含蓄和保留的。然而，敦煌文献中发现的一篇题名白行简的《天地阴阳交欢大乐赋》（以下简称《大乐赋》），其对色情场面的描写直接而具体，远非《游仙窟》中点到为止的“玉体横陈”等含混语辞可比，作为唐代俗文学的代表，《大乐赋》的序文内容可使人们了解唐代底层人群对于性爱的观点：“夫性命者，人之本；嗜欲者，人之利。本存利资，莫甚乎衣食既足，莫远乎欢娱至精。极乎夫妇之道，合［乎］男女之情。情所知莫甚交接，其余官爵功名，实人情之衰也。夫造构已为群伦之肇、造化之端。天地交接而覆载均，男女交接而阴阳顺。”“始自童稚之岁，卒乎人事之终，虽则猥谈，理标佳境，具人之所乐，莫乐如［于］此，所以名大乐赋。至于俚俗音号，辄无隐讳焉，惟迎笑于一时。”② 因此，《大乐赋》的作者是不是白行简已不再重要，它的出现让人认识到：现存唐人小说中原该存在的民间传述并有文人参加的有关“交接”之事的叙事作品已经消逝。今天在讨论唐人小说雅俗兼行的叙述方式问题时，应意识到大俗的文字已经散佚的事实。但像《大乐赋》这样大俗的作品集体散佚，并不是一种偶然的现象，而是一种在文学审美价值尺度下选择淘汰的结果，换言之，是文人趣味与民众趣味竞争优劣的结果，是统治需求与民间消费、精英文化与俚俗文化抗衡、博弈的结果，具有深刻的思想、文化内涵。

① ［宋］李昉等：《太平广记》卷四五二，中华书局 1961 年版，第 3697 页。
② 伏俊连：《敦煌赋校注》，甘肃人民出版社 1994 年，第 245 页。

唐代小说所体现的口头和书面叙述共存的形态特点也是唐前小说的共同特征。唐人关注和有意使用“事”“传”两个概念，是对小说特征较为成熟的认识。传奇小说的文本大多是从口头叙事而来，是对口头叙事的记录，又是对口头叙事的加工和润饰；作为文本的小说必然保留了部分口头叙述的原始成分，但经过整理而成的文本也自然成了口语化和书面化的综合体；书面语和口头语，民间的和文人的叙述在风格上就有偏重民间叙述的俗体和偏重于文人叙述的雅体，在一篇小说中又可能是“雅体”和“俗体”兼行的，如在文本整理中既注意对话中的书面语（例如书信内容）的省略，又刻意加入显示文人才情的史学叙述方式，以及用不同体裁和不同风格去展现诗人的才情和学养。

在历史叙述中，大量原本存在的真实淹没在零碎的史料中，甚至已隐藏到材料的背后，从文学发生学的角度来探讨唐人小说的产生过程、从传播学的角度来探讨唐人小说流传的方式及其特点是有意义的，但却是很困难的。呈现在历史表层的材料、观点、趣味从表象上看是真实的，但事实上只是部分的真实，是经过选择而保留下来的真实。而这种真实是以大量消失的、被遮蔽的历史形态为前提和基础的。因此学术研究不仅需要解读显性材料的能力，更需要认知和发掘隐性材料的能力，以获得历史进程的纵深感与动态性。唐代小说以及唐代说唱文学正好具备雅、俗双重属性，它是两种对立视野综合作用下的产物：“小说可能具有报告的功能，它能将文化与文学未曾重视的各种人类状况带入人们的意识中。”[①] 本文试图在文化生态中去探讨文学的生成和演变，[②] 复原唐人小说的原生状态，探讨其在口头传述形态与书面传述形态之间错综复杂的关系及其雅俗兼行的叙事形式和形成原因。

（原载《文学评论》2014 年第 3 期）

① 转引自陈新《西方历史叙事学》，社会科学文献出版社 2005 年版，第 183 页。

② 参见戴伟华《文化生态与中国文学研究》，载《华南师范大学学报》2011 年第 2 期。

出土墓志与唐代文学研究

唐代墓志的出版先后有《千唐志斋藏志》[①]《隋唐五代墓志汇编》[②]《唐代墓志汇编》[③] 三种，前两种为拓本，第三种为整理本。墓志作为重要的出土文献，越来越受到研究者的重视，其利用墓志解决了文学史上的许多重要问题。墓志多以散文记叙死者姓氏、籍贯、生平，系之以铭，故又称“墓志铭”，铭则以韵文概括全篇，是对死者的赞扬、悼念之词，此为常式。因为墓志是埋在圹中，以防陵谷之变迁，与神道碑立于墓前供人观看，其用意微有不同。墓志的制作始于东汉，宋洪适《隶释》卷十三载章帝建初二年（77 年）《张宾公妻穿中二柱文》即圹中之物，清光绪末峄县所出延熹六年（163 年）《临为父作封记》也是圹中之物，可视为后世墓志的权舆，志墓之风实始于东汉之初，历魏、晋、宋、齐、梁、陈皆有行之者。然其时立石有禁，故砖多石少。北朝魏齐之际，此风最盛。隋唐以后，遂著为典礼。《全唐文》收有大量墓志，拓本《隋唐五代墓志汇编》，洋洋巨制。“唐墓志流传独多，式亦最备。”[④] 唐代墓志对唐代文学研究有相当大的作用，墓志不仅是文学研究的直接对象，而且是研究文学的重要参考文献。

一、墓志是文学研究的直接对象

墓志为全唐文的一个组成部分，今人整理全唐文，做《全唐文》补编，其中占比例最大者莫过于墓志。周绍良等编纂的《唐代墓志汇编》就收有墓志 3600 余方，其中的极小部分与《全唐文》重复，是因为其文字间有出入并具有参考价值。从墓志的载录看，唐代散文作者除《全唐

---

① 河南省文物研究所、河南省洛阳地区文管处：《千唐志斋藏志》，文物出版社 1983 年版。
② 吴树平、吴宁欧：《隋唐五代墓志汇编》，天津古籍出版社 1991 年版。
③ 周绍良：《唐代墓志汇编》，上海古籍出版社 1992 年版。
④ 马衡：《凡将斋金石丛稿》，中华书局 1977 年版，第 89 页。

文》3000余人外，尚可增补千余人。这是一个庞大的散文作家队伍。

从文学自身的艺术价值考虑，无庸讳言，《全唐文》基本上反映了有唐一代的散文风貌，而出土墓志中的不少作品因出自陋儒浅人之手，有的文字不畅，有的叙述繁冗。但值得我们重视的是，在印刷术尚未施行于文人诗集、文集的唐代，藉物质形态以传的文学资料，数量多的要算敦煌宝卷和出土墓志了，这是多么珍贵的文学遗产。大量的墓志和它们作者的留存有助于人们去认识唐代的文化特征和尚文的社会风貌，墓志的文学价值和文学研究的意义不容忽视。

第一，墓志可补时有文名而未有散文作品留存者。

唐代人文昌盛，诗人散文家辈出，而一些史载其长于文学者，却不见作品留存，《旧唐书》卷一七七《毕諴传》载："自大中末，党项羌叛，屡扰河西。宣宗召学士对边事，諴即援引古今，论列破羌之状，上悦。"毕諴当为一议论高手。又云："长于文学，尤精吏术。"《唐语林》卷三载："毕相諴家素贫贱，李中丞者，有诸院兄弟与諴熟。諴至李氏子书室中，诸子赋诗，諴亦为之。顷者，李至，观诸子诗。又见諴所作，称其美，諴初亦避之，李问曰：'此谁作也?'诗子不敢隐，乃曰：'某叔，顷来毕諴秀才作也。'諴遂出见，既而李呼左右责曰：'何令马入池中践，浮萍皆聚，芦荻斜倒?'怒甚，左右莫敢对。諴曰：'萍聚只因今日浪，荻斜都为夜来风。'李大悦，遂留为客。"毕諴所对体现了其文才和机敏，这一对句也是毕諴唯一传下来像诗的句子。像毕諴这样名重一时的文人，赖出土墓志保存了一篇他撰写的完整墓志：《唐故朝请大夫尚书刑部郎中上柱国范阳卢府君墓志铭并序》(《唐代墓志汇编》第2299页，以下引用此书只注出页数)，墓主葬期是大中六年（852年）二月二十三日，撰人毕諴结衔为"翰林学士朝散大夫守中书舍人上柱国"，毕諴大中四年(850年）二月十三日自职方郎中，兼侍御史，知杂事，充翰林学士，大中六年七月七日授权知刑部侍郎，出翰林院。

第二，墓志可补重要诗人无文留存者。

一些以诗名世的文人无一文存世，但现在我们在出土墓志中发现了他们撰写的墓志，这对研究诗人的生平事迹和创作来说是非常重要的资料。如韦应物，诗歌创作成就杰出，卓然一大家，但除了《全唐文》收录了其一篇赋作《冰赋》外，无一散文传世，《千唐志斋藏志》存有韦应物作《大唐故东平郡钜野县令顿丘李府君墓志铭并序》拓本（第1758～1759

页载录)，参见傅璇琮《唐代诗人丛考》第532页。李颀为盛唐重要诗人，《河岳英灵集》云：“颀诗发调既清，修辞亦秀，杂歌咸善，玄理最长。”但无散文存世，河南洛阳出土的《唐故广陵郡六合县丞赵公墓志铭并序》为李颀所撰（《隋唐五代墓志汇编·洛阳卷》第十一册，第153页)，这至少有助于人们比较全面地去认识一个作家。

第三，墓志可补反映文人风格的重要散文作品。

这一类作品固然不多，但一旦出现就具有相当重要的意义。《旧唐书》卷一九〇《文苑中》云富嘉谟、吴少微的文学成就时说：“先是，文士撰碑颂，皆以徐、庾为宗，气调渐劣；嘉谟与少微属词，皆以经典为本，时人钦慕之，文体一变，称为富吴体。嘉谟作《双龙泉颂》《千蠋谷颂》，少微撰《崇福寺钟铭》，词最高雅，作者推重。”这些作品一时盛传，最能代表富吴体的风格，但他们的文章散佚很多，《全唐文》中收录其文极少，上述3篇文章也只存吴少微《崇福寺钟铭》一文，二人今存文章中也别无碑颂之作。唐代出土墓志中有吴少微富嘉谟同撰之《唐朝散大夫守汝州长史上柱国安平县开国男赠卫尉少尉崔公墓志》（第1802～1803页)，这一墓志对了解富吴体来说是弥足珍贵的文学资料。《崔公墓志》已改六朝徐、庾的华艳夸饰，叙事、写人典重质实，下面引数节文字以见其貌：

> 公正言于朝，多所讦忤，遂左为钱塘令。故老怀爱而愤冤，号诉而守阙者千有余人。期而得直，复为旧党所构，卒以是免。闭门十年，寝食蓬藿，终不自列，久乃事白，授相州内黄令，迁洛州陆浑令。南山有银冶之利，而临鼓者不率，公董之，复为矿氏所罔，免归。

> 范阳卢弘怿，雅旷之守也，既旧既僚，政爱惟允。及卢公云亡，公哭之恸，因有归欤之志。无何，张昌期乃莅此州，公喟然叹曰：“吾老矣，安能折腰于此竖乎?”遂抗疏而归。

> 公尤好老氏《道德》，《金刚》《般若》，尝诫子监察御史浑、陆浑主簿沔曰：“吾之《诗》《书》《礼》《易》，皆吾先人于吴郡陆德明、鲁国孔颖达，重申讨核，以传于吾，吾亦以授汝。汝能勤而行

之，则不坠先训矣。”因修家记，著《六官适时论》。

岑仲勉先生盛赞此志：“今读其文，诚继陈拾遗而起之一派，韩、柳不得专美于后也。”（《金石论丛》第209页）

第四，墓志可补重要散文作家的文体缺项。

即使存文较多的作家，补拾遗文同样有意义，萧颖士是散文大家，但现存文章偏偏缺墓志一项，萧颖士《唐故沂州承县令贾君墓志铭并序》正可补阙，“此篇尤其片鳞只爪之可贵者矣”（《金石论丛》第226页）。

另外，墓志还可补唐诗，《全唐诗补编》利用了墓志，但尚有遗漏，陈尚君先生在《〈全唐诗补编〉编纂工作的回顾》中举了一个例子，他在《千唐志斋藏志》第1172页又检得女诗人谢迢《寓题诗》二句，“永夜一台月，高秋千户砧”[①]。又如《唐代墓志汇编》天宝012《大唐故右金吾卫胄曹参军陇西李府君墓志铭并序》载：“父问政，和州刺史……时太守齐公崔日用许其明敏，因遗和州府君书曰：‘公尝为诗云，五文何彩彩，十影忽昂昂。今于符彩见之矣。’”李问政存有诗句：“五文何彩彩，十影忽昂昂。”此亦可补《全唐诗》。

二、文学家生平事迹的重要材料

利用墓志考订文学家生平，在不少方面有重要突破，如王之涣生平，王之涣写有《登鹳鹊楼》（白日依山尽）和《凉州词》（黄河远上白云间），当时诗名很大，但两《唐书》无传，文献资料记载其事迹极少，靳能撰《唐故文安郡文安县尉太原王府君墓志铭并序》（第1549页）的出土使人们对王之涣生平事迹有了精确的了解。又如高适的世系史传不详，周勋初先生据《大唐前益州成都县尉朱守臣故夫人高氏墓志》，考知高适就是高宗时的名将高偘之孙，父崇文，终韶州长史，与《旧传》互证（以上二例参《唐才子传校笺》卷二、卷三）。

即使有些材料看上去对作家生平来说似乎并不是很重要，但可以丰富我们的认识，如补其仕履，《隋唐五代墓志汇编》洛阳卷第十四册《赵□墓志》云：“长史江西观察判官监察御史里行璘寄财毕葬事。”墓主葬期

① 陈尚君：《唐代文学丛考》，中国社会科学出版社1997年版，第491页。

为大中元年（847 年）九月十四日，由此考知《因话录》的作者赵璘在大中元年（847 年）参江西幕，任观察判官；又如通过墓志提供的材料了解到了作家多方面的才能，程修己为文宗朝的著名画工，唐文宗有《程修己竹障诗》，《金石续编》卷十一《程修己墓志》载其工于绘事草隶，又云："大中初，词人李商隐每从公游，以为清言玄味，可雪缁垢。"李商隐与程修己交往还在于二人都在书法上有成就，《宣和书谱》卷三："李商隐字义山……观其四六稿草，方其刻意致思，排比声律，笔画虽真，亦本非用意，然字体妍媚，意气飞动，亦可尚也，今御府所藏二：正书《月赋》，行书《四六本稿草》。"

这些同样可以和当代研究成果互证。《唐才子传校笺》"李颀"下云："《国秀集》目录卷下作'新乡尉李颀'，此为唐人记李颀曾仕新乡尉之最早亦唯一之记载。"按，《千唐志斋藏志》九二三《唐故瀛州乐寿县丞陇西李公（湍）墓志铭并序》云："酷爱寓兴，雅有风骨，时新乡尉李颀、前秀才岑参皆著盛名于世，特相友重，方镇雄藻，比肩莫达，孰是异才，而无显荣，以乾元元年终于贝丘，凡百文士，载深恸惜。"李湍墓志所载"新乡尉李颀"与《国秀集》互证，由此也可以知道李颀交游中尚有李湍，李湍与岑参也有交往。又，河南洛阳出土的《唐故广陵郡六合县丞赵公墓志铭并序》也为李颀所撰，[①] 李颀结衔为"前汲郡新乡县尉"。

三、 用于作家作品中人名的考订

人们在阅读或注释唐人作品时经常会遇到一个问题，即许多人名难以搞清楚，而作品中的人物对我们理解作品往往又显得非常重要。有关《全唐诗》人名考证著作的出现为人们阅读作品带来了极大的便利，但其工作却是相当艰辛的。《全唐文》这方面的工作还没有充分展开，不仅题目中的人名，连作品中的人名也应该能尽量考订出来，这也是文学研究基础工作的一部分。利用墓志可以解决一些问题，如《全唐诗》卷三四九欧阳詹《太原旅怀呈薛十八侍御齐十二奉礼》诗，诗中二人当为河东幕僚，我们可以借助墓志考出齐十二，《隋唐五代墓志汇编》洛阳卷第十二

---

① 参见吴树平、吴宁欧《隋唐五代墓志汇编·洛阳卷》第十一册，天津古籍出版社 1991 年版，第 153 页。

册《张任夫人李氏墓志》，唐贞元十七年（801 年）七月十三日葬，撰人为“河东观察推官试太常寺协律郎摄监察御史齐孝若”。欧阳詹诗当写于贞元十一年至贞元十六年（795—800 年）之间（详下薛十八考），诗中齐十二奉礼者也，时齐孝若带朝衔“太常寺奉礼郎”，奉礼郎，从九品上，其后齐仍留幕，至贞元十七年（801 年）带朝衔“太常寺协律郎”，协律郎，正八品上。因涉及齐孝若在幕时间，这里还要考订一下薛十八。《全唐文》卷五四二令狐楚《为人作奏薛芳充支使状》：

右件官蕴蓄公才，精勤吏道。文章史传，无不该通。大历末则与臣及徐泗节度使张建封同事故马燧作判官。建中三年曾以公事直言，不合其意，遂被奏授交城县令……臣以其四居畿令，两任法官，有学有才，堪为宾佐，委令推断，无不详平，与之筹画，多所裨益，相谙相识，二十余年，滞屈最深，实希荣奖。伏望天恩，特赐改官，充臣观察支使。

据《为人作奏薛芳充支使状》，令狐楚文所代之人应符合两个条件，一是与张建封曾同佐马燧太原幕，二是现为观察使。此人必是李说。马燧大历十四年（779 年）为河东节度使，大历十年（775 年）马燧为河阳三城镇遏使时，薛芳、李说二人当相识。张建封，据《旧唐书》本传，大历十年（775 年）马燧为河阳三城镇遏使，辟为判官，李说也是马燧河阳从事，依时间推算，若从大历十年（775 年）始，至李说为河东观察使［贞元十一年至贞元十六年（795—800 年）］，与《为人作奏薛芳充支使状》“二十余年”正合。薛芳在河东李说幕中时当带监察御史衔。可参见本人的《唐方镇文职僚佐考》“河东”相关部分。

同样，也可以利用墓志考订作品中的人名，这里举一个例子：《全唐文》卷七〇八李德裕《掌书记厅壁记》载河东有掌书记“国子司业郑公”，郑公为谁，通过墓志则不难解决，《隋唐五代墓志汇编》洛阳卷第十二册《马炫墓志》，撰人是“中大夫国子司业上骑都尉赐紫金鱼袋郑叔规”，此与李德裕文正合，又《唐代墓志汇编》有《郑叔规墓志》，其云：“王□以健笔奇画，意气名节，交马北平燧、李中书泌、张徐州建封，掌北平书记十年，笺檄冠诸侯，得兼御史丞，副守北都，入为司业、少仆。”李德裕《掌书记厅壁记》郑公失其名，幸以二墓志补之。

有时用墓志解决问题简单明了，而用文章互证会复杂一些，这也是墓志用于考订的优点。

四、通过墓志了解士人风尚和士人所处的学术文化环境

例如，唐人重进士而轻明经，《李蟾墓志》云："年未弱冠，以经明游太学，忽不乐，乃修文举进士，颇以行艺流誉于士友之间。"（第2137页）这则材料就是一个辅证。

中晚唐时期，士人进入方镇使府是一种普遍现象，原因很多，其中一点就是幕职在一段时期内其职绩可以军功叙录，《唐会要》卷八十一载，贞元八年（792年）敕，"诸军功状内，其判官既各有年限，并诸色文资官，不合军行，自今以后，更不得叙入战功，其掌书记及孔目官等，亦宜准此。如灼然功效可录，任具状奏闻"。方镇文职当屡有叙入军功者，故有此禁，事实上在方镇，这类事情是无法禁断的，《李公度墓志》："欲其速仕也，故不敢以文进用。"（第2305页）社会上以军功进速度高于以文进，方镇是文人极好的升迁场所。

以上材料都可以考见一时风气。大量的墓志还可以让人们认识唐代的整体学术文化环境，友人程章灿君曾作《唐代墓志中所见隋唐经籍辑考》[①]《石刻考工录补遗（上）》[②]，利用墓志试图从某些方面入手，去勾勒一代学术的风貌。

五、了解文人所处时代社会状况的丰富资料

不同时代的墓志反映了不同时代人们的思想和社会状况，相对于正史所载，墓志所表现的往往更具有普遍性，其记载更为具体，并有生动的细节描写。下面以安史之乱对当时士人的影响为例，说说墓志对了解文人所处时代的作用：

第一，为了避乱，当时有不少人流亡江南。

---

① 中国唐代文学学会、西北大学中文系、广西师范大学出版社：《唐代文学研究》（第六辑），广西师范大学出版社1996年版。

② 南京大学古典文献研究所：《古典文献研究（1991—1992）》，南京大学出版社1994年版。

(1)《崔氏墓志》载："属中夏不宁，奉家避乱于江表。"（第1769页）

(2)《郭府君墓志》载："属逆虏背恩，避地荆楚。"（第1772页）

(3)《独孤涛墓志》载："会河朔军兴，避地江表。"（第1783页）

(4)《李府君墓志》载："顷因中华草扰，避地江淮。"（第1815页）

(5)《张翃墓志》载："属中原丧乱，随侍板舆，间道南首。"（第1820页）

(6)《崔祐甫墓志》载："属禄山构祸，东周陷没，公提挈百口，间道南迁，讫于贼平，终能保全。"（第1822～1824页）

以上所引墓志在时间上大致相近，说明了一个时间阶段的普遍情况。当然也有就近避难的，《尚夫人墓志》载："时逢难阻，戎羯乱常，河洛沸腾，生灵涂炭，长子南容，不胜残酷，避地大梁。"然而主要还是逃往比较安全的江南地区。一旦乱平，南迁的士人纷纷北归，"羁孤满室，尚寓江南，滔滔不归，富贵何有"（《崔祐甫墓志》）？这可以概括南迁士人的共同心理。

第二，安史之乱稍有平息，原来权葬于南方的坟茔此时大规模北迁。《唐代墓志汇编》永泰003韦应物撰《大唐故东平郡钜野县令顿丘李（璀）墓志铭并序》记载墓主先为钜野县令，后因事贬武陵县丞，"以天宝七载九月十六日终于武陵，养年七十有二。前以天宝八载别葬于洛阳北原，长子澣尝因正梦左右如昔，垂泣旨诲，俾归先茔。旋以胡羯，都邑沦陷，澣偷命无暇，作念累载，如冰在怀。及广德二年夏，复梦诲如先日，又期以岁月，授以泉阗。明年，永泰元祀，澣始拜洛阳主簿，迩期哀感，聚禄待事，乃上问知者，下考蓍龟，事无毫著，……以其年十二月九日归葬于河南府河南县毂阳乡先茔之东偏，奉幽旨也"（第1758～1759页）。长子李澣朝思暮想，将先人的坟迁归故里，故夜有所梦，这同样反映了急切思归的恋土情结。大历014《唐故窦公夫人墓志铭》："顷属时难流离，迁徙江介……其时中原寇猾未平，权殡于丰城县。大历四年，国难方弭，改葬于北邙陶村之北原，依于父母之茔。"（第1768页）《崔氏墓志》："顷以时难未平，权殡于吉州卢陵县界内。今宇内大安，弟吏部郎中兼侍御史佑甫勒家人启殡还洛，以大历四年（769年）岁次夕酉十一月乙丑廿日甲申，窆于河南县平乐乡杜郭村之北原。"（第1770页）《张颜墓志》："时乱离斯瘼，权厝城隅，洎天衢之康……以大历八年，岁在癸丑，闰十有一月十九日窆于先茔之东。”（第 1781 页）《独狐涛墓志》载墓主权窆于衢州，大历九年归葬于洛阳清风乡北邙。（第 1783 页）《裴夫人墓志》：“权窆于长沙，属中原多故，未克返葬……以大历十三年十一月七日合祔于邙山北原。”（第 1813 页）

安史之乱给人民带来的苦难是深重的，《唐故杭州钱塘县尉元公墓志铭并序》载：“时属难虞，兵戈未息，乃权厝于县佛果寺果园内。贼臣思明，再侵京邑，纵暴豺虎，毒虐人神，丘垄遂平，失其处所……遂以大历四年七月八日，招魂归葬于□南金谷乡焦古村，从先茔。”（第 1767 页）由于战火，已无坟可迁，只能招魂而葬。

安史乱起，士人南迁；战乱稍平，士人又北归。这种情况在诗人笔下都有较为概括的表述，前者如郎士元所云：“避地衣冠尽向南。”（《全唐诗》卷二〇七《盖少府新除江南尉问风俗》）后者如司空图所云：“世乱同南去，时清独北还。”（《全唐诗》卷九十《贼平后送人北归》）独还未必，北归在当时是普遍的，墓志可证。因此，人们在探讨安史之乱后南方文化得到发展而许多士人活动在南方时，也不能忽视传统乡思回归情绪，另外京城还在北方，北方仍然是政治和文化中心。

墓志的用途很多，除上面所论，还可以帮助人们了解唐代一般士人的思想、价值观念。如门阀观念，门阀士族观念肇始于东汉，鼎盛于两晋，历南北朝而不衰，唐时士族仍有相当的政治地位，但总体上呈下降趋势。从墓志看，中晚唐人仍重门阀士族，文人十分推崇高门出身者，大中六年（852 年）《崔芑墓志》云：“弱冠以族望门绪为士友所推。”（第 2298 页）大中六年（852 年）《卢就墓志》云：“卢氏自北魏著为望姓……卢氏历两汉魏晋，轩冕冒袭，至元魏以来，代居山东，号为名家。”（第 2299 页）大中七年（853 年）《唐故汴州雍丘县尉清河崔君夫人范阳卢氏合祔墓志铭兼序》：“卢氏与崔王等五姓联于天下，而夫人之家，又一宗之冠焉。故论道德，辨族氏者，必以为称者。”（第 2309 页）这里也反映了士族高门之间的婚姻关系。又如忠孝观念，在墓志中也多有体现，在女性方面，体现在女子对公婆、丈夫和子女的关系上，《董氏内表弟墓志》：“娶乐安任氏，幼有妇德之□长，继移天之义，昼哭声咽，洒泪涟洏，鞠育四男，并天假秀异。”（第 2300 页）《卢夫人墓志》：“夫人幼而明敏，柔邕婉娩，能尚孝敬之道，常慰慈心，莫不克于组纴，复绣缋之奇。”（第 2307 页）在男性方面，体现在孝友之道上，《李公度墓志》：“公始自孩提，即知孝友。”（第 2305 页）其他如名利的观念等，各方面的材料相当丰富，不胜枚举。

当然墓志作为史料有其局限性，由于撰写者的态度和刻工的水平，墓志的历史信值不免有所减损，史学家们运用墓志材料的态度非常审慎，欧阳修《集古录跋》九《白敏中碑》云：“其为毁誉难信盖如此，故余于碑志，惟取其世次、官寿、乡里为正，至于功过善恶，未尝为据者，以此也。”考诸实际，墓志中尚有世次、官寿、乡里之误，岑仲勉先生在《贞石证史·总论碑志之信值》中对这一方面做了认真讨论，并列举了碑志中诸多错误，约有姓源、朝代、名字、世次、官历、官谥、年寿、乡里八类。[①] 但应该看到，岑仲勉先生所举墓志之失，相对于数量众多的墓志来说，还是有限的，我们可以参考欧阳修的看法，墓志所载姓名、时间、官历、年寿、乡里等大致不误，而议论死者功过、善恶等内容只能作为参考，大部分材料如果作为了解社会一般风尚的“通性真实”来运用，其意义不可低估。尽管如此，我们在使用墓志时，仍然要注意这样几点：①充分了解撰者的态度以及与墓主的关系。②和现存资料互证。③整理本和拓本对读，正确使用整理者的录文和注释。这里特别说一下，整理墓志时，会遇到许多特殊的困难，如石刻的残泐影响文字的识读，历代著录难免有疏忽等，稍不注意，就会出错。从今人整理的情况看，墓志系年、月最难，举两例以为说明：

（1）墓志不误，而注者误释。《千唐志斋藏志》427《大周左监门长上弘农杨君墓志铭并序》，编者说明主人葬期为“万岁登封元年（公元六九六年）正月二十七日”。核诸拓片，志云：“以万岁登封元年壹月四日寝疾，终于立行坊之私第，其以其月廿七日葬于北邙山平乐乡。”编者注改志文“万岁登封元年壹月”为“万岁登封元年正月”，实误。武周时所用历法基本以十一月为正月。《唐大诏令集》卷四《改元载初敕》云：“今推三统之次，国家得天统，当以建子月为正……宜以永昌元年十有一月为载初元年正月，十有二月改腊月，来年正月改为一月。”《旧唐书·则天皇后纪》云，久视元年“冬十月甲寅，复旧正朔，改一月为正月，仍以为岁首，正月依旧为十一月”。可知，从永昌元年（689 年）至圣历二年（699 年）都是以十一月为正月。因此，编者所注之“万岁登封

① 参见岑仲勉《金石论丛》，上海古籍出版社 1981 年版，第 79～81 页。

元年正月”应改为“万岁登封元年一月”。

（2）墓志阙泐，但可考补，注者未察。《千唐志斋藏志》1214《（中阙）大理司直兼殿中侍御史赐绯鱼袋弘农杨公（中阙）志铭并序》，撰者：“（中阙）池等州观察判官将仕郎监察御史里行吴兴钱徽撰。”编者注云：“志前原题及志文右上部残缺，墓主姓氏、葬期不详。撰者钱徽，《旧唐书》有传。据记载撰（按，当为“钱”字误写）徽活动于天宝十三年（754）至大和三年（829）间。贞元初年中进士，元和八年入朝为官。以志文中记录的钱徽职称情况看，其任此职的时间大约在元和至大和三十年之间。由此推知，镌立这方墓志的时间，大约在这一时期。”周绍良先生《唐代墓志汇编》亦将此志归入残志无法系年类。《千唐志斋藏志》的编者注是有误的，此墓墓主可考，即可准确系年：

第一，墓主姓氏。志云：“（中阙）秋八月有二旬又六日，宣歙采石军副使兼殿中侍（中阙）寝，河南长孙夫人称字以复，年龄卌六……”“夫人生则聪爽，天然明智，不幸闵凶，在幼而孤，依于杨公之室……未及笄年，遂若老成，才十有六岁，而归杨氏……”此志残泐较多，结合撰人姓名结衔以及墓志残题，可知钱徽时在□（宣）□（歙）池观察判官任上，墓主为杨某夫人长孙氏。《新唐书》卷一七七《钱徽传》载：“中进士第，居谷城，谷城令王郢善接侨士游客，以财贷馈，坐是得罪。观察使樊泽视其簿，独徽无有，乃表署掌书记……又辟宣歙崔衍府……会衍病亟，徽请召池州刺史李逊署副使，逊至而衍死，一军赖以安。”知钱徽曾为崔衍宣歙幕僚，据墓志钱徽在幕为判官，孟郊有《和宣州钱判官使院厅前石楠树》。崔衍观察宣歙在贞元十二年（796 年）至永贞元年（805 年），《旧唐书·德宗纪》贞元十二年（796 年）八月“癸酉，以虢州刺史崔衍为宣歙池观察等使”。《旧唐书·宪宗纪》永贞元年（805 年）八月“乙巳，即帝位于宣政殿……甲寅，以常州刺史穆赞为宣歙池观察使，以前宣歙观察使崔衍为工部尚书”。《册府元龟》卷六八七《牧守部·礼士》云：“崔衍为宣歙池观察使，所择从事，多得名流。”此时和钱徽同幕者有杨宁，《千唐志斋藏志》1011《唐故朝议大夫守国子祭酒致仕上骑都尉赐紫金鱼袋赠右散骑常侍杨府君墓志并序》：“公讳宁，字庶玄，弘农华阴人也……既冠，擢明经上第，释褐衣，授亳州临涣县主簿……退居于陕服，勤孝敬悌达州里，观察使李公齐运雅闻其贤，即致弓旌，从迁于蒲，益厚其礼，表授试金吾卫兵曹参军，充都防御判官……忤时左掾鄱阳，稍移陵阳，廉使博陵崔公优延礼貌，置在宾右，表授试大理司直，充采石军副使，进殿中侍御史，银艾赤绂，荐荣宠章。初宣城大邑，井赋未一，公以从事假铜印，均其户有，平其什一，蚩蚩允怀，主公赖之。永贞初，有诏征拜殿中侍御史，迁侍御史，转尚书驾部员外郎。”《长孙氏墓志》虽阙泐较多，但墓题残存者与杨宁墓志皆合，且杨宁墓志亦为钱徽所撰，因二人同幕交厚之故。《千唐志斋藏志》1214残碑全题当为《唐故宣歙池采石军副使试大理司直兼殿中侍御史赐绯鱼袋弘农杨公夫人河南长孙氏墓志铭并序》。

第二，墓主葬期。由于确定了墓主为杨宁夫人长孙氏，墓主葬期也就容易确定了。据杨宁墓志和残志撰者结衔，可知残志葬期必在崔衍为观察使的贞元十二年至永贞元年（796—805年）之间，且杨宁墓志已言宁“永贞初有诏征拜殿中侍御史”，大概崔衍罢镇，杨宁也就入朝了，此残志墓主葬期不会迟于永贞元年（805年），更不会如《千唐志斋藏志》编者注所说的在永贞后的元和至大和（806—835年）这30年之间。《杨宁墓志》云：“有唐建元元和，乃岁丁酉四月孟夏，其日乙卯，大司成杨公得谢之二年寝疾……薨于是……□□粤八月壬申望其子汝士等只服理命，卜宅先祖考妣于河南府河南县金各乡尹村之北原，启公从之，以故夫人河南长孙氏合之。”“夫人故长安县令演之女，先公一十三年殁于故郫明……有子四人，汝士、虞卿、汉公咸著名。”可知，长孙氏早杨宁13年而卒，杨宁卒后，夫妻合葬。杨宁元和丁酉（817年）卒，则夫人长孙氏卒于贞元二十年（804年），残志墓主葬期当在贞元二十年。

整理本用起来方便，但如果和拓本对读，并加上我们的思考，会在使用墓志上少出一些错误。

（原载中华书局《传统文化与现代化》1998年第4期）

唐诗中“杜鹃”内涵辨析

——以“杜鹃啼血”和“望帝春心托杜鹃”为例

杜鹃又称杜宇、望帝、子规，是唐诗中的常见意象，使用时其内涵却不尽相同。大学和中学教材中选入的作品篇目涉及杜鹃者有白居易《琵琶行》、李商隐《锦瑟》、李贺《老人采玉歌》等，从解释中可以看出人们对“杜鹃”等词内涵的理解存在不同程度的差误，因此有必要对唐诗中“杜鹃”的内涵做一梳理和分析。

白居易《琵琶行》中提到杜鹃，诗云：“住近湓江地低湿，黄芦苦竹绕宅生。其间旦暮闻何物，杜鹃啼血猿哀鸣。”李商隐《锦瑟》中提到望帝，诗云：“庄生晓梦迷蝴蝶，望帝春心托杜鹃。”据传说所言，望帝的魂魄化为杜鹃。这里的“杜鹃啼血”和“望帝春心托杜鹃”其实讲的是两个最初并不相关的事物，二者来源不同。

一、望帝化为杜鹃来源于古蜀国的神话传说

古蜀传说在华夏文化中有其独特性。那些古蜀文明在今天已无法想象，但在出土文物中却得到了印证。李白《蜀道难》云：“蚕丛及鱼凫，开国何茫然。”《华阳国志》云：“蜀侯蚕丛，其目纵，始称王。”李白感叹蜀国古远的历史非常茫然。但《华阳国志》记载的“蚕丛纵目”在三星堆出土的青铜器上得到了印证，结合青铜人像和青铜兽面具，可以大致知道“纵目”的意思是指眼眶睁大而眼睛突出，青铜兽面具双目成圆柱状从眼眶中伸展出去，可能是对“纵目”夸张的艺术表现，过去解释“纵目”为“竖生之目”仅是据字面意思的推测。古蜀与中原隔绝，“纵目”形象反映了古蜀先人对外部世界探索的心理状态。据《文选·蜀都赋》“盖兆基于上世，开国于中古”注引扬雄《蜀王本纪》云：“蜀王之先，名蚕丛、拍濩、鱼凫、蒲泽、开明。是时人萌，椎髻左言，不晓文字，未有礼乐，从开明上到蚕丛，积三万四千岁。”可见这些人名都是口耳相传、无文字记载的。而这些命名又都是和动植物等自然物象有关，唯

至“开明”则预示着古文明的开始。据文献和三星堆出土文物，蚕丛目纵，当名为蚕纵，口传为“丛”，故称蚕丛。称古蜀先民为蚕，当出于对蚕的崇拜，蚕能吐丝，丝可织布作衣，而且蚕吃桑叶吐丝的过程，对先民来说充满神奇。“鱼凫”，“鱼”和“凫”是两种不同的动物，二者似乎隐含一个变化过程，即水中之鱼变化为能飞之禽鸟，《庄子·逍遥游》云：“北冥有鱼，其名为鲲。鲲之大，不知其几千里也，化而为鸟，其名为鹏。怒而飞，其翼若垂天之云。是鸟也，海运则将徙于南冥，南冥者，天池也。”鲲化为鹏应该是初民想象突破自身限制飞越空间、飞向天际的结果。作为古蜀先民，不能想象鱼化为鹏，但可以想象鱼化为凫，凫不仅善游水，亦能飞。因此理解古蜀传说不能视为无稽之谈，而是有现实基础的想象。人类自古以来都会寻求途径去实现超越自身的梦想，故人与物之间的变化或互化的形式也是人类不同阶段智慧的表现。这样来理解蜀帝化为杜鹃就不足为奇了。

杜鹃又称子鹃、望帝、杜宇，因其记载不同而内容微有差异，为了理解方便和全面，这里还是尽量详引各书载录并做归类。

其一，望帝隐于西山，正值二月子鹃鸟鸣，故蜀人悲之。《华阳国志》卷三：“有周之世，限以秦巴，虽奉王职，不得与春秋盟会，君长莫同书轨。周失纲纪，蜀先称王。有蜀侯蚕丛，其目纵，始称王。死，作石棺石椁，国人从之，故俗以石棺椁为纵目人冢也。次王曰柏灌，次王曰鱼凫，鱼凫王田于湔山，忽得仙道，蜀人思之为立祠。后有王曰杜宇，教民务农，一号杜主。时朱提有梁氏女利游江源，宇悦之，纳以为妃，移治郫邑，或治瞿上，七国称王，杜宇称帝，号曰望帝，更名蒲卑，自以功德高诸王，乃以褒斜为前门，熊耳灵关为后户，玉垒峨眉为城郭，江潜绵洛为池泽，以汶山为畜牧，南中为园苑。会有水灾，其相开明决玉垒山以除水害，帝遂委以政事，法尧舜禅授之义，遂禅位于开明，帝升西山隐焉。时适二月，子鹃鸟鸣，故蜀人悲子鹃鸟鸣也，巴亦化其教而力农务，迄今巴蜀民农时先祀杜主君。”[①]

还有一种与之相类似的说法，二月鸣叫之鸟本名田鹃，为了记住蜀帝杜宇归隐的时间，改田鹃名为杜鹃，《路史》卷三十八：“按诸《蜀记》，杜宇末年逊位鳖令。鳖令者，荆人也。旧说鱼凫畋于湔山，仙去后，有男

① ［东晋］常璩：《华阳国志校注》，刘琳校注，巴蜀书社1984年版，第181、182页。

子从天堕曰杜宇，为西海君，自立为蜀王，号望帝。徙都于郫或瞿上，自恃功高诸王，……时鳖令死尸随水上，荆人求之不得，至蜀，起见望帝，望帝以之为相。后禅以国，去之，隐于西山，民俗思之。时适二月田鹃方鸣，因号杜鹃，以志其隐去之期。一云宇禅之，而淫其妻，耻之死，为子巂，故蜀人闻之，皆起曰我望帝也。”

其二，杜宇之魄化为杜鹃。从发生学看，这一种说法当后于第一种说法。由望帝归隐时值子鹃鸣叫，演变为杜宇之魂魄化为子鹃，这一说法充满神秘色彩，使杜宇传说发生了质的变化。《华阳国志》卷十二："又云荆人鳖灵死，尸化西上，后为蜀帝。周苌弘之血变成碧珠，杜宇之魄化为子鹃。"① 望帝化为子鹃鸟，故蜀人闻子鹃鸣，曰："是我望帝也。"《太平寰宇记》卷七十二："蜀之先肇于人皇之际，至黄帝子昌意娶蜀山氏女，生帝喾，后封其支庶于蜀。历夏商周始称王者纵目，名蚕丛，次曰鱼凫，其后有王曰杜宇，已称帝，号望帝。……时有荆人鳖泠死，其尸随水上，荆人求之不得，鳖泠至汶山下，忽复生，见望帝，立以为相，时巫山雍江蜀地洪水，望帝使鳖泠凿巫山，蜀得陆处，望帝自以德不相同，禅位于鳖泠，号开明，遂自亡去，化为子鹃鸟，故蜀人闻子鹃鸣，曰是我望帝也。"② 鳖泠，即鳖令。

二、"杜鹃啼血"属于自然现象

《禽经注》"鷤巂周子规也，啼必北向"注云："尔雅曰巂周，瓯越间曰怨鸟，夜啼达旦，血渍草木，凡鸣皆北向也。"又"江介曰子规"注云："啼苦则倒悬于树，自呼曰谢豹。"《禽经注》旧题春秋师旷撰、西晋张华注，是书实为后人伪托。南宋罗愿《尔雅翼》卷十四"子巂"："子巂出蜀中，今所在有之，其大如鸠，以春分先鸣，至夏尤甚。日夜号深林中，口为流血，至章（案，或作商）陆子熟乃止，农家候之。"有人认为杜鹃嘴角红色，遂附会出啼血之说。杜鹃与血相关的传言往往附会人事，南朝宋刘敬叔《异苑》卷三云："杜鹃始阳相催而鸣，先鸣者吐血死。常有人山行，见一群寂然，聊学其声，便呕血死。"故习俗以学杜鹃叫声为

---

① ［东晋］常璩：《华阳国志校注》，刘琳校注，巴蜀书社1984年版，第896页。

② ［宋］乐史：《太平寰宇记》，四库全书本，史部二十七，第468页。

大忌。

“杜鹃啼血”和“望帝春心托杜鹃”二者不同，一为古蜀传说，一为自然现象。除此而外，还有两点值得注意：

第一，其性质不同，“杜鹃啼血”在诗文中表现凄苦，啼声悲苦，人在路上，值春夏之交，听到杜鹃“夜啼达旦”更添离别思乡之情，故又引申出离别之苦。而“望帝春心”则表现冤屈，引伸出悲伤。杜宇冤在何处？人们至今尚未能做出令人满意的解答。左思《蜀都赋》云：“碧出苌弘之血，鸟生杜宇之魄。”苌弘和杜宇并列，苌弘其人在《庄子·外物》中是作为屈死的人物提及的：“人主莫不欲其臣之忠，而忠未必信，故伍员流于江，苌弘死于蜀，藏其血三年，而化为碧。”那么杜宇为何称冤屈？据上引文献记载，杜宇化鹃是在隐去之时，隐去是为了让贤，但接下去的事情的说法就大不一样了，一种说法是人民想念他；一种说法是杜宇让贤给鳖灵（或作鳖令、或作鳖冷），但却淫其妻，耻之死。就其事情本身言，真不明白杜宇冤由何生，据说杜宇的后任也是一位贤人，而杜宇却淫其妻，后自责而死，此事《蜀王本纪》云“望帝与其妻通”，《说文》云“蜀王望帝淫其相妻”，望帝以鳖灵为相。常璩是蜀中世家大族，就羞于提此事，故在《华阳国志》中省略之。淫人妻而羞愧至死，谈不上有冤。唐人于此也疑惑不解，杜牧《杜鹃》云：“杜宇竟何冤？年年叫蜀门。至今衔积恨，终古吊残魂。芳草迷肠结，红花染血痕。山川尽春色，呜咽复谁论？”罗邺《闻子规》：“蜀魄千年尚怨谁，声声啼血向花枝。”李山甫在《闻子规》诗中感叹说：“冤禽名杜宇，此事更难知。”不过搞不清楚杜宇何冤并不妨碍人们视杜鹃为冤禽，顾况《子规》：“杜宇冤亡积有时，年年啼血动人悲。”蔡京《咏子规》：“千年冤魄化为禽，永逐悲风叫远林。”

第二，语典来源区域有异，其文化呈现也有差异。望帝化鹃是古蜀神话传说，发生在长江上游。为什么蜀人如此思念望帝，“闻子鹃鸣，曰是我望帝也”。有一原因未被人道破，据《华阳国志》载，鳖灵贤明，且有除水患之功，望帝禅位给他，但国人还是怀思“我望帝”，这是一种本土认同，因鳖灵是外来人，来自于长江中游的荆，他逆水而上，历经艰辛，由荆至蜀，帮蜀凿山治水，但蜀人却去怀念望帝。从这一传说及其演变本身可以看到蜀人接纳外来文明（用鳖灵为相）而又有所排外（怀我望帝）的矛盾心态；还可以看到蜀人的对外扩张的要求（淫荆人之妻）和自省精神（耻之至死）。在古文明冲突中，这一现象值得关注。

“杜鹃啼血”是一区域广泛的自然现象，蜀地杜鹃为甚，但早期的望帝传闻中并没有和啼血联系起来。唐前鲍照《拟行路难》只是说杜鹃是蜀帝魂魄所化，声音哀苦，啼叫不停。杜鹃啼血在诗歌中出现大致和长江中下游（湘楚、闽越）联系较多，白居易《琵琶行》写于九江，诗云：“杜鹃啼血猿哀鸣。”另一首《山石榴寄元九》（山石榴一名山踯躅，一名杜鹃花）：“九江三月杜鹃来，一声催得一枝开……日射血珠将滴地，风翻焰火欲烧人。”李群玉《题二妃庙》：“黄陵庙前春已空，子规啼血滴松风。”白居易的诗是写在贬江州司马任上。当然任何具有区域性文化意义的事物一旦进入诗歌写作中，就会泛用而不再具有最初的狭小区间使用的特点。因此，这里讲“望帝化鹃”和“杜鹃啼血”的所谓区域性只是从发生学的角度来阐述的，古蜀望帝传说中没沾“啼血”的边却是古蜀望帝化为鹃与啼血并无联系的一个辅证。二者各有所指，本不相同。

但诗作中将自然之杜鹃和神话传说之蜀帝化鹃相混却比较自然，因为杜鹃是两者共有的角色；而将杜鹃啼血和蜀帝化鹃相合，有可能是受了左思《蜀都赋》的影响，《文选·蜀都赋》云：“碧出苌弘之血，鸟生杜宇之魄。”粗心的读者有可能会由此将两者混合。《文选》注云：“庄周曰：‘苌弘死于蜀，藏其血，三年化为碧。’《蜀记》曰：‘昔有人姓杜，名宇，王蜀，号曰望帝。宇死，俗说云：宇化为子规。子规，鸟名也。蜀人闻子规鸣，皆曰望帝也。’”[①]《庄子·外物》讲到人主都希望大臣忠于自己，但大臣忠心却未必能得到信任，“故伍员流于江，苌弘死于蜀，藏其血三年，而化为碧”。伍员、苌弘皆为屈死，但由此牵强出杜宇屈死恐有不妥。李商隐《锦瑟》中“望帝春心托杜鹃”是用了杜宇化鹃的典故，但人们在分析时一不小心就会带进“杜鹃啼血”的意思。周汝昌分析李商隐《锦瑟》云：“本联下句（案，指‘望帝春心托杜鹃’）中的望帝，是传说中周朝末年蜀地的君主，名叫杜宇。后来禅位退隐，不幸国亡身死，死后魂化为鸟，暮春啼苦，至于口中流血，其声哀怨凄悲，动人心腑，名为杜鹃。”周汝昌所云也是平时习闻的书面或口头的解释，但其中是有问题的，《锦瑟》诗中用典并不包含“杜鹃啼血”义，就不必添加“暮春啼苦，至于口中流血”，又说“不幸国亡身死”，望帝之死，有何不幸？而

① ［南朝梁］萧统：《文选》卷四，中华书局1981年版，第81页。

"身死"并没有"国亡"。刘学锴、余恕诚《李商隐诗歌集解》按语云："此诗底蕴，遗山《论诗绝句》实首发之。'望帝春心托杜鹃，佳人锦瑟怨华年'二语，人但以转述义山诗语视之，不知其实借以发明诗旨也。'望帝''佳人'均指义山。二语盖谓：义山一生心事均托之于如杜鹃啼血之哀惋悲凄诗作，而此《锦瑟》一首，又正抒写其美人迟暮之情者也。"[①] 这里同样没有必要添加"杜鹃啼血"的话。《集解》中之所以注释准确是因为原始资料自身提供的信息是无法改变的。而离开注释的阐释或做按语串讲时，会添加一些内容，这说明在我们的知识结构中已无意识地混合了相关的其他内容。《中国古代文学作品选·隋唐五代宋金元卷》李商隐《锦瑟》注［4］同朱东润《中国历代文学作品选》，另加"子规，杜鹃的别称，其嘴角带红似血色，鸣声凄楚动人"数语。[②] 问题也是如此。

唐诗中的"杜鹃"就其使用情况，大概分为五类。

其一，杜鹃或子规啼。杜鹃啼叫有两个特点。一是昼夜啼叫。杜甫《客居》诗云"子规昼夜啼"，《子规》云"终日子规啼"。王建《夜闻子规》："子规啼不歇，到晓口应穿。况是不眠夜，声声在耳边。"王建诗中表露出对子规日夜啼叫的不满，特别是夜间听到子规的啼鸣更让人心烦意乱。刘学锴、余恕诚《李商隐诗歌集解》编年诗《锦瑟》集注："按，望帝事见《华阳国志·蜀志》及《文选·蜀都赋》注引《蜀记》，参《哭萧侍郎》注。崔涂《春夕》：'胡蝶梦中家万里，子规枝上月三更。'"[③] 崔涂《春夕》全诗云："水流花谢两无情，送尽东风过楚城。胡蝶梦中家万里，子规枝上月三更。故园书动经年绝，华发春唯满镜生。自是不归归便得，五湖烟景有谁争。"崔涂诗中的子规是自然属性的子规，突出其夜鸣不已，故诗云"子规枝上月三更"。解《锦瑟》引崔涂《春夕》补证并不恰当。二是杜鹃啼而众芳衰歇。《离骚》云"恐鹈鴂之先鸣兮，使夫百草为之不芳"，鹈鴂据考就是杜鹃，《汉书》颜师古注云："一名杜鹃，常以立夏鸣，鸣则众芳皆歇。"张衡《思玄赋》云"恃己知而华予兮，鶗

① 刘学锴、余恕诚：《李商隐诗歌集解》，中华书局1998年版，第1438页。

② 参见卞孝萱、黄清泉《中国古代文学作品选·隋唐五代宋金元卷》，华中师范大学出版社1999年版，第176页。

③ 刘学锴、余恕诚：《李商隐诗歌集解》，中华书局1998年版，第1421、1422页。

鴂鸣而不芳"，《注》云："《临海异物志》曰：'鶗鴂，一名杜鹃，至三月鸣，昼夜不止，夏末乃止。'"杜鹃以初夏鸣之最甚，初夏百花多谢，故陈羽《西蜀送许中庸归秦赴举》云："旅梦惊蝴蝶，残芳怨子规。"李白《宣城见杜鹃花》就指出三春三月闻子规啼、见杜鹃花令人伤感："蜀国曾闻子规鸟，宣城还见杜鹃花。一叫一回肠一断，三春三月忆三巴。"因为杜鹃日夜啼，而夜闻杜鹃啼叫就成了唐诗描写的景观。沈佺期《夜宿七盘岭》："独游千里外，高卧七盘西。晓月临窗近，天河入户低。芳春平仲绿，清夜子规啼。浮客空留听，褒城闻曙鸡。"七盘岭指褒城七盘山，在今陕西勉县。王维《送梓州李使君》："万壑树参天，千山响杜鹃。山中一夜雨，树杪百重泉。"李白《蜀道难》："又闻子规啼夜月，愁空山。"由杜鹃啼而众草不芳而引出惜春之意，白居易《送春归（元和十一年三月三十日作）》："今年杜鹃花落子规啼，送春何处西江西。"写作时间为三月三十日，正是春天结束的时间，可以佐证《离骚》的意思。

其二，杜鹃啼血。此以白居易《琵琶行》"杜鹃啼血猿哀鸣"为代表。李群玉《题二妃庙》："黄陵庙前春已空，子规啼血滴松风。"李中《子规》："暮春滴血一声声，花落年年不忍听。带月莫啼江畔树，酒醒游子在离亭。"杜鹃啼血往往又和杜鹃花合写，人们认为杜鹃花的红艳是杜鹃吐血而成。白居易《山石榴寄元九》："日射血珠将滴地，风翻焰火欲烧人。"成彦雄《杜鹃花》："杜鹃花与鸟，怨艳两何赊，疑是口中血，滴成枝上花。"吴融《子规》："他山叫处花成血，旧苑春来草似烟。"雍陶《闻杜鹃》："高处已应闻滴血，山榴一夜几枝红。"山榴即白居易诗题中之山石榴。

其三，望帝化鹃。唐代以前的诗中就有，如鲍照《拟行路难》诗之六："中有一鸟名杜鹃，言是古时蜀帝魂。声音哀苦鸣不息，羽毛憔悴似人髡。飞走树间啄虫蚁，岂忆往日天子尊。"此类唐诗用例较多，不一一枚举。

其四，杜鹃啼血和望帝化鹃合用。杜荀鹤《闻子规》："楚天空阔月成轮，蜀魄声声似告人。啼得血流无用处，不如缄口过残春。"诗中既有"蜀魄"，又有"啼得血流"。又如罗邺《闻子规》、杜牧《杜鹃》、蔡京《咏子规》。蔡京诗云："千年冤魄化为禽，永逐悲风叫远林。愁血滴花春艳死，月明飘浪冷光沉。凝成紫塞风前泪，惊破红楼梦里心。肠断楚词归不得，剑门迢递蜀江深。"文学名著《红楼梦》取名可能来源于"惊破红楼梦里心”。杜牧等人的诗就包含望帝化鹃和杜鹃啼血两个方面的内容。

其五，杜鹃寄巢生子。唐诗中此类用例甚少。杜甫《杜鹃行》云：“君不见昔日蜀天子，化作杜鹃似老乌。寄巢生子不自啄，群鸟至今与哺雏。……其声哀痛口流血，所诉何事常区区。”杜鹃自己不筑巢，而是产蛋于其他鸟的巢中，还由别的鸟代孵和喂养。杜甫诗中所谓“寄巢生子不自啄，群鸟至今与哺雏”。

这里有必要指出，唐诗中应不存在杜鹃摹音“不如归去”之义。《古今事事类聚·后集》卷四十七引陶岳《零陵记》云：“思归鸟状如鸠而惨色，三月则鸣，其音云‘不如归去’。”陶岳，北宋人，真宗祥符五年成《五代史补》。有人说唐人已有鸟鸣“思归乐”的声音，元稹《思归乐》：“山中思归乐，尽作思归鸣。尔是此山鸟，安得失乡名……微哉满山鸟，叫噪何足听。”白居易《和答诗十首·和思归乐》：“山中不栖鸟，夜半声嘤嘤。似道思归乐，行人掩泣听。皆疑此山路，迁客多南征。忧愤气不散，结化为精灵。我谓此山鸟，本不因人生。人心自怀土，想作思归鸣……任意思归乐，声声啼到明。”“思归乐”可能是鸟鸣声的摹音，但“思归乐”是何鸟的摹音待考，至少说其鸟鸣摹音并不是“不如归去”，而且在唐诗中“思归乐”这一用例极少，可以说是偶然使用。李贺《老人采玉歌》：“夜雨冈头食蓁子，杜鹃口血老夫泪。”《中国历代文学作品选》中编第一册注［5］：“杜鹃句：谓老夫眼里流出的泪，正同杜鹃口中的血。杜鹃的啼声，在人们听来，似乎是在说‘不如归去’，这更触发了采玉老人欲归不得的悲哀。杜鹃，即子规，嘴是红色因为鸣声甚哀，所以人们说杜鹃啼血。”① 奇怪的是，该书此前选有白居易的《琵琶行》，中有“杜鹃啼血猿哀鸣”句，却无注释。可以看出，李贺诗中“杜鹃口血”同白居易“杜鹃啼血”用例更没有“不如归去”的含义。那么“不如归去”的杜鹃鸣叫摹音起于何时，已无考。《零陵记》也是北宋人的记载。诗歌写作中“不如归去”的用例应是唐以后的事，如范仲淹《越上闻子规》诗云：“春山无限好，犹道不如归。”梅尧臣《杜鹃》诗云：“不如归去语，亦自古来传。”柳永《安公子》词云：“刚断肠、惹得离情苦。听杜宇声声，劝人不如归去。”

---

① 朱东润：《中国历代文学作品选》，上海古籍出版社 1980 年版，第 245 页。

本文有感于人们对唐诗“杜鹃”阐释差异的忽视所产生的误解，于此做了比较细致的梳理和辨析，或许能提醒人们对古代作品注释或教学讲解时要更加小心，力求完整和准确，并且注意到语词的不同时代所具有的含义及其变化。顾炎武说过：“读九经自考文始，考文自知音始。”就是“识字审音乃知其义”，本文即属于“识字”之作。而其中有关“蚕丛”或为“蚕纵”的解释运用了文献和出土文物相印证的方法；有关“鱼凫”一名包含了古人超越自身、走向自由的解释，并且与《庄子·逍遥游》互证；对望帝化鹃隐含的长江上、中游文明的融合和冲突以及对杜宇之冤的追问都已超出本文辨析杜鹃诸义的范围，但它有可能引起自己对上古文明研究的兴趣。

（原载《华南师范大学学报》2007 年第 3 期）

贺知章所撰墓志的史料价值

贺知章散文存世极少，《全唐文》和《〈全唐文〉拾遗》皆未收录贺知章所撰墓志，而新出土的6方贺知章所撰墓志就丰富了人们对贺知章散文创作的认识。本文则从史料角度分析贺知章所撰墓志的价值。贺知章所撰6方墓志分别为：开元二年（714年）十二月撰《唐故朝议大夫给事中上柱国戴府君墓志铭并序》，署“太常博士贺知章撰”[①]；开元三年（715年）七月撰《唐银青光禄大夫使持节曹州诸军事曹州刺史上柱国颍川县开国男许公墓志铭并序》，署“朝议郎行太常博士上柱国贺知章撰”[②]；开元九年（721年）十一月撰《大唐故银青光禄大夫行大理少卿上柱国渤海县开国公封□□□□并序》，署“秘书□□会稽贺知章撰”[③]；开元十五年（727年）八月撰《大唐故中散大夫尚书比部郎中郑公墓志铭并序》，尾署“贺知章撰”[④]；开元十五年（727年）九月撰《大唐故金紫光禄大夫行鄜州刺史赠户部尚书上柱国河东忠公杨府君墓志铭并序》，署“右庶子集贤学士贺知章撰”[⑤]；开元二十年（732年）十一月撰《皇朝秘书丞摄侍御史朱公妻太原郡君王氏墓志并序》，署“秘书监集贤学士贺知章纂”[⑥]。从现存贺知章所撰墓志的时间跨度看，开元二年至开元二十年（714—732年），这19年间，其应撰写了大量的墓志。

墓志作为一种文体，有文学价值和认识价值。因撰写的严肃性，其史料价值不可低估。[⑦] 贺知章所撰墓志的主人大致生活在武后朝至玄宗初，

---

① 周绍良：《唐代墓志汇编》，上海古籍出版社1992年版，第1156、1157页。

② 韦娜、赵振华：《贺知章撰许临墓志跋》，载《河南科技大学学报》（社会科学版）2005年第1期。

③ 周绍良、赵超：《唐代墓志汇编续编》，见《隋唐五代墓志汇编》（河北卷第1册），上海古籍出版社2001年版，第484、485页。

④ 陈尚君：《全唐文补编》，中华书局2005年版，第425页。

⑤ 周绍良：《唐代墓志汇编》，上海古籍出版社1992年版，第1336～1338页。

⑥ 周绍良：《唐代墓志汇编》，上海古籍出版社1992年版，第1403页。

⑦ 参见戴伟华《出土墓志与唐代文学研究》，载《传统文化与现代化》1998年第4期；戴伟华《从贞元元和墓志谈韩愈研究中的三个问题》，载《华南师范大学学报》2002年第4期。

而这一时期经历了则天称帝、韦后专权、睿宗复位及玄宗即位等重要历史事件，墓志从不同角度反映了重大政治变化中士人的价值取向、仕宦机缘。下面从四个方面简析墓志的史料价值。

一、士人进身的途径

武则天当政，完全以一种新的皇权模式呈现，女性为皇帝，其阻力是不言而喻的，故武则天必以非常之举待之。除强权政治下的诛杀异己外，武则天采取了一系列有效的政治措施来保证国家机器的运行。其中一项措施就是打破传统、不拘一格地选取人才，在制度层面上使效力于自己的年轻人才源源不断地被输送到中央，参加新政权的建设。

3方墓志的主人就是以特殊途径走入仕途的，其中郑绩和戴令言大致为一类。

郑绩在“圣后诏郡国举贤良”时入仕，时间不详，但张九龄所撰《张说墓志铭》云：“初，天后称制，举郡国贤良，公时大知名，拔乎其萃者也。起家太子校书，迄于左丞相，官政四十有一，而人臣之位极矣。”① 此事发生在武则天载初元年（690年）、周天授元年（690年）二月（戊申朔），《资治通鉴》卷二〇四云：“二月，辛酉，太后策贡士于洛城殿。贡士殿试自此始。”② 武后策贡士于洛阳，张说对策天下第一，授太子校书。《大唐新语》卷八云：“则天初革命，大搜遗逸，四方之士应制者向万人。则天御洛阳城南门，亲自临试，张说对策为天下第一。则天以近古以来，未有甲科，乃屈为第二等，……拜太子校书，仍令写策本于尚书省，颁示朝集及蕃客等，以光大国得贤之美。”③《登科记考》卷三据《唐才子传》卷一列张说于垂拱四年（688年）应学综古今科及第，④《文苑英华》卷四七七张说《对词标文苑科策》题下注为“永昌元年”⑤。《张说墓志铭》：“起家太子校书，迄于左丞相，官政四十有一。”⑥ 傅璇

① ［唐］张九龄：《张九龄集校注》，熊飞校注，中华书局2008年版，第952页。

② ［宋］司马光：《资治通鉴》，中华书局1976年版，第6463页。

③ ［唐］刘肃：《大唐新语》，中华书局1984年版，第127页。

④ 参见［清］徐松《登科记考》，中华书局1984年版，第86、87页。

⑤ ［宋］李昉：《文苑英华》，中华书局1966年版，第2434页。

⑥ ［唐］张九龄：《张九龄集校注》，熊飞校注，中华书局2008年版，第952页。

琮《唐才子传校笺》第一册《张说传》笺引陈祖言《张说年谱》，自689年至张说卒之730年（开元十八年），正好41年。[①]

载初元年（690年）确有殿试，或称制举。《唐代墓志汇编》长安031《大周故检校胜州都督左卫大将军全节县开国公上柱国王君墓志铭并序》："垂拱二年，解褐以护军任朔州北楼戍主。如意元年，改授渭州渭源镇副。载初九年应制及第，加上柱国，改授右武威卫绛川府左果毅都尉长上。万岁通天元年，救援平州立功，制授游击将军守右羽林卫翊府中郎将。"[②] 这里有不可解处，垂拱二年为686年，如意元年为692年，载初不足1年，故9年当为元年之误，载初元年为689年。为何将692年的事插在689年前？从王君历职看，如意元年（692年）为镇副，镇副一般在七品；载初为长上，长上一般在九品。因此，由长上升为镇副属正常，在时间上也是由载初元年之九品迁转为如意元年（692年）之七品。由此我们推断，王君"应制举及第"是武则天载初元年（天授元年，690年）二月的诏郡国举贤良对策的殿试。载初元年（690年）的"应制举及第"佐证了《资治通鉴》的记载和张说对策的准确时间。

《大唐新语》提到"大搜遗逸，四方之士应制者向万人"，这句话应无问题，问题是万人应制，而及第者却极少。可能载初元年（天授元年，690年）二月的诏郡国举贤良对策的殿试是首次大规模真正面向全国选拔人才的政治行为，故吸引天下士子参加，所谓"向万人"是名副其实的。但由于武则天标准颇严，或者是武则天将之作为政治宣传，结果并不重要，及第者极少才容易被理解。其实，给士子留下深刻印象的还有载初元年（690年）二月的恶劣天气，张楚《与达奚侍郎书》云："寻应制举，同赴洛阳，是时春寒，正值雨雪。俱乘款段，莫不艰辛，朝则齐镳，夜还连榻。行迈靡靡，中心摇摇，及次新乡，同为口号。公先曰：'太行松雪，映出青天。'仆答曰：'淇水烟波，半含春色。'向将百对，尽在一时，发则须酬，迟便有罚，并无所屈，斯可为欢。此畴昔之情二也。初到都下，同止客坊，早已酸寒，复加屯踬。属公家竖逃逸，窃藏无遗，赖侨装未空，同衅斯在。殆过时月，以尽有无，巷虽如穷，坐客常满。还复嘲谑，颇展欢娱，公咏仆以衣袖障尘，仆咏公以浆粥和酒。复有憨妪，提携

① 参见陶敏、傅璇琮《唐五代文学编年史》（初盛唐卷），辽海出版社1998年版，第321页。
② 周绍良：《唐代墓志汇编》，上海古籍出版社1992年版，第1013页。

破筐，频来扫除，共为笑弄。此畴昔之情三也。”[①] 有两点值得注意：第一，当年参加洛阳殿试的人非常辛苦；第二，当年初春天气寒冷。关于张楚文中提到的制举，有人将之视为开元五年（717 年）的事情。[②] 其实不然，张楚文云“寻应制举，同赴洛阳”，则殿试地点是在洛阳而非长安，开元以后制举殿试未言在洛阳举行。据傅璇琮先生《唐代科举与文学》第四章《举子到京后活动概说》分析，唐代中央的科举考试地点，除武则天时有在二京同时举行考试外，其后的代宗朝两都试举人是第二次。[③] 而开元前的制举在洛阳无疑，张文中提及的“应制举”是在洛阳。

另外，《大唐新语》所云“则天初革命，大搜遗逸，四方之士应制者向万人。则天御洛阳城南门，亲自临试”不应是泛指，而应是专指“则天初革命”时，即载初元年（690 年）、周天授元年（690 年）二月。郑绩“属圣后诏郡国举贤良，公对策天朝”，也是参加的这次制举对策。《唐故朝议大夫给事中上柱国戴府君墓志铭并序》：“天授岁，爰降丝纶，来旌岩穴。府君乃饬躬应召，谒见金马。”这里提到“天授岁”，载初元年（690 年）九月改国号周，改元天授，这一年在人们的表述中常常是混称的，并无严格的月份分界。天授三年（692 年）四月改元如意。天授前后加起来也就是 1 年零 8 个月。“天授岁，爰降丝纶，来旌岩穴。”这也是指天授元年（690 年）的“诏郡国举贤良对策天朝”。谒见金马是指对策天朝，这里“金马”只是用典而已。

杨执一以献书入仕，和郑绩、戴令言二人不同。《大唐故金紫光禄大夫行鄜州刺史赠户部尚书上柱国河东忠公杨府君墓志铭并序》：“性柬亮方直，能犯颜谠言。当天后朝，以献书讽谏，解褐特授左玉钤卫兵曹参军，盖贲贤也。”献书讽谏解褐或进阶是则天朝士人常采用的方式。《全唐文》卷七三二赵儋《故拾遗陈公建旌德之碑》：“年二十四，文明元年进士，射策高第。其年高宗崩于洛阳宫，灵驾将西归于乾陵，公乃献书阙下。天后览其书而壮之，召见金华殿，因言霸王大略，君臣明道，拜麟台正字。”[④]

① ［清］董诰等：《全唐文》卷三〇六，中华书局 1983 年版，第 3114 页。
② 参见孟二冬《登科记考补正》卷五，燕山出版社 2003 年版，第 220 页。
③ 参见傅璇琮《唐代科举与文学》，陕西人民出版社 1986 年版，第 73、74 页。
④ ［清］董诰等：《全唐文》卷三〇六，中华书局 1983 年版，第 7548 页。

以门资授官传统入仕方式仍然存在，许临即以门资仕。《唐银青光禄大夫使持节曹州诸军事曹州刺史上柱国颍川县开国男许公墓志铭并序》："年廿三，以门资授殿中进马，转卫州司功、相府骑曹，稍迁录事，并参其军事。"

二、士人的知识结构

知识结构是指知识的体系，而每个人的知识必须经过学习才能获得，然后在一定的需求支配下会形成对知识序列的认知和有目的的组合。这种知识结构对个人的发展有重要影响，成了个人所处社会角色和担任社会职业岗位的条件。因此，士人的知识结构及其来源在文学和史学的研究中是很值得关注的角度。贺知章所撰墓志中有关士人知识结构方面的记载为我们认识初盛唐士人的知识背景提供了有效的材料。

（一）家学与专学

家学和专学在贺撰墓志中皆与家族相关。家族需要每一个成员在一个共同目标下各尽其力以维护家族的利益，门户的形成要靠数代人的持续奋斗。士族以不同的方式、从不同的方面沿承和发扬家族的传统，即使由科举进入仕途的中小地主阶级知识家族也会以士族的手段来维持家族的荣誉和门风。陈寅恪在《隋唐制度渊源略论稿·礼仪》中曾论及家族在学术发展中的意义："盖自汉代学校制度废弛，博士传习之风气止息以后，学术中心移于家族，而家族复限于地域，故魏、晋、南北朝之学术、宗教皆与家族、地域两点不可分离。"[①] 唐代家族在承担某种文化或文学传播责任并发挥其作用方面具有不同寻常的意义。[②] 家学与专学常常相关，专学成为家族的文化特长，遂变为家学最核心的知识系统，甚至变为文化垄断，成了独特的立身与入仕的资本和方式。《戴志》云："父开皇朝明礼，授文林郎。代积儒素，专门礼学，侍御之风格，侍郎之敏惠，并秉灵江汉，流闻湘潭，隤祉羡和，实钟秀杰。"开皇，隋文帝年号，明礼，即深

① 陈寅恪：《隋唐制度渊源略论稿》，上海古籍出版社1982年版，第17页。

② 参见戴伟华《唐代文学研究中的文人空间排序及其意义》，载《扬州大学学报》1999年第1期；戴伟华《唐代文学综论》，商务印书馆2006年版，第46页。

谙礼仪，自古以来，对礼进行研究的人不多，《旧唐书·礼仪一》云当时讨论礼仪："时有太常卿裴明礼、太常少卿韦万石相次参掌其事。"[①] 可见礼为专学。戴令言因其父明礼，故能称"专门礼学"。令言则承其家学，通于礼仪。《许志》云："代为帝师，门以道贵。古谓颛学，莫非传经，公名臣之嗣，允迪先绪，雅有容止。"许临家则"代为帝师"，而以经学称，专学在传经，许则"允迪先绪"。《杨志》云："由是颛学礼经，深明丧服，虽两戴之所未达，二郑之所盘疑，皆劈肌分缕，膏润冰释。"礼学非杨氏家学，但因其仁孝，始"颛学礼经"，以"深明丧服"。由杨执一开始，礼经之丧服之制有可能会成为杨家之家学、专学。

专学中还可以提到的是因人而异，如有专攻法学的。《封志》云："钦于张之高风，有怀法理。"于张，西汉于定国、张释之的并称，二人先后于文帝、景帝时任廷尉，执法皆审慎，是决狱审慎、执法公正的典型。封氏一生多历刑法官：大理评事、大理丞、大理寺正、刑部郎中、御史中丞、刑部侍郎，曾对宠幸之臣"案以直绳，处之严宪，犯颜固执，于再于三"。

（二）认真求知

其实唐人与后来的宋人的区别较大，其中一点是唐人重心灵抒写，故诗极于唐；宋人重知识炫耀，故学者多。唐人与学问之间的关系也不能做过于简单的判断。

《戴志》云："垂髫能诵离骚及灵光、江、海诸赋，难字异音，访对不竭。由是乡人皆号曰先生，敬而不名也。"下言"年十四"，故《离骚》、王延寿《鲁灵光殿赋》、郭璞《江赋》、木玄虚《海赋》等是在14岁以前已诵读之文。因为这些篇章中生僻难解的字特别多，如认识里面的字，则所识字会超出常人，可以理解为家长用这些文章来做儿童的识字课本。《江赋》："若乃巴东之峡，夏后疏凿。绝岸万丈，壁立赮驳。虎牙嵥竖以屹崒，荆门阙竦而盘礴。圆渊九回以悬腾，湓流雷响而电激。骇浪暴洒，惊波飞薄。迅澓增浇，涌湍叠跃。砯岩鼓作，澥㴔㶇漷……潜演之所汩淈，奔溜之所磢错。厓隒为之泐嵃，碕岭为之喦崿。"太多的生僻字

① ［后晋］刘昫等：《旧唐书》卷二十一，中华书局1975年版，第818页。

词，如不借助李善注根本不能通读。“瀄湱㳌潏”李善注：“大波相击之声。”① 亦无法具体落实讲解。《离骚》其阅读难度人人共知，随引一段如下：“溘吾游此春宫兮，折琼枝以继佩。及荣华之未落兮，相下女之可贻。吾令丰隆乘云兮，求宓妃之所在。解佩纕以结言兮，吾令蹇修以为理。纷总总其离合兮，忽纬繣其难迁。夕归次于穷石兮，朝濯发乎洧盘。保厥美以骄傲兮，日康娱以淫游。虽信美而无礼兮，来违弃而改求。览相观于四极兮，周流乎天余乃下。望瑶台之偃蹇兮，见有娀之佚女。吾令鸩为媒兮，鸩告余以不好。雄鸠之鸣逝兮，余犹恶其佻巧。心犹豫而狐疑兮，欲自适而不可。凤皇既受诒兮，恐高辛之先我。欲远集而无所止兮，聊浮游以逍遥。及少康之未家兮，留有虞之二姚。理弱而媒拙兮，恐导言之不固。时溷浊而嫉贤兮，好蔽美而称恶。闺中既邃远兮，哲王又不寤。怀朕情而不发兮，余焉能忍与此终古！”② 这里不仅是难字异音，还有名物历史。

可贵之处在于，戴令言14岁之前读如此艰深的文章，竟能“访对不竭”。杨执一读书也很认真，《杨志》云：“尤好左史传及班史，该览询求，备征师说。”无论是“访对不竭”，还是“该览询求，备征师说”，都是对知识所存的敬畏和渴求，在求知过程中狠下功夫。据《戴志》，以上所谓小学功夫还在“小人儒”的范围内。但没有这些童子功，也就不易“历览群籍”了。《封志》云：“公禀灵秀出，含章挺生，志怀骨鲠，雅杖名节，探马郑之奥迹，早敦章句。”马郑，东汉马融与郑玄的并称，两人皆为经学大师。封氏对马郑的注亦有深入的研究。

《戴志》中提到14岁以前读《离骚》，在文学传播史的研究中是极其珍贵的文献。研究屈赋在唐代传播与接受时要充分阐释这则材料的价值，虽不敢说这则材料为仅见，但肯定不多见。

（三）重经学和史学，文学则次之

在论到家学和专学时，可以看到，以经传家者比例占优。而对史的阅读也放在重要位置，《戴志》中有关读《离骚》、王延寿《鲁灵光殿赋》、郭璞《江赋》、木玄虚《海赋》等文应是识字之需，而非从文学价值着

① ［南朝梁］萧统《文选》卷十二，李善注，中华书局1981年版，第184页。

② ［宋］洪兴祖：《楚辞补注》，中华书局1983年版，第30～35页。

眼。识字是以后阅读的基础，放在 14 岁之前完成，《戴志》云：“十五，首读两汉，遂慨慷慕古，手不释卷。未盈五旬，咸诵于口。十七，便历览群籍，尤好异书，至于算历卜筮，无所不晓。味老庄道流，蓄长往之愿，不屑尘物。”15 岁以后广泛阅读，戴令言是 6 方墓志中记载读书最多、最杂的人，但首读“两汉”，即《汉书》和《后汉书》。《杨志》中说杨执一“尤好左史传及班史”。

《许志》云：“工于啸咏。”《郑志》云：“公禀中和，膺上美。行先王之道。读圣人书。观其仪形。朗如明月。挹其文藻。晔若春华。藏器于身。待时而动。”其中“啸咏”“文藻”关乎文学创作，与知识结构尚有不同，不具论。

戴令言读书甚多，与“代积儒素”相关，必有藏书。唐代的书是手抄的，私人藏书数量比不了印刷时代的宋人。藏书多当然有利于读书，有利于完善自己的知识结构，独孤及《祭寿州张使君文》云：“人多求田问舍，公独以百家言为宝，藏书至八千卷而不止。”[①] 孙樵《自序》：“樵家本关东，代袭簪缨。藏书五千卷，常以探讨。”[②] 8000 卷和 5000 卷的私人藏书应当是多的，一般人达不到这一藏书水平，《郑志》云：“有书一万卷藏于家。”这在初盛唐是很大的私人藏书量。

三、士人的山林之趣

自古以来，士人就有向往自然的兴趣，但它与独善其身相伴，风景形胜之美为隐居提供了良好的环境。

《戴志》云：“既家近湘渚，地多形胜，每至熙春芳煦，凛秋高节，携琴命酌，棹川藉墅，贵游牧守，虽悬榻入舟，不肯降志。天授岁，爰降丝纶，来旌岩穴。府君乃饬躬应召，谒见金马。夫出处者君子之大节，进退者达识之能事，天地闭而贤隐，王涂亨而代工，懿哉若人，有足尚者。自是时论推美，屡纡延辟，而府君素尚难拔，犹怀江湖，因着《孤鹤操》以见志，名流高节者多和之。尔后复归江潭，涉五六载。”戴令言为长沙人，故言家近湘渚，地多形胜。

---

① ［清］董诰等：《全唐文》卷三九三，中华书局 1983 年版，第 3999 页。
② ［清］董诰等：《全唐文》卷七九四，中华书局 1983 年版，第 8326 页。

这是利用自然形胜隐居，《皇朝秘书丞摄侍御史朱公妻太原郡君王氏墓志并序》云："景云中，侍御奔林剡山，联邑称最。"剡山乃形胜之所在。更多情况应是因地制宜，《郑志》："公尝以时不我与。位不充量。每因休暇。载思闲逸。于所居胜逸里。激流为沼。延石裁峰。植果万株。艺药千品。人野之际。形胜斯极。"所谓形胜，包括了人工，戴令言、朱之信借自然而遑怀；郑氏则造景以为乐。

《郑志》"艺药千品"，也是隐士的生活之需，可用中草药随时医治病痛，亦可用之养身。另外尚有一特殊用途，即服饵，《新唐书》卷一九六《隐逸传》云，王绩"莳药草自供"[1]，具体用途可见其《答冯子华处士书》："黄精白术，枸杞薯蓣，朝夕采掇，以供服饵。……近复有人见赠五加地黄酒方，及种薯蓣枸杞等法，用之有效，力省功倍。"[2]《旧唐书》卷一九〇载，卢照邻"因染风疾去官，处太白山中，以服饵为事"[3]。

戴令言著《孤鹤操》以见志，而此篇不存。其一，《孤鹤操》可能是琴曲，传为东汉蔡邕所撰《琴操》收有12操，分别为《将归操》《猗兰操》《龟山操》《越裳操》《拘幽操》《岐山操》《履霜操》《雉朝飞操》《别鹤操》《残行操》《水仙操》《怀陵操》。《孤鹤操》为戴令言"携琴命酌"时所弹奏。其二，《孤鹤操》先有曲后配词，《戴志》云："府君素尚难拔，犹怀江湖，因著《孤鹤操》以见志，名流高节者多和之。"所和者当是词，《孤鹤操》不见载录，其内容可能和南朝诗人江洪《和新浦侯咏鹤诗》有关，江洪诗云："闲园有孤鹤。摧藏信可怜。宁望春皋下。刷羽玩花钿。何时秋海上。照影弄长川。晓鸣动遥怨。夕唳感孀眠。哀咽芳林右。悯默华池边。犹冀凌云志。万里共翩翩。"[4]《孤鹤操》无疑是取"闲园有孤鹤"之意。

贺知章在《戴志》中对隐居的政治内涵分析是深刻的："夫出处者君子之大节，进退者达识之能事，天地闭而贤隐，王途亨而代工。""贤隐"是"天地闭"而造成的后果，此语已超出"穷则独善其身"的认识高度，"穷"一般只是主体在社会存在状态，而"天地闭"已是对所处社会状况

---

① ［宋］欧阳修等：《新唐书》卷一九六，中华书局1975年版，第5594页。

② ［清］董诰等：《全唐文》卷一三一，中华书局1983年版，第1322页。

③ ［后晋］刘昫等：《旧唐书》卷一九〇，中华书局1975年版，第5000页。

④ 逯钦立：《先秦汉魏晋南北朝诗》，中华书局1983年版，第2074页。

的总体判断。尽管历代不乏无道则隐的话，但贺知章出此言，无论是在墓主生活的初唐后期，还是撰志的开元三年（715 年），都是有深义的。联系到贺知章的归宿，不知贺知章是否仍然持有这一理论而做出“请为道士还乡里”（《新唐书》本传）[①] 的选择。

四、士人与政治变革

6 方墓志中，有几位和时政密切相关，如杨执一，《旧唐书》杨恭仁传附载：“恭仁弟续……续孙执柔，……执柔弟执一，神龙初，以诛张易之功封河东郡公，累至右金吾卫大将军。”[②] 此处记载过于简略，而墓志内容丰富，可补史载之阙。《杨志》云：“次当禁卫，复以封事上闻，天后深纳悬诚，亟蒙召见。趋奉轩卬，咫尺天威，载犯骊龙之鳞，爰求断马之剑，衷见于外，朝廷嘉焉。擢拜游击将军，迁右卫郎将，俄除左清道率，转右卫中郎将押千骑使。既而长乐弛政，辟阳僭权，压钮之兆未从，左袒之诚先发，安刘必勃，望古斯崇。中宗践祚，以佐命匡复勋，加云麾将军，迁右鹰扬卫将军，封弘农县公，食邑一千，实赋四百，赐绢二千匹，杂彩五百段，金银器物十事。无何，进封河东郡公，增邑二千户，加冠军大将军，特赐铁券，恕死者十，并厩马、金、银、瑞锦之类。昔周武建邦，贤人所以表海；汉高创业，功臣所以誓河。魏绛锡重于和戎，甘宁宠加于克隽，无以尚也。府君秉心直道，奉上尽忠，虽穷鉴水之规，犹勖维尘之诫。初为武三思所愬，出为常州刺史，后转晋州，又谮与王同皎图废韦氏，复贬沁州。久之，三思以无礼自及，府君许归侍京第。景龙四载，维帝念功，擢拜卫尉卿，还复勋爵，俄除剑州刺史。”

《旧唐书·本纪第七》中宗纪云：“圣历元年，召还东都，立为皇太子，依旧名显。张易之与弟昌宗潜图逆乱。神龙元年正月，凤阁侍郎张柬之、鸾台侍郎崔玄暐、左羽林将军敬晖、右羽林将军桓彦范、司刑少卿袁恕己等定策，率羽林兵诛易之、昌宗，迎皇太子监国，总司庶政。”[③]《杨志》：“左袒之诚先发，安刘必勃。”指杨执一拥护张柬之等人诛二张事。

---

① ［宋］欧阳修等：《新唐书》卷一九六，中华书局 1975 年版，第 5607 页。

② ［后晋］刘昫等：《旧唐书》卷六十二，中华书局 1975 年版，第 2381 ～ 2383 页。

③ ［后晋］刘昫等：《旧唐书》卷七，中华书局 1975 年版，第 135 页。

中宗即位，韦后重用武三思，“初为武三思所愬”，可见杨执一和韦后、武三思不合。神龙二年（706年），王同皎招集壮士，在则天灵驾发引之时，劫杀武三思。同谋人密告三思，三思乃遣校书郎李悛上言：“同皎潜谋杀三思后，将拥兵诣阙，废黜皇后。”[①] 中宗然之，遂斩同皎于都亭驿前，籍没其家。《杨志》云：“又谮与王同皎图废韦氏，复贬沁州。”杨执一实未预其事，在当时要打倒政敌，加罪其参与王同皎密谋是最好的理由。

《封志》亦涉二张事，其云：“稍迁大理丞。时有恩幸之臣，宠狎宫掖，履霜冰至，将图不轨。公案以直绳，处之严宪，犯颜固执，于再于三。寻而北军袒左，乘舆反正，褒公忠壮，锡以殊章，加朝散大夫，迁本寺正，出为齐汴二州长史，复拜尚书刑部郎中。”其中“恩幸之臣，宠狎宫掖，履霜冰至，将图不轨”指张易之、张昌宗兄弟图谋逆乱，“北军袒左，乘舆反正”指张柬之等诛张易之、张昌宗。

《许志》则载有常元楷事，其云：“除太子仆，擢为羽林将军，又徙右武卫将军。盖以旬日之荣，□□□□旧。夫典兵司禁，体国经野，非征南之奉法，绛侯之必安，孰能□矣。公忠信兼之，足以干事。曩者常元楷等，窃发宫掖，秘为乱常。公以守道，不如守宫。太上皇楼居，繄公以义，夫劫之以众而不惧，阻之以兵而不挠。公积以文雅，□于险易，曷非素行乎。天子休之，加银青光禄大夫、使持节曹州诸军事、曹州刺史。公下车孚政，不肃而成。匪截衣以示权，尝闭合以知耻。夫命者生之始也，死者生之终也，有始则必有其终矣。享年五十三。”《旧唐书》本纪第七玄宗先天二年（713年）：“秋七月甲子，太平公主与仆射窦怀贞、侍中岑羲、中书令萧至忠、左羽林大将军常元楷等谋逆，事觉，皇帝率兵诛之。穷其党与，太子少保薛稷、左散骑常侍贾膺福、右羽林将军李慈李钦、中书舍人李猷、中书令崔湜、尚书左丞卢藏用、太史令傅孝忠、僧惠范等皆诛之。兵部尚书郭元振从上御承天门楼，大赦天下，自大辟罪已下，无轻重咸赦除之。”[②] 此志微妙之处在于透露出玄宗初即位之时的权力状况，也显示出玄宗的政治才干和智慧。玄宗即位时，许临跟着睿宗（时为太上皇），负责保卫睿宗的安全，但许不是玄宗的人，玄宗为稳定，未敢动他；一旦除太平公主，玄宗帝位稳定后，许虽被加银青光禄大夫，却被外

---

① ［后晋］刘昫等：《旧唐书》卷一八七，中华书局1975年版，第4878页。

② ［后晋］刘昫等：《旧唐书》卷七，中华书局1975年版，第161、162页。

放为曹州刺史。

政治变革的密度带来士人频繁的命运变动，给士人带来机会的同时，也带来更大的成本和风险。

另外，贺知章所撰墓志的史料价值是多方面的，如《杨志》云："以十五年九月三日与故夫人独孤氏同祔于京兆府咸阳县洪渎原，礼也。夫人本系李氏，陇西成纪人，祖楷，隋开皇中有功，锡以后族，因为今姓，官至开府仪同三司，骠骑大将军，并、益、原三州大总管汝阳郡公。"这里云李姓改为独孤姓，对研究姓氏史、民族史等方面就有用途，《隋书·独孤楷传》："独孤楷，字修则，不知何许人也，本姓李氏。父屯，从齐神武帝与周师战于沙苑，齐师败绩，因为柱国独孤信所擒，配为士伍，给使信家，渐得亲近，因赐姓独孤氏。"[①]《隋书·后妃传》："文献独孤皇后，河南洛阳人，周大司马、河内公信之女也。信见高祖有奇表，故以后妻焉，时年十四。"[②] 墓志比照《隋书》有两点稍异：一是《隋书》云独孤楷"不知何许人也"，而墓志则云"陇西成纪人"，大概因为皇帝姓李，且为陇西成纪人，故李姓皆称陇西成纪，乃一代之习尚。准此，李白无论是何地人，自称陇西成纪人，并无剽掠之嫌，有例在前；二是墓志云"祖楷，隋开皇中有功，锡以后族"。《隋书》则详细交待改姓之原因，措辞隐约，云李信之父李屯从齐神武帝与周师战于沙苑，被独孤信所擒，配为士伍，给使信家，渐得亲近，因赐姓独孤氏。"给使"实际上就是指李屯在独孤信家供使唤，后关系亲近，故改从主人之姓。而墓志云云则牵合数事，模糊表达。作者替别人写墓志时为迎合墓主家人的名誉要求，在不改变基本事实的情况下会在表达上做些文饰。于此，读者不可不知。

贺知章所撰墓志现见载录的有6方，通过这6方墓志的分析，可以看到墓志在文史研究中的价值，也希望这样的分析有助于人们进一步认识墓志的叙事功能，事实上细致而深入的探讨将让人们走向历史的深处，触摸到士人生活的真实空间。

（原载《中山大学学报》2011年第6期）

---

① ［唐］魏征等：《隋书》卷五十五，中华书局1973年版，第1376页。

② ［唐］魏征等：《隋书》卷三十六，中华书局1973年版，第1108页。

高适《燕歌行》新论

最早将高适作为诗人进行评价的是《河岳英灵集》，评曰：“适性拓落，不拘小节，耻预常科，隐迹博徒，才名自远。然适诗多胸臆语，兼有气骨，故朝野通赏其文。至如《燕歌行》等篇，甚有奇句，且余所爱者，‘未知肝胆向谁是，令人却忆平原君。’吟讽不厌矣。”这里已经提到高适的名作《燕歌行》。《燕歌行》是盛唐著名边塞诗人高适的代表作。唐边塞诗人代表作家是高适和岑参，最早将这两人并称的是杜甫，他在《寄彭州高三十五使君适虢州李二十七长史参三十韵》中云：“高岑殊缓步，沈鲍得同行。”此为杜甫乾元二年（759 年）寄两位诗友之作，而不是说高适、岑参是同类诗人。宋代严羽的《沧浪诗话》将二人并称，才指出其诗歌的共同性质：“高岑之诗悲壮，读之使人感慨。”这应是针对高适、岑参的边塞诗。

为了理解《燕歌行》，先弄清楚盛唐边塞诗的写作背景和创作方法，其大要有两途。

一是入幕的文士创作，他们直接生活在边塞，耳目所及都是新奇景象，都是充满浪漫激情的战士生活。这种入幕与非入幕造成作品内容的差异在初唐诗人创作中已有一些显现。初唐四杰中唯一亲赴边塞的是骆宾王，他曾从军西域，后又北游幽燕，写有不少边塞作品。因此他的边塞诗较前人富有生活实感：

> 二庭归望断，万里客心愁。山路犹南属，河源自北流。晚风连朔气，新月照边秋。灶火通军壁，烽烟上戍楼。龙庭但苦战，燕颔会封侯。莫作兰山下，空令汉国羞。（《夕次蒲类津》）
>
> 紫塞流沙北，黄图灞水东。一朝辞俎豆，万里逐沙蓬。候月恒持满，寻源屡凿空。野昏边气合，烽迥戍烟通。膂力风尘倦，疆场岁月穷。河流控积石，山路远崆峒。壮志凌苍兕，精诚贯白虹。君恩如可报，龙剑有雌雄。（《边城落日》）

前一首写晚泊蒲类津的所见所感。起首二句“二庭归望断，万里客心愁”就点明了全篇的中心。明人胡应麟指出：“凡排律起句中，极宜冠裳雄浑，不得作小家语。”（《诗薮・内编》卷四）并将骆宾王的诗的开篇评为此类诗中最为得体者，可见其起笔气势宏大。“晚风连朔气”以下4句，借边塞夜景突现军情严峻，形势紧张；结尾“莫作兰山下，空令汉国羞”二句警策豪壮，笔触雄浑。

骆宾王边塞诗中多有悲凉气氛，在雄奇的西域风光中融入个人离国别乡、羁旅边地的愁怨。后一首即通过对遥远、旷阔、荒漠、昏暗之边疆景物的描写，映衬军旅生活的艰苦，突出了忠君报国的情怀。“壮志凌苍兕，精诚贯白虹”，寥寥10字，将诗人豁达之心志、忠直之怀抱展露无遗。全诗语言工致而精警，笔力苍劲而矫健。骆宾王的边塞诗作不同于王勃、杨炯、卢照邻等人多出之以想象之词，而是在真实生活基础上所作的描绘，因而更为真切。可能是骆宾王从军西域时间较短，故愁苦之音多于新奇的感受，和之后的岑参一比较便知。将边地新奇感受和新鲜的情景结合起来，并写入歌行的边塞诗要等到岑参去完成。

二是非入幕者写的边塞诗，是间接的，不长于写新奇之景，主要原因是没有如岑参那样扎进遥远的西域。因为是间接的，所以写边塞就会关注战争的性质，而不像在边塞的文人那样去关注每次战役的胜负、去享受战斗带来的欢乐，鼓舞士气、敬畏长官成了诗中应有之意。高适《燕歌行》成了间接写边塞的代表作品。为什么这样说呢？该诗原序云：“开元二十六年，客有从御史大夫张公出塞而还者，作《燕歌行》以示适，感征戍之事，因而和焉。”可知此诗并非入幕履边之作，而是和作。全诗最大的特点就是概括力强，因远观而使概括成了可能：

> 汉家烟尘在东北，汉将辞家破残贼。男儿本自重横行，天子非常赐颜色。摐金伐鼓下榆关，旌旆逶迤碣石间。校尉羽书飞瀚海，单于猎火照狼山。山川萧条极边土，胡骑凭陵杂风雨。战士军前半死生，美人帐下犹歌舞！大漠穷秋塞草腓，孤城落日斗兵稀。身当恩遇常轻敌，力尽关山未解围。铁衣远戍辛勤久，玉箸应啼别离后。少妇城南欲断肠，征人蓟北空回首。边庭飘飖那可度，绝域苍茫无所有。杀气三时作阵云，寒声一夜传刁斗。相看白刃血纷纷，死节从来岂顾勋。君不见沙场征战苦，至今犹忆李将军！

高适注重诗歌的思想内容和篇章结构的完整。本诗的内涵极为丰富，概括面相当广泛，边塞的萧飒荒凉，战场的肃杀阴森，敌军的强悍凶猛，战斗的激烈惨酷，唐军士卒的英勇献身，主将的腐败轻敌，全体边防战士对和平生活的向往，对朝廷选用良将、保卫边疆的强烈呼吁……作者通过精密的艺术构思，将上述复杂的内容加以巧妙安排。他以时间为顺序，将不同的事件和场面、各种人物的思想和行为融为一个有机的整体，既写景，又叙事，更抒情，构成完整的艺术情节，随着情节的延伸，展现了纵横跌宕的气势，创造出雄浑悲壮的诗境。从声情效果看，全诗4句一换韵，平仄韵交替，又大量运用律句与对仗，虽充满金戈铁马之声却音节流利酣畅，极具艺术感染力。这首诗对比手法用得最为突出，以对比来表现和深化议论。

高适此诗充满了矛盾，这种矛盾也是高适自己内心矛盾的表现。一方面，高适在诗中赞扬了守边将士的英勇顽强、拼命杀敌；另一方面，又对苦守沙场的将士表示同情，希望有“李将军”式的人物出现。同时也认为朝廷优宠边将有些过分。对《燕歌行》的解读尚有数点未为人注意，条陈如下：

第一，《燕歌行》并非针对张守珪“不惜士卒”。

朱东润主编的《中国历代文学作品选》中编第一册《燕歌行》解题引《旧唐书·张守珪传》后云：“张守珪是当时镇守北边的名将，但后来恃功骄纵，不惜士卒。”这段话是历史记载，还是编者的推测呢？看来是后者。《旧唐书·张守珪传》原文是这样的：“（开元）二十六年，守珪裨将赵堪、白真陁罗等，假以守珪之命，逼平卢军使乌知义，令率骑邀叛奚余众于湟水之北，将践其禾稼。知义初犹固辞，真陁罗又诈称诏命以迫之，知义不得已而行。及逢贼，初胜后败，守珪隐其败状而妄奏克获之功。事颇泄，上令谒者牛仙童往按之。守珪厚赂仙童，遂附会其事，但归罪于白真陁罗，逼令自缢而死。二十七年，仙童事露伏法，守珪以旧功减罪，左迁括州刺史，到官无几，疽发背而卒。”《中国历代文学作品选》引文“邀叛奚余众于湟水之北”作“邀叛奚余烬于潢水之北”，那是版本之异，当作“邀叛奚余众于潢水之北”。《旧唐书·张守珪传》没有说到张守珪不惜士卒事。有几篇敕张守珪书保存在张九龄文集中，大致可知张守珪在镇守北边的杰出贡献。其中有两篇说到张守珪对阵亡将士的关爱：“将士阵亡，各须吊祭，应合赠饰，亦已状闻。”“所将阵亡之人及战伤之者，并收瘗救吊死问生。”张守珪每次奏表都会提到安抚阵亡将士事，并且都能得到朝廷恩准。值得注意的是，部下邀击之事在开元二十六年（738年）前已有发生，主要指安禄山，所谓“裨将无谋，轻兵遣袭，遂有输失，挫我锐气”“安禄山等轻我兵威，曾不审料，致今损失”“安禄山勇而无谋，遂至失利，衣甲资盗，挫我军威”。然赖张守珪保护，得以戴罪立功，“且停旧官，令白衣将领”，果然“安禄山、杨景晖湔雪前耻，亦云效命，锋镝之下，各致损伤”。安禄山邀击失败，还是得到朝廷宽宥，为何白真陀罗造成的“初胜后败”，张守珪要隐其败状呢？或别有原委。

第二，《燕歌行》原序中“客”当为王悔。

诗序云“客有从御史大夫张公出塞而还者，作《燕歌行》以示适”。“客”者为何？据戴伟华《唐方镇文职僚佐考》，幽州“张守珪”僚佐有王悔，时为管记，此人或即“客”者。高适曾作《赠别王十七管记》：“故交吾未测，薄宦空年岁。晚节踪曩贤，雄词冠当世。堂中皆食客，门外多酒债。产业曾未言，衣裘与人敝。飘飖戎幕下，出入关山际。转战轻壮心，立谈有边计。云沙自回合，天海空迢递。星高汉将骄，月盛胡兵锐。沙深冷陉断，雪暗辽阳闭。亦谓扫欃枪，旋惊陷蜂虿。归旌告东捷，斗骑传西败。遥飞绝汉书，已筑长安第。画龙俱在叶，宠鹤先居卫。勿辞部曲勋，不藉将军势。相逢季冬月，怅望穷海裔。折剑留赠人，严装遂云迈。我行将悠缅，及此还羁滞。曾非济代谋，且有临深诫。随波混清浊，与物同丑丽。眇忆青岩栖，宁忘褐衣拜。自言爱水石，本欲亲兰蕙。何意薄松筠，翻然重菅蒯。恒深取与分，孰慢平生契。款曲鸡黍期，酸辛别离袂。逢时愧名节，遇坎悲沦替。适赵非解纷，游燕往无说。浩歌方振荡，逸翮思凌励。倏若异鹏抟，吾当学蝉蜕。”王十七管记就是王悔。这首诗是唯一能了解高适和王悔关系以及王悔其人的材料。诗中传出的信息很多，一是高适游边“羁滞”受到故交王悔的接待；二是高适此时境况很差，尚未能找到安身之处，游边无成，只能“酸辛别离袂”；三是高适对边地战况也有所见闻，而见闻多为表象；四是高适牢骚话很多，或有所指，如“何意薄松筠，翻然重菅蒯”，话说得很重。还有“逢时愧名节，遇坎悲沦替。适赵非解纷，游燕往无说”，既“非解纷”，又“往无说”，那他游边是为了什么呢？有些话也不好理解，如“画龙俱在叶，宠鹤先居卫”，前者用叶公好龙典，后者用《左传·闵公二年》事，春秋时，卫懿公喜欢养鹤，外出时连鹤也乘轩。当要和敌人打仗时，士兵们说，平日待鹤那么好，叫鹤去打吧！卫国终于被灭。这里是说皇帝滥赏。这首诗有讽刺性，故有人认为这首诗写于天宝十年（751 年）高适自封丘送兵至安禄山所辖清夷军时的见闻。诗作系年是不对的。

知客为王悔，分析《燕歌行》时必须参考《赠别王十七管记》诗。

第三，隐去“客”名姓以便从容表达己见。

《燕歌行》序中提到三人，高适和张守珪以及“客”，为何高适在序中要隐去“客”之姓名，当有深意。用“客”隐去真实姓名肯定是不正常的。《赠别王十七管记》诗中，高适对边地将士评价不高，特别说到他们有人已经在长安修筑了宅第，“已筑长安第”，那时在长安有宅第是富有的象征。又说“宠鹤先居卫”，真让王悔受不了。那么，“客”（王悔）作《燕歌行》想说什么呢？因为“客”诗已佚，无从查证，但从高适和作可略知一二。原作应该是歌颂张守珪及其将士的，表达守护北边之不易和将士们付出的沉重代价。但高适不认为这样，而是说如“李将军”在，不至于“沙场征战苦”；原作则认为无论是谁做统帅，都免不了征战之苦，只要了解当时边地情况的人都会认同这一观点。文献记载都证实张守珪确实是一位英勇、英明的戍边统帅，他任用和偏袒安禄山也是看重安禄山的才能，安禄山在北方边境稳定中发挥了重要作用也是事实，至于安禄山后来叛乱，又是另一回事了。高适不这样看，故《燕歌行》最后说：“君不见沙场征战苦，至今犹忆李将军！”“君”在一般作品中用于泛指，而这是和作，其“君”就不是泛指，而是指原作的作者，即“客”。因此，可以说高适的和作是有感而发的，所谓“感征戍之事”，即感原作中所述“征戍之事”，表明自己的意见，而这些意见也是和《赠别王十七管记》一脉相承的。我们知道高适是以质朴直率著称的，“多胸臆语，兼有气骨”者，不隐藏己见，又坚持己见。高适隐去“客”的名姓，一是照顾故交王悔的面子，二是便于尽情发表自己的意见。

第四，李将军当为李牧。

诗中的李将军现在常认为指李广，但据诗歌的内容要求，应指李牧。《围炉诗话》卷二云：“《燕歌行》之主中主，在忆将军李牧善养士而能破敌。”《昭昧詹言·王李高岑》云：“收指李牧以讽。”高适意在要有李将军现世而一举歼敌，不复有沙场征战之苦。李牧其人更切这一意思。《史记·廉颇蔺相如列传》云：“李牧者，赵之北边良将也。常居代雁门，备匈奴。以便宜置吏，市租皆输入莫府，为士卒费。日击数牛飨士，习射骑，谨烽火，多间谍，厚遇战士……李牧多为奇陈，张左右翼击之，大破杀匈奴十余万骑。灭襜褴，破东胡，降林胡，单于奔走。其后十余岁，匈奴不敢近赵边城。”高适《塞上》诗云：“惟昔李将军，按节出皇都。总戎扫大漠，一战擒单于。”擒单于当然是夸张的说法，李将军也是指李牧。

高适对边地征战的残酷性认识不够充分，汉代以来，为了边地的稳定，人们付出了沉重的代价。不可能既安定，又无将士死亡，根本不可能两全，而“和亲”求平安是非常被动的举措，或者是权宜之计。高适也说过“和亲非远图”（《塞上》）。高适对边策的判断总体上过于理想化，他认为“转斗岂长策，和亲非远图”，“斗”不行，“和”也不行，那么有何良策呢？只能寄希望于“李将军”。李将军受到高适的敬重是因为李将军可以“总戎扫大漠，一战擒单于”，以达到“十余岁匈奴不敢近赵边城”的效果。这种理想谁不希望，但实际上是做不到的，连善战之张守珪也不能做到，李牧成功于当时，但未必成功于唐代。高适的认识在理论上是正确的，但在现实中难以实现，这也是他和亲历战斗的管记王悔的差异。如果认同以上分析，就要对《燕歌行》的思想认识价值有一个清晰的判断。这也是笔者反复强调的：边塞诗的写作由于作者身份的不同，对战争性质的判断是不同的。入幕者关注每次战事的展开，很少介意战争的性质；而游边者或远离边地的文人总爱从整体上去描写战争，并且喜欢在对战争性质作大判断的基础上去同情戍边的将士。传统的边塞诗常常表现为后者，王昌龄《出塞》《从军行》也含有此意，“秦时明月汉时关，万里长征人未还。但使龙城飞将在，不教胡马度阴山”“关城榆叶早疏黄，日暮云沙古战场。表请回军掩尘骨，莫教兵士哭龙荒”。

在高适的边塞诗中，对边兵的大量死伤充满人道主义的同情：“边兵若刍狗，战骨成埃尘。”（《答侯少府》）这令他肝肠寸断。因此，在分析高适《燕歌行》时，要明白将军与士兵的对立，是高适的感慨之词，是对原作纠偏的激愤之语。此诗有感而发，主要在于有感“客作”而发，不必强调是针对“张守珪隐其败状而妄奏克获之功”事。在分析这首诗的形式上，也要考虑到此诗写作的“和焉”性质，形式多半取决于原作。进一步说，诗中用韵当为原作之韵，所谓用韵之妙、节奏起伏跌宕，是原作规定的，同时也限制了高适的表达。另外，“身当恩遇常轻敌”中的

"轻"不是贬义，是"藐视"义。"战士"一作"壮士"(《围炉诗话》卷二)，对于"战士军前半死生，美人帐下犹歌舞"也有不同的理解，钟惺《唐诗归》卷一二评云："豪壮中写出暇整气象。"王闿运手批《唐诗选》卷九云："豪语，非刺语。"可备一说。

《燕歌行》是和作，但还是含有高适游边的经历。高适另一些边塞作品虽非入幕之作，而游边或出使边地的作品与《燕歌行》的写作不一样，写出边塞的情景，只是和岑参比，他没有去过西域，因而缺少岑参写西域边塞风光的瑰丽之作。高适边塞之作大抵不出东北，也有少量河西的作品。如《九曲词》就是在河西幕写的：

> 万骑争歌杨柳春，千场对舞绣骐驎。到处尽逢欢洽事，相看总是太平人。
>
> 铁骑横行铁岭头，西看逻逤取封侯。青海只今将饮马，黄河不用更防秋。

据说，《九曲词》是为哥舒翰破吐蕃收九曲黄河而作。内容与《燕歌行》不同，幕中文人和居于内地（或游边）文士在对待战争和主帅态度上确有差异，高适还写有《同李员外贺哥舒大夫破九曲之作》："遥传副丞相，昨日破西蕃。作气群山动，扬军大旆翻。奇兵邀转战，连弩绝归奔。泉喷诸戎血，风驱死虏魂。头飞攒万戟，面缚聚辕门。鬼哭黄埃暮，天愁白日昏。石城与岩险，铁骑皆云屯。长策一言决，高踪百代存。威棱慑沙漠，忠义感乾坤。老将黯无色，儒生安敢论。解围凭庙算，止杀报君恩。唯有关河渺，苍茫空树墩。"这里不再有将帅与士兵对立关系的描述，没有关于战争性质的议论，也没有"征战苦"的具体刻画，一切都是"忠义"之举，都是"报君恩"。而远离边地和战场的人才会讨论此战性质，讨论该不该打仗，如传李白作《答王十二寒夜独酌有怀》云："君不能学哥舒横行青海夜带刀，西屠石堡取紫袍。"诗中之意是反对哥舒翰"西屠石堡"的。如用高适作《燕歌行》的态度看，《九曲词》是否在用歌舞升平遮掩了刚刚发生的血腥战斗场面。

（原载《学术研究》2010 年第 12 期）

李白自述待诏翰林相关事由辨析

关于李白何以入京供奉翰林，其间行为及其后果，以及何以出京等情况还有很多疑点。其实研究李白的翰林生活，最直接的材料都出于其自述，至少在李白出京后到他临终前有三次向人介绍过相关情况，由于时代不同、对象不同、目的不同、场景不同，所叙述的内容存在较大差异甚至分歧。这三次叙述分别为：天宝十三年（754 年）魏颢“江东访白”时，李白对他的谈论；至德二年（757 年）请宋中丞推荐的自述；宝应元年（762 年）十一月李白临终前对李阳冰的口述，分见于魏颢《李翰林集序》、李白《为宋中丞自荐表》和李阳冰《草堂集序》。研究这三次李白对待诏翰林情况的不同叙述，有助于人们探讨出京后李白思想、生存状态及其由此触及的时代迁变对士人存在方式的影响。本文只是对这三次李白自述做一些考察、梳理和推断，进一步论述李白以道教徒或道教徒兼文人的身份供奉翰林的观点。①

一、天宝十三年（754 年）魏颢“江东访白”时，对魏颢的谈论

魏颢《李翰林集序》：“白久居峨眉，与丹丘因持盈法师达，白亦因之入翰林，名动京师。《大鹏赋》时家藏一本。故宾客贺知章奇公风骨，呼为谪仙子，由是朝廷作歌数百篇。上皇豫游，召白，白时为贵门邀饮。比至，半醉，令制出师诏，不草而成。许中书舍人，以张垍谗逐，游海岱

---

① 参见戴伟华《唐代文学综论》，商务印书馆 2006 年版，第 123 ～ 127 页。用“道教徒”而不用“道士”称李白，是从实际考虑的，也是袭用李长之先生的用法。实质上李白为道教徒也不能以天宝四年（745 年）受道箓为界，李白天宝前究道理、炼丹药，齐州高天师授道箓只是给他一个名份而已。至少开元后期李白与胡紫阳高谈混元，受玉诀金书，就炼丹了。罗宗强先生认为李白早在少年时期曾行过入道仪式，且一生中不止一次。参见罗宗强《李白的神仙道教信仰》，见《20 世纪李白研究论文精选集》，太白文艺出版社 2000 年版，第 515 ～ 530 页。

间。年五十余，尚无禄位。”[①] 其中所言入翰林事当在魏颢“江东访白”时，听到的李白自述时间在天宝十三年（754 年）。[②] 我们可以理解为李白在和追慕者魏颢相处的日子里断续向其泄密私情，这是彻底的“真”，大致实处存真；但也不排除有狂饮后的大言，就又有了夸大或失实的“假”，大致虚处生假。综合考察，魏颢《李翰林集序》中有些内容可能是后来作《李翰林集序》时回忆的错误，如说“白久居峨眉”入京；有些内容是真实的，事隔10余年，李白更加迷恋道教，故不再忌讳入京身份了，直接说出能入京的原因：“与丹丘因持盈法师达，白亦因之入翰林，名动京师。《大鹏赋》时家藏一本。故宾客贺知章奇公风骨，呼为谪仙子，由是朝廷作歌数百篇。”贺知章在紫极宫见李白，呼李白为“谪仙人”，见李白《对酒忆贺监序》，文云：“太子宾客贺公，于长安紫极宫一见余，呼余为谪仙人。”李白这两处的自述大致相同。《旧唐书》卷九载，天宝二年“春正月丙辰，……改西京玄元庙为太清宫，东京为太微宫，天下诸郡为紫极宫”。《封氏闻见记》卷一《道教》：“玄宗开元二十一年亲注老子《道德经》，令学者习之，二十九年两京及诸州各置玄元皇帝庙，京师号玄元宫，诸州号紫极宫，寻改西京玄元宫为太清宫。”贺知章见李白的地方应该是太清宫，而不是紫极宫，因各州玄元皇帝庙皆称为紫极宫，李白一时随俗误称而已。但“朝廷作歌数百篇”一语可能是夸大之词，既然有数百篇咏“谪仙子”的诗，且是在“朝廷”之上，何以无一首留存，实在使人生疑。“上皇豫游，召白，白时为贵门邀饮。比至，半醉，令制出师诏，不草而成。许中书舍人。”这大概是妄语。

其中“贵门邀饮”有些夸大，李白在京所作诗中无此迹象。李白在担任翰林供奉期间有何社交活动，并无明确记载，李白诗歌中流露的信息表明，他和贵门接触相当有限。主要人物有：①杨山人，《驾去温泉宫后赠杨山人》，“少年落魄楚汉间，风尘萧瑟多苦颜。自言管葛竟谁许，长吁莫错还闭关。一朝君王垂拂拭，剖心输丹雪胸臆，忽蒙白日回景光，直上青云生羽翼，幸陪鸾辇出鸿都，身骑飞龙天马驹。王公大人借颜色，金璋紫绶来相趋。当时结交何纷纷，片言道合惟有君。待吾尽节报明主，然

① 本文所引李白诗文及相关材料均据［唐］李白《李太白全集》，王琦注，中华书局1977年版。

② 参见傅璇琮《唐代文学编年史》（初盛唐卷），辽海出版社1998年版，第892页。

后相携卧白云”。②故人，《温泉宫侍从归逢故人》，“汉帝长杨苑，夸胡羽猎归。子云叨侍从，献赋有光辉。激赏摇天笔，承恩赐御衣。逢君奏明主，他日共翻飞”。③苏秀才，《金门答苏秀才》，“君还石门日，朱火始改木。春草如有情，山中尚含绿。折芳愧遥忆，永路当日勖。远见故人心，平生以此足。巨海纳百川，麟阁多才贤。献书入金阙，酌醴奉琼筵。屡忝白云唱，恭闻黄竹篇。恩光照拙薄，云汉希腾迁。铭鼎倘云遂，扁舟方渺然。我留在金门，君去卧丹壑。未果三山期，遥欣一丘乐。玄珠寄象罔，赤水非寥廓。愿狎东海鸥，共营西山药。栖岩君寂灭，处世余龙蠖。良辰不同赏，永日应闲居。鸟吟檐间树，花落窗下书。缘溪见绿筱，隔岫窥红蕖。采薇行笑歌，眷我情何已。月出石镜间，松鸣风琴里。得心自虚妙，外物空颓靡。身世如两忘，从君老烟水”。④卢郎中，《朝下过卢郎中叙旧游》，“君登金华省，我入银台门。幸遇圣明主，俱承云雨恩。复此休浣时，闲为畴昔言。却话山海事，宛然林壑存。明湖思晓月，叠嶂忆清猿。何由返初服，田野醉芳樽”。从“闲为畴昔言”一语看出，李白和卢郎中是老朋友，疑《温泉宫侍从归逢故人》之故人即为“卢郎中”，所以和卢郎中的交往是特殊情况。

不仅和贵门交游不广，就连和在朝诗人的交往也不见有痕迹。李白在待诏翰林期间，应与在京任职或过往的诗人有唱和，比如王维、卢象、孙逖等，李白和王维没有往来，此处颇多疑问。从王维常奉和应制看，他在京城确有大诗人的地位。他们有两点相同，一是诗，二是隐。后者的不同在于王维是佛徒之隐，富贵之隐，他得宋之问蓝田别墅，颇有经营；而李白是道士之隐、山野之隐。

另外，李白和玄宗关系也值得认真思考，李白诗中屡言“侍从”，如《侍从游宿温泉宫作》，就此也不能夸大和玄宗的关系，天子出行规模浩大，李白并非要臣和宠臣，只是以待诏翰林为随行中的一员，虽随行侍从，未必和玄宗有真正的接触。朝中文学近臣还数不到李白，故李白受“令制出师诏”，恐有不实。天宝元年（742 年）王维在左补阙任，[①] 有《三月三日曲江侍宴应制》《奉和圣制从蓬莱向兴庆阁道中留春雨中春望之作应制》，同时苗晋卿、李憕有应制和作。天宝元年（742 年）七月，裴旻献捷京师，玄宗置酒花萼楼，诏旻舞剑，乔潭作《裴将军剑舞赋》，

① 参见傅璇琮《唐代文学编年史》初盛唐卷，辽海出版社 1998 年版。

颜真卿有诗赠裴旻。天宝元年（742 年）十月，孙逖扈从骊山，有《奉和登会昌山应制》。王维有和李林甫诗《和仆射晋公扈从温汤》。贺知章自秘书监迁太子宾客，孙逖行制。天宝二年（743 年），李林甫作山水画于中书省壁，孙逖作《奉和李右相中书壁画山水》。李白侍从游温泉宫而无应制诗，更无其他行制之文存世。

同样，李白缺席送贺知章归四明的君臣唱和，也可窥见李白在供奉翰林期间文学活动之一斑：

天宝三年（744 年）正月五日，贺知章因病请度为道士，求归越，玄宗许之，御制诗及序送，又命百官饯送于长乐坡，皇太子以下咸就执别，各有诗作。《旧唐书·玄宗纪下》：天宝三年（744 年）正月“庚子，遣左右相已下祖别贺知章于长乐坡，上赋诗赠之”。《全唐诗》卷三玄宗《送贺知章归四明·序》：“天宝三年，太子宾客贺知章鉴止足之分，抗归老之疏，解组辞荣，志期入道。朕以其年在迟暮，因循挂冠之事，俾遂赤松之游。正月五日，将归会稽，遂饯东路，乃命六卿庶尹大夫供帐青门，宠行迈也。……乃赋诗赠行。”《会稽掇英总集》卷二载李适之、李林甫、褒信郡王璆、席豫、宋鼎、郭虚己、李岩、韦斌、李慎微、韦坚、齐澣、崔璘、梁涉、王浚、王瑀、康揵、韩宗、郭慎微、于休烈、齐光乂、韦述、韩清、杜昆吾、张绰、陆善经、胡嘉鄢、魏盈、李彦和、张博望、辛替否等应制诗，与玄宗诗同为五言诗。又别载姚鹄、王铎、何千里、严都、严向七言律诗各一首，为晚唐人拟题限韵之作。《李太白全集》卷十七有七律《送贺监归四明应制》，与姚鹄、严都诗同以衣、机、归、微、飞为韵，当亦晚唐人作。详见《李白学刊》第二辑陶敏《送贺监归四明应制诗为伪作》。①

李白出于对贺知章的感激，自然十分想参加这次送行活动，但他没有机会，其后李白在昭应县阴盘驿作《送贺宾客归越》就是明证。李白并不像人们设想的那样，他不在文学中心。所谓制诏事，包括李白陪玄宗游宴作《宫中行乐词》《清平调》等都有待重新考察。而“许中书舍人”的话最多是李白酒醉之时，向魏颢炫耀的夸大之词。

有关“以张垍谗逐”一事，近来经学者考证，认为与张垍生平历职不符。张垍为张说子，开元中为驸马都尉、卫尉卿，李肇《翰林志》云：

---

① 参见傅璇琮《唐代文学编年史》初盛唐卷，辽海出版社 1998 年版，第 778 页。

“开元二十六年，刘光谨、张垍乃为学士，始别建学士院于翰林院之南。”韦执谊《翰林院故事》：“至二十六年，始以翰林供奉改称学士，由是遂建学士，俾专内命，太常少卿张垍、起居舍人刘光谦等首居之，而集贤所掌于是罢息。”① 李肇《翰林志》中“刘光谨”当即“刘光谦”之误，有关刘光谦、张垍二人入翰林院时间有不同理解，但魏序明言为“以张垍谗逐”，必亲耳接听于李白自述，其真实性较大。李白叙述中关于事情情节会有所渲染，拜访李白但其中所言及人名当不会有误。值得提及的是，天宝十三年（754 年），张垍受到杨国忠的打击，三月被贬为卢溪郡司马。故李白无所顾忌，直接说出张垍其名。反观李白刚出长安和杜甫相遇时，还是心有余悸的，他并没有提到被谗之事，更不敢提到张垍之名。至魏颢作序时，情形又有了更大发展，张垍、张均兄弟并未随从，张均做了安禄山的中书令，张垍做了宰相，得到严厉惩处。天宝初李林甫专权，“尤忌文学之士”。天宝元年（742 年）八月以吏部尚书兼右相加尚书左仆射，而在这一背景下，与其说李白以文人身份入京，还不如说李白以道教徒身份或以道士兼文人身份待诏翰林更合情理。

和魏颢面叙的前一年，即天宝十二年（753 年）春夏间，李白自宋州赴曹南，独孤及作序送之。李白自曹南赴江南，有诗留别。此次李白和独孤及以及其后和曹南群官见面时间可能较短。李白似乎没有和独孤及谈论很多，独孤及《送李白之曹南序》：“曩子之入京也，上方览《子虚》之赋，喜相如同时，由是朝谐公车，夕挥宸翰。一旦幞被金马，蓬累而行，出入燕、宋，与白云为伍。”李白有《留别曹南群官之江南》：“我昔钓白龙，放龙溪水傍，道成本欲去，挥手凌苍苍。时来不关人，谈笑游轩皇，献纳少成事，归休辞建章。十年罢西笑，览镜如秋霜。闭剑琉璃匣，炼丹紫翠房。身佩豁落图，腰垂虎鞶囊。仙人驾彩凤，志在穷遐荒。”“凌苍苍”在李白诗中有得道后升天的含义，李白《酬殷明佐见赠五云裘歌》：“为君持此凌苍苍，上朝三十六玉皇。”“不关人”者，王琦注“犹云不由人也”，李白诗意谓本已修道成功，但“时来不由人”，出京后仍重操旧业，“炼丹紫翠房”。独孤及《送李白之曹南序》谈到李白入京原因并无新意，多为俗套和想象之语。和魏颢《李翰林集序》相比，李白在留别曹南群官诗中没有说出入京的隐私和细节，但他已不回避以“道成”而

① 傅璇琮、施纯德：《翰学三书》，辽宁教育出版社 2003 年版，第 15 页。

入京，出京后仍专心于“炼丹”的事实，独孤及见到的李白是“仙药满囊，道书盈箧”。序和诗不是同时同地而作，其所述为人们对一年后魏颢所作序之内容真实性的判断增加了理由和信心。

二、至德二年（757 年）请宋中丞推荐的自述

至德二年（757 年），李白在浔阳狱，得崔涣和宋若思之力，脱囚出狱，后遂参谋宋幕，并请求宋若思的推荐，《为宋中丞自荐表》云：“臣伏见前翰林供奉李白，年五十有七。天宝初，五府交辟，不求闻达，亦由子真谷口，名动京师。上皇闻而悦之，召入禁掖。既润色于鸿业，或间草于王言，雍容揄扬，特见褒赏。为贱臣诈诡，遂放归山。”此时为至德二年（757 年）。[1] 因急于功利，这是有选择的叙述，故粉饰之词较多。和魏颢《李翰林集序》相比，最大的改动有四处。第一，提到李白入京供奉翰林的原因和魏颢《李翰林集序》大不一样，《李翰林集序》云“白久居峨眉，与丹丘因持盈法师达，白亦因之入翰林，名动京师”，都是“名动京师”，但原因不同，《为宋中丞自荐表》中所述“名动京师”的原因是“五府交辟”而又“不求闻达”，“五府交辟”正是适应了安史乱起各方招揽人才的大势；其中提到“亦由子真谷口”，由，同“犹”，如同也。《华阳国志》卷十下：“郑子真，褒中人也。玄静守道，履至德之行，乃其人也。教曰：忠孝爱敬，天下之至行也；神中五征，帝王之要道也。成帝元舅大将军王凤备礼聘之，不应。家谷口，世号谷口子真。”“玄静守道”也隐含了李白隐居学道的事实。第二，省去贺知章赏识之语。第三，将作《大鹏赋》和醉草制书的细节抽象化了，概括为“既润色于鸿业，或间草于王言，雍容揄扬，特见褒赏”。第四，将指名道姓的对手虚化了，换成“贱臣诈诡”。

这些改动隐含如下意思：第一点，说明用人标准变了，玄宗崇道，用道教修炼功夫深厚又能故弄玄虚者，而现在国家动乱，正是用贤人君子之时，以收“献可替否，以光朝列，则四海豪俊，引领知归”之效。第二点和第一点有关联，贺知章嗜酒好道，不符合当时的用人标准，而被称为“谪仙人”的李白虽然在玄宗时有魅力，但在当时同样不受欢迎。第三

---

① 参见傅璇琮《唐代文学编年史》中唐卷，辽海出版社 1998 年版，第 30 页。

点，魏颢《李翰林集序》中的形象描述，难以取信于人，改为抽象概括反而合理。第四点，称玄宗朝有“贱臣诈诡”不影响当今皇上的录用。朝中关系复杂，如指名道姓就有可能牵扯上不知深浅的朝中关系而误了大事。应该说，《为宋中丞自荐表》中的言辞颇讲策略，从审慎的态度中可以看出李白是字斟句酌过的。《为宋中丞自荐表》是正式公文和随兴而谈的魏颢《李翰林集序》载录必然有区别。《为宋中丞自荐表》对了解李白待诏翰林很重要，文本本身传达的信息包括说出的和未说出的两个方面。说出部分是如何说出的，未说出部分为何不说出，值得深入思考。

三、宝应元年（762 年）十一月李白临终前对李阳冰的口述

李阳冰《草堂集序》：“天宝中，皇祖下诏，征就金马，降辇步迎，如见绮皓。以七宝床赐食，御手调羹以饭之，谓曰：‘卿是布衣，名为朕知，非素蓄道义，何以及此。’置于金銮殿，出入翰林中，问以国政，潜草诏诰，人无知者。丑正同列，害能成谤，格言不入，帝用疏之。公及浪迹纵酒，以自昏秽。咏歌之际，屡称东山。又与贺知章、崔宗之等自为八仙之游，谓公谪仙人，朝列赋谪仙之歌凡数百首，多言公之不得意。天子知其不可留，乃赐金归之。”这时为宝应元年（762 年）十一月乙酉。这是李白临终前口述人生经历，李阳冰《草堂集序》云：“公遐不弃我，乘扁舟而相顾。临当挂冠，公又疾亟，草稿万卷，手集未修，枕上授简，俾余作序。”李阳冰《草堂集序》所述比较严肃，内容和魏颢《李翰林集序》及《为宋中丞自荐表》有些表述不同。其一，写到玄宗初见李白的兴趣，“降辇步迎，如见绮皓”，而且“以七宝床赐食，御手调羹以饭之”，这就不是迎接一位诗人的态度了，以殊礼相待。绮皓，绮里季，商山四皓之一，汉初隐士。这里用“如见绮皓”取代了魏颢《李翰林集序》中“与丹丘因持盈法师达，白亦因之入翰林”。其二，写到玄宗的赞语，称赞李白“素蓄道义”，这里的“道义”不是指儒学，也不可能是指佛教，应指道教精义以及付诸实践的修道功夫。玄宗先已听到玉真公主的推荐之词，现在又看到面前的李白一副仙风道骨的神采，就如同魏颢见到李白，为其“眸子炯然，哆如饥虎，或时束带，风流蕴籍”所折服一样，自然喜形于色。其三，简要叙述李白在京的杰出表现，“问以国政，潜草

诏诰”，正因为和李白的实际情况有些不相符，叙述时就技术性地用了“人无知者”巧妙做了掩饰，禁中之事，谁能做证？玄宗皇帝也已经于宝应元年（762年）四月卒。“人无知者”不仅是本序精采之笔，也是对李白过去叙述此事的必要交待和完美补充，也有可能是在回应朝野多年来对李白受命草诏的质疑。《唐会要》卷五十七载：“陆贽奏曰：‘学士私臣，玄宗初待诏内廷，主于应和诗赋文章而已，诏诰所出本中书舍人之职。’”翰林学士也不能草制诏诰，何况只是翰林供奉。其四，在受到谗毁到放逐之间加了一节作为过渡，即有了玄宗疏远一事。其中没有说到“张垍”，而是和《为宋中丞自荐表》表述相似，“丑正同列，害能成谤”，且定性有所改变而减轻。因为此处谗毁结果只是让玄宗“疏之”而已；如直指张垍，其结果应是遭到玄宗放逐。其五，保留了魏颢《李翰林集序》中贺知章赏赞其为谪仙人和作歌数百篇一节，加了“多言公之不得意”的诗歌内容归纳，为李白体面出京张本。其六，添写了纵酒和酒中八仙之游一事。这是对魏颢《李翰林集序》中“白时为贵门邀饮，比至，半醉，令制出师诏”更为浪漫传奇的改写。其七，始言“还山”时有玄宗“赐金”的优待，和杜甫“乞归优诏许”相呼应。

总之，天宝十三年（754年）魏颢“江东访白”时，李白对魏颢的谈论可信度最高，如果说李白初识杜甫时因刚离京城心存余悸不敢吐露真言，现在事隔10余年，远在江湖之上，和一个追慕者可敞开心扉，畅所欲言。第一次道出进京供奉翰林完全是出于玉真公主的推荐，并且是和著名道士元丹丘同时入京。[①] 而此后的相关自述中不断有了修饰，服从了“实用”的原则。至德二年（757年）请宋中丞推荐的自述最为粉饰，文字推敲痕迹也最重。宝应元年（762年）十一月李白临终前对李阳冰的口述最为详尽，多重细节。“咏歌之际，屡称东山……天子知其不可留，乃赐金归之。”这是“赐金还山”始出之处。除了以上三次自述外，李白还有2首诗自述在翰林供奉的情形。其一《翰林读书言怀呈集贤诸学士》：“晨趋紫禁中，夕待金门诏。观书散遗帙，探古穷至妙。片言苟会心，掩

---

① 关于李白和道教关系、和元丹丘等“结神仙交”的情况，可参见李长之《李白求仙学道的生活之轮廓》。其文收入吴光正、郑红翠、胡元翎《想象力的世界——二十世纪“道教与古代文学”论丛》，黑龙江人民出版社2006年版，第73～89页。

卷忽而笑。青蝇易相点，白雪难同调。本是疏散人，屡贻褊促诮。云天属清朗，林壑忆游眺。或时清风来，闲倚栏下啸。严光桐庐溪，谢客临海峤。功成谢人间，从此一投钓。”其二《东武吟（一作出金门后书怀留别翰林诸公）》：“好古笑流俗，素闻贤达风。方希佐明主，长揖辞成功。白日在高天，回光烛微躬。恭承凤凰诏，欻起云萝中。清切紫霄迥，优游丹禁通。君王赐颜色，声价凌烟虹。乘舆拥翠盖，扈从金城东。宝马丽绝景，锦衣入新丰。依岩望松雪，对酒鸣丝桐。因学扬子云，献赋甘泉宫。天书美片善，清芬播无穷。归来入咸阳，谈笑皆王公。一朝去金马，飘落成飞蓬。宾客日疏散，玉尊亦已空。才力犹可倚，不惭世上雄。闲作东武吟，曲尽情未终。书此谢知己，吾寻黄绮翁。”这两首诗中所反映李白在翰林的心情尚属正常，前首说到被人指责为“褊促”，褊促者，心气不宽、性情急躁也。后首说到出金马门后受人冷落，“一朝去金马”“宾客日疏散”也是常见的世态炎凉之意。这两首诗中并未夸大李白“被谤”的因素，和杜甫诗中所表达的意思相近。另外，诗中提到“黄绮翁”和玄宗一见李白“如见绮皓”相关联和呼应。

李白当以道士或道士兼文人身份入京待诏翰林，这一观点的提出对李白生平和思想研究有较为重要的意义。李白入翰林正逢玄宗大崇道教之时，玄宗并非以文学之士征召李白。唐代帝王崇重道教，而天宝元年前后玄宗特重道教，并采取了一系列具体而有效的措施，提高其地位，始置崇玄学，令生员习四子。在玄宗重道教的背景之下，李白由玉真公主来推荐，无疑李白入京与道教密切相关。[①] 李白《送于十八应四子举落第还嵩山》诗云：“吾祖吹橐钥，天人信森罗。归根复太素，群动熙元和。”显然，李白是认老子为自家祖宗的。因此，玄宗召李白入京在道教统绪上也会得到舆论的支持。道教神仙如此受宠，那么道士可否进入翰林院？傅璇琮先生《玄宗朝翰林学士传·尹愔》做了阐释：“《新唐书·百官志》一，只说‘乃选文学之士，号翰林供奉’，实际上唐代的翰林供奉，范围是相当广的。司马光《资治通鉴》卷二一七天宝十三载正月有记，谓：‘上（指玄宗）即位，始置翰林院，密迩禁廷，延文章之士，下至僧、道、书、画、琴、棋、数术之工皆处之，谓之待诏。’清顾炎武《日知录》卷

① 参见戴伟华《唐代文学综论》，商务印书馆2006年版，第123～127页。

二四“翰林”条，据《旧唐书》《新唐书》，记唐列朝工艺旧画之徒，及僧人、道士、医官、占星等，均入‘待诏翰林’之列，而这些人又称之为翰林供奉。尹愔于开元中后期虽为道士，但也入翰林院为供奉，他编注《五厨经气法》可能也是受命而作的。《全唐文》卷九二七载丁政观《谢赐天师碑铭状》中云：‘敕内肃明观道士尹愔宣敕，内出御文，赐臣师主。臣跪奉天章，仰瞻宸翰，以惶以喜。’此也正可证尹愔虽为道士，实在宫中任居，即翰林供奉。”①

尹愔卒于开元二十八年（740 年）或稍前，他任翰林学士大约只有 2 年。② 疑尹愔卒后玄宗拟挑选一人充任尹愔这样的角色，正好有玉真公主的推荐，李白天宝元年入京待诏翰林。事实上，李白并未能承担尹愔在玄宗前的相关责任，更不及尹愔“识洞微妙，心游淡泊，祗服玄言，宠敷圣教。虽浑齐万物，独谙于清真；而博通九流，兼达于儒墨”（孙逖《授尹愔谏议大夫制》）的才能和修养。

只要结合时代氛围，可以看出李白在天宝元年（742 年）以道士或道士兼文人身份入京待诏翰林真是顺理成章。毫不夸张地说，天宝元年（742 年）前后，由于玄宗的喜好和纵容，朝廷上下笼罩在浓厚的崇道求仙的气氛之中，甚至出现荒诞的传奇。《资治通鉴》卷二一四开元二十二年（734 年）：“方士张果自言有神仙术，诳人云尧时为侍中，于今数千岁；多往来恒山中，则天以来，屡征不至。恒州刺史韦济荐之，上遣中书舍人徐峤赍玺书迎之。庚寅，至东都，肩舆入宫，恩礼甚厚。……张果固请归恒山，制以为银青光禄大夫，号通玄先生，厚赐而遣之。后卒，好异者奏以为尸解；上由是颇信神仙。”胡三省注云：“明皇改集仙为集贤殿，是其初心不信神仙也，至是则颇信矣，又至晚年则深信矣。”如果没有宗教的迷妄，稍有常识者都不会相信张果已活数千岁，并且尸解。《资治通鉴》卷二一五天宝元年（742 年）：

甲寅，陈王府参军田同秀上言：“见玄元皇帝于丹凤门之空中，告以‘我藏灵符，在尹喜故宅。’”上遣使于故函谷关尹喜台旁求得之。……壬辰，群臣上表，以“函谷宝符，潜应年号；先天不违，

① 傅璇琮：《唐翰林学士传论》，辽海出版社 2005 年版，第 193 页。
② 参见傅璇琮《唐翰林学士传论》，辽海出版社 2005 年版，第 195 页。

请于尊号加天宝字”。从之……二月，辛卯，上享玄元皇帝于新庙。……改桃林县曰灵宝。田同秀除朝散大夫。时人皆疑宝符同秀所为。间一岁，清河人崔以清复言：“见玄元皇帝于天津桥北，云藏符在武城紫微山。”敕使往掘，亦得之。东京留守王倕知其诈，按问，果首服。奏之。上亦不深罪，流之而已。

投机者皆能明白可以借老子和道教升官牟利。明知其奸，而玄宗宁信其有，不信其无。在“时人皆疑宝符同秀所为”的大判断下，地方官吏仍在哄骗皇上，以厌玄宗之欲。《资治通鉴》卷二一五天宝二年（743年）：“三月，壬子，追尊玄元皇帝父周上御大夫为先天太皇……江、淮南租庸等使韦坚引浐水抵苑东望春楼下为潭，以聚江、淮运船，役夫匠通漕渠，发人丘垄，自江、淮至京城，民间萧然愁怨，二年而成。丙寅，上幸望春楼观新潭。坚以新船数百艘，扁榜郡名，各陈郡中珍货于船背；陕尉崔成甫著锦半臂，缺胯绿衫而裼之，红袹首，居前船唱《得宝歌》，使美妇百人盛饰而和之，连樯数里；坚跪进诸郡轻货，仍上百牙盘食。上置宴，竟日而罢，观者山积。”所谓《得宝歌》，据胡三省注：“先提民间唱俚歌曰：‘得体纥那邪。’其后得宝符于桃林，成甫乃更《纥体歌》为《得宝弘农野》，歌曰‘得宝弘农野，弘农得宝邪？潭里舟船闹，扬州铜器多。三郎当殿坐，听唱《得宝歌》。’其俚又甚焉。”

时风如此，李白是以真道士，还是以沉溺道教的方外隐士，甚或是以假道士的身份入京供奉翰林，当年会有人去追问吗？如以李白两入长安来看，李白第一次煞费苦心想入朝，结果无功而返；天宝元年（742年），李白得玉真公主推荐而顺利入京待诏翰林：其遇与不遇真可谓谋事在人、成事在天。

人们总是在回忆中叙述过去，通过回忆的叙述又往往是有目的地选择过去而造成回忆缺陷，伯恩海姆云：“回忆录中每多注重于行为之动机，少叙述事实之处，亦有仅限于动机及感想之记述者。此外则回忆录之用意，在证明作者自身之政治活动或其所属党派之政治活动之合理者，亦屡见不鲜。即使无有此项用意参入于其间，但回忆录既由一己的经验出发，其闻见自有限，偏见处自不能免；且夸耀一己之长，忽于自己之短，此亦人之常情，即此一端，已足发生偏见矣。余如不完全或错误之记忆，亦可杂于其中，则尤为极常见之事。”① 从方法论意义上说，本文的写作既是受伯恩海姆观点的启发，也是在印证伯恩海姆的观点。

（原载《文学遗产》2009 年第 4 期）

① 转引自杜维运《史学方法论》，北京大学出版社 2006 年版，第 112 页。

从贞元、元和墓志谈韩愈研究中的三个问题

题中的“墓志”是指《千唐志斋藏志》《唐代墓志汇编》等收载的出土墓志。出土墓志作为重要资料为唐代文学的研究提供了许多便利，甚至帮助解决了文学史上一些悬而未决的问题。这里以韩愈这样一个具体作家为例，仅从贞元、元和墓志入手讨论韩愈研究中相关的三个内容：①《师说》“耻学于师”社会风气的存在状况及士人知识来源；②《进学解》“攘斥佛老”之“佛、老”存在的社会基础以及韩愈攘斥的差异；③韩愈盛赞崔群之“贤”的实际内容。《唐代墓志汇编》存贞元 140 方、永贞 10 方、元和 153 方，计 303 方。这 303 方墓志同样可以让人们在某一层面上窥见中唐社会思想、文化等风貌。

一、《师说》：“耻学于师”

韩愈的《师说》是一篇针对社会耻于从师的不良风气而作的著名散文，在唐代思想史和教育史上都有其地位。有关中唐士族子弟耻于从师的现象，柳宗元在《答韦中立书》中也有论及，其云：“今之世不闻有师，有，辄哗笑之，以为狂人。独韩愈奋不顾流俗，犯笑侮，收召后学，作《师说》，因抗颜而为师。”[①] 吕温《与族兄皋请学春秋书》亦云：“其先进者亦以教授为鄙，公卿大夫耻为人师，至使乡校之老人呼以先生，则勃然动色。”[②] 根据出土墓志，我们讨论以下三个内容。

（一）中唐社会“耻于从师”的风习

韩愈在《师说》中感慨地说：“嗟乎，师道之不传也久矣，欲人之无惑也难矣！古之圣人，其出于人也远矣，犹且从师而问焉；今之众人，其

① ［唐］柳宗元：《柳河东集》卷三十四，四库全书本。

② ［清］董诰等：《全唐文》卷六二七，上海古籍出版社 1990 年版。

下圣人也亦远矣，而耻学于师。”[①] 耻于从师并非韩愈为了振兴儒学恢复师道的夸大之辞，而是普遍存在的社会问题。其一，贞元、永贞、元和时期的303方墓志在介绍墓主的学养时，几乎没有一方介绍其知识的师承关系，可见社会并不重视从师之道；其二，大多数墓志则是表扬墓主“生而知之”“罕从师授”的禀赋。例如：[②]

贞元018《姚氏墓志》：“尤善琴瑟，其道幽深，造五音之徽，穷六律之要，得在纤指，悟在寸心，生而知之，非其学也。”（页1849）

贞元022《李氏墓志》：“夫人方山府君第三女也。悦怿图史，优游组紃，多禀生知，罕从师授。”（页1853）

贞元046《李宏墓志》：“年始十五，文翰天纵，词华日新……生而知之，学无常矣。”（页1869）

贞元072《李汲墓志》：“文华焕发于生知，廉让不因于师教。其嗜学也，不循章句；其修词也，不尚浮华。”（页1888）

贞元133《卢翊墓志》：“公幼而岐嶷，性协风雅，学不因师，言必道古。”（页1935）

元和002《萧链墓志》：“幼而神嶷，长而识精，孝悌因心，词华自学。”（页1950）

元和003《魏和墓志》：“公幼而岐嶷，识理天纵，才超贾马，文笔生知。”（页1950）

或者是赞扬墓主的“神童”资性。例如：

贞元096《崔程墓志》：“敏而好学，幼而能文。”（页1906）

贞元055《于申墓志》：“总角属文，韵谐金石，成童探学，义穷壶要。”（页1876）

由此可知韩愈批评社会上“耻学于师”的现象和墓志中所反映的情

---

① 本文所引韩愈文均据［唐］韩愈《韩昌黎文集校注》，马其昶校注，上海古籍出版社1986年版，第42页。

② 录文据［唐］柳宗元《唐代墓志汇编》，上海古籍出版社1992年版。

况是一致的。师道不尊往往又是在儒学衰微之时。吕温《与族兄皋请学春秋书》中曾指出，魏晋儒风不振，“其风大坏，学者皆以不师为天纵，独学为生知”。因此，韩愈倡导学子必须从师，这对振兴儒学意义甚大。

（二）对士人知识来源的推测

既然中唐社会不重从师，接下来的问题就是要考察中唐士人的知识来源，也就是说，我们要追问中唐士人的知识是从何处获得的。事实上，知识不可能“生而知之”，所谓不从师，就是《师说》不“择师而教之”的意思。从出土墓志看，中唐士人知识的获得应有如下的途径。

其一，学校。303方墓志中有两则材料涉及此事：

> 元和102《权氏殇子墓志》：“每退自庠序，诸儿或戏游逐乐，独以笔札录所读书凡几数通，用以自娱。”（页2020）
>
> 元和125《李弘亮墓志》摄莫州任丘主簿知瀛之束城县事“敦学校之道”。（页2037）

学校外尚有私学，私学在中唐有衰落之势，德宗以后，以经学为内容的私人讲学不见于记载，其原因在于科举考试中明经以帖诵为功。无论是朝廷和地方政府办的学校还是私学在墓志中反映出来的仅仅几例。进士以文辞为先以后，这种学术性的讲学与科举日益脱节。[①]

其二，家学。元和064《刘通墓志》云“幼沐庭训，式备诗礼之义，克修敬慎之容”即一例。家学传授中谁来亲为传授，考诸墓志有兄弟间的相互传授，如：

> 贞元071《瞿珪墓志》：“幼而孤夭□□□弟更相诲训，未尝从师，早岁业成，各登上第。”（页1888）

有父辈的熏陶，如：

> 元和088《郑敬墓志》：“幼而颖拔，生六岁而就学，十岁，能属

① 参见吴宗国《唐代科举制度研究》，辽宁大学出版社1992年版，第129～133页。

文，时常侍以重德硕学为当时所师仰，第一流者毕至其门，每研赜经术，商榷今古，无不至于夜分。公潜伏轩墀之下以听之，不知雪霜寒暑之至也。甫成童，其经术之奥旨，圣达之微言，今古之成败，制度之沿革，已历历如示诸斯矣。”（页 2011）

这方面的记载材料不多，但毕竟可以帮助我们从有限的材料中找出知识来源的某一途径。家学一途，仅仅靠兄弟间的传授是不能解决问题的，因为兄弟间的传授有一些必要条件，主要一点就是其中一人必须通过某一途径先获得知识，而上举瞿珪墓志中兄弟更相训诲是在“幼而孤”的情况下进行的。是否靠父辈传授呢？显然也不是。因为 303 方墓志能为此提供佐证的材料极其有限，上引《郑敬墓志》还不是父辈直接传授的依据，只能算间接传授。唐代社会在家庭教育中唱主角的恐怕还不是男性。因为男性无论在家庭还是社会都负有重大责任，结婚后先要应付的是科举考试，长期在外求取功名，大多数士子要连续多年在京城或其他地方奔走干谒，即使是京城举子也不能免，好不容易才能登第。然后还得在外做官。正是子女需要教育的时候，他们却往往不能在家承担这一责任。因此，教育子女的责任无疑会落在主妇身上。柳宗元《先太夫人河东县太君归祔志》载柳宗元母亲幼学经史，丈夫在外时教育子女的事：“尝逮事伯舅，闻其称太夫人之行以教曰：‘汝宜知之，七岁通《毛诗》及刘氏《烈女传》，斟酌而行，不坠其旨，汝宗大家也。既事舅姑，周睦姻族，柳氏之孝仁益闻。岁恶少食，不自足而饱孤幼，是良难也。’又尝侍先君，有闻如舅氏之谓，且曰：‘吾所读旧史及诸子书，夫人闻而尽知之，无遗者。’某始四岁，居京城西田庐中，先君在吴，家无书，太夫人教古赋十四首，皆讽传之。以诗礼图史及剪制缕结授诸女，及长，皆为名妇。”① 在家学中（包括道德和知识两方面的内容），女性承担了重要的角色，这种推测得到了出土墓志的支持：

贞元 009《张偭墓志》：“夫人贾氏，殿中侍御史江南道采访使晋之女，清规令范，理家训子，则班姬之俦，孟母之列，于是乎在矣。”（页 1843）

---

① ［唐］柳宗元：《柳河东集》卷十三，四库全书本。

贞元018《姚氏墓志》："教子以义方，诫女以贞顺。"（页1849）

贞元020《李氏墓志》："凡今□□□之家，以母仪训子。"（页1851）

元和039《孙氏墓志铭》："当河东夫人捐馆舍而临海公尚未及冠，洎三女未立而孤。夫人育之以慈和……主中馈者凡十五年。"（页1977）

贞元062《崔夫人李金墓志》："夫人以情切抚孤，自洛如魏，久之盗起北方，凭陵中土，先公时为麟游县令，夫人乃提契孤弱，南奔依于二叔，自周达蔡，逾淮沂江，寓于洪州。……至德元载，先公至自蜀，中外相依，一百八口，夫人上承下抚，言行无怨。"（页1881）

元和077《王郅墓志》："夫人博陵崔氏，令族之后，夙闻之容，贞明之勤，尤精典诰，恭肃妇道，仁慈母仪。"（页2002）

元和153《孙氏墓志》："夫人婉娩令淑，挺然生知，及笄年，适于司马司仓宗，窈窕闲雅，谦和优柔，行合规范，言堪典模，恭理黍稷，调畅琴瑟，义光中馈，孝显家风，絅衣无华，举案有则，训女四德，示男文经，亲族娣姒，肃然心伏，凡在闺闱，莫不书绅。"（页2057）

此类记载较多，不一一胪列。我们认为墓志中对女性教育子女功绩的记录以及对家庭生活贡献的赞扬不是夸张之辞。在家庭教育的责任上，女性以孟母为榜样，这一点在墓志中屡有载录。还有一种情况，夫亡后对子女的教育的任务更是非女性莫属。《旧唐书》李绅本传云："绅六岁而孤，母卢氏教以经义。"《旧唐书》元稹本传云："稹八岁丧父，其母郑夫人，贤明夫人也。家贫，为稹自授书，教之书学。"古往今来，不少优秀人物的成长都受到母亲很大影响，可视为中华民族的传统，这里讨论中唐"耻于从师"的社会背景下女性在家教中的地位是有特别意义的。从使用的材料看，应该说明的是，史书与墓志的记载详略不一，如《元稹传》载其母教他知识，而白居易《元稹墓志》中只叙其学习经历："九岁能属文，十五明经及第。"不及母教之事。可知墓志也会略去一些内容，因此上引诸例虽侧重道德教育，但知识教育自然包括在其中。

当然女性要胜任此任，必须阅读很广，知识丰富：

贞元062《李金墓志》："夫人讳金，字如地，陇西成纪人也，后

魏姑臧穆侯承第二子司徒彦之八代孙。世保中和，门称上族，……夫人常读《孝经》《论语》《女仪》《女诫》。”（页1881）

《孝经》《论语》《女仪》《女诫》是妇女必读之书，事实上远不止这些。家学由女性唱主角，这势必对女性的文化、道德修养提出更高的要求，在士族观念的婚姻关系中也包含了这一要求。士族要求家族传统的延续，并以此为荣，元和095《李岸夫人徐氏合葬墓志》：“自曾祖洎乎府君，历代有四，凡一千二百甲子，皆衣冠继世，礼乐承家，以诗书仁孝为业，传于子孙矣。”婚姻中士族观念在贞元、永贞、元和年间仍为大族所重，如元和040《赵氏墓志》：“按萧相国议赵氏可与范阳卢祖、渤海封高、清河崔张、长安韦杜俱为望族。”元和089《李氏墓志》：“崔李二门，皆自命氏已来，号为名族，婚姻绂冕，家牒详焉。”门阀士族婚姻从某种意义上保证了文化的传承。生长于士族家庭的女性的成长条件当然优越，也就是说，门阀士族婚姻保证了女性在家庭中适应士族“诗礼本于庭训，孝敬出乎家风”（元和091《崔黄左墓志》，页2013）、“训子承家”（元和100《卢氏墓志》，页2019）的要求。

（三）“耻于从师”的原因及其弊病

《师说》指出：“士大夫之族，曰师、曰弟子云者，则群聚而笑之。问之，则曰：‘彼与彼年相若也，道相似也。位卑则足羞，官盛则近谀。’”这就是士大夫之族耻学于师的原因。深一层的原因还在于大多士子重进士科、重文辞，而不重经术，因经术修业时间较长，士人多不愿费时，不愿拜师以深修经说，乐于躁进。这就是社会崇尚天才，崇尚“生而知之”的社会背景，大多数学子浮薄浅陋。如《尚书》，韩愈称“佶屈聱牙”，而《张士陵墓志》云其“年八岁，以通古文《尚书》《论语》，登春官上第”。这样的“通”不可能是对字句意义的真正理解，对名物典章制度的掌握只能是揣摩试题，死记硬背，以帖诵为功。更有甚者，好高骛远，连这种死记的功夫也不愿下：

贞元030《程俊墓志》：“公生知五常，年才七□，公之□家曰：‘夫诵习之学，匡饰中人之性，岂为我儿设耶？’虽至于学，不责于成。”（页1859）

这反映了中唐社会轻章句、重义理的学风。其实从历史来看，学习儒家经典，汉儒太强调师承和训诂，而中唐出现的《春秋》学，以啖助等为代表，结合现实，讲经世致用，不守旧注，以己意解经，成为新经学，这是有进步性的。但作为一般读书人，如不从训诂入手，没有诵习的功夫，又如何去了解和掌握经学呢？又如何去阐释经书要义呢？“诵习之学匡饰中人之性”的说法势必给浅薄者提供了托词，这种风气所造成的不良后果常不能为人们所察觉。而“耻学于师”的弊病于此显而易见：“人非生而知之，孰能无惑？惑而不从师，其为惑也终不解矣。”以生而知之为荣，耻于师授，只能是有“惑”而不解。在这种风气下，士人对知识，特别是经学知识的掌握不可能牢靠，知其大略而已。

元和二年（807 年），乡贡进士朱说言撰《董楹墓志》时云长子岌“精《春秋》何论，皆尽正义”，到宝历元年乡贡进士董交为其兄董子复撰墓志时，云其父岌“好读书，业《左氏春秋》何论”，韩愈元和十二年（817 年）和殷侑讨论过《公羊春秋》，其《答殷侍御书》云，韩愈自己得到殷侑新注《公羊春秋》，非常高兴，“况近世公羊学几绝，何氏注外，不见他书”。董交的父亲治东汉何休的《春秋公羊解诂》，儿子竟不明《左氏春秋》《公羊春秋》的差别，将二者混为一谈，所谓有家学者尚且如此，何况一般士人！这种错误的出现虽不能完全归咎于“耻于从师”，但与“不择师而教”引起的不务实的学风有密切的联系。

二、《进学解》：“攘斥佛老”

韩愈在《进学解》中借学生之口表明自己的态度：“觝排异端，攘斥佛老。”我们认为韩愈攘斥佛教、老庄的态度应分而论之。

（一）韩愈排佛的现实性

韩愈反对佛教的态度很坚决，这一点多为人们所注意。元和十四年（819 年）的《论佛骨表》是其排佛的极端体现。《旧唐书》韩愈本传载：“疏奏，宪宗怒甚，间一日，出疏以示群臣，将加极法。”

佛教传入中国，其势渐炽，遂成为与儒道并列的三教之一，其原因之一就是它有了广泛的社会基础。永贞 008 张弘靖述《唐嵩岳寺明悟禅师塔铭并序》云：“释氏东被，参以华文，事苻氓心以盛大，虽有拒杨墨离坚白之辩，皆不能孤立而抗之。”（页1946）佛教大盛在于符合老百姓的心理，此说非常正确。墓志中有大量崇佛的记载：

贞元018《姚氏墓志》：“孀居毁容，回心入道，舍之缯彩，弃以珍华，转《法华经》欲终千部；寻诸佛意，颇悟微言。”（页1849）

贞元035《大德禅师塔铭》：“遂屏儒书，精□释教。”（页1862）

贞元042《刘府君屈夫人合祔墓志》：“夫人又性慈心，义修十善，于乱年好法勤经，保一门之庆。”（页1867）

贞元045《冯氏墓志》：“三随妇道，常依释众，斋戒有时，早悟空缘，修持真谛。”（页1869）

贞元098《王平墓志》：“长女幼慕释门，专精禅律，住修行寺，法号明悟。”（页1908）

贞元106《魏氏墓志》：“仰苍旻而罔极，嗟人生如梦幻，欻然自悟，归信释门，斋戒不亏，卌余载。”（页1914）

贞元107《李进荣墓志》：“次子出家于同德寺，编号僧籍曰如圆。”（页1915）

永贞002《樊氏墓志》：“长女出家，宁刹寺大德，法号义性。”并在志末出现“《般若波罗密多心经》真言：羯谛羯谛，波罗羯谛，波罗僧羯谛，菩提萨婆诃”。

永贞010《李肃墓志》：“长妹幼罹霜露之艰，愿资津梁之报，了悟真性，童年出家，法号义缊，修持于东都安国寺。”（页1747）

元和054《边氏墓志》：“仲曰智琇，幼归释氏，学艺优深。”（页1987）

另尚有16方僧尼的墓志。仅据贞元111《唐故禅大德演公塔铭并序》载，为演公建塔者有僧尼弟子常湛等34人，俗门人李秀等28人，女弟子威严等31人。材料太多，不再罗列，可见当日佛教之盛。韩愈排佛的意义人多言之，应该指出的是，韩愈排佛实在是因为看到佛教大有挤压儒学之势，这不仅表现在社会的上层，也表现在社会的下层，墓志所载即为明证，因此，韩愈排佛有很强的现实针对性。韩愈在《论佛骨表》中说：“百姓愚冥，易惑难晓，苟见陛下如此，将谓真心事佛；皆云：‘天子大圣，犹一心敬信；百姓何人，岂合更惜身命！’焚顶烧指，百十为群；解衣散钱，自朝至暮；转相仿效，惟恐后时；老少奔波，弃其业次。”韩愈上表之日正是国中狂热奉佛之时。上表非但无效，反遭贬谪。因此这里还想指出的是，一是韩愈排佛缺少社会基础，故而失败；二是韩愈排佛难度很大，故难奏效。

（二）对老庄的态度

这里涉及对中唐时期道教流行的估价问题。笔者倾向于这样一种看法：道教在唐玄宗时最盛，到中晚唐有衰落之势。因此说韩愈“攘斥佛老”，“老”是连带及之的。从出土墓志看，崇佛者众，而信道者寡：

> 贞元 130《陈皆墓志》：“凡著书用黄老为宗，以专气致柔注老子《道德经》两卷，以五形万灵撰《黄庭内景经义》一卷，以寓词明道著《则阳子》九篇，以立家必子序《教子中典》三卷，以圣言物则纂《论语后传》十卷。”（页 1914）
>
> 贞元 139《元公墓志》：“廿通《道德经》，乃喟然叹曰：‘老子真吾师也。’”（页 1939）

贞元、永贞、元和 303 方墓志真正表明信道崇老的就这 2 方。韩愈本人并不十分敌视老庄，他在《读鹖冠子》云：“《鹖冠子》十有九篇，其词杂黄老、刑名。其《博选篇》，‘四稽’‘五至’之说当矣。使其人遇时，援其道而施于国家，功德岂少哉；《学问篇》称贱生于无所用，中流失船，一壶千金者。余三读其辞而悲之。”《读仪礼》云：“古书之存者希矣，百氏杂家尚有可取。”《师说》云：“圣人无常师，孔子师郯子、苌弘、师襄、老聃。”《进学解》云：“下逮《庄》《骚》，太史所录，子云相如，同工异曲。”《送孟东野序》云：“庄周以其荒唐之辞鸣。”老聃等“皆以其术鸣”。

当然，韩愈文中也有不满老庄的，《送廖道士序》：“意必有魁奇忠信材德之民生其间，而吾又未见也：其无乃迷惑溺没于老佛之学而不出邪?”《送王秀才序》：“故学者必慎其所道，道于杨墨老庄佛之学，而欲之圣人之道，犹航断港绝潢以望至于海也；故求观圣人之道，必自孟子始。”前文语气婉转，后文是和孟子相比较的。这和排佛的态度不可同日而语。①

中唐老庄势力很弱，王鸣盛《十七史商榷》卷八十一《取士大要有三》："若道举，仅玄宗一朝行之，旋废。"傅璇琮先生《唐代科举与文学》第二章不同意王鸣盛的说法，列举 2 则材料以为说明，一是权德舆集中有《道举策问三道》《道举策问二道》《道举问》等；一是《皮子文薮》卷九《请〈孟子〉为学科书》，其中说："今有司除茂才、明经外，其次有熟庄周、列子书者亦登于科。其诱善也虽深，而悬科也未正。夫庄列之文，荒唐之文也，读之可以为方外之士，习之可以为鸿荒之民，有能汲汲以救时补教为志哉？伏请命有司去庄列之书，以《孟子》为主，有能精通其义者，其科选似明经。"因此，道举科到晚唐仍还举行。那么王鸣盛为何有"仅玄宗一朝行之"的看法？显然道举科在中晚唐大不受人注意了。李汉《昌黎先生集序》云："比壮，经书通念晓析，酷排释氏，诸史百子皆搜抉无隐。"李汉是韩愈门人，此处只言排佛，不言斥老，还是准确的。

三、崔群之"贤"

韩愈《与崔群书》云，与韩愈交往相识的有千百人，"至于心所仰服，考之言行而无瑕尤，窥之阃奥而不见畛域，明白淳粹，辉光日新者，惟吾崔君一人"。韩愈如此推崇崔群。崔群，字敦诗，行大。贞元八年（792 年）进士登第，贞元十年（794 年）中贤良方正能言直谏科，授校书郎。贞元十二年（796 年）为宣歙从事，韩愈《与崔群书》写于此时，韩愈文中提到崔群多次，大多也在这一时段。韩愈《送杨支使序》云："愈在京师时，尝闻当今藩翰之宾客者惟宣州为多贤。与之游者二人：陇西李博、清河崔群。群与博之为人吾知之：道不行于主人，与之处者非其类，虽有享之以季氏之富，不一日留也。以群博论之，凡在宣州之幕下者，虽不尽与之游，皆可信而得其为人矣。"永贞元年（805 年）秋八月

① 有关韩愈对道家的态度可参见方介《韩、柳对儒、释、道的取舍》文，见《韩柳新论》，台北学生书局 1999 年版。

崔群入朝为右补阙。[①] 元和二年（807 年）充翰林学士，仕途很顺，元和十二年（817 年）七月拜中书侍郎同平章事。

按，崔群与刘禹锡交厚，贞元十九年（803 年），刘禹锡为监察御史，举崔群自代，刘禹锡贞元十九年（803 年）闰十月有《举崔监察群自代状》。时崔群以监察御史里行充宣歙池等州都团练判官。据墓志，崔入朝在永贞元年（805 年）秋八月，据《资治通鉴》卷二三六载，永贞元年（805 年）六月，王叔文以母丧去位，永贞元年（805 年）七月，王伾中风不出，己丑，陈谏为河中尹，“伾、叔文之党至是始去”。乙未，以太子监国，杜黄裳、袁滋拜相，此由俱文珍主之，永贞元年（805 年）八月，顺宗传位太子纯，贬王伾、王叔文，改革派皆失势。崔群入朝，是刘禹锡未失势前荐引的结果呢？还是由于杜、黄的关系？因无详细资料论证，只能暂付阙如。总之，崔群入朝面对非常严峻的人事关系，可以确信的是，他能立于朝而不败正在于其为人，以后的事也证明了这一点，《旧唐书》崔群本传云其“在内职，常以谠言正论闻于时，宪宗嘉赏”。这是他性格的一方面，历来为人们所注意。我们这里想强调的是另外一方面，他修养极好，“虽在穷约犹能不改其乐”。他乐道人善，致使有人批评崔群“人无贤愚无不说其善，伏其为人”（韩愈《与崔群书》）的做法。而韩愈了解的崔群正是后一方面。有关反映崔群早期品格的细节，不见史载，我们无法理解韩愈为何如此推崇崔群的为人，但我们从两方墓志中可以得到相关的材料，这将丰富我们了解对《与崔群书》内涵的理解，也会帮助我们了解中唐历史上这一重要人物的早期行为（这又恰恰为史书所不载）。

（1）元和 001《崔氏十六女墓志》。志载：“贞元庚辰岁，先府君从檄南征，十六女与长兄翚等亦寻赴宁觐。呜呼！旻天不吊，祸酷潜遘，府君前年七月即代，嗣子翚、章等号奉灵舆，浮江北归。翚堂兄群为宣城从事，遂留十六女于从事之处，疾恙弥年，亦已平复，既孤而哀，其疾再遘，谕不至也，药不至也。去年秋八月，群拜右补阙，令堂弟輂携领家累

① 中华书局《中国文学家大辞典》唐五代卷云崔群为右补阙在元和元年，实误。元和 001《崔氏十六女墓志》载：“去年秋八月，群拜右补阙，令堂弟輂携领家累自宣城赴上国，行次扬州，而十六女夭，载归榇于行舟。即以元和元年正月廿日窆于先茔之后地曰东陶村之原。”作志时间和崔群入京时间近，不会有误，墓志可从。《中国文学家大辞典》唐五代卷有非常高的学术性和参考价值，故有小瑕亦予订正。

自宣城赴上国，行次扬州，而十六女夭，载归榇于行舟。即以元和元年（806年）正月廿日窆于先茔之后地曰东陶村之原。”贞元庚辰岁，贞元十六年（800年）。

（2）元和129崔群作《郑氏季妹墓志》。崔群堂妹崔珏嫁郑造，年三十四而卒，崔群为其作墓志，时元和十四年，群署衔为“中书侍郎平章事”。据墓志所载，崔珏“五岁而慈颜违俯，笄而严训背”“其后长于诸父诸母兄嫂之手，敬爱婉婉，不资雕琢”。崔群当为养育崔珏者之一。崔群在墓志中记述了崔珏出嫁时的事情：“忆其始归汝坟之岁，尝命婢使之勤老者偕往，迨归，谓余曰：‘妇事姑尽顺矣，姑待妇不间矣，然而恭命令，处劳约，有甚于诸妇者。’予因知吾妹得所从，而郑君果佳士，非孝子顺妇，其何能致长上之推诚无外者欤?”崔群对崔珏的死非常悲痛，“长兄群，自幼则保护之，出门而戒送之，岂虞天落，复与为志墓之词”?

从以上两则墓志，我们可以看到崔群生活的家庭和崔群自己的良好品质，体现了崔群重亲情的仁爱之心，崔群之“贤”必定包含这一点，而且是重要的一点，韩愈赞扬崔群这一点是有道理的。大家知道，韩愈少孤，是由兄嫂抚养的，所以韩愈特别能体会和珍视这种情感。韩愈《祭十二郎文》云：“吾少孤，及长不省所怙，惟兄嫂是依。中年兄殁南方，吾与汝俱幼，从嫂归葬河阳，既又与汝就食江南，零丁孤苦，未尝一日相离也。吾上有三兄，皆不幸早世，承先人后者，在孙惟汝，在子惟吾；两世一身，形单影只。嫂常抚汝指吾而言曰：‘韩氏两世，惟此而已！’汝时尤小，当不复记忆；吾时虽能记忆，亦未知其言之悲也！”韩愈早年经历，终生拂之不去，韩愈在为其婿李汉之父李郱所作墓志中，饱含深情地记下李郱小时的遭遇，他为姑所养：“至五六岁，自问知本末，因不复与群儿戏，常默默独处，曰：‘吾独无父母，不力学问自立，不名为人！’”①少孤能得到别人的关怀和少孤能刻苦自立都为韩愈赞赏。可能是从这种意义上，韩愈高度评价崔群“言行无瑕”，当然这确实是符合崔群的行事——和两方墓志中的叙述是一致的。值得注意的是，韩愈写《与崔群书》和在其他信中提及崔群的时间主要在贞元年间，而上述两方墓志也正反映了崔群此阶段的事情。崔群后位至宰相，史书于其事记载很多，而

① 《中大夫陕府左司马李公墓志铭》，见《韩昌黎文集校注》卷七，上海古籍出版社1986年版，第542页。

崔群早期行事赖二志所补，其资料价值是很高的。

出土墓志的价值越来越引起学界的注意，但这方面的工作尚待深入。本文只是个案分析，第一部分分析“耻学于师”的社会状况，重点探讨了士人知识的来源、唐代女性在家庭教育中的地位，同时指出门阀士族之家的女性的知识水平是维持家族文化传统延续的重要保证；第二部分是展示韩愈反佛的文化背景，指出韩愈攘斥佛老而重在佛，这是由中唐社会儒、释、道三教消长来决定的；第三部分则是通过2方墓志对韩愈交游中的重要人物崔群早期行为品质做了必要的补充，从与崔群的交游中了解韩愈的思想，同时也为了解作品提供了线索，进而丰富我们对作品内容的认识。需要交待的是，本文主要谈墓志在文学研究中的参考价值，为了突出重点和节省篇幅，对与之相关的墓志以外的材料未多加引用。

（原载《华南师范大学学报》2002年第4期）

柳宗元贬谪期创作的“骚怨”精神

——兼论南贬作家的创作倾向及其特点

本文试图阐述柳宗元贬谪时期创作的骚怨精神，并从南贬作家的总体创作倾向及其特点中去探讨柳宗元创作风格形成的原因和特征。柳宗元被贬往永州、柳州，为文追慕楚骚这一点，后来为人们所认识。《旧唐书》卷一六〇《柳宗元传》云：“宗元为邵州刺史，在道，再贬永州司马。既罹窜逐，涉履蛮瘴、崎岖堙厄，蕴骚人之郁悼，写情叙事，动必以文。为骚文十数篇，览之者为之凄恻。”《新唐书》卷一六八本传云：“俄而叔文败，贬邵州刺史，不半道，贬永州司马。既窜斥，地又荒疠。因自放山泽间，其堙厄感郁，一寓诸文，仿《离骚》数十篇，读者咸悲恻。”柳宗元在柳州的创作正是如此。合观《旧唐书》《新唐书》，有两层意思，柳宗元在永州、柳州作文如此令人悲恻当得于人生遭际——窜逐，山川自然——蛮瘴荒疠，效法楚骚——感郁悲悼。这里所揭示的正是文化地理、历史积淀对创造主体的文化结构和心理特征建构的深刻影响。唐代官吏贬谪一般都被贬往南方，尽管安史之乱后，南方经济之于北方有了长足发展，因而刺激了南方文化的发展，但以仕为人生价值体现的古代知识分子仍然向往着政治中心所在的地方。有时因为生活所迫请求外放江南（多指富庶地区），但一位官吏终老于南方仍然算是一生中最大的悲剧。何况南贬都是到所谓恶地，那里的经济、文化仍然是非常落后的。如果我们对南贬作家做纵横的考察，这将会加深对柳宗元永州、柳州作品的理解。应该说明，唐人学习楚骚，包含怨、刺两个方面，本文侧重于前者，后者俟另文详述。

一

柳宗元南贬，受南方风物、楚骚文化影响极深。柳宗元贬往永州时，他首先想到屈原，写下吊屈吊己、声情并茂的《吊屈原文》，这一现象很值得思考。“楚辞”特点被黄伯思概括为“书楚语、作楚声、纪楚地、名楚物”。描写楚地风物这一点在所有的南贬作家中表现得还是充分的，展示了南方文化鲜明的色泽。楚辞“哀怨”也成了南贬作家作品的基本色调，而屈原及贾谊（唐人将屈原、贾谊并列，二人在遭际上有相同处。如杜甫《水上遣怀》“中间屈贾辈”）也就成了南贬作家的同病相怜、寄意感慨的对象。我们先看宋之问的诗：

楚臣悲落叶，尧女泣苍梧。（《洞庭湖》）

别路追孙楚，维舟吊屈平。（《送杜审言》）

流芳虽可悦，会自泣长沙。（《经梧州》）

但令归有日，不敢恨长沙。（《度大庾岭》）

迹类虞翻枉，人非贾谊才。（《登粤王台》）

已似长沙傅，从今又几年。（《新年作》）

任何一种文学现象的出现都不是偶然的，屈原放逐江南，写出《离骚》，抒发自己受小人谗毁而被君王疏远的不幸。他形容憔悴、颜色枯槁、行吟泽畔，楚地的山川、神话传说、泽畔兰蕙，一一被诗人写进了自己的诗篇，形成了作品哀怨、凄惋、缠绵的风格。南贬作家大致都认为自己是非罪获遣，这遭遇自然使他们去追怀屈原，一旦他们进入楚地，屈原所目及的自然、风物同样也重现在他们面前。另外，南贬诗人群中，如宋之问、沈佺期、张说、张九龄等，他们都是才华横溢的诗人，又是贬谪诗人，这也很自然地自比贾谊了。应该看到屈原、贾谊作品所表现的正是贯穿于其后南贬诗人作品的基本情绪。南贬诗人作品中回旋的是哀伤、忧愤的人生感慨，是中国士大夫遭逢不偶的悲愤情绪。

张说在武则天时遭张易之、张昌宗构陷，被贬于岭南，后移岳州，其作品多危苦悲切之词，王泠然《论荐书》云：“相公昔在南中，自为岳阳集，有送别诗云：谁念三千里，江泽一老翁。则知虞卿非穷愁不能著书以自宽，贾谊非流窜不能作赋以自安。”①

张九龄垂暮之年，被贬为荆州长史。张九龄是开元名相，李林甫入朝，受其谗毁，《本事诗·怨愤》云：“张曲江与李林甫同列，玄宗以文学深识器之，李林甫嫉之若仇，曲江度其巧谲，虑终不免，为《咏燕》诗以致意。”这和屈原的遭遇一样，《史记·屈原列传》云，屈原博闻强志，明于治乱，入则与楚王图议国事，以出号令，出则接遇宾客，应对诸侯。“怀王使屈原造为宪令，屈平属草稿未定，上官大夫见而欲夺之，屈平不与，因谗之曰：‘王使屈平为令，众莫不知，每一令出，平伐其功，以为非我莫能为也。’王怒而疏屈平。”张九龄在荆州所为诗兴讽寄意，写物言志。后来刘禹锡在《读张曲江集作并引》中道出张九龄南贬之作的实质：“世称张曲江为相，建言放臣不宜与善地，多徙五溪不毛之乡。及今读其文，自内职牧始安，有瘴疠之叹。自退相守荆门，有拘囚之思。托讽禽鸟，寄词草树，郁然与骚人同风。”

韩愈贞元末被贬为连州阳山令，途经湘江，写下《湘中》一诗，诗云：“猿愁鱼踊水翻波，自古流传是汨罗。苹藻满盘无处奠，空闻渔父叩舷歌。”这表明诗人对屈原的悼念和自己被贬南荒的惆怅。

可见，元和之际南贬的一些作家，如柳宗元、刘禹锡，他们作品中所体现的骚怨和历来南贬的作家是共同的，区别只在于对以屈骚为代表的南方文化的接受角度和接受层次有所不同。这方面以柳宗元最富有代表性。

唐代经安史之乱，随着经济中心的南移，文化中心也缓慢地向南方移动，南方文人大增，受南地风俗和历史文化的熏陶，诗风也发生了转移，屈原赋作的表现手法才又充溢着新的生机，不仅南贬作家学习楚辞，凡南方文人都有这样的倾向。权德舆在《送张评事赴襄阳觐省序》中说：“群贤以地经旧楚，有《离骚》遗风，凡今燕軷歌诗，惟楚辞是学。”很值得注意的是，这里指出了两点：因为是楚地，还有《离骚》的遗风，虽已经历1000多年，但历史文化氛围仍然存在着，这种“遗风”的内涵指什么？刘禹锡《竹枝词》序云：“四方之歌异音而同乐，岁正月余来建平，里中儿联歌竹枝，吹短笛击鼓以赴节，歌者扬袂睢舞，以曲多为贤，聆其音，中黄钟之羽，卒章激讦如吴声，虽伧佇不可分而含思宛转，有淇澳之艳音。昔屈原居沅湘间，其民迎神，词多鄙陋，乃为作《九歌》，到于今

① ［清］董诰等：《全唐文》卷二九四。

荆楚歌舞之。”他在《插秧歌》中亦云：“齐唱郢中歌，嘤伫如竹枝，但闻怨响音，不辩俚语词。”李远《送贺著作凭出宰永新序》云：“其俗信巫鬼，悲歌激烈，呜呜鸣鼓角鸡卜以祈年，有屈宋之遗风焉。”根据这些记载，所谓“遗风”似指俗好巫鬼祭祀，人好歌，歌的特点是“哀”“悲”“怨”，特别是刘禹锡提到荆楚犹歌舞屈原的《九歌》，这很自然地把人带到古楚的文化氛围里去了，此其一；楚地风俗、骚楚遗风引起文人的极大兴趣，他们“惟楚辞是学”，此其二。权德舆的话不能不引起我们的充分注意。一般的情形是，在楚地的文人都很积极地去学习《楚辞》，像柳宗元当然也不例外，何况柳宗元的忧郁和骚的哀怨有共通之处，主要是从精神上接受了屈骚文化。

柳宗元对屈原充满崇敬和哀怜之情，到永州不久，他就写下唐代第一篇《吊屈原文》。文中赞颂屈原“惟道是就”的殉道精神，“何先生之凛凛兮，厉针石而从之。但仲尼之去鲁兮，曰吾行之迟迟。柳下惠之直道兮，又焉往而可施？今夫世之议夫子兮，曰胡隐忍而怀斯？惟达人之卓轨兮，固僻陋之所疑。委故都以从利兮，吾知先生之不忍；立而视其覆坠兮，又非先生之所志。穷与达固不渝兮，夫唯服道以守义”。柳宗元认为屈原自沉是服道守义，并且回答了世人对屈原的责难，世人认为屈原沉渊而死似乎太冲动了，责怪他不能取折衷的态度。柳宗元吊屈原实自伤，因此也遭到后世的异议，以为柳宗元是一罪人，不配比屈原而作斯文，此乃迂腐之见。柳宗元参加永贞革新，意在除去弊政，却触犯了宦官、大官僚的利益，被贬往永州，这和屈原遭谗流放实在太相似，何况此时此景触发了柳宗元内心的痛苦和对屈原千古一遇之感，借吊屈表明己志，有何昵比匪人？“既偷风之不可去兮，怀先生之可忘！”

屈骚的哀怨对柳宗元心理产生了影响，楚地文化氛围、骚的内在情绪并无助于作者忧郁心理的解脱，“哀余衷之坎坎兮，独蕴愤而增伤”。他在《闵生赋》里写自己一时心情：“气沉郁以杳渺兮，涕浪浪而尝流。膏液竭而枯居兮，魄离散而远游。言不信而莫余白兮，虽遑遑欲焉求。”楚地的风俗、人物时刻颤动着他的心灵，“肆余目于湘流兮，望九嶷之垠垠。波淫溢以不返兮，苍梧郁其蛮云”“重华幽而野死兮，世莫得其伪真。屈子之悁微兮，抗危辞以赴渊”。

从这些话中隐约可以感觉到柳宗元在审视存与亡的关系，守道而死则恐不得真伪，《惩咎赋》痛苦自己“进与退吾无归”，由于长期陷于一种困扰，自我意识发生混乱，产生自卑和失望，表现为情绪茫然和无主状态，感到痛苦、恐惧、孤独和被人遗忘，以至“惶惶乎夜寤而昼骇”。在这天地之间，他仿佛是一位孤独的飘泊者，“凌洞庭之洋洋兮，泝湘流之沄沄。飘风击以扬波兮，舟摧抑而迴邅。日霾曀以昧幽兮，黝云涌而上屯。暮屑以淫雨兮，听嗷嗷之哀猿。众鸟萃而啾号兮，沸洲渚以连山。漂遥逐其讵止兮，荡洄汩乎沦涟”。一切都幻灭了，那舟如何载得起那哀猿嗷嗷、众鸟啾号啊？诗人满心忧郁、失望，在梦幻中寻找失落，《梦归赋》云：“罹摈斥以窘束兮，予惟梦之归路。”可一旦梦醒，他又痛苦地感到“予无蹈夫归路”。柳宗元学骚，可谓得其神髓。不是徒作模仿，精神上与屈骚交相辉映。林纾《春觉斋论文》云：“乃知《骚经》之文，非文也，有是心血，始有是言。……后人引吭佯悲，极其摹仿，亦咸不能似，似者唯一柳州。柳州《解祟》《惩咎》《闵生》《梦归》《囚山》诸赋，则直步《九章》。……惟屈原之忠愤，故发声满乎天地；惟柳州之自叹失身，故追怀哀咎，不可自已，而各成为至文。”林纾认为屈骚、柳赋是心血所为，故柳学骚最似，但说柳宗元自叹失身也不尽合柳宗元之本意。林纾在《柳文研究法》中又言柳赋“幽思苦语”逼近楚骚，其云“柳州之学骚，当与宋玉抗席。幽思苦语，悠悠若旁瘴花密箐而飞。每读之，几不知身在何境也”。又云：“柳州诸赋，摹楚声，亲骚体，为唐文巨擘。”

刘禹锡很注意楚地的风物，《武陵书怀五十韵并引》云其为朗州司马：“至则以方志所载而质诸其人民。顾山川风物皆骚人所赋，乃具所闻见而成是诗，因自述其出处之所以然。”楚地土民歌舞、五月的竞渡、南音的声腔无不使他激动，他更多地是以诗人的敏感、激情去感受楚骚文化。

元稹元和五年（810 年）被贬为江陵府士曹参军，非常关注楚文化，作《楚歌十首》，其云：“栖栖王粲赋，愤愤屈平篇。各自埋幽恨，江流终宛然。”他写有《赛神》《竞舟》《茅舍》诸诗，皆以“楚俗”二字起句。元稹对楚地文化风俗多理智的判断，认为竞舟妨农，要“节此淫竞俗”，施行“良政”。

因此，我们认为任何作家或作家群体特定的审美趣味和价值判断不仅取决于一定思潮、政治伦理观念、生活态度，还取决于特定的活动环境和命运遭遇。唐代南贬作家的作品带着各具特色的南方文化特点，宋之问、沈佺期一般是以屈原放逐来哀叹自己的命运，张九龄则是充分发挥楚辞的比兴特点来表现自己的坚贞高洁的本性。而刘禹锡更多地是在艺术上感应楚文化，柳宗元学习屈原，摹拟屈骚，是很用力的，贬谪之初写下《吊屈原文》。其后的白居易于元和十年（815 年）被贬为江州司马，借歌女自喻，写下著名的《琵琶行》，抒发“天涯沦落”的凄楚，也深得骚意。

二

《旧唐书》卷一六〇柳宗元本传云：“宗元少聪警绝众，尤精西汉《诗》《骚》。”柳宗元热爱楚骚是有渊源的，他贬谪永、柳二州，除作《解祟》《惩咎》《闵生》《梦归》《囚山》诸赋，直步《九章》外，那些山水游记、抒情诗篇无不得骚之精神。事实上，柳宗元作品骚怨特征也是唐初以来南贬作家作品的共同之处，只是柳宗元已把这化为自觉的意识。唐代南贬作家在创作上具有很浓的楚骚味，这种味道或称作楚辞风。

第一，描绘了南地山川自然、风俗人情，开拓诗的表现空间，在宫庭、市井诗歌外，呈现出新的美学境界。如宋之问《初至崖口》《下桂江县黎壁》《下桂江龙目滩》《发藤州》、沈佺期《绍隆寺》《从崇山向越常》《从驩州廨宅移住山间水亭赠苏使君》。柳宗元在永州以游记形式记录了永州山水，他在柳州，写成《柳州洞氓》等诗，表现了少数民族部落的生活风俗习惯。刘禹锡在表现楚地风俗人情上创获尤多，“武陵俗嗜采菱。岁秋矣，有女郎盛游于白马湖，薄言采之，归以御客”，于是作《采菱行》；“竞渡始于武陵，至今举楫而相和之，其音咸呼云何在，斯招屈之义”，于是作《竞渡曲》。这些作品表现了作者模山范水和刻画人情风俗的功力，具有如下的特点：

（1）新奇的审美意趣。

南贬作家大多是被贬在荒蛮之地，一方面，这荒远的景象带给他们更深的遗弃感；另一方面，眼前的异地风情、奇异的山川又激起他们的创作热情，他们惊谔、兴奋。宋之问《下桂江县黎壁》：“江回云壁转，天小雾峰攒。吼沫跳急浪，合流环峻滩。欹离出漩划，缭绕避涡盘。”《下桂江龙目滩》：“峰攒入云树，崖喷落江泉。巨石潜山怪，深篁隐洞仙。”刘禹锡喜欢写风情，以活泼的笔触描绘了新奇的艺术感受。其《竞渡曲》云：“沅江五月平堤流，邑人相将浮彩舟。灵均何年歌已矣，哀谣振楫从此起。扬枹击节雷阗阗，乱流齐进声轰然。蛟龙得雨鬐鬣动，䗖蝀饮河形影联。刺史临流褰翠帏，揭竿命爵分雄雌。先鸣余勇争鼓舞，未至衔枚颜色沮。百胜本自有前期，一飞由来无定所。风俗如狂重此时，纵观云委江之湄。彩旗夹岸照鲛室，罗袜凌波呈水嬉。曲终人散空愁暮，招屈亭前水东注。”诗中借助神话把竞渡场面、声威表现得生动形象。柳宗元的山水游记也着力写出自己对山水的新奇感受。

（2）清幽的艺术境界。

这可以视为南贬作家的艺术追求，也是其心境的投射。沈佺期《绍隆寺》云：“危昂阶下石，演漾窗中澜。云盖看木秀，天空见藤盘。”《从驩州廨宅移住山间水亭赠苏使君》云：“山柏张青盖，江蕉卷绿油。乘闲无火宅，因放有鱼舟。”诗中所展现的是清明幽远的景象。柳宗元“永州八记”突出反映了这种审美追求，他的《小石潭记》以简洁的笔墨描绘了小石潭的胜景：“从小丘西行百二十步，隔篁竹，闻水声，如鸣佩环，心乐之。伐竹取道，下见小潭，水尤清冽。全石以为底，近岸卷石底以出，为坻，为屿，为堪，为岩。青树翠蔓，蒙络摇缀，参差披拂。潭中鱼可百许头，皆若空游无所依。日光下澈，影布石上，佁然不动，俶尔远逝，往来翕忽，似与游者相乐。潭西南而望，斗折蛇行，明灭可见。其岸势犬牙差互，不可知其源。坐潭上，四面竹树环合，寂寥无人，凄神寒骨，悄怆幽邃。以其境过清，不可久居，乃记之而去。”文中着力表现“清”“幽”二字，以“如鸣佩环”写水声之清脆，而对水底石的全方位观照和对水中鱼的精细刻画描写，突出水色之清冽。岸势宛曲，不可知其源，竹树环合，凄神寒骨，把人带入一种十分深幽的境地。柳宗元被贬在南方，除政治上的沉重失败带来的悲伤外，母亲的死也加重了他内心的负担，他不得不专注于自然以求一时之乐。他沉溺于山水清幽的气氛中，连他自己也感到“其境过清”。

（3）奇险的语言风格。

南贬作家的创作十分可贵，如果他们在宫庭还奉命应制，作些游戏文字，但一遭贬谪，文学也就成了他们倾吐幽愤的工具。

南方的奇异山川、遭受打击后的骚动不宁的心理使他们具有了独特的感知世界的触觉。而奇险的语言正好自然表现出内心的失衡。宋之问《发端州初入西江》：“翠微悬宿雨，丹壑饮晴霓。树影捎云密，藤阴覆水低。”沈佺期《入鬼门关》：“马危千仞谷，舟险万重湾。”柳宗元《登柳州城楼寄漳、汀、封、连四州》：“惊风乱飐芙蓉水，密雨斜侵薜荔墙。岭树重遮千里目，江流曲似九回肠。”柳宗元《与浩初上人同看山寄京华亲故》：“海畔尖山似剑铓，秋来处处割愁肠。若为化得身千亿，散上峰头望故乡。”韩愈《次同冠峡》：“落英千尺堕，游丝百丈飘。泄乳交岩脉，悬流揭浪摽。”韩愈《贞女峡》：“江盘峡束春湍豪，雷风战斗鱼龙逃，悬流轰轰射水府，一泻百里翻云涛，漂船摆石万瓦裂，咫尺性命轻鸿毛。”无不显示了追求奇异的语言意趣。南贬作家以南方风物为背景创作了许多别开生面的作品，为唐诗、文开辟了新的美学天地。

第二，南贬作家的楚骚味还在于一些作家学习并运用了楚骚比、兴的表现手法。楚骚以美人香草托物兴寄，已成为文学的传统表现方法，但南贬作家以其独特的贬谪心理来学习楚骚，运用得就自然贴切。这当以张九龄的《感遇》12 首和《杂诗》五首为代表。诗中名物，皆有寄托。“孤桐”“萝茑”“芳蕙”“灵妃”“游女”等意象构成了色彩缤纷的楚骚世界，用以表现作者崇尚高洁、卑视世俗的品格。

兰叶春葳蕤，桂华秋皎洁。
欣欣似生意，自尔为佳节。
谁知林栖者，闻风坐相悦。
草木有本心，何求美人折！
（《感遇》之一）

江南有丹橘，经冬犹绿林。
岂伊地气暖，自有岁寒心。
可以荐嘉客，奈何阻重深。
运命唯所遇，循环不可寻。
徒言树桃李，此木岂无阴。
（《感遇》之七）

在《离骚》中，春兰是高尚节操的象征。橘树是南地特产，屈原作《橘颂》赞美之，称其为“后皇嘉树”。这里，张九龄对春兰、丹橘的颂扬既是对人格的肯定，也是对理想的抒写。柳宗元在《柳州城西北隅种柑树》诗中明确表白：“手种黄柑二百株，春来新叶遍城隅。方同楚客怜皇树，不学荆州利木奴。”

刘禹锡在贬谪期间写下《聚蚊谣》《飞鸢操》《百舌吟》等，以比兴讽刺政敌，作《砥石赋》以自勉，“感利钝之有时兮，寄雄心于瞪视”。在永州、柳州期间，柳宗元也写下许多比兴寄托之作，《三戒》（《临江之麋》《黔之驴》《永某氏之鼠》）是对世态人情的刻画和讽刺，《蝜蝂传》《哀溺文》《招海贾文》等也是对社会丑态的批判。像他的《独钓》，语短情深、寄意深刻。《种柳戏题》云：“柳州柳刺史，种柳柳江边。谈笑为故事，推移成昔年。垂荫当覆地，耸干会参天。”借种柳言情，比托自然。可以看出，张九龄《感遇》《杂诗》的楚骚味更趋向传统，而柳宗元、刘禹锡的比兴之作更逼近现实，在主题和题材上作了新的开拓，寓言体在他们手中得到了长足的发展。南贬作家咏物比兴体的创作可能与楚地风物密切相关，南方山深林密，禽鸟众多，且不少伤人之物，元稹《虫豸诗七首并序》：“始辛卯年，予掾荆州之地，洲渚湿垫，其动物宜介，其毛物宜翅羽。予所舍，又荆州树木洲渚处，昼夜常有翅羽百族闹，心不得闲静，因为《有鸟》二十章以自达。又数年，司马通州郡，通之地，丛秽卑褊，烝瘴阴郁……予因赋其七虫为二十章，别为序，以备琐细之形状。”此可移来解释南贬诗人寓言体兴盛的原因。

第三，南贬作家的楚骚味还表现为作品带着浓重的哀愁。如前所述，楚歌的特点是“哀”“悲”“怨”，屈原遭人嫉妒，被君王流放，其为诗篇，自然是非常感伤的，李白《古风》云“哀怨起骚人”。南贬作家虽然欣赏南地的奇异风光，但终究还是跳不出沉重的悲伤，楚地风物本身就令人生悲，“楚野花多思，南禽声例哀”。（刘禹锡《题招隐寺》）如宋之问所咏叹的“晚霁江天好，分明愁杀人”（《始安秋日》）。他的《初至崖口》描绘湘中景色，美丽生动，但一想到自己的境况，就十分感伤：“微路从此深，我来限于役。惆怅情未已，群峰暗将夕。”这种情绪是持续的，他们很容易和外物产生情感对流，钟情本身就带有伤感色彩的事物，只是借此一吐自己的苦恼。刘禹锡是比较放荡达观的，从游玄都咏桃花的诗中可以悟出他的为人、他的个性。而他贬于南方对外物的感知就有鲜明的哀怨色彩。他说：“昔日居邻招屈亭，枫林橘树鹧鸪声。”（《酬朗州崔员外与任十四侍御同过鄙人旧居见怀之什时守吴郡》）那首《送春词》写得多么凄丽：“兰蕊残妆含露泣，柳条长袖向风挥。”《酬端州吴大夫夜泊湘川见寄一绝》云：“夜泊湘川逐客心，月明猿苦血沾襟。湘妃旧竹痕犹浅，从此因君染更深。”把哀怨的情绪通过猿啼血、湘妃泪渲染到极至。对刘禹锡的诗做一番考察，我们还会发现，就是那些描写南地风情的诗篇，在后面总拖着哀怨的尾巴。《竞渡曲》描绘竞渡的场面后，写道：“曲终人散空愁暮，招屈亭前水东注。”《采菱行》以轻盈的笔触描写了采菱女子的欢乐：“荡舟游女满中央，采菱不顾马上郎。争多逐胜纷相向，时转兰桡破轻浪。长鬟弱袂动参差，钗影钏文浮荡漾。笑语哇咬顾晚辉，蓼花绿岸扣船归。”这样的场景自然激起诗人的创作激情，欢乐本可以让他忘掉忧愁，但他忘不了自己逐客的身份，结尾写道：“屈平祠下沅江水，月照寒波白烟起。一曲南音此地闻，长安北望三千里。”何以如此，“千里愁人肠自断，由来不是此声悲”（《竹枝词》）。

柳宗元的忧伤最为深重，这一点也包含自我认知，他的性格不及刘禹锡达观，也没有刘禹锡对环境变化的应对灵活。从他们再贬时的分手酬唱诗中也可以看出。柳宗元《衡阳与梦得分路赠别》：“十年憔悴到秦京，谁料翻为岭外行。伏波故道风烟在，翁仲遗墟草树平。直以慵疏招物议，休将文字占时名。今朝不用临河别，垂泪千行便濯缨。”刘禹锡《再授连州至衡阳酬赠别》：“去国十年同赴召，渡湘千里又分歧。重临事异黄丞相，三黜名惭柳士师。归目并随回雁尽，愁肠正遇断猿时。桂江东过连山下，相望长吟有所思。”对比之下，刘禹锡、柳宗元二人及其诗似有如下几点不同：①对再贬的思想准备不同，柳宗元感到十分突然；②对被贬的现实对待不同，柳宗元表现出愤激之余的悔恨，和他《三赠刘员外》“信书成自误，经事渐知非”的情绪是一致的；③写景不同也表明出自我调节能力的差异，柳宗元执着于现实存在，以实景写深忧，刘禹锡以常景写愁情，比较通脱。柳宗元在柳州的创作一如永州，也是“蕴骚人之郁悼”，表现自己“埋厄感郁”之情。他的《登柳州城楼寄漳、汀、封、连四州》《别舍弟宗一》等诗是其代表作。在时空上，他的诗善于展现空间的无限和辽远，写自己无尽的愁思。自己登上高楼，觉得高楼与大荒相接，海天茫茫，无穷无尽。“桂岭瘴来云似墨，洞庭春尽水如天”，以云形容瘴气弥漫，以天形容洞庭湖水的浩渺，并以量词强化时空意识，“千里”“百越”“六千里”“万死”“十二年”等都是用了比较极端的数字。另外，写景具象征意义，“惊风乱飐芙蓉水，密雨斜侵薜荔墙”“桂岭瘴来云似墨，洞庭春尽水如天”表现了诗人对现实的畏惧、惊恐和心理上的不宁、失衡。南贬作家的创作具有楚骚特点，蕴含哀怨，宋之问、沈佺期的作品在幽奇中表现得最多的是遗弃感。张九龄继承楚骚传统，《感遇》在形式和内容上都得楚骚神髓，在垂老哀叹、咏物言情中表现对美好理想的追求。元和南贬作家，如刘禹锡、柳宗元在楚文化环境中生活时间长，感染最深，柳宗元贬谪之初，经湘水，写下唐代第一篇《吊屈原文》，以后的创作带着明显的楚骚倾向，标志着唐代学习屈原及其作品的自觉和成熟。

当考察一种文化走向或文学倾向时，我们会惊喜地发现，历史上某一作家作品的出现因其所处的独特环境和独特的心理结构，呈现出独特的风格。若干年后，类似风格的作家作品仍然出现，寻绎其构成，其条件却又十分相似。屈原与唐代南贬作家创作的“骚怨”就是如此。不过，这种类似风格绝不是简单的因袭，而是带着自己时代的政治、经济、审美趣味的特征，甚至同一时代、相同遭遇的作家因其不同的性格、心理构成，也表现为不同的文化对待。就唐代而言，柳宗元以骚写心，以诗写愤，其作品具有强烈的“骚怨”精神，如从宋之问、沈佺期、张九龄一路分析下来，这种创作倾向也是所从来者至深远的。

（原载《文学遗产》1994 年第 4 期）

放情咏《离骚》

——柳宗元永州创作心态试论

柳宗元的永州创作足以使他雄立于文坛。“先生之文载集中凡瑰奇绝特者，皆居零陵时所作。”[①] 柳宗元在永州时的心理情结用“抑郁”来概括是比较恰当的，“抑郁”是其创作的重要心理契机，对这一点，《新唐书》《旧唐书》揭示得很清楚。《旧唐书》卷一六〇《柳宗元传》载：“贬永州司马，既罹窜逐，涉履蛮瘴，崎岖堙厄，蕴骚人之郁悼，写情叙事，动必以文。为骚文十数篇，览之者为之凄恻。”《新唐书》大意同此。观《新唐书》《旧唐书》，柳宗元居于永州，心情忧郁，既是因为“地又荒疠”，也是因为“蕴骚人之郁悼”。作为主体本身，只说到其“窜斥”，实际上，这还不足以概括作者内心复杂的情绪，比如因母死引起的深沉自责，绝嗣的忧虑带来的恐惧。如果说随着时间的推移，对改革失败的痛苦能有所淡化，这些人生的切身痛苦却将伴随其终生，何况他屡屡以“孝”来反省自己。这里试图从人文环境和个体情感体验两方面来探讨柳宗元永州创作的心理态势，由此进一步认识柳宗元创作的艺术个性，至于政治上的失败对他的沉重打击引起他内心的忧郁，本文则略去，因为人们对这方面的论述已经不少。

一、自然：堙厄感郁

地理风貌对人心理的影响是为心理学家研究所证明了的。丹纳《艺术哲学》也从地理环境入手对艺术风格、作家心理进行了实证研究。我国古代作家在创作实践中也意识到不同的自然环境对文章风格、作家心理的影响。宋濂《蒋录事诗集后》云：“山林之文，其气瑟缩而枯槁；台阁之文，其体绚丽而丰腴。此无他，所处之地不同而所托之兴有异也。”[②]

---

① ［宋］汪藻：《永州柳先生祠堂记》，见《浮溪集》卷十九，四部丛刊本。

② ［明］宋濂：《宋文宪全集》卷十三《銮坡续集》，四部备要。

唐顺之《东川子诗序》云："西北之音慷慨，东南之音柔婉，盖昔人所谓系水土之风气。"[①] 这些阐释虽是粗线条的，但不难让人们领会文气与自然地理位置的联系。

在长安生活了10多年的柳宗元一下子来到永州这个陌生的环境，原本已很悲伤的心境更添上几层痛苦。永州的自然环境（地理风貌、气候等）与北方反差甚大。柳宗元在他的诗歌和文中对永州的自然环境进行了颇多描写，《种仙灵毗》云："隆冬乏霜露，日夕南风温。"[②]《陪永州崔使君游宴南池序》云："零陵城南，环以群山，延以林麓。其崖谷之委会，则泓然为池，湾然为溪。其上多枫楠竹箭、哀鸣之禽，其下多芡芰蒲蕖、腾波之鱼。"《陪永州崔使君游宴南池序》还是在心境较好时写成的，那山、那水、那鱼、那树经作者描绘，"诚游观之佳丽者"，但内心的感受、自然的荒凉是难以掩饰的，"哀鸣"二字已露出心曲。宋代汪藻《永州玩鸥亭记》云："余谪居零陵，得屋数椽，潇水之上既名为僇人，人罕与之游，又地承凋瘵之余，无可游者。"[③] 汪藻《永州玩欧亭记》也反映了永州之荒凉，由唐至宋，此地并无多少可供游览的风景名胜。当时能引起柳宗元一时愉悦的也只是一树一石而已，"时至幽树好石，暂得一笑，已复不乐"[④]。所谓心与物游、借山水以自遣的娱乐也是存于片刻之间，稍纵即逝。而且他的游山玩水本身就不是一轻松的事，据他《与李翰林建书》中说："闷即出游，游复多恐。"一方面，为了一时的精神平衡，不得不出游以消闷；另一方面，由于环境荒凉、丛棘中时有伤人之物，恐怖不宁自然使他的游赏达不到彻底解脱烦恼的效果。陆走舟行皆不能平安："涉野有蝮虺大蜂，仰空视地，寸步劳倦；近水即畏射工沙蝨，含怒窃发，中人形影，动成疮痏。"从中亦可窥见柳宗元"自放山泽间"的"堙厄感郁"的创作心态。确实，柳宗元在赏玩山水时，始终无法超越"忧郁"的情结，尽管他聆听小石潭如鸣佩环的悦耳之声，感受到游鱼似与游者相乐的快感，但内心的忧郁很快又袭上心头，理智的暂时抑制终敌不过感情的内在潜流。"坐潭上，四面竹树环合，寂寥无人，凄神寒骨，

① ［明］唐顺之：《荆川先生文集》卷六，江南书局刊本。
② ［唐］柳宗元：《柳宗元集》，中华书局1979年版，第1224页。
③ ［宋］汪藻：《浮溪集》卷十九。
④ ［唐］柳宗元：《柳宗元集》，中华书局1979年版，第800页。

悄怆幽邃。以其境过清，不可久居，乃记之而去。”这种心理感受大概不仅仅游小石潭时才产生。

不仅山水风物、气候时刻骚扰着作者忧郁不安的心灵世界，异于北地的风俗也会引起他内心的感伤。《与萧翰林俛书》云：“居蛮夷中久，惯习炎毒，昏眊重膇，意以为常。忽遇北风晨起，薄寒中体，则肌革惨懔，毛发萧条，瞿然注视，怵惕以为异候，意绪殆非中国人。楚、越间声音特异，鴂舌啅噪，今听之怡然不怪，已与为类矣。家生小童，皆自然哓哓，昼夜满耳，闻北人言，则啼呼走匿，虽病夫亦怛然骇之。”因久居永州，习惯了地方土语，小孩听北人言反觉大怪。反而言之，柳宗元初贬之时而楚声满耳，不也是怛然骇之，何况此乃柳宗元自慰之词。以他这种年龄，在长安又生活过 10 多年，听到北人言语，只会倍感亲切、起归欤之叹。南地方言土语无疑使柳宗元更加感到孤独寂寞，似乎命运把他抛弃在一个荒芜的孤岛之上。

自然的景观、气候、异俗使作者带来的改革失败的悲观沉浸在这样一种氛围里而不能自我解脱，要了解柳宗元，一定要知道永州赋予柳宗元的一切。正像黑格尔所说的，你要了解阿拉伯人，就要了解他们的天空、星辰，他们酷热的沙漠以及他们的骆驼和马。尽管这样，柳宗元总是要寻求解脱、超越忧郁，他著文立说、教授门徒，不妨也视为一种注意力的转移，他不寻找解脱，就会在忧郁中沉默而消失，这是他自己已意识到的。柳宗元刻意寻找超越还是被动的，他只能在自然中寻找乐趣，至于他寻找自然乐趣以求解脱的效果他自己讲得很清楚：“时到幽树好石，暂得一笑，已复不乐。”柳宗元实在太悲伤了，他主观上希望心理成为一块磁石，死死吸住自然山水，可是这块磁石的吸引力太小了，“暂”字正描绘出一个极其短暂的时间过程，潜伏的忧郁时刻都会钻出来。

如此看来，他一次次想超越非但没有成功，反而一次次地积聚忧郁情感。何以如此？他解释说：“譬如囚拘圜土，一遇和景出，负墙搔摩，伸展支体，当此之时，亦以为适，然顾地窥天，不过寻丈，终不得出，岂复能久为舒畅哉？”整个永州如一牢笼，忧郁情感不是一时的山水之娱所能排遣的，他明知如此，却丝毫没有放松努力。“凡是州之山有异态者，皆我有也。”他不惜披荆斩棘地去开拓原本荒芜的自然，西山可观，“遂命仆人过湘江，缘染溪，斫榛莽，焚茅茷，穷山之高而止，攀援而登，箕踞而遨”。柳宗元此时绝非游兴大起，而是拼命地近乎发狂地去寻找寄托以转移注意力，使自己不要总是沉浸在一种悲痛之中，而这悲痛似乎已经使他心理超载了。有人告知愿以钴鉧潭上田“贸财以缓祸”，柳宗元“乐而如其言，则崇其台，延其槛”。正因为作者内心忧伤，他不断寻找山水乐趣以求一时的心理平衡，“得西山后八日，寻山口西北道二百步，又得钴鉧潭。潭西二十五步，当湍而浚者为鱼梁。梁之有丘焉，生竹树”。作者“即更取器用，铲刈秽草，伐去恶木，烈火而焚之”。作者忧伤的心灵易于颤动，其时，他的感觉特别灵敏，可以看出他急于解脱的心情，“从小丘西行百二十步”，隔着竹子听到水声，不甚欣喜，遂“伐竹取道”以求“暂得一乐”。从传世的永州八记看，后面的四记是隔了两三年写成的。可以说，柳宗元游山玩水，希求解脱，但他最终意识到，想依靠山水之趣安抚受伤的心灵是无望的，于是连在观赏过程中也感到“凄神寒骨，悄怆幽邃”了。此后，他对山水的兴趣大减，根本原因在于不能在山水中忘却痛苦和忧愁。

两三年后写成的“后四记”似乎已不是完全为了超越忧郁，如《袁家渴记》，是因为“不敢专也，出而传于世”。《石渠记》是为了“俾后之好事者求之得以易”。终以《小石城山记》做了冷静理智的表述，虽尚存不平之气，但与“前四记”终“以其境过清”收束已大异其趣。从写法上也可以看出，前四记中，作者处于极度的情绪震荡中，视觉比较敏锐，对山水的潜心琢磨无非是想从痛苦中多挣扎出一些时间，故观摩极为细腻，他观察到小钴鉧潭西小丘的众石之形——“其嵚然相累而下者，若牛马之饮于溪；其冲然角列而上者，若熊罴之登于山”；他注意到小石潭的光色变化——“潭中鱼可百许头，皆若空游无所依，日光下澈，影布石上，佁然不动，俶尔远逝，往来翕忽”。而后四记，因久处永州，已习惯于此地风物，心境也较前有了改变，缺少了刚被贬永州时与北地风物的逆差感觉，也没有那急于挣脱忧郁桎梏的焦虑，所写多于大处做总体的描绘。

柳宗元将这种通过有意寻找自然的乐趣来释放内心积贮的忧郁以恢复精神状态和心理状态平衡的行为转化为对自然山水的自觉创造活动，并以一组文章的形式出现，显示出了独特的风貌品格，在山水游记文的表现史上有着杰出的意义，它自觉扩大了散文的表现领域，此后，山水成了散文中常见的表现对象。林纾《柳文研究法》云：“山水诸记，穷桂海之殊相，直前无古人，后无来者。昌黎偶记山水，亦不能与之追逐，古人避短推长，昌黎于此，固让柳州出一头地矣。”林纾饱含深情地揭示出了柳宗元永州山水游记的地位，但其以“避短推长”来解释，恐怕未中肯綮。

二、历史：骚怨回声

从传统文化来看，楚地文化的代表在后世知识分子心中莫过于楚辞了。应该说，楚地文化氛围中的一个重要方面就是楚地文化孕育出的奇葩——楚辞。柳宗元贬往永州，他首先想到的就是这块土地上的杰出人物屈原，尽管已经相隔1000多年，仍旧听到了这种历史生活经历的哀怨回声。屈原可以说是忧患文化情感的原型，一个被贬于楚地的士大夫文人对此反应极为敏感是会得到合理的解释的。

唐代南贬作家受楚骚为代表的楚文化影响是为文学创作实际所证明了的，安史之乱后，楚骚传统已成为南方的文化氛围，不独南贬作家如此。权载之《送张评事赴襄阳觐省序》中明言：“群贤以地经旧楚，有《离骚》遗风，凡燕軷歌诗，惟楚辞是学。”文化的地域性差异与传统相接，在创作上表现得非常活跃。丹纳在《艺术哲学·时代》中分析这种现象时指出：“诗人把自己限制在一个看得见的范围之内，那是人的经验在每一代身上都能重新看到的，他不越出这个范围。”实际上，传统对人的文化意识的影响极大，而人的特定心理结构对传统文化的感受又是主动积极的。可以这样说，柳宗元对楚辞的接受有别于他人的正是以“逐臣”身份去寻找到他的偶像。他凭吊屈原，写下第一篇《吊屈原文》。

文名为吊屈原，实为吊己，赋中所咏叹的是一一对应的关系。首先，屈原由于君王听信小人之言而被放逐，柳宗元则由于革新失败而被贬谪，“后先生盖千祀兮，余再逐而浮湘”。“再逐”二字已将他和屈原放在同一位置上来思考。其次，柳宗元认为他和屈原的同被放逐都是因为“惟道是就”。“犴狱之不知避兮，宫庭之不处。”最后，他们的行为为世人所不理解，屈原感叹“众不可户说”，柳宗元亦悲伤“言不信而莫余白兮，虽遑遑欲焉求”！尤其让柳宗元气愤的是，时至今日，还有人对屈原的死指手划脚，“今夫世之议夫子兮，曰胡隐忍而怀斯？惟达人之卓轨兮，固僻陋之所疑”。只有柳宗元能探知屈原的苦心：“委故都以从利兮，吾知先生之不忍。立而视其覆坠兮，又非先生之所志。穷与达固不渝兮，夫唯服道以守义。矧先生之悃愊兮，滔大故而不贰。”柳宗元对屈原的充分理解和热情颂扬正是建立在有类似遭际的基础之上的。我们从柳宗元对屈原的体认上可进一步探讨其初贬永州的心理，而这一时期的赋作正是柳宗元心理的写照。

收入《楚辞后语》（《楚辞集注》附，上海古籍出版社）中的柳宗元的赋，除《吊屈原文》外，尚有《吊苌弘文》《吊乐毅文》《乞巧文》《憎王孙文》以及《招海贾文》《惩咎赋》《闵生赋》《梦归赋》等，共计9篇。突出反映其心理状态的是后三赋。在这三赋中，柳宗元开始对刚结束的轰轰烈烈的“永贞变法”进行反思，尽管他时或反躬自责，更多的却是对命运的怀疑和不解，以及远隔中原、地处南楚的怨恨与惆怅。“余囚楚、越之交极兮，邈离绝乎中原。”在这遥远的南方，他整天被恐怖所围困，所见到的南地风物无非是“戏凫鹳乎中庭兮，蒹葭生于堂筵。雄虺蓄形于木杪兮，短狐伺景于深渊”。这只能使他“夜寝而昼骇”“气沉郁以杳眇兮，涕浪浪而常流”。日有所思、夜有所梦，因成《梦归赋》。屈原神游而上下求索，柳宗元梦归而顾怀旧乡，在表现手法上有相似之处。梦是人心灵的自陈，弗洛伊德把全部创作活动归结为白日梦，当然不对，但其对作家幻想的解释可供参考，他认为作家如同小孩做游戏一样，怀着热情去构造一个“同现实严格地区分开来”的幻想世界，“幻想的动力是未被满足的愿望，每一个幻想都是一个愿望的满足”（《佛洛伊德论美文选·作家与白日梦》，知识出版社）。对柳宗元来说，“归”是一个幻想世界，而对梦的描写却又是现实的折射。《梦归赋》云：

> 欻腾踊而上浮兮，俄滉瀁之无依。圆方混而不形兮，颢醇白之霏霏。上茫茫而无星辰兮，下不见夫水陆。若有钵余以往路兮，驭儗儗以回复。浮云纵以直度兮，云济余乎西北。风纚纚以经耳兮，类行舟迅而不息。洞然于以弥漫兮，虹蜺罗列而倾侧。横冲飙以荡击兮，忽中断而迷惑。灵幽漠以瀄汩兮，进怊怅而不得。白日邈其中出兮，阴霾披离以泮释。施岳渎以定位兮，互参差之白黑。崩腾上下以徊徨兮，聊案行而自抑。指故都以委坠兮，瞰乡闾之修直。原田芜秽兮，峥嵘榛棘，乔木摧解兮，垣庐不饰。山嵎嵎以岩立兮，水汩汩以漂激。魂恍惘若有亡兮，涕浪浪以陨轼。

《梦归赋》章法结构逼近《九章》，赋中叙写经过曲折艰难，终于回到故都，其中“冲飙荡击”而使归路中断，正是诗人幻想有朝一日蒙恩赦还又受小人谗阻的担忧，事实已证明，这忧虑不是多余的。故乡的颓败景象也是“坟墓不扫，宅三易主”的写照。

由此，我们可以看到，柳宗元贬于永州，自身的忧郁和千载之上的先贤屈原及其作品产生共鸣，其作品，尤其是赋作集中地表现了楚骚的哀怨。

刘禹锡《竹枝词》序云：“四方之歌异音而同乐，岁正月余来建平，里中儿联唱竹枝，吹短笛击鼓以赴节，歌者扬袂睢舞，以曲多为贤，聆其音中黄钟之羽，卒章激讦如吴声，虽伧佇不可分而含思宛转，有淇澳之艳音。昔屈原居沅湘间，其民迎神，词多鄙陋，乃为作《九歌》，到于今，荆楚歌舞之。”这说明南方楚风的遗存，还有一些材料也记载楚地至今还有“屈宋之遗风”，前引权德舆序文亦云，文人于楚地“惟楚辞是学”，这是柳宗元学习屈骚的社会风俗和文化氛围的背景。正如丹纳表述的那样：“因为风俗习惯与时代精神对于群众和对于艺术家是相同的，艺术家不是孤立的人。我们隔了几世纪只听到艺术家的声音；但在传到我们耳边来的响亮的声音之下，还能辨别出群众的复杂而无穷无尽的歌声，像一大片低沉的嗡嗡声一样，在艺术家四周齐声合唱。只因为有了这一片和声，艺术家才成其为伟大。”柳宗元正是这样的伟大，他学习屈原又深得楚骚之神髓。

三、家境：填拥惨沮

不仅地理环境与文化氛围影响柳宗元的心理，内心矛盾冲突更加剧了“忧郁”的情感。一种常见的现象是，政治上失败的人往往把精力转移到自身生活、家庭、子女的教育上，这也算是一种补偿。远贬之时，柳宗元更多在思考柳氏家族的历史和荣誉，思考自己在家族延续上所应承担的责任。特别是他母亲随他至贬所后不久即死去，给了他一个沉重的打击。母亲的死使他陷入深深的自责之中，他认为这与自己有关，是因为到这炎毒之地，缺医少药，又没有奉养的条件，才酿成了如此大的罪过。《先太夫人河东县太君归祔志》既是作者真情的吐露，也是作者不能尽孝道的“忏悔录”：

其孤有罪，衔哀待刑，不得归奉丧事以尽其志。……太夫人有子不令而陷于大僇，徙播疠土，医巫药膳之不具，以速天祸，非天降之酷，将不幸而有恶子以及是也。又今无嫡主以葬，天地有穷，此冤无穷。既举葬绋，犹以不肖之辞，拟述先德……而卒以无孝道，不能有报焉。丧主子妇七岁，而不果娶。窜穷徼，人多疾殃，炎暑熇蒸，其下卑湿，非所以养也。诊视无所问，药石无所求，祷祠无所实，苍黄叫呼，遂遘大罚。天乎神乎，其忍是乎！而独生者谁也？为祸为逆，又顽狠而不得死，逾月逾时，以至于今。灵车远去而身独止，玄堂暂开而目不见。孤囚穷縶，魄逝心坏。苍天苍天，有如是耶？有如是耶？而犹言犹食者，何如人耶？已矣已矣！穷天下之声，无以舒其哀矣。尽天下之辞，无以传其酷矣。

柳宗元母亲元和元年（806 年）死于零陵佛寺，第二年归祔京兆万年栖凤原其父之墓，本来柳宗元作为唯一的宗子应归奉丧事，但由于他是贬官不能离开贬地，只好委派太夫人之兄子弘礼护丧北归，柳宗元内心沸然，万分痛苦，念无嫡主以葬，自感未尽孝道，望灵柩而北去，痛哭流涕。奉母于永州，这是不得已的事，实际上就是不“孝”。柳公绰“为湖南观察使，地气卑湿，公绰以母在京师不可迎视，致书宰相，乞分司洛阳以便奉养”①。此事为时人称为孝举。柳姓为唐代关中望族，河东柳氏最出名。其家礼最肃，晚唐柳玭《戒子孙》《家训》亦以珍爱门第为意。《归祔志》借伯舅之口云：“汝宗大家也，既事舅姑，周睦姻族，柳氏之孝仁益闻。”可见柳氏家族的名誉之一即“孝”。柳宗元对“孝”道称颂不已，曾作《孝门铭》，其云：“肇有三位，孝道爰兴。”此文全载于《旧唐书·孝友传》。柳宗元对其母之死不胜悲伤，他认为如果母亲不随其南行，也不致早逝，“不幸而有恶子以及是也”，她死后，宗子又不能护丧北归，则为双重的“不孝”，使得柳宗元连呼：“有如是耶？有如是耶？”他无法忘掉对母亲的不孝，他无法抹去灵车北去的悲惨一幕，《惩咎赋》中，他哀伤地悲吟：“哀吾生之孔艰兮，循《凯风》之悲诗。罪通天而降酷兮，不殛死而生为？”《凯风》是《诗经》中的一篇，内容据释是赞美孝子的，想到孝道对柳氏家族的重要，柳宗元感到无地自容，只求一死。

① 《总录部·孝六》，见［宋］王若钦等《册府元龟》卷七五六，四库全书本。

柳宗元在永州大概不能忘记一生中对母亲的不孝，因此而引起的深深自责使他的心理更为忧郁。《新唐书·柳宗元传》载，“元和十年，徙柳州刺史。时刘禹锡得播州，宗元曰：‘播非人所居，而禹锡亲在堂，吾不忍其穷，无辞以白其大人，如不往，便为母子永决。’即具奏欲以柳州授禹锡而自往播”。人们往往视这一记载为刘禹锡、柳宗元友谊的见证，这当然有道理。但更应该看到，柳宗元这样做是由自己的经历和切身体验所决定的，他自己的“不孝”已无法挽回，可不能让朋友蹈自己的覆辙。母亲的死使柳宗元在精神上受到重创，他在《先侍御史府君神道表》中说：“无以宁太夫人之饮食，天殛荐酷，名在刑书，不得手开玄堂，以奉安祔，罪恶益大，世无所容。”他深感此事有辱柳家“孝仁”，自觉对不起列祖列宗，更对不起死去的父亲。正如心理学家认为的，“丢失情境中，就会引起失望和丧失安全感，失去自我确认和自信的威胁，以及对自身的悔恨和焦虑，从而产生一种复合的痛苦体验”。心理学家还认为失去亲人的忧郁，时刻萦绕于心的“是自己在死者生前做过对不起他的事，并自认这些事构成他的死因。于是加重了失去亲人引起的悲痛而陷入忧郁之中”①。

不仅如此，封建社会宗法制度在家庭范围内支配一切，血亲种系的延续是关系到家族兴衰存亡的大事，直系血亲的传续是保持家族利益荣誉的基本保证。作为宗子的柳宗元责无旁贷、毫无选择地负有家族传宗接代、延传香火的重大责任。他在《惩咎赋》中痛苦地说：“将沉渊而殒命兮，讵蔽罪以塞祸！惟灭身而无后兮，顾前志犹未可。”他曾想效法屈子沉渊，但一考虑到家族有绝嗣之忧，他又不能愤然而死。绝嗣为大不孝，《册府元龟》卷八二五《总录部·名字二》：“崔慎由大中年镇西川……从容谓曰，臣闻罪大莫若绝嗣，今四十无子良可惧也。”柳宗元在《先侍御史府君神道表》中也说：“罪恶益大，世无所容。尚顾嗣续，不敢即死，支缀气息，以严邦刑，大惧祭祀无主。”他在与岳丈杨凭的信中把“绝嗣”之事以伦理纲常来进行过审视：

至今无以托嗣续，恨病常在心目。《孟子》称：“不孝有三，无后为大。”今之汲汲于世者，惟恐此而已矣。

① 孟昭兰：《人类情绪》，上海人民出版社1989年版，第165～167页。

柳宗元曾和杨凭女儿结婚，杨凭女儿怀孕而身亡（见《与杨京兆凭书》），这种绝嗣之痛常常伴随，而活在世上只是为此而已。他在《与许京兆孟容书》中则从宗族利益来抒发绝嗣的忧痛："自以得姓来二千五百年，代为冢嗣……恐一日填委沟壑，旷坠先绪，以是怛然痛恨，心骨沸然。"他何尝不想早日了此心事，但"荒隅中少士人女子，无与为婚，世亦不肯与罪大者亲昵，以是嗣续之重，不绝为缕，每当春秋时飨，孑立捧奠，顾盼无后继者，懔懔然欷歔惴惕。恐此事便已，摧心伤骨，若受锋刃，此诚丈人所共悯惜也"。对家族的利益，柳宗元自觉责任重大："先墓在城南，无异子弟为主，独托村邻，自遣逐来，消息存亡，不至乡闾，主守者因以益怠，昼夜哀愤，惧便毁伤松柏，刍牧不禁，以成大戾。近世礼重拜扫，今已阙者四年矣。"正因为家族式微，求嗣以延香火的心情更为迫切，如果能"就婚娶，求允嗣，有可托付，即冥然长辞，如得甘寝，无复恨矣"。此事重大，因而他的朋友也非常关心，吴武陵《遗孟简书》云："独子厚与猿鸟为伍，诚恐雾露所婴，则柳氏无后矣。"①尽管柳宗元自矜门第，初不肯与非士人女通婚，但最后也不得不说："即便耕田艺麻，娶老农女为妻，生男育孙。"柳宗元临死有二子，长子周六才4岁，托于朋友，但人们不得知其母身世，大概是民间女子，这也符合唐代娶妾生子的习俗。从这里可以看出柳宗元"绝嗣之忧"何日忘之，最后也只能草草了之。

柳宗元南贬后情绪比较低落，短暂的自我调节也没有使他超越忧郁感伤的心理障碍，时存希望又都在幻灭中经受着痛苦的体验。他的悲伤太多了：贬谪意味着一个满怀热情的政治改革者的失败；地处南楚使他无可回避地品味着楚国山川水泽的氤氲，一种忧伤的文化氛围和他心灵的忧郁感伤和谐地发生共鸣；他自身的许多不幸加重了他的忧郁情绪——母亲的死使他不能自拔地沉溺于深刻的自责之中，身体的众疾交加同样使他感到一种忽忽如亡的威胁，因而产生对生命的渴望、对生子续嗣的企求。他实在无法肩载生活的重压，他想如先贤一样以死殉道，但柳氏一族断嗣的伦理压力和对母亲忏悔赎罪以求一点心理的平衡又使他隐忍苟活。中国古代文人常常在自虐中求得心理平衡。"君子固穷""圣贤发愤之所为作"，柳宗元《寄许京兆孟容书》中云："贤者不得志于今，必取贵于后，古之著书

① ［清］董诰等：《全唐文》卷七一八，中华书局1983年版，第7386页。

者皆是也。宗元近欲务此，然力薄才劣，无异能解，虽欲秉笔覼缕，神志荒耗，前后遗忘，终不成章。”在《与杨京兆凭书》中云：“虽有意穷文章，而病夺其志矣。”柳宗元虽如此说，但他未尝辍文，他以“中心之悃愊郁结”发而为沉郁峻峭之文，永州创作以其独特面貌给中国文学留下了丰硕的财富。

何以柳宗元写出今传唐代第一篇《吊屈原文》？何以他说自己的创作是“放情咏《离骚》”？屈子忧愤自沉而殉志，柳子忧郁苟忍以待嗣，“离，犹遭也；骚，忧也，明己遇忧作辞也”。除此之外，没有什么能解释他们创作的共同心理契机。

前人认为柳宗元遭贬谪后，“其言大率悲惨呜咽，令人欲泪，何其不自广至此”。“子厚之贬，其忧悲憔悴之叹，发于诗者，特为酸楚。闵己伤志，固君子所不免，然亦何至是卒以愤死，未为达理。”他们似乎责难柳宗元不能超脱，推崇陶渊明当忧则忧，遇喜则喜，或忧乐两忘，显然这种责难是对柳宗元永州个人痛苦和“忧郁”心理缺少理解，古今文人与柳宗元多重病苦相等者有几？

（原载《扬州师院学报》1994年第2期）

唐宋词曲关系新探

——曲调、曲辞、词谱阶段性区分的意义

元稹《乐府古题序》："（操引谣讴歌曲词调）八名皆起于郊祭军宾吉凶苦乐之际，在音声者，因声以度词，审调以节唱，句度短长之数，声韵平上之差，莫不由之准度，而又别在琴瑟者。……斯皆由乐以选词，非由调以选乐也。""（诗行咏吟题怨叹章篇）九名皆属事而作。虽题号不同而悉谓之为诗，可也。后之审乐者，往往取其词度为歌曲，盖选词以配乐，而非由乐以定词也。"① 按，"由乐以选词，非由调以选乐"方之于"选词以配乐，而非由乐以定词"，则"由调以选乐"中"调"当为"词"之误写，即"由乐以选词，非由词以选乐"。元稹所论因文类不同而产生词、乐相配合的不同关系，未必能反映古代有关文类的实际，但对人们研究词与音乐的关系有很大启发。

显然，唐代诗与音乐联系的实际有"由乐以选词，非由词以选乐"和"选词以配乐，而非由乐以定词"两种情况。

（一）由词以选乐

词在先，而以词配乐。薛用弱《集异记》卷二："开元中，诗人王昌龄、高适、王之涣齐名。……三诗人共诣旗亭，贳酒小饮。……俄而一伶拊节而唱，乃曰：'寒雨连江夜入吴，平明送客楚山孤。洛阳亲友如相问，一片冰心在玉壶。'昌龄则引手画壁曰：'一绝句。'寻又一妓讴之曰：'开箧泪沾臆，见君前日书。夜台何寂寞，犹是子云居。'适则引手画壁曰：'一绝句。'……须臾，次至双鬟发声，则曰：'黄河远上白云间，一片孤城万仞山，羌笛何须怨杨柳，春风不度玉门关。'之涣即擨歈二子曰：'田舍奴，我岂妄哉！'因大谐笑。"王昌龄等人之诗非为歌而作，但都为歌令所歌。其词和乐的配合是歌伶选词配乐的过程。

---

① 元稹：《元氏长庆集》，见《四部丛刊》，上海涵芬楼景江南图书馆藏明嘉靖本，卷二十三，第1页。

（二）由乐以定词

无论是哪一种情况，都是乐调在先，伶人唱诗人绝句，不会为某一绝句专作一曲调，而是选一曲调以唱其诗。

故讨论词与音乐关系时，可以将“曲调”看成“词”生产的第一阶段。曲调可独立于曲辞而存在，当辞与曲相配时，也不专为词所用，但可以生成词。从齐言（多为绝句）可唱入曲看，曲调和曲辞的结合应是相当宽松和自由的，无固定的对应关系。[①] 因此，乐以定词的过程也是相当宽松和自由的，无固定的对应关系。曲调是固定的，曲辞是自由的。如江苏民歌《月儿弯弯照九州岛》乐谱（见图1）。

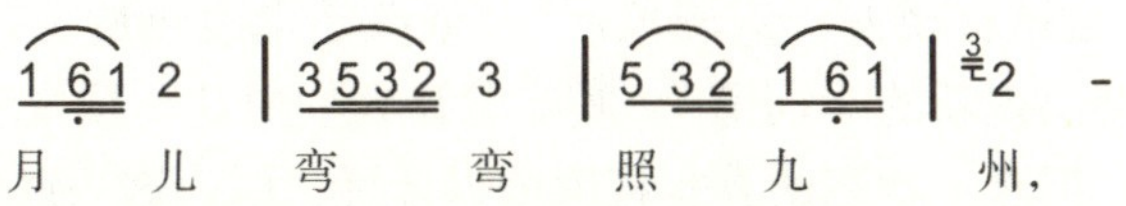

161 2 | 3532 3 | 5 32 161 | 2 -
月　儿　弯　弯　照　九　州，

图1　《月儿弯弯照九州岛》乐谱

依其谱，既可唱“寒雨连江夜入吴”，又可唱“胡马胡马远放燕支山下”，也可唱“汴水流泗水流”。曲子并不能规定辞的辞式以及平仄和押韵。

在词和音乐的关系中，“由词以选乐”方式意义并不大，原因在于丰富的曲谱往往去演唱齐整的文字辞。但这一过程有参考价值，毕竟已在寻找曲调之乐句与配辞之词句间彼此谐调的关系，已在注意一首齐言诗（如绝句）的词句韵字安放的位置，已在探索将诗歌结构、节奏与曲调结构、节奏之间布放的规则。而“乐以定词”“依调填词”对解释乐、词相配才具有实际意义。

所谓“依调填词”应有如下方式：①有调无辞。在这一状态下，会导致一调式而多辞式。经过不断调协，必然会形成约定俗成的固定格式。首次依调填词便成了带有指向性和示范性的创造工作。②有调有辞。“有辞”应来源于两个方面，一是民间曲和辞已经存在，二是有文人和艺人已尝试配辞了。在这一状态下，会导致一调式而趋向一辞式。在多种情况

① 王昆吾提出过文字辞的格律，包括近体诗律和唐五代曲子辞的格律，与音乐皆无必然联系的观点。参见《唐代酒令艺术》，东方出版中心1995年版，第90页；《唐代诗乐二问》，见《起源与传承——中国古代文学与文化论集》，凤凰出版社2010年版，第223页。

下，与其说文人在依调填辞，还不如说文人在“和辞”，辞和乐是松散的，新和之辞与已有之辞在格式上必须对应。其必然的结果是在一种曲调下，有了统一的文字格式，无论词谱是否出现，指导人们按约定俗成的形式去写作的词式已实际存在并被应用。换言之，在词谱正式出现以前，客观的“词谱”已在创作中形成并在创作中发生作用。

由曲调到曲辞，尚存在辞和乐紧密结合的共生关系，而“词谱”的实际存在意味着词和乐就可以分离而独立存在。其后，文人中有音乐知识和演唱能力的人仍然迷恋于词体起源时的乐和辞的关系，其实已不具有发生学的意义，只不过是不懈追求艺术精细的显示以及知识运用的满足。

事实上，北宋有音乐才华的词人在写作中不满足于“和辞”（按文字格式完成），尝试直接去“依调填词”，或改造旧有词牌，或自谱曲调着辞，这样就会出现新的“词谱”。其实验让人们由此一窥发生期的乐、辞结合的状态，但这一状态的真实程度值得怀疑，因为这一过程已经融入了人们若干年探索的经验，多少会带有后人写作经验的想象。

毫无疑问，宋以后人研究的谱、辞相配的方法或规则应是身兼音乐家和文学家二职的文人使乐和辞不断协调以达到理想境界的过程，而不能以之解释乐和辞结合的原初状态。姜白石词谱是词成熟期的产物，所谓成熟有两层意思：其一，词与曲谱的配合实质上已是词依曲谱填写的实践过程；其二，所谓自度曲，辞与曲的配合已经在已有的写作经验以及声、辞配合规则下进行，它只是其他定式的翻版。

一、缪荃孙疑惑之解

缪荃孙《柳公乐章校勘记跋》云：“宋人词集，校订至难，而柳词为最。如《倾杯乐》八首，‘楼锁轻烟’一首，九十四字，分段；‘离宴殷勤’一首，九十五字，‘木落霜洲’一首，一百四字，均不分段；‘禁漏花深’一首，一百六字，分段；‘冻水消痕’一首，一百七字，分段；‘水乡天气’一首，‘金风淡荡’一首，一百八字，‘皓月初圆’一首，一百十六字，均不分段，或作《古倾杯》，或作《倾杯》。宜兴万红友云：柳集‘禁漏’一首，属仙吕宫，‘皓月’‘金风’二首属大石调，‘木落’一首属双调，‘楼锁’‘冻水’‘离宴’三首，属林钟商，‘水乡’一首，属黄钟调，或因调异而曲异也。然，又有同调而长短大殊者，只可阙疑。”① 缪荃孙指出柳永《倾杯乐》8 首的字数和分段情况，实已提出疑问。而引万树语，认为字数不同可能是调不同造成的，这只是部分释疑。但也有同调而长短大不同的情况，如“‘楼锁’‘冻水’‘离宴’3 首，属林钟商”，“楼锁”94 字、“冻水”107 字、“离宴”95 字。这又如何解释？事实上，乐曲调高的改变并不影响其基本结构，与配合的曲辞字数也无关联。一个曲子不同调并不影响与之相配合的歌辞字数，即同一曲子不同调而歌辞字数可以相同，同一调子字数也可以不同。② 只能如前所述是按照演唱曲子的状态创作的，即刘禹锡“和乐天春词，依《忆江南》曲拍为句”之意，这里有一个前提，白居易《忆江南》在先，而刘禹锡写作在后，故白、刘二人所作词式相同。如真依照《忆江南》原曲写作，因对《忆江南》曲子的“曲拍”理解不同，依曲填的词的结构、字数等未必相同。

郑文焯批校《乐章集》序云：“耆卿词以属景切情，绸缪宛转，百变不穷，自是北宋倚声家妍手。其骨气高健，神韵疏宕，实惟清真与之颉颃。盖自南唐二主及中正后，得词体之正者，独《乐章集》可谓专诣已。以前此作者所谓长短句，皆属小令，至柳三变，乃演赞而未备，而曲尽其变，非得以工为俳体而少之。”③ 柳永博学，善属文，尤精于音律，在他之前，人们作词多用小令，而柳永“变旧声为新声”④，创作大量慢词，李清照说的“变旧声为新声”大概是指柳永将原来有的词调加以改造，变成符合自己表达要求的慢词，如将原有的《浪淘沙》改变为《浪淘沙（歇指调）》，我们熟知的李煜《浪淘沙》有 54 字，柳永《浪淘沙（歇指调）》就有 135 字。

其实，说增为多少字也是不恰当的，归根到底是音乐调式、声腔的更

① ［清］缪荃孙：《柳公乐章校勘记跋》，见《艺风堂文续集》，清宣统二年刻民国二年印本。

② 仙吕宫、大石调、双调、林钟商、黄钟调确定的是乐曲的调高。杜亚雄、童忠良、陈应时等学者持此观点。参见杜亚雄《中国乐理》，上海音乐学院出版社 2007 年版，第 174 页；童忠良《中国传统乐学》，福建教育出版社 2004 年版，第 132 页；陈应时《中国乐律学探微》，上海音乐学院出版社 2004 年版，第 26 页。

③ ［清］朱祖谋：《手书柳永词》，见孙克强《唐宋人词话》，河南文艺出版社 1999 年版，第 144 页。

④ ［宋］李清照：《李清照集 · 词论》，中华书局 1962 年版，第 79 页。

新。《乐章集》中91字以上的长调有70多个。柳永以慢词创作开创了词史的新时代。他的词体现了“新声”的特点，在当时引起了很大反响，陈师道《后山诗话》云：“柳三变游东都南北二巷，作新乐府，骫骳从俗，天下咏之，遂传禁中，仁宗颇好其词，每对，必使侍妓歌之再三。”[①]叶梦得《避暑录话》云：“为举子时，多游狭斜，善为歌辞。教坊乐工，每得新腔，必求永为辞，始行于世，于是声传一时……余仕丹徒，尝见一西夏归朝官云：‘凡有井水饮处，即能歌柳词。’言传之广也。”[②] 所谓“新声”“新乐府”“新腔”显示出柳永词与以往词作的新、旧差异，其差异不在于字句，主要在于调式、声腔。

柳永《玉楼春》用大石调，《乐府杂录》载：唐太宗朝，“三百般乐器内挑丝竹为胡部，用宫商角羽并分平上去入四声，其徵音有其声无其调”[③]。可见原来声和调是分开的，则出现徵音有声无调的现象。柳永所用大石调则为“入声商七调”之一。这是一种理论形态，在实际创作中并非如此。因为文字之词和音乐之调本为二途，宋人所谓“依声填词”是声成谱后，以文字来适应音乐之调。《词源》云：“词以协音为先，音者何，谱是也。古人按律制谱，以词定声。”[④] 谱是依律而制成的，即用十二律和五音相配的规则来组合成旋律和调的高低，有节奏地呈现乐段、乐章。乐谱初与文字无关，也无所谓四声或平仄。词是应歌而作，乐谱并不能严格要求字的平仄和四声搭配，但必须要求句段的长短和字音的缓促去适应音乐的节奏和旋律，前者表现为词的长短句形式，后者表现为词的平仄和四声的运用。最初用词去配合音乐因理解的不同会发生差异，这有一个“以词定声”的约定俗成的过程，故在已经用文字形式成型的词牌中看不出原初的形态，而在初始阶段，这一现象应该存在。至此，有两点提出来讨论，第一，李清照提出的柳永词协律在创作形态上只是指柳永词仍然是应歌而作的，注意词文和音乐的协调；第二，李清照提出的词的歌唱和押韵的关系只是理论形态，而非实际状态。无论她认为协律的柳永还是不够协律的欧阳修，他们创作的《玉楼春》在押韵上都存在押上声和

① ［宋］陈师道：《后山居士诗话》，商务印书馆1937年版，第7页。

② ［宋］叶梦得：《避暑录话》，中华书局1985年版，第49页。

③ ［唐］段安节：《乐府杂录》，古典文学出版社1957年版，第42页。

④ ［宋］张炎：《词源》，见唐圭璋《词话丛编》，中华书局1986年版，第255页。

押入声的现象。柳永《玉楼春》（五之一·大石调）："昭华夜醮连清曙。金殿霓旌笼瑞雾。九枝擎烛灿繁星，百和焚香抽翠缕。香罗荐地延真驭。万乘凝旒听秘语。卜年无用考灵龟，从此乾坤齐历数。"[①] 押上声；《玉楼春》（五之三·大石调）："皇都今夕如何夕。特地风光盈绮陌。金丝玉管咽春空，蜡炬兰灯烧晓色。凤楼十二神仙宅，珠履三千鹓鹭客。金吾不禁六街游，狂杀云踪并雨迹。"[②] 押入声。而欧阳修《玉楼春》："江南三月春光老。月落禽啼天未晓。露和啼血染花红，恨过千家烟树杪。云垂玉枕屏山小。梦欲成时惊觉了。人心应不似伊心，若解思归归合早。"[③] 押上声；"湖边柳外楼高处。望断云山多少路。阑干倚遍使人愁，又是天涯初日暮。轻无管系狂无数。水畔花飞风里絮。算伊浑似薄情郎，去便不来来便去。"[④] 押入声。那么，"如押上声则协，如押入声则不可歌矣"不是自相矛盾吗?

依张炎的说法，"古人按律制谱，以词定声"。柳永不是按律制谱，而是"以词定声"。像柳永这样熟悉俚俗宴乐的人，他是按曲拍填词，而非按曲谱填词，换言之，他是尝试按有声的当下演唱的曲子在创作，而非按已定的曲谱、字谱在写作，更不是在后人所理解的依词谱平仄或四声去写作，至少有相当一部分柳永词是在这样的状态下完成的。故柳永创作的《倾杯乐》8 首字数不同，有分段、不分段之差异。

值得注意的是，柳永《倾杯乐》8 首乐曲调式不同。[⑤] 散水调有《倾杯》和《倾杯乐》，《倾杯》（散水调）："鹜落霜洲，雁横烟渚，分明画出秋色。暮雨乍歇。小楫夜泊，宿苇村山驿。何人月下临风处，起一声羌笛。离愁万绪，闻岸草、切切蛩吟如织。为忆。芳容别后，水遥山远，何计凭鳞翼。想绣阁深沈，争知憔悴损、天涯行客。楚峡云归，高阳人散，寂寞狂踪迹。望京国。空目断、远峰凝碧。"[⑥]《倾杯乐》（散水调）："楼

---

① ［宋］柳永：《乐章集校注》，薛瑞生校注，中华书局 1994 年版，第 46 页。

② ［宋］柳永：《乐章集校注》，薛瑞生校注，中华书局 1994 年版，第 50 页。

③ ［宋］欧阳修：《欧阳修词笺注》，黄余笺注，中华书局 1986 年版，第 82 页。

④ ［宋］欧阳修：《欧阳修词笺注》，黄余笺注，中华书局 1986 年版，第 80 页。

⑤ 谢桃坊认为柳永数首《倾杯乐》的字数、格律均有很大差异，且宫调不同，这只能说明，他制词所据的音谱有异。在词乐配合关系上，谢桃坊不同意洛地"律词形成与音乐关系不大"的观点，坚持唐宋歌谱的存在意义。参见谢桃坊《音乐文学与律词问题——读洛地〈律词之唱，歌永言的演化〉》，载《浙江艺术学院学报》2005 年第 4 期。

⑥ ［宋］柳永：《乐章集校注》，薛瑞生校注，中华书局 1994 年版，第 237 页。

锁轻烟，水横斜照，遥山半隐愁碧。片帆岸远，行客路杳，簇一天寒色。楚梅映雪数枝艳，报青春消息。年华梦促，音信断、声远飞鸿南北。算伊别来无绪，翠消红减，双带长抛掷。但泪眼沈迷，看朱成碧。惹闲愁堆积。雨意云情，酒心花态，孤负高阳客。梦难极。和梦也、多时间隔。"[①] 同是散水调之《倾杯》和《倾杯乐》，其调式应该相同，从文字词看出，其结构应该是一致的，试做比较，不同处如下：①《倾杯》"为忆。芳容别后，水遥山远，何计凭鳞翼"。《倾杯乐》"算伊别来无绪，翠消红减，双带长抛掷"。二句实同，"算伊别来无绪"可点断成："算伊。别来无绪。"②《倾杯》"想绣阁深沈，争知憔悴损、天涯行客"。《倾杯乐》"但泪眼沈迷，看朱成碧。惹闲愁堆积"。这是在两个相同乐段间配词的差别，前者为5+5+4，后者为5+4+5。比较散水调的《倾杯》和《倾杯乐》，可知在柳永那里，已用成熟了的乐、词相配的规则在作词，此其一；但又有乐、辞原初自由相配的痕迹，即具有乐和辞相配的灵活性，此其二。

林钟商有《古倾杯》和《倾杯》之分，《古倾杯》（林钟商）："冻水消痕，晓风生暖，春满东郊道。迟迟淑景，烟和露润，偏绕长堤芳草。断鸿隐隐归飞，江天杳杳。遥山变色，妆眉淡扫。目极千里，闲倚危樯回眺。动几许、伤春怀抱。念何处、韶阳偏早。想帝里看看，名园芳树，烂漫莺花好。追思往昔年少。继日恁、把酒听歌，量金买笑。别后暗负，光阴多少。"[②]《倾杯》（林钟商）："离宴殷勤，兰舟凝滞，看看送行南浦。情知道世上，难使皓月长圆，彩云镇聚。算人生、悲莫悲于轻别，最苦正欢娱，便分鸳侣。泪流琼脸，梨花一枝春带雨。惨黛蛾、盈盈无绪。共黯然消魂，重携纤手，话别临行，犹自再三、问道君须去。频耳畔低语。知多少、他日深盟，平生丹素。从今尽把凭鳞羽。"[③] 对比林钟商《古倾杯》和《倾杯》，可以看出，二调有古、今之别，应有区别，但从两首同为林钟商的词看，区别不会很大。

《倾杯乐》见于敦煌乐谱，这应该是古倾杯乐调。陈应时《敦煌乐谱〈倾杯乐〉》采用"掔拍"说解决两首貌似存在差异的同名乐谱其实是重

① ［宋］柳永：《乐章集校注》，薛瑞生校注，中华书局1994年版，第243页。
② ［宋］柳永：《乐章集校注》，薛瑞生校注，中华书局1994年版，第104页。
③ ［宋］柳永：《乐章集校注》，薛瑞生校注，中华书局1994年版，第106页。

合的。[1] 两首《倾杯乐》为不同调高不同调式，用“变宫为角”或“清角为宫”两种转调方法使两首《倾杯乐》转为同调高同调式，那么这两首曲子的旋律基本上能达到重合。即使音乐上的问题解决了，文字形态的词又如何认识呢？敦煌曲子辞中两首《倾杯乐》也在句式上存在很大差异，敦煌曲子辞《倾杯乐》之一：“忆昔笄年，未省离合，生长深闺院。闲凭着绣床，时拈金针，拟貌舞凤飞鸾，对妆台重整娇姿面。知身貌算料，□□岂教人见。又被良媒，苦出言词相诱炫。　　每道说水际鸳鸯，惟指梁间双燕。被父母将儿匹配，便认多生宿姻眷。一旦娉得狂夫，攻书业抛妾求名宦。纵然选得，一时朝要，荣华争稳便。”[2] 敦煌曲子辞《倾杯乐》之二：“窈窕逶迤，体貌超群，倾国应难比。浑身挂绮罗，装束□□，未省从天得至。脸如花自然多娇媚。翠柳画娥眉，横波如同秋水。裙生石榴，血染罗衫子。观艳质语软言轻，玉钗坠素绾乌云髻。年二八久镇香闺，爱引猧儿鹦鹉戏。十指如玉如葱，凝酥体雪透罗裳里。堪娉与公子王孙，五陵年少风流婿。”[3]

第一首是112字，第二首是113字。字数相近，句式差距很大。王重民《敦煌曲子词集》收杂言《倾杯乐》2首，仅校字，不点断。[4] 敦煌乐谱有《倾杯乐》，欧阳詹《韦晤宅听歌》：“等闲逐酒倾杯乐，飞尽虹梁一夜尘。”[5] 鲍溶《范真传侍御累有寄因奉酬十首》：“玉管倾杯乐，春园斗草情。”[6] 可以这样来考虑，音乐上的《倾杯乐》曲子差异不大，或用陈应时的解释，两种《倾杯乐》乐谱可以重合。但如配合曲子作歌辞，因人们理解乐段的停顿不同就会产生不同的句段。这一可贵的材料暗示着乐调的“旧声”与“新声”的联系，李清照说的“变旧声为新声”至今已成抽象的描述，但因柳永林钟商《古倾杯》和《倾杯》变得具体而可以触摸，尽管仍很模糊。

可以说，柳永创作的词“变旧声为新声”是真正依曲子的“曲拍”写作的，故有一曲多调、一调又有字异、体异之特点。字多或少很容易理

---

① 参见陈应时《敦煌乐谱〈倾杯乐〉》，载《交响》1993年第3期。

② 任半塘：《敦煌歌辞总编》，上海古籍出版社2006年版，第199页。

③ 任半塘：《敦煌歌辞总编》，上海古籍出版社2006年版，第210页。

④ 参见王重民《敦煌曲子词集》，商务印书馆1950年版，第49、50页。

⑤ ［清］彭定求：《全唐诗》，中华书局1999年版，第3922页。

⑥ ［清］彭定求：《全唐诗》，中华书局1999年版，第5515页。

解，如上引民歌《月儿弯弯照九州》，既可以唱成现在的7个字，也可以唱成3个字，又可以唱成9个字。字式方面的问题易于解答，而体式方面的问题会复杂得多，即现代意义的符干、休止符等确定在何处，而听者又如何去感觉和判断其所在的位置。于此，可以简单解释缪荃孙的“分段”与“不分段”之惑。《四库全书总目提要》指出毛晋《乐章集》刻本有“分调之显然舛误者”，云：“宋人词之传于今者，惟此集最为残缺。晋此刻亦殊少勘正，讹不胜乙。其分调之显然舛误者，如《笛家》‘别久’二字，《小镇西》‘久离缺’三字，《小镇西犯》‘路辽邈’三字，《临江仙》‘萧条’二字，皆系后段换头，今乃截作前段结句。”① 此亦属分段问题，柳永词情况特殊，他是据曲子作词的，乐段影响词的句段，后人不明其乐段，则不明其句段，难以分段正是因为曲和辞联系太紧太密。而这一切多少反映了曲与辞最初合作的形态。在音乐为调式，在文学为体式。所谓填词经历了以曲子的“曲拍”（表演）作辞、以词谱（文字谱）作词的两大阶段，一旦文字谱成，同调词的体式应该趋向一致了。

柳永有较高的音乐素养，又热衷于新词的创作，对曲子把握的灵活性也就造成了同调体式的丰富性，在这丰富性下，不难体会到一个流行歌辞的作者在不断尝试，以求达到曲子与辞的和谐、协调的理想境界。

词经唐至五代，在格律上日趋成熟，而柳永的“新声”词还处于创作调适阶段，如押韵，晚唐五代令词韵密，而柳永“新声”慢词韵疏，声韵主要靠曲子自身的韵律，而不必依赖文字的声律。当词脱离音乐而独立存在时，词所呈现出的形式美就不得不靠文字自身的四声或平仄来获取，故成熟的令词用韵较密。

姜白石《长亭怨慢》：“予颇喜自制曲，初率意为长短句，然后协以律，故前后阕多不同。”②

二、依调式填词与依辞式和词

依曲调填词，曲调演奏有器乐和声乐之别，其中声乐可唱曲、可唱辞，而唱曲被视为器乐。依声填辞就有了两种类别，一种是依器乐填辞或

① ［清］纪昀：《四库全书总目提要》，中华书局1965年版，第1807页。

② ［宋］姜夔：《白石道人歌曲》，中华书局1985年版，第52页。

依唱腔填辞，一种是依唱辞填辞。[1]

大量七绝的演唱反映了以声就辞、以辞入曲的事实，而声辞的分列、乐曲和歌辞的互不制约的内在关系才使齐言歌唱成为唐代音艺、文艺繁荣的重要组成部分。[2] 填词之事实出于二途，一是依曲拍而填词；一是依歌辞而填词。无论哪一种方法，最后都归结到依词谱而填词。这也展示了乐—辞—词的演进过程。有时讨论的“本色词”和“非本色词”不同部分地反映了填词方法或途径的差异。

（一）依调填词

鲖阳居士《复雅歌词序》：“迄于开元天宝间，君臣相与为淫乐，而明宗犹溺于夷音，天下熏然成俗。于是才士始依乐工拍弹之声，被之以辞。句之长短，各随曲度，而愈失古之‘声依咏’之理也。”[3] “依乐工拍弹之声，被之以辞”非常清楚地道出曲子辞产生的初始状态，即依器乐之乐配文字之辞。温庭筠“善鼓琴吹笛，亦云有弦即弹，有孔即吹”[4]是指温庭筠长于器乐演奏，《旧唐书·温庭筠传》云“能逐弦吹之音，为侧艳之辞”[5]，这句话凡论及温庭筠词的人都会提到，但并未深思，其实这也是鲖阳居士“依乐工拍弹之声，被之以辞”的意思。

对于张志和《渔父词》，颜真卿《浪迹先生玄真子张志和碑》云其“因酒酣乘兴击鼓吹笛”[6]，张志和能器乐。《太平广记》卷二十七引《续仙传》云：“鲁国公颜真卿与之友善，真卿为湖州刺史，与门客会饮，乃唱和为《渔父词》。其首唱即志和之词，曰：‘西塞山边白鸟飞。桃花流水鳜鱼肥。青箬笠。绿簑衣。斜风细雨不须归。’真卿与陆鸿渐、徐士

---

① 王昆吾提出过宋以后依调填辞的两种情况：一是依照音乐之调填辞，调的规范是曲式；二是依照吟诵之调填辞，调的规范是平仄谱，并指出两者大抵有一个并存的时期。参见王昆吾《隋唐五代燕乐杂言歌辞研究》，中华书局 1996 年版，第 99、100 页。

② 洛地《“词”之为“词”在其律——关于律词起源的讨论》曾提出“律词”的概念，洛地《“律词”之唱，“歌永言”的演化——将“词”视为“隋唐燕乐”的“音乐文学”是 20 世纪词学研究中的一个根本性大失误》提出近体诗格律成熟促成了文人律词，律词与音乐关系不大的观点。分别载《文学评论》1994 年第 2 期、《浙江艺术职业学院学报》2005 年第 1 期。

③ 谢维新：《古今合璧事类备要》，四库全书本。

④ 孙光宪：《北梦琐言》，上海古籍出版社 1981 年版，第 137 页。

⑤ ［后晋］刘昫：《旧唐书》，中华书局 1975 年版，第 5079 页。

⑥ ［唐］颜真卿：《颜鲁公集》，上海古籍出版社 1992 年版，第 63 页。

衡、李成矩共和二十五首，递相夸赏。”[①] 赏在词，不在音乐，诸人唱和之《渔父词》的首唱乃张志和词，故他人唱和之词体式当同张志和词。

（二）依词（辞）式和词（辞）

唐代以齐言诗（以七言绝句为多）入乐，可视为依某一固定诗式和词（诗），因为乐调对词式没有制约作用。

段安节《乐府杂录》：“《杨柳枝》，白傅闲居洛邑时作，后入教坊。”[②] 这与卢贞和白居易诗的序“白尚书曾赋诗，传入乐府，遍流京师”意同。而白居易接触到的《杨柳枝》原是有辞的，白居易《杨柳枝二十韵》小序云：“《杨柳枝》，洛下新声也。洛之小妓有善歌之者，词章音韵，听可动人，故赋之。”[③] 白居易《杨柳枝二十韵》小序所谓“词章音韵”，当指歌辞和音乐。从白居易所作《杨柳枝》看，原辞也应是七言四句。作为原曲子的《杨柳枝》是什么样子的？因无乐谱在，已不能知晓，但从《杨柳枝二十韵》涉及音乐的内容，还是能了解《杨柳枝》曲子的基本格调：“唳鹤晴呼侣，哀猿夜叫儿。玉敲音历历，珠贯字累累。袖为收声点，钗因赴节遗。重重遍头别，一一拍心知。塞北愁攀折，江南苦别离。”[④] 于此，可以用“哀怨愁苦”来概括。有关音乐方面值得注意的是，“音”“字”的配合，收声和节拍的恰到好处。从“取来歌里唱，胜向笛中吹”句可知，《杨柳枝》在当时有器乐和声乐两种形式并存，器乐多用“丝竹”之管乐，如笛、芦管、胡笳等，有关《杨柳枝》研究，可参看沈冬《小妓携桃叶，新歌踏柳枝——〈杨柳枝〉考》。[⑤] 器乐无辞，声乐有辞。换言之，器乐按曲谱吹奏，而声乐按曲谱唱歌辞。“乐童翻怨调，才子与妍词”（白居易《杨柳枝二十韵》），前者指曲调，后者指曲辞。

歌唱者在选择七绝入曲时看重内容。《云溪友议》卷下：“湖州崔郎中刍言，初为越副戎，宴席中有周德华，德华者，乃刘采春女也。虽啰唝之歌不及其母，而杨柳枝词采春难及，崔副车宠爱之异，将至京洛，后豪门女弟子从其学者众矣。温、裴所称歌曲，请德华一陈音韵，以为浮艳之

---

① ［宋］李昉：《太平广记》，中华书局1962年版，第180页。

② ［唐］段安节：《乐府杂录》，古典文学出版社1957年版，第42页。

③ ［唐］白居易：《白居易集》，中华书局1979年版，第724页。

④ ［唐］白居易：《白居易集》，中华书局1979年版，第725页。

⑤ 参见沈冬《唐代乐舞新论》，北京大学出版社2004年版，第92页。

美，德华终不取焉。二君深有愧色。所唱者七八篇乃近日名流之咏也。滕迈郎中一首：‘三条陌上拂金羁，万里桥边映酒旗。此日令人肠欲断，不堪将入笛中吹。’贺知章秘监一首：‘碧玉装成一树高，万条垂下绿丝绦。不知细叶谁裁出，二月春风似剪刀。’杨巨源员外一首：‘江边杨柳曲尘丝，立马凭君折一枝。唯有春风最相惜，殷勤更向手中吹。’刘禹锡尚书一首：‘春江一曲柳千条，二十年前旧板桥。曾与美人桥上别，恨无消息至今朝。’韩琮舍人二首：‘枝斗芳腰叶斗眉，春来无处不如丝。灞陵原上多离别，少有长条拂地垂。’又曰：‘梁苑隋堤事已空，万条犹舞旧春风。那堪更想千年后，谁见杨花入汉宫。’”① 诸家之篇不都是为杨柳枝曲而作，而周德华擅长唱《杨柳枝》，所选之唱辞只是在内容上和杨柳枝相关。

唐代文人以自已熟悉的写作方式去理解音乐，并为乐曲写词。刘禹锡《竹枝》序：“四方之歌异音而同乐，岁正月，余来建平，里中儿联歌竹枝，吹短笛击鼓以赴节，歌者扬袂睢舞，以曲多为贤。聆其音，中黄钟之羽，卒章激讦，如吴声。虽伧儜不可分，而含思宛转，有淇澳之艳音。昔屈原居沅湘间，其民迎神，词多鄙陋，乃为作九歌，到于今荆楚歌舞之。故余亦作竹枝九篇，俾善歌者扬之，附于末，后之聆巴歈知变风之自焉。”② 这一段话表明：以刘禹锡的音乐修养能分辨出建平里中小儿联歌之《竹枝》中黄钟之羽。联歌之歌辞不能确指，但似为类似屈原《九歌》之辞，而非如刘禹锡所作之七言四句。刘禹锡以当时文人习惯之作绝句以实之，这在中唐词中较为普遍，正说明音、辞的对应是宽松的。刘禹锡作品大多以当时写作熟悉的七言四句为主。

即使形式为长短句的作品，也有不少是“和辞”的结果。白居易《长相思》的写作也可视为和吴二娘词而成。叶申芗《本事词》卷上：“吴二娘，江南名姬也，善歌。白香山守苏时，尝制《长相思》词云：‘深画眉，浅画眉，蝉云鬅鬙云满衣。阳台行雨回。巫山高，巫山低，暮雨潇潇郎不归。空房独守时。’吴喜歌之。故香山有‘吴娘暮雨潇潇曲，自别江南久不闻’之咏，盖指此也。”③ 杨慎《升庵集》卷五十七：“吴

① ［唐］范摅：《云溪友议》，古典文学出版社1957年版，第66页。
② ［唐］刘禹锡：《刘禹锡集笺证》，瞿蜕园校笺，上海古籍出版社1989年版，第868页。
③ ［清］叶申芗：《本事词》，古典文学出版社1957年版，第35页。

二娘，杭州名妓也。有《长相思》一词，云：‘深花枝，浅花枝，深浅花枝相间时，花枝难似伊。巫山高，巫山低，暮雨潇潇郎不归。空房独守时。’白乐天诗：‘吴娘暮雨潇潇曲，自别江南久不闻。’又‘夜舞吴娘袖，春歌蛮子词。’自注：‘吴二娘歌词有暮雨潇潇郎不归之句。’今《绝妙词选》以此为白乐天词，误矣。”① 杨慎的意见是对的。“暮雨潇潇”应为吴二娘所作，吴二娘只云为江南名姬，但从“白香山守苏”云云，吴二娘当为苏州名妓，歌操吴语，故云“蛮子词”。白居易为北人，不熟悉吴语。白居易当有兴趣于《长相思》曲子，作“汴水流”，以应吴二娘歌辞。沿大运河南下，经瓜洲古渡再东去苏州，故有“流到瓜洲古渡头，吴山点点愁”，白居易留恋苏州，其《忆江南》“最忆是杭州”，是忆杭州美景；而“其次忆吴宫”，是忆苏州的吴娃。白居易长庆二年（822 年）为杭州刺史，宝历元年（825 年）为苏州刺史，次年以病罢官归洛阳。病归洛阳时念杭州美景和苏州丽人，作《忆江南》3 首，“江南好，风景旧曾谙”为总忆江南风景；《江南忆》后 2 首分写，一在物，一在人，重点在人，故《忆江南》3 首皆因吴二娘而发不言而喻。而《长相思》可以说是和吴二娘之歌辞，词非泛语，而有实指。过去解释这首词的人忽视了“吴山”二字，吴指苏州，《忆江南》其三：“江南忆，其次忆吴宫。吴酒一杯春竹叶，吴娃双舞醉芙蓉，早晚复相逢。”② 以吴宫代指苏州。“吴娃双舞醉芙蓉”指吴二娘，所云“夜舞吴娘袖，春歌蛮子词”指吴娘能歌善舞。《长相思》：“汴水流。泗水流。流到瓜洲古渡头。吴山点点愁。思悠悠。恨悠悠。恨到归时方始休。月明人倚楼。”③ 此用吴二娘所歌曲子写对吴二娘的相思。“归时”即言自己回到苏州，到那时遗憾才结束。恨指遗憾。“归时”乃《忆江南》“早晚复相逢”之期待。“早晚”或是“何时”的意思，从全词和背景看，应作“迟早”，即或迟或早，今方言云“早晚会来”，即“一定会来”。《忆江南》和《长相思》写作时间较近，或为同时之作。大约在宝历二年（826 年）白居易罢官由苏州归洛阳不久。今人多据朱金城《白居易年谱》认为此词写于开成三年（838

---

① ［明］杨慎：《升庵全集》，商务印书馆 1937 年版，第 712 页。
② 曾昭岷：《全唐五代词》，中华书局 1999 年版，第 73 页。
③ 曾昭岷：《全唐五代词》，中华书局 1999 年版，第 74 页。

年），[1] 可能不实。其一，按常理，人离开眷恋之地，别后时间容易出现错觉，一日不见，如隔三秋。其二，从词中可见热情、激情尚在。“早晚复相逢”“恨到归时方始休”，自我感觉相会不远。如写于开成三年（838年），则事已过去10多年，吴娘已老，不复有词中的情致了。其三，刘禹锡有依曲拍和白居易词，又由于刘禹锡词有“多谢洛阳人”语，或谓刘禹锡、白居易二人必然为同时在洛阳而作。据《唐五代文学编年史·中唐卷》，宝历二年（826年）十一月，“刘禹锡自和州、白居易自苏州北归，遇于扬州，同游半月”。“后复携手北归洛阳。”[2] 在扬州，二人有诗相赠，即白居易《醉赠刘二十八使君》和刘禹锡《酬乐天扬州初逢席上见赠》。白居易诗云：“为我引杯添酒饮，与君把箸击盘歌。诗称国手徒为尔，命压人头不奈何。举眼风光长寂寞，满朝官职独蹉跎。亦知合被才名折，二十三年折太多。”[3] 刘禹锡诗云：“巴山楚水凄凉地，二十三年弃置身。怀旧空吟闻笛赋，到乡翻似烂柯人。沉舟侧畔千帆过，病树前头万木春。今日听君歌一曲，暂凭杯酒长精神。”[4] 二诗都提到“歌”，而且是白居易自歌。从诗中可知刘禹锡之处境，白居易以歌劝慰，激励刘禹锡，故刘禹锡云“今日听君歌一曲，暂凭杯酒长精神”。这一情绪在其后的刘禹锡《忆江南》中有所体现，白居易、刘禹锡二人的《忆江南》当作于宝历三年（827年）暮春，刘禹锡作第一首《忆江南》纯为酬答白居易的原辞，第二首《忆江南》亦回应自己的处境，“春过也，共惜艳阳年。犹有桃花流水上，无辞竹叶醉樽前。惟待见青天”[5]。“竹叶醉樽前”和白居易词“吴酒一杯春竹叶”相应。一般情况下，中原地区的桃花在清明节前后开，三月底、四月初就落花。白居易在洛阳，三月十七日征为秘书郎，故诗有“共惜艳阳年”之期勉，而刘禹锡自己尚前途未卜，故有“惟待见青天”之焦虑。可和刘禹锡、白居易唱和诗参读。刘禹锡作词时间应在其时，或在稍后。而《长相思》“深画眉”和“深花枝”或为白居易记录吴二娘两段歌辞。

从音乐与曲辞配合的实践亦可看出，“和辞”仍是主要方式。康骈

① 参见朱金城《白居易年谱》，上海古籍出版社1982年版，第294页。

② 傅璇琮：《唐五代文学编年史·中唐卷》，辽海出版社1998年版，第881页。

③ ［唐］白居易：《白居易集》，中华书局1979年版，第557页。

④ ［唐］刘禹锡：《刘禹锡集笺证》，瞿蜕园校笺，上海古籍出版社1989年版，第1047页。

⑤ 曾昭岷：《全唐五代词》，中华书局1999年版，第64页。

《剧谈录》卷下："《广谪仙怨词》台州刺史窦宏余撰：玄宗天宝十五载正月，安禄山反，陷没洛阳，王师败绩。关门不守，车驾幸蜀。途次马嵬驿，六军不发，赐贵妃自尽。然后驾发行次骆谷，上登高下马，谓力士曰：'吾苍惶出狩长安，不辞宗庙，此山绝高，望见秦川，吾今遥辞陵庙。'因下马望东再拜，呜咽流涕，左右皆泣。谓力士曰：'吾听九龄之言不到于此。'乃命中使往韶州以太牢祭之。因上马，遂索长笛吹一曲，曲成，潸然流涕，竚立久之。时有司旋录成谱，及銮驾至成都，乃进此谱，请曲名。上不记之，视左右曰：'何曲？'有司具以骆谷望长安，下马后，索长笛吹出对。上良久曰：'吾省矣。吾因思九龄，亦别有意。可名此曲为《谪仙怨》，其旨属马嵬之事。'厥后以乱离隔绝，有人自西川传得者，无由知，但呼为《剑南神曲》，其音怨切，诸曲莫比。大历中，江南人盛为此曲。随州刺史刘长卿左迁睦州司马，祖筵之内，吹之为曲。长卿遂撰其词，意颇自得，盖亦不知本事。词云：'晴川落日初低，惆怅孤舟解携，鸟去平芜远近，人随流水东西。白云千里万里，明月前溪后溪，独恨长沙谪去，江潭春草萋萋。'余在童幼，亦闻长老话谪仙之事，颇熟，而长卿之词甚是才丽，与本事意兴不同。余既备知，聊因暇日，辄撰其词，复命乐工唱之，用广不知者。其词曰：'胡尘犯阙冲关，金辂提携玉颜。云雨此时消散，君王何日归还。伤心朝恨暮恨，回首千山万山，独望天边初月，蛾眉犹在弯弯。'"① 《广谪仙怨词》名称不确。窦宏余撰时本无题目，全文只是《谪仙怨》的序，文云"用广不知者"，意谓以己作《谪仙怨》阐明本意，广传天下之不知本事者。后人不察，遂加题"广谪仙怨"。

曲调有其本意，则追求曲调情感与曲辞的配合，而曲调情感与曲辞情感的分离是必然的，这在汉魏乐府的发展中已得到验证，如《蒿里行》本为哀歌，曹操用之以写时事。刘长卿《谪仙怨》虽和曲调本意不合，但他为《谪仙怨》首次配词，而窦宏余虽然意在恢复曲调和曲辞的本事结合，但实际写作中，并未依曲填辞，而是依辞式填辞，二者在修辞上力求一致："白云千里万里，明月前溪后溪，独恨长沙谪去，江潭春草萋萋。""伤心朝恨暮恨，回首千山万山，独望天边初月，蛾眉犹在弯弯。""千里万里""前溪后溪"和"朝恨暮恨""千山万山"，"萋萋"和"弯

① ［唐］康骈：《剧谈录》，古典文学出版社1958年版，第54页。

弯”，辞格一致。可以肯定，窦宏余不是依曲调填辞，而是依刘长卿《谪仙怨》的辞式填辞。

文人作词更重内容情感，曲调称名有时为内容代替，正体现了文人词的文体特征，与音乐渐行渐远。王灼《碧鸡漫志》:“《乐府杂录》云：李卫公为亡妓谢秋娘撰《望江南》，亦云《梦江南》。白乐天作《忆江南》三首，第一江南好，第二第三江南忆，自注云：‘此曲亦名《谢秋娘》。’每首五句。予考此曲自唐至今皆南宫，字句亦同，止是今曲两段。盖近世曲子无单遍者。然卫公为秋娘作此曲已出两名，乐天又名以忆江南又名以谢秋娘，近世又取乐天首句名以江南好。”① 这里的一调多名，分别称《谢秋娘》《忆江南》《江南好》，说明曲子辞已有了由明曲调到重内容的分别。

三、馀论

关于词的起源问题，成果很多，要想达成共识，尚需时日。比如沈冬以《杨柳枝》为个案分析，试图找到词体演进的规律，但仍有许多疑问：其一，《杨柳枝》对词演进不具代表性，因为其基础是七言四句。其二，以题和内容的关系来判别倚声之始没有充分理由，反而背离了词本为乐歌的事实。其三，添声之说只是推测，和“和声”“泛声”说的原理一致，“新添声”为何意尚可进一步考察，新添声之词受原辞影响太大，于第三句添声三字，也是仄声。事实上，温庭筠《新添声杨柳枝》“一尺深红朦曲尘”仍为七言四句，《杨柳枝》加上“添声”“新添声”当为宋词后起之事。于此，则另有专文论述。

词起源于燕乐，为应歌而作。但曲调的具体记录难以反映当时曲调、曲辞相配合的实际，而有关曲、辞相配的阐释多半是理论形态上的。敦煌曲谱也未反映出与曲辞的对应关系。因此，在讨论中只能立足于词，乐不详则求诸词也。在分析曲调—曲辞—词谱三个阶段时，要注意这只是一种大致进程，对每首词而言，应有自己的曲调—曲辞—词谱三个阶段，而词

① ［宋］王灼：《碧鸡漫志》，古典文学出版社 1957 年版，第 90 页。

谱也包括依辞式填词的第一首辞式，这第一首辞式已客观上具有了词谱意义。[1] 依唱辞填辞的不断调协必然会形成约定俗成的固定格式，乐谱失传后并不影响词式的传承，相反，词式的定式地位会得到巩固。

（原载《音乐研究》2013 年第 2 期）

---

① 参见谢桃坊《律词申议》："燕乐曲的第一首倚声制作的歌辞，是为'始辞'，词学界称为'创调之作'。……因有了始辞的格律规范，即使不懂音乐的文人亦可以依据它的声韵格律作词，称为'填词'。每个词调的始辞与模拟之作的创作过程是完全不同的。这两种情形不宜混淆，尤其不宜以后者的创作情形而否定倚声制词的事实。某曲始辞经过许多文人的模拟，遂使该乐曲成为具有独特格律意义的词调。""我们可以设想如《满江红》这支北宋新声乐曲，柳永倚声制词之后，张先、苏轼、晁端礼、秦观、晁补之、周邦彦、岳飞等模仿柳词声律，于是形成律词。"载《文学评论》1994 年第 2 期，载《南阳师范学院学报（社会科学版）》2003 年第 2 期。

北宋文士与兵学关系述略

引　论

唐代文士重兵学不如宋代普遍，但有其特点。

第一，唐人喜爱兵法者，将经学的《春秋左氏传》视为兵书。[①]《春秋左氏传》是唐代科举教育和考试的重要内容，但因其篇幅过大，渐为士子所放弃，正所谓"人之常情，趋少就易，三传无复学者"。但还有一些并非为科举考试而有兴趣读《左传》的文士，其一，学者为了研究而读《左传》，如刘知几读《左传》"寻绎不倦，览讽忘疲"。又如中唐的啖助、陆淳和赵匡，以及受其影响的文士。其二，这是最值得关注的，唐代出现了一批有别于经学学者、史学学者和文学学者的新读者，即一些武人喜欢读《左传》，例如哥舒翰、浑瑊、高霞寓、高固、张仲武、田弘正等；另有一类是志存高远、深于谋略者，例如裴炎、苏安恒、李德裕、刘蕡等。他们在《春秋左氏传》中学习军事和谋略。更有人将《左氏春秋》《孙子兵法》或《孙吴兵法》合观，却有其妙处：《孙子兵法》只是在理论上阐述用兵之法，而《左传》有大量战例，使理论和战例结合起来，相辅相成，就更易于理解和操作，以便指导实战。将《左传》和兵法二者关系说得明白的还是苏轼，其《管仲论》云："昔者尝读《左氏春秋》，以为丘明最好兵法，盖三代之制至于列国，犹有存者。"[②] 其实，唐诗中已有这样的表述，张说《奉和圣制送王晙巡边应制》云："礼乐知谋帅，春秋识用兵。"[③] 杜甫《八哀诗·赠司空王公思礼》云："晓达兵家流，饱闻春秋癖。"[④] 诗中将兵家和《春秋》（即《春秋左氏传》）并举，也隐

① 参见戴伟华《唐代〈春秋左传〉学别论》，见蔡长林《隋唐五代经学国际研讨会论文集》，台北"中央研究院"中国文哲研究所2009年版。

② ［宋］苏轼：《经进东坡文集事略》卷六，四部丛刊初编，集部。

③ ［清］彭定求等：《全唐诗》卷八十八，上海古籍出版社1986年版，第967页。

④ ［清］彭定求等：《全唐诗》卷二二二，上海古籍出版社1986年版，经2349页。

含了这样的意思，只是没有得到人们的关注而已。如上所述，《春秋左氏传》记事最突出的是描写战争，《左传》一书记录了大小数百次战争，如城濮之战、崤之战、邲之战、鞌之战、鄢陵之战，《左传》除直接写战争过程外，著笔较多的还有对战争缘起及战后结果的叙述和分析，这正是兵书所需要揭示的内容。早期注《孙子兵法》的曹操偶有一例是引《左传》的，《军争篇》云“故善用兵者，避其锐气，击其惰归，此治气者也……”，曹操注云：“《左氏》言一鼓作气，再而衰，三而竭。”此见《左传·庄公十年》，即名篇《曹刿论战》。但从现存《孙子兵法》注看，有意于用《左传》释兵法的是杜牧，他将《左传》和兵法的密切关系显示出来。

第二，在理论上还原文、武同源的观点。这是晚唐人杜牧对兵学的杰出贡献。杜牧《注孙子序》：“冉有曰：‘即学之于孔子者，大圣兼该，文武并用，适闻其战法，犹未之详也。’复不知自何代何人分为二道，曰文曰武，离而俱行。因使缙绅之士，不敢言兵，或耻言之，苟有言者，世以为粗暴异人，人不比数。呜呼！亡失根本，斯最为甚。”[①]《太平御览》卷三〇八引《家语》云：“冉有曰：‘即学于孔子也。孔子者，大圣兼该，文武并用也。适闻其战法，犹未之详也。’”故裴延翰《樊川文集序》云：“尚古两柄，本出儒术，不专任武力者，则注《孙子》而为其序。”[②] 如果对唐代注《孙子兵法》的学者做一简单梳理，也会印证杜牧的描述。

据《四库全书总目提要》“孙子”：“此书注本极夥，《隋书·经籍志》所载，自曹操外，有王凌、张子尚、贾诩、孟氏、沈友诸家。《唐志》益以李筌、杜牧、陈皞、贾林、孙镐诸家。马端临《经籍考》又有纪燮、梅尧臣、王皙、何氏诸家。欧阳修谓兵以不穷为奇，宜其说者之多，其言最为有理。”[③] 故唐代注《孙子兵法》的学者除杜牧外，其余学者大致名位不彰。李筌事迹稍有可采；陈皞、贾林、孙镐生平不详。这也应了杜牧之言，谈兵法、注兵法者大多态度暧昧，怕担上“粗暴异人”之恶名。在文学史和思想史上有一现象值得注意，凡为社会不重视或鄙视的事，作者或名位不显、或隐其名、或嫁名于他人。

---

① ［唐］杜牧：《樊川文集》，上海古籍出版社 1978 年版，第 150 页。

② ［唐］杜牧：《樊川文集》，上海古籍出版社 1978 年版，序言。

③ ［清］永瑢等：《四库全书总目》卷九十九，中华书局 1995 年版，第 836 页。

李筌，正史无传，生平事迹不载。《太平广记》卷十四引《神仙感遇传》云："李筌号达观子，居少室山，好神仙之道，常历名山博采方术，至嵩山虎口岩，得《黄帝阴符经》……于是坐于石上，与筌说阴符之义曰：'此符凡三百言，一百言演道，一百言演术，一百言演法，上有神仙抱一之道，中有富国安民之法，下有强兵战胜之术，皆内出心机，外合人事。……筌有将略，作《太白阴符》十卷，……时为李林甫所排，位不显，竟入名山访道，不知所终。"《云溪友议》卷上谓李筌郎中为荆南节度判官，后为邓州刺史。

由于生平不详，致使作者的生活时代也被人误置。贾林，《十家注孙子兵法译注》云："贾林，北宋人，有《孙子兵法》注文传世。余不详。"① 贾林实为唐代人。晁以道《景迂生集》卷三称"唐贾林"。《郡斋读书志·后志》卷二"纪燮集注孙子三卷"："右唐纪燮集唐孟氏、贾林、杜佑三家所解。"贾林疑即李抱真门客。《旧唐书·李宝臣传》："李抱真使辩客贾林诈降武俊……贾林复说武俊曰：'今退军，前辎重，后锐师，人心固一，不可图也。且胜而得地，则利归魏博；丧师，即成德大伤。大夫本部易、定、沧、赵四州，何不先复故地。'武俊遂北马首，背田悦约。贾林复说武俊曰：'大夫冀邦豪族，不合谋据中华。且滔心幽险，王室强即藉大夫援之，卑即思有并吞。且河朔无冀国，唯赵、魏、燕耳。今朱滔称冀，则窥大夫冀州，其兆已形矣。若滔力制山东，大夫须整臣礼，不从，即为所攻夺，此时臣滔乎？'武俊投袂作色曰：'二百年宗社，我尚不能臣，谁能臣田舍汉！'由此计定，遂南修好抱真，西连盟马燧。"② 贾林为李抱真门客，抱真"沉断多智计"，《旧唐书·李抱真传》："抱真乃遣门客贾林以大义说武俊，合从击朱滔，武俊许之。"③ 贾林有谋略，能巧辩，谙兵理，知形势，或与其注《孙子兵法》有关。

孟氏，名号皆不详。上引纪燮集唐三家所解，有孟氏。

杜牧痛斥分文、武为二是"亡失根本"。杜牧和裴延翰的相关论述传达出两个信息：一是唐人有文人不论武事之习俗；二是为文人论武事正名，所谓文、武二道实本于儒术一途。因此，由于杜牧的理论提倡和实际

---

① 盛瑞裕等：《十家注孙子兵法译注》，吉林文史出版社 1995 年版，第 7 页。

② ［后晋］刘昫等：《旧唐书》卷一四二，中华书局 1975 年版，第 3865 页。

③ ［后晋］刘昫等：《旧唐书》卷一三二，中华书局 1975 年版，第 3647 页。

努力，从文武分治到文武合一在理论和实践上为宋代文人论武事做了必要准备。宋人并不需要去讨论文人能否论军事和注兵法的话题，宋人认为“士不兼文武不足任大事”[①]。

本论

将兵学和文学结合起来研究，吴承学有《古代兵法与文学批评》[②]，据吴文云，首先将兵学与文学联系起来考察文学现象的是饶宗颐，他在《释主客——论文学与兵学言》一文中指出：“兵家主要观念，后世施之于文学，莫切于‘气’与‘势’二者。”[③] 饶宗颐该文没有引起大家注意的原因除了吴承学《古代兵法与文学批评》所指出的因为文章短又未能广泛传播外，可能最重要的是二者之间的关系：我们可以说，文学中讲的“气”和“势”和兵学的“气”和“势”二者表面上存在相似点，但很难说明文学中的“气”“势”就是来自于兵学的“气”“势”。于此，本文避开文学与兵学相关联的学理研究，而是简略勾勒文士与兵学的关系，以供学者对此问题做进一步研究时参考。

（一）北宋文士与兵学叙例

1. 论兵法

宋代文士关心军事，多有研究，苏氏父子皆有文论兵，苏洵《权书》、苏轼《孙武》《策别》、苏辙《私试进士策问二十八首》《私试武学策问二首》等即是。曾巩《元丰类稿》卷四十九《本朝政要策》有《训兵》《添兵》《兵器》《城垒》《侦探》《军赏罚》等篇。[④]

宋人论兵法因其个人的知识结构和学养，见解有异，风格亦有不同。如秦观论兵之文长于比喻，富有文采，个人风神尽在其中。《宋史》卷四四四《秦观传》：“少豪隽慷慨，溢于文词。举进士不中。强志盛气，好大而见奇，读兵家书，与己意合。”

---

① ［宋］欧阳修：《翰林侍读学士右谏议大夫杨公墓志铭》，见《欧阳文忠公集·居士集》卷二十九，四部丛刊初编，集部。

② 吴承学：《古代兵法与文学批评》，载《文学遗产》1998年6期。

③ 饶宗颐：《释主客——论文学与兵学言》，见《文辙》，台北学生书局1991年版。

④ 参见［宋］曾巩《南丰先生元丰类稿》卷四十九，四部丛刊初编，集部。

秦观论兵之文见于元祐年间的《进策》，其有《将帅》《奇兵》《谋主》诸篇，其作文目的见于其所著《序篇》，云："料敌之虚实，若别牛马；应变之仓卒，如数一二，非有道之士不能，作《将帅》。以寡覆众，来如风雨，去如绝弦，作《奇兵》。美言可以市三寸之舌，胜百万之师，作《辨士》。机会之来，间不容发，匪龟匪镜，其能勿失，作《谋主》。心不治则神扰，气不养则精丧，治心养气，四术自得，作《兵法》。愚民弄兵，依阻山谷，销亡不时，或为大衅，作《盗贼》三篇。党项微种，盗我灵武，逾八十年，天诛不迄，作《边防》三篇。"[①] 诸文或在理论上或在实践上时有见识，如《谋主》云："臣闻兵家之所以取胜者，非特将良而士卒劲也，必有精深敏悟之士，料敌合变出奇无穷者，为之谋主焉。"[②] 虽是老生常谈，但在《将帅》《奇兵》后突出谋主，至为允当。秦观论兵有更多的理想色彩，秦观《奇兵》和李廌《兵法奇正论》比较，可以看出，李廌之论通脱辩正，秦观提出"用奇之法必以正兵为主"，秦观《奇兵》云："臣闻万物莫不有奇，马有骥，犬有卢，畜之奇也。鹰隼将击，必匿其形，虎拟而后动，动而有获，禽兽之奇也。天雄乌喙堇葛之毒，奇于药，繁弱忘归，奇于弓矢，鹔鹩莫邪，奇于刀剑。云为山奇，涛为海奇，阴阳之气怒为风，交为电，乱为雾，薄而为雷，激而为霆，融散而为雨露，凝结而为霜雪，天地之奇也。惟兵亦然，严沟垒，盛辎重，传檄而出，计里而行，克期而战，此兵之正也。提百一之士，力扛鼎而射命中者，缒山航海，依丛薄而昼伏，乘风雨而夜起，恍焉如鬼之无迹，忽焉如水之无制，此兵之奇也。"[③] 比喻层出不穷，铺陈跌宕有致，逞文采，逐文词，以诗为文，以诗情发议论。

李廌有《兵法奇正论》可与秦观之文相比类，《兵法奇正论》云用兵在于变化灵活："孙子曰：'见胜不过众人之所知，非善之善也。战胜而天下曰善，非善之善也。'知吾有制胜之形，而不知吾所以制胜之形，非善之善，不足以与于此。或曰：'奇正之情何如？'臣曰：兵家之要贵我专而敌分，为奇正者，在我故专；应奇正者，在敌故分，以知吾之有奇正也，则备我。备前则后寡，备左则右寡，备我者所以寡，彼也无所不备

① ［宋］秦观：《淮海集》卷十二，四部丛刊初编，集部。
② ［宋］秦观：《淮海集》卷十六，四部丛刊初编，集部。
③ ［宋］秦观：《淮海集》卷十六，四部丛刊初编，集部。

者，无所不寡也。我专为一，彼分为十，以十击一者也；我专则安，彼分则扰，以安击扰者也，胜负之理不可言喻。故能正不能奇，守将也；能奇不能正，斗将也。守将可以用奇劫，斗将可以用正老，能奇能正，乃国之辅。今夫以武为业，动累亿万，斗力勇而已，鲜知兵之法；学兵之法，动累数千，分行阵而已，鲜知兵之理；穷兵之理，动累数十，分强弱而已，鲜知奇正。借或有人，但能知奇为奇，知正为正而已，鲜知奇正之变，臣故曰兵法贵胜。胜之所以胜以奇正法可传；而奇正不可传，学兵虽众。不足畏者，以胜之所以胜者，犹在人也。"[①] 以专分论奇正变化，切要实用。《四库全书总目提要》："史又称喜论古今治乱，尝上忠谏书《忠厚论》，又《兵鉴》二万言，今所存《兵法奇正》《将才》《将心》诸篇，盖即所上《兵鉴》中之数首。其议论奇伟，尤多可取，固与促辕下者异焉。"与秦观文比较，虽奇伟而条贯实用。其《将才》云："古之贤将，原兵之意可以为仁术；察武之用可以广德心。故以杀止杀，非所以好杀；以战去战，非所以好战。司马法曰：'杀人安人，杀之可也。攻其国，爱其民，攻之可也。'孙子曰：'全国为上，破国次之；全军为上，破军次之。'何古人终始以爱存心欤？故君子之将，能师古人之意，以不战屈人兵为心。小人之将违古人之意，以嗜杀人为事。"发挥前人治军作战原则，具古圣仁人之心。

2. 论述多引用兵法

不独秦观爱读兵书、喜论兵事，尹洙曾数上疏论兵，"自元昊不庭，洙未尝不在兵间。故于西事尤练习，其为兵制之说，述战守胜败，尽当时利害。又欲训土兵代戍卒，以减边费，为御戎长久之策，皆未及施为"（《宋史》卷二九五《尹洙传》）。宋人于兵法谙熟超过前人，故作文论事常引兵书佐证，举例如下，尹洙《论命令恩宠赐与三事疏》："兵法所谓虽有智者不能善其后。"[②] 田锡《晁错论》："兵法曰：'善战者，无赫赫之名。'谓决胜于未形未兆之前也。"[③] 《上中书相公书》云："兵书曰：'善战者，无赫赫之名。'盖制胜于未形未兆之前也。"田锡以《论边事

---

① ［宋］李廌：《济南集》卷六，四库全书，集部。
② ［宋］尹洙：《河南集》卷十八，四库全书，集部。
③ ［宋］田锡：《咸平集》卷十一，四库全书，集部。

疏》名。[1] 蔡襄《杭州谢上表》："兵法所谓先于节制，示以庄严。"[2] 苏颂《代提刑王绰上宰相》云："兵法曰：'卒不可用，是以其将予敌也。'又曰：'卒不习勒，百以当一；习而用之，一以当百。'"[3] 此与唐代又有不同。

3. 论兵事

宋人论兵事，范围较广泛，如论边事，如论用人。

（1）论边事，此类文章甚多。苏舜钦、苏辙《论西事状》，欧阳修《论御贼四事札子》、张方平《论讨岭南利害九事》，晁补之《上皇帝论北事书》等，因事而发，忧国之所忧，急国之所急，深存报国之情。

宋代对待周边政策或防守或进攻，各自表述，亦各有理由，并无优劣之分。仅从文章而论，大致不做空论，入理入情，如胡宿《论边事》："然今年岁在东井，东井，秦分为关中之福，星家之说镇岁所在，不可加兵，宜勅沿边诸将严兵为待，贼若大举犯顺，我得天道，不宜纵敌。兵法所谓敌加于已不得巳而应之者谓之应兵，兵应者胜，彼自守窟穴无所侵轶，不宜提兵深入，自违天道，前所谓朝廷未尝深留意于河朔者，岂非恃盟好，重改作，防虏人之疑乎。方今之计莫若外固欢和之形，内修守御之备。"[4]

（2）论用人，常有争论，锋芒毕露。如欧阳修论狄青，观点鲜明，认为狄青可以是一名好的将帅，"国家从前难得将帅，经略招讨常用文臣，或不知军情，或不娴训练。自青为将领，既能以勇力服人，又知训练之方，颇以恩信抚士"。但欧阳修认为狄青不适宜掌枢密："武臣掌枢密而为军士所喜，自于事体不便。"[5] （《论狄青札子》）欧阳修至和三年（1056年）上书，月余，狄青罢枢密知陈州。又如蔡襄《荐姚光弼状》："好学有行止，能记前世兵法，及史籍所载名将用兵取胜之术，比于累年取试方略滥进之人不同类。"[6]"比于累年取试方略滥进之人不同类"之语甚重，视"累年取试方略"者为"滥进之人"，否认一大片，得罪一批

---

① 参见［宋］田锡《咸平集》卷三，四库全书，集部。
② ［宋］蔡襄：《端明集》卷二十四，四库全书，集部。
③ ［宋］苏颂：《代提刑王绰上宰相》，见《苏魏公文集》卷六十八，四库全书。
④ ［宋］胡宿：《文恭集》卷八，四库全书，集部。
⑤ ［宋］欧阳修：《文忠公集》卷一〇九，四库全书本。
⑥ ［宋］蔡襄：《端明集》卷二十五，四库全书，集部。

人。宋人之刚直敢言可见一斑。

4. 人物传中的兵事

于此，特别注意到宋人碑传行状对兵事的记载，欧阳修《翰林侍读学士右谏议大夫杨公墓志铭》云其“有文集十卷，兵书十五卷”，而墓志却不叙其文事，而多叙其兵学，“当四方无事，时数上书言边事。后二十余年，元昊叛河西，契丹举众违约，三边皆警，天下弊于兵。公于此时耗精疲神，日夜思虑，创作兵车阵图，刀楯之属皆有法。天子以步卒五百如公之法试于庭，以为可用。而世多非其刀楯。修尝奉使河东，得边将王吉，言元昊出兔毛川为吉所败者，用杨公楯也。盖世未尝用其术尔”[①]。即使不重点写兵事，对墓主生平记载也不忘其相关内容，如欧阳修《太常博士尹君墓志铭》，墓主尹源乃尹洙之兄，“其论议文章，博学强记，皆有以过人”，叙其兵事云：“赵元昊寇边，围定川堡，大将葛怀敏发泾原兵救之，君遗怀敏书曰：‘贼举其国而来，其利不在城堡，而兵法有不得而救者，且吾军畏法，见敌必赴而不计利害，此其所以数败也。宜驻兵瓦亭见利而后动。’怀敏不能用其言，遂以败死。”[②]

下面2例皆浓笔重彩叙述主人的军谋兵略。

(1)《河东集》卷十六附张景《柳开行状》：雍熙三年（986年）春“大举兵取幽冀，公率民馈粮从军。初王师将之涿州，数与契丹战，有渠帅领万余骑，与我帅米信相持不懈，忽遣使来欲降。公知之，谓人曰：‘兵法云，无约而请和者’谋也。彼必有谋，急攻之必胜。时米信迟越二日，约未定，渠帅骤引骑来战。后闻之，盖矢乏征于幽州也，其见机如此。公自涿州还阙下，乃上书乞从边军効死，太宗怜之，复得殿中侍御史使河北，多言边事，太宗颇纳之。又上书曰：‘臣以幽州未归，北敌未灭，望陛下于河北用兵之地，赐臣步骑数千，令臣统帅行伍，况臣今年四十，胆气方高，比之武夫粗识机便，如此则得尽臣子忠孝之道。’明年诏文臣中有武略知兵者，公奉诏改崇仪使知宁边军。公至，治以仁爱，士卒专训练，明赏罚。冬十二月沿边州郡相驰告以契丹将犯边，急设备，居数日，连受八十余牒，公独不告。时宣徽使郭公守文主军阵，公驰书陈五

---

① ［宋］欧阳修：《欧阳文忠公集·居士集》卷二十九，四部丛刊初编，集部。

② ［宋］欧阳修：《太常博士尹君志铭》，见《欧阳文忠公集·居士集》卷三十一，四部丛刊初编，集部。

事，料契丹必不犯边。契丹果不动，其料敌如此”[①]。

（2）韩琦《安阳集》卷四十七《高志宁墓志铭》：“未冠已能通六经，尤深于大易，尝得疾至笃，忽梦神人以兵略授之，寤而疾顿愈。因取诸家兵法，读之了如夙习，尽得微奥。”“赵元昊初反，公自隰上言，请乘贼未发，选骁将锐兵，分道急趋，覆其巢穴，所谓疾雷不及掩耳。章十数上，不报，徙知贝州。及元昊举兵冠延州，刘平石元孙陷于贼，公叹曰：‘前策不可复用矣。’朝廷始思公言，亟召至阙，问今宜何为策。公曰：‘今将不达权谋而兵未识法制，故败。’乃请禁兵五百以古阵法教之，既成，上临试之，复下禁卫诸帅议，诸帅皆出行伍，不达古法，乃曰与今所习异，不肯用。公又言：‘元昊北与契丹通，宜为备。……敌疑，不若俾兼他职而阴主其事。改授西上合门使知沧州。未几，敌果背约，以书要关南旧地。徙知定州，改镇定路钤辖。公始以得时，自喜曰：‘敌果敢先发，吾以术致其师，当一战以破之。’日训饬士众以期立功，会朝廷遣使复通北好，公雅志卒不遂，即上章告老。”[②]

墓志文字篇幅有限，如上文能以写史的手法在墓志中描写墓主的军事见解和军事经历，在唐人文人墓志中并不多见，这正是北宋文士与兵学关系的一大特点。

（二）北宋文士与兵学整理

1. 论兵书

因为宋代文士关心军事，兵书也受到特别的重视，宋人议论常引兵法为证。对兵书及其作者的评述也是宋代文士关注的内容。

其一是对作者和内容关系的考订。苏洵《权书下·孙武》：“不知武用兵乃不能必克，与书所言远甚……吴起与武一体之人也，皆著书言兵，世称之曰孙吴。然而吴起之言兵也，轻法制草，略无所统纪，不若武之书词约而义尽，天下之兵说皆归其中矣。然吴起始用于鲁，破齐，及入魏，又能制秦兵。入楚，楚复霸。而武之所为反如是，书之不足信，固矣。”[③]因孙子生平而怀疑兵书的内容。

---

① ［宋］柳开：《河东集》卷十六，四库全书，集部。

② ［宋］韩琦：《安阳集》卷四十七，四库全书，集部。

③ ［宋］苏洵：《嘉祐集》卷三，四部丛刊初编，集部。

其二是讨论读兵法的方法。苏轼推崇孙子兵法奇正相生，并提出灵活运用的读书原则，其《孙武论》上："古之善言兵者无出于孙子矣。利害之相权，奇正之相生，战守攻围之法盖以百数，虽欲加之而不知所以加之矣。然其所短者，智有余而未知其所以用智，此岂非其所大阙欤？夫兵无常形而逆为之形，胜无常处而多为之地。是以其说屡变而不同，纵横委曲期于避害而就利，杂然举之，而听用者之自择也。是故不难于用，而难于择，择之为难者，何也？锐于西而忘于东，见其利而不见其所穷，得其一说而不知其又有一说也。此岂非用智之难欤？"[①] 苏轼在《管仲论》中又提出"简略速胜"之观点："尝读周官司马法，得军旅什伍之数。其后读管夷吾书，又得管子所以变周之制。盖王者之兵出于不得已，而非以求胜敌也。故其为法，要以不可败而已。至于桓文非决胜无以定霸，故其法在必胜。繁而曲者所以为不可败也，简而直者所以为必胜也。周之制万二千五百人为军，万之有二千，二千之有五百，其数奇而不齐，唯其奇而不齐，是以知其所以为繁且曲也。今夫天度三百六十，均之十二辰辰（笔者注：四库本作"十二辰"，此衍一"辰"字），得三十者，此其正也。五日四分之一者，此其奇也。使天度而无奇，则千载之日，虽妇人孺子皆可以坐而计，唯其奇而不齐，是故巧历有所不能尽也。圣人知其然，故为之章会统元，以尽其数，以极其变。司马法曰……夫以万二千五百人而均之八阵之中，宜其有奇而不齐。是以，多为之曲折以尽其数，以极其变，钩联蟠屈，各有条理。故三代之兴，治其兵农军赋，皆数十百年而得志于天下。自周之亡，秦汉阵法不复三代，……若夫管仲之制，其兵可谓截然而易晓矣，三分其国，以为三军，五人为轨，轨有长，十轨为里，里有司，四里为连，连有长，十连为乡，乡有乡长，人（笔者注：四库本无"人"字，疑衍）五乡一帅（笔者注：四库本作"师"，疑是），万人为一军，公将其一，高子国子将其二，三军三万人如贯绳，如画棋局，疏畅洞达，虽有智者无所以施其巧，故其法令简一而民有余力，以致其死。……盖管仲欲以岁月服天下，故变古司马法而为是简略速胜之兵。是以莫得而见其法也。……由此观之，不简而直，不可以决胜。深惟后世不达繁简之宜以取败亡，而三代什伍之数与管子所以治齐之兵者，虽不可尽用。而其近于繁而曲者，以之固守；近于简而直者以之决战：则庶乎其不可败

① ［宋］苏轼：《经进东坡文集事略》卷六，四部丛刊初编，集部。

而有所必胜矣。”① 这些议论都显示出良好的兵学素养。

2. 整理和注释兵书

北宋文士整理和注释兵法以梅尧臣、曾公亮、丁度、王晳为代表，梅尧臣、王晳二人注孙子兵法，曾公亮、丁度二公奉诏编撰《武经总要》。4人中惟王晳生平不详，《四库全书总目》：“《春秋皇纲论》五卷，宋王晳撰，自称太原人，其始末无可考。陈振孙《书录解题》言其官太常博士。考龚鼎臣《东原录》载，真宗天禧中，钱惟演奏留曹利用，丁谓事称晏殊以语翰林学士王晳，则不止太常博士矣。胡应麟《玉海》云至和中晳撰《春秋通义》十二卷。”②《续通典》卷八十四《上书犯帝讳议》：“臣所纂修缮写进本援引他经子史之类，欲乞应犯庙讳不可迁避者，依太常博士王晳所奏。”③ 此为胡安国绍兴六年（1134年）札子，文中提到的王晳当为北宋之王晳。《关中胜迹图志》卷七：“李光弼祠，《富平县志》：在县治内，宋皇祐元年建。邑令王晳毁赤眉祠为之。明万历间重修。”④则王晳为富平令。《蜀中广记》卷十八：“关咏永言王晳微之李仪表臣皇祐壬辰寒食日来。”⑤ 王晳字微之，皇祐壬辰即皇祐四年（1052年）。王晳，北宋太原人，字微之，曾任翰林学士、太常博士、富平县令。著《春秋皇纲论》5卷，《四库全书总目》评曰：“其言多明白平易，无穿凿附会之习。”

梅尧臣注《孙子兵法》，其有《依韵和李君读余注孙子》，云：“我世本儒术，所谈圣人篇。圣篇辟乎道，信谓天地根。众贤发蕴奥，授业称专门。传笺与注解，璨璨今犹存。始欲沿其学，陈迹不可言。唯余兵家说，自昔罕所论。因暇聊发箧，故牍尚可温，将为文者备，岂必握武贲，终资仁义师，焉愧道德藩。挥毫试析理，已厌前辈繁，信有一日长，可压千载魂，未涉勿言浅，寻流方见源。庙谋盛夔离，正义灭乌孙，吾徒诚合进，尚念有亲尊。”⑥ 诗中所云有三点值得注意，第一，梅尧臣注尚简，因

① ［宋］苏轼：《经进东坡文集事略》卷六，四部丛刊初编，集部。

② 永瑢等：《四库全书总目》卷二十六，中华书局1995年版。

③ 四库全书本。

④ 四库全书本。

⑤ 四库全书本。

⑥ ［宋］梅尧臣：《梅尧臣集编年校注》卷十，朱东润编年校注，上海古籍出版社1980年版，第160页。

"厌前辈繁";第二,梅尧臣注的方法乃"寻流见源";第三,梅尧臣注《孙子兵法》是为了应元昊犯边之急,即为"正义灭乌孙"献用兵之计。有关梅尧臣注《孙子兵法》,欧阳修《孙子后序》言之甚详:"后之学者徒见其书,又各牵于已见,是以注者虽多而少当也,独吾友圣俞不然。尝评武之书曰:'此战国相倾之说也,三代王者之师,司马九伐之法,武不及也。'然亦爱其文略而意深,其行师用兵料敌制胜亦皆有法,其言甚有次序,而注者汩之,或失其意,乃自为注。凡胶于偏见者皆抉去,傅以已意而发之。然后武之说不汩而明。吾知此书当与三家并传,而后世取其说者往往于吾圣俞多焉。圣俞为人谨质温恭,衣冠进趋眇然儒者也。后世之视其书者,与太史公疑张子房为壮夫何异。"①

王皙注《孙子兵法》特点见于《郡斋读书志·后志》,其卷二"王皙注孙子三卷"云:"右皇朝王皙撰,皙以古本校正阙误,又为之注。"

北宋兵学集成之书是《武经总要》,《四库全书总目提要》云:"宋曾公亮、丁度等奉敕撰。晁公武《读书后志》称康定中朝廷恐群帅昧古今之学,命公亮等采古兵法及本朝计谋方略,凡五年奏御,仁宗御制序文。其书分前后二集,前集制度十五卷,边防五卷,而十六卷十八卷各分上下;后集故事十五卷,占候五卷……然前集备一朝之制度,后集具历代之得失,亦有足资考证者。"

除此而外,尚有注《孙子兵法》者,如沈起,《宋史》卷三三四《沈起传》:"起生平喜谈兵,尝以兵法谒范仲淹,仲淹器其材,注孙武书以自见。"

另有自撰兵书者,欧阳修《翰林侍读学士右谏议大夫杨公墓志铭》云杨偕"有文集十卷,兵书十五卷",并云:临终,"疾革,出其《兵论》一篇示其子"。上述论兵事或论兵法的文章绝大多数可视为自撰兵书一类。

馀　论

以上所述为北宋文士与兵学的联系,实为资料之分析,其所以然者日后可以进一步探讨。北宋兵学与文士或文学的关系密切,兵学被文士关注

① [宋] 欧阳修:《欧阳文忠公集·居士集》卷四十二,四部丛刊初编,集部。

的程度远远超出唐代，而且有很鲜明的时代性。

第一，宋代文士注兵法缘于形势需要。《郡斋读书志·后志》卷二“王晳注孙子三卷”云：“仁庙时天下久承平，人不习兵，元昊既叛，边将数败，朝廷颇访知兵者，士大夫人人言兵矣。故本朝注解孙武书者，大抵皆当时人也。”这一段话很值得注意，北宋文士言兵成风是在元昊叛变之后，也就是说，北宋文士关心兵事、议论兵事是有现实意义的。据《宋史》卷十《仁宗本纪二》，康定元年（1040年）二月丁酉“诏枢密院同宰臣议边事”，三月丙辰“诏大臣条陕西攻守策”。西夏元昊叛逆事引起朝野关注，言兵事者众，如秦观《边防中》云：“逮宝元、庆历之间，元昊僭逆，兵拏而不解者数年，竟亦不能致其头于北阙下。元丰初，大举吊伐之师五道并进，辙无功而返。”①“自元昊不庭，未尝不在兵间。故于西事尤练习，其为兵制之说，述战守胜败，尽当时利害。又欲训土兵代戍卒，以减边费，为御戎长久之策，皆未及施为。”（《宋史》卷二九五《尹洙传》）韩琦《高志宁墓志铭》记载元昊初反，高志宁献策议兵事。梅尧臣注《孙子兵法》也是因元昊犯边事而发，梅尧臣《依韵和李君读余注孙子》“补注”云：“《欧集书简》卷六《与梅圣俞》言：‘孙书注说，日夕渴见，石经奏御，敢借示否？’此书题宝元二年（1039年）。盖尧臣注《孙子》，随即奏上，其事在宝元二年。西夏之变，起于宝元元年之冬，至二年六月，下诏削元昊爵位、绝互市，战事迫在眉睫，故尧臣注《孙子》进御，因知《襄城对雪》之作，绝非偶然，‘吾徒合进’之句，有请缨无路之悲。”②

兵学集成之书《武经总要》也出现在仁宗康定年间，也是因元昊事而发，据《四库全书总目提要》：“宋曾公亮、丁度等奉勅撰。晁公武《读书后志》称康定中朝廷恐群帅昧古今之学，命公亮等采古兵法及本朝计谋方略，凡五年奏御，仁宗御制序文。其书分前后二集，前集制度十五卷，边防五卷，而十六卷十八卷各分上下；后集故事十五卷，占候五卷……然前集备一朝之制度，后集具历代之得失，亦有足资考证者。”元昊之变引起朝野关注，甚至引发了一场修习兵学的热潮，《武经总要》的出

① ［宋］秦观《淮海集》卷十八，四部丛刊初编，集部。

② ［宋］梅尧臣：《梅尧臣集编年校注》卷十，朱东润编年校注，上海古籍出版社1980年版，第160页。

现提升了兵学的社会地位。但这一因特殊事件引发的文化现象改造了文人的知识结构，其影响是深远的。

第二，从宋代的文官制度和文人地位看，兵学成为士大夫所学习的内容是必然的。文、武分开时代，文士可以不研究兵学；但在文士可以带兵征战或参与战事的时代，文士就不能不研究兵学。还有士人直接参加军事行动，如尹洙："自西兵起，凡五六岁，未尝不在其间，故其论议益精密，而于西事尤习其详，其为兵制之说，述战守胜败之要，尽当今之利害。"（欧阳修《尹师鲁墓铭》）尹洙从军，梅尧臣有《闻尹师鲁赴泾州幕》，表达了自己急于从军的意志："军客壮士多，剑艺匹夫衒。贾谊非俗儒，慎无轻寡变。"梅尧臣"准备从军，但是找不到道路，想起叔叔梅询和陕西安抚招讨使夏竦有旧，有《寄永兴招讨夏太尉》一首，但是也没有结果"①。他去研究兵法，注《孙子兵法》。文人谈兵事，完全是由北宋文士的地位和责任所决定的，"士不兼文武不足任大事"。文士也是以兼通文武而自豪的，苏洵《上韩枢密书》云："洵著书无他长，及言兵事，论古今形势，至自比贾谊。"

第三，从宋代文士的知识结构和文人品性看，文士研习兵学成为可能。宋代文士读书多，见识广，知识结构要求全面。宋代扩大科举取士，贫寒之士也可能进入社会上层，宋代文士和政治关系密切，文士有参与政事的热情，而军事是其政事的重要内容。当然，宋人学识以博称，其专或有可议之处，如文士研习兵法有疏漏，《四库全书总目提要》评《武经总要》云："仁宗为守成令主，然武事非其所长。公亮等亦但襄赞太平，未娴将略，所言阵法战具，其制弥详，其拘牵弥甚，大抵所谓检谱角抵也，至于诸蕃形势，皆出传闻所言，道里山川以今日考之亦多剌谬。"

（原载沈松勤编《第四届宋代文学国际研讨会论文集》，浙江大学出版社2006年版）

---

① ［宋］梅尧臣：《梅尧臣集编年校注》"叙论"一，朱东润编年校注，上海古籍出版社1980年版，第10页。

李清照《武陵春》词应作于绍兴元年考

——兼说“隐性”材料的价值和利用

在古代文学教学和研究中，经常遇到一些问题，但要解决又苦于没有材料，此即孔子所言“文献不足征”。所谓没有材料，应指两种情况，一种情况是的确没有材料；另一种情况是有材料但因不容易被发现而暂时处于“假亡佚”阶段，这一类材料在历史文献的记载中通常以隐性的状态呈现，我们称之为“隐性材料”。事实则隐藏在间接材料的背后，要从这些材料中找出足以帮助我们解决问题的资料，非要经过认真细致的爬梳不可。这里试以李清照《武陵春》作年的考订来说明隐性材料的价值和利用。

关于这首词的作年，至今尚无疑议，一般认为是绍兴五年（1135年），根据是李清照在《打马图序》中明确说她绍兴四年（1134年）十月“涉严滩之险，抵金华，卜居陈氏第”，而双溪又是金华风物。王仲闻《李清照集校注》附《李清照事迹编年》即据《打马图序》云，李清照绍兴五年（1135年）春赋《武陵春》。凡文学史、鉴赏词典、诸家论述，只要交待此词的作年，皆莫能例外。

从《武陵春》所表述的情感以及“物是人非事事休”句来看，此词的写作时间应是其夫赵明诚去逝不久，不可能如现在通行编年的说法迟至绍兴五年（1135年）。理由如下：

第一，赵明诚去世于建炎三年（1129年）八月，绍兴五年（1135年）距赵明诚离世已六七年光阴。据《李清照事迹编年》，绍兴二年（1132年）夏秋间发生李清照再嫁张汝舟旋又离异之事，如果说《武陵春》作于李清照再嫁之前，则“物是人非事事休”是怀念赵明诚，如果说作于绍兴五年（1135年），则“物是人非事事休”的感叹其所指就难以确定。显然《武陵春》怀念的是赵明诚，而且是在赵明诚亡后不久。

第二，《武陵春》所述情绪与《打马图序》所述在金华的心境不符。《打马图序》描写了她南渡以来流离迁徙，现在卜居金华得以安定，才有兴致重新操起久违的博弈游戏。其时“意颇适然”，非往日可比，这时不可能写出《武陵春》“只恐双溪舴艋舟，载不动，许多愁”的如此沉重哀伤的感情。现节引《打马图序》如下：

> 予性喜博，凡所谓博者皆耽之，昼夜每忘寝食。但平生随多寡未尝不进者何，精而已。自南渡来流离迁徙，尽散博具，故罕为之，然实未尝忘于胸中也。今年冬十月朔，闻淮上警报。江浙之人，自东走西，自南走北，居山林者谋入城市，居城市者谋入山林，旁午络绎，莫卜所之。易安居士亦自临安泝流，涉严滩之险，抵金华，卜居陈氏第。乍释舟楫而见轩窗，意颇适然。更长烛明，奈此良夜何？于是乎博弈之事讲矣……予独爱依经马，因取其赏罚互度，每事作数语，随事附见，使儿辈图之。不独施之博徒，实足贻诸好事。使千万世后，知命辞打马者，始自易安居士也。

可以看出李清照在写《打马图序》的心境应是轻松、愉快的，纵论博弈，精研打马，仿佛找到当少妇时的乐趣。

笔者认为《武陵春》应当作于绍兴元年（1131 年）。这和李清照生平行迹未必不合。因为根据李清照《金石录后序》云：“雇舟入海，奔行朝，时驻跸章安，从御舟海道之温，又之越。庚戌十二月，放散百官，遂之衢，绍兴辛亥春三月复赴越，壬子，又赴杭。”这里所标示的时间具体，行走的方向明确，当属可信。绍兴辛亥，即绍兴元年（1131 年），这里是说春三月始动身赴越，不是说三月已至越州。从衢州到越州，婺州（州治在金华）是必经之地。李清照漂泊无定所，其漂泊多有停留处，时间或长或短，此次在婺州停留是理所当然的。从衢州到婺州距离较近，据北宋王存《元丰九域志》卷五“上婺州东阳郡保宁军节度”载：“西南至本州岛界六十里，自界首至衢州一百三十里，东北至本州岛界二百三十二里，自界首至越州二百四十八里”，即衢州至婺州为 190 里路程。不知李清照在三月的哪一天动身，但到婺州之时正是“暮春三月”之末或是初夏之首，这和词中“风住尘香花已尽”在季令上相合。因山溪春深，故有“闻说双溪春尚好”之句，“闻说”用得准确，毕竟不是真正看到。再说，时距赵明诚去世约 1 年零 7 个月，这段时间，李清照孤苦伶仃、颠沛流离、受尽磨难，在此景况中，她就更加思念赵明诚，这一情绪在《武陵春》中得到了充分表现，其“物是人非事事休”之叹，抚今伤昔，无比凄凉，“只恐双溪舴艋舟，载不动，许多愁”。从《武陵春》所提供的信息看，李清照经金华停留时间的长短都与词的写作没有矛盾。此后，李清照离开金华去越州，到达越州的时间已是四、五月间。

可以这样说，我们能见到有关李清照去金华次数的记载仅有 2 则材料，一则为通常人们所说的《打马图序》中的“绍兴四年十月”；另一则是《金石录后序》云“庚戌十二月，放散百官，遂之衢，绍兴辛亥春三月复赴越”。前者是直接的记载，后者则是隐含的记载，但也是准确和真实的记载。

李清照《武陵春》是写金华的风物，因此，人们可以将李清照《武陵春》的写作时间定在绍兴五年（1135 年），也可以将李清照《武陵春》的写作时间定在绍兴元年（1131 年），到底应定在何年，关键是看《武陵春》的内容、写作情景与李清照生平遭际最相合的时间，而不能先入为主，笃守陈说。我们的研究不仅要关注显性材料的价值，更应该关注隐藏在材料背后的事物之间的相互关系。

从李清照《武陵春》“闻说双溪春尚好，也拟泛轻舟”的语气来看，《武陵春》当是李清照首次来金华，而且是刚到金华时所写，写初来乍到的感受。“闻说”的内容有二：其一，“双溪”，这是金华风景优胜之地；其二，“春尚好”，尽管其他地方都已“风住尘香花已尽”，但双溪“春尚好”。如果依《李清照事迹编年》，李清照绍兴四年（1134 年）冬十月避地金华，直至次年春三月才赋《武陵春》（按，据“风住尘香花已尽”语，当在春末夏初），于情于理皆不妥。

关于《武陵春》的内涵，刘永济《唐五代两宋词简析》云：“其词情凄恻，不但有故乡之思，且寡居凄寂之情，亦跃跃纸上。”大致可得之。李清照曾写过一首《凤凰台上忆吹箫》，表现出对赵明诚的相思之情，其中有句云：“念武陵人远，烟锁秦楼。惟有楼前流水，应念我、终日凝眸。”武陵人，用刘晨、阮肇的典故，唐宋人多用此典，如唐王涣《惆怅诗十二首》之一云：“晨肇重来路已迷，碧桃花谢武陵溪。”宋黄庭坚《水调歌头》，“春入武陵溪”“只恐花深里，红露湿人衣”“谪仙何在，无人伴我白螺杯”。晁元礼《虞美人》：“刘郎惆怅武陵迷。”可见李清照用此典透露出了她对赵明诚爱的深度，由爱之深转为忧之切，担心赵明诚入武陵而不返。因此，可以推测，“武陵人远”的想法在李清照心中留下了很深的印记，或许他日将“武陵人远”意思说与夫君听，赵明诚则会说，佳人胜溪女，武陵不足迷。赵明诚去世后，李清照孤苦无依，益思夫君，故初至金华，听人说起双溪，由双溪又念及武陵溪，正好选择《武陵春》一调来倾吐衷肠。这样理解，不仅可以进一步理解李清照选《武陵春》调名之由，而且为“物是人非事事休”是悼念赵明诚之语多了一点佐证。

另外有一种看法认为《武陵春》作意与李清照改嫁有关，《草堂诗余别录》云：“后改适人，颇不得意，此词‘物是人非事事休’，正咏其事。”有人申述了这一观点，认为李清照受张汝舟之骗，是受害者，而张汝舟是贪狠的诈骗者。“物是人非事事休”既是对亡夫的悼念，也是对恶人的诅咒。但持此观点的前提是《武陵春》作于绍兴五年（1135年），显然这一前提不足信。关键是《草堂诗余别录》的观点和后人申述的观点都未能将《武陵春》的写作时间充分考虑进去，只认为“人非”之“人”不是赵明诚而是张汝舟。李清照与张汝舟的婚姻短暂，事在绍兴二年（1132年）夏秋间，如依旧说，事隔3年后，至绍兴五年（1135年）李清照写《武陵春》重提与张汝舟的关系，意义何在？况且绍兴五年（1135年）李清照在《打马图序》表述的是一种动乱后得到安宁的闲适情绪。

可以确定李清照在金华的作品除《打马赋》《打马图序》《武陵春》外，还有一首《题八咏楼》。八咏楼也是金华一景，诗云：“千古风流八咏楼，江山留与后人愁。水通南国三千里，气压江城十四州。”这首诗和《武陵春》的情绪不同，而与《打马图序》的心境相近，其创作时间当是通常人们所认定的李清照卜居陈氏第的绍兴五年（1135年）。

以上的考订结论尽管在解说《武陵春》时有优于旧说之处，但不敢说一定正确，笔者认为至少可备一说吧。而考订中最能起作用的一则“隐性材料”（“庚戌十二月，放散百官，遂之衢，绍兴辛亥春三月复赴越”），并没有清楚地告诉人们李清照本年经过金华，所谓经过金华是隐藏在“由衢赴越”的记载之后的。正因为我们掌握的材料是有限的，而文学史上存在相当多的问题还需要去解决，所以我们要合理利用现有文献资料，充分挖掘文献资料的价值，即有理有据地去恢复古人因行文的用意或特殊需要而被简省了的文字，而这些在当时并不重要的被简省了的文字对我们今天阅读和研究作家作品却是重要的。当然，文献资料虽是“隐性”的，但它是客观的，这和一般性的推理不同，如果将隐性材料凭主观臆断而赋予无限的、不确定的意义，那就会有违解决问题的初衷了。

这里我想再简要说一下另外两种方法。第一，通过对相关材料的比较，使“隐性”变为“显性”。如单独看李清照的《武陵春》的形式，其独特性就处于隐性状态中，如将李清照《武陵春》在形式上和此前同调的词做一比较就能发现，李清照《武陵春》在形式上有一特殊之处未为今人注意，就是和以往的调式稍异。此前《武陵春》皆48字，末2句为七五式；而李清照《武陵春》有49字，末2句为七三三式。过去一种说法是：“‘载’字衬。”（《古今词统》）将“载”看作衬字讲不通。李清照精于词学，追求新意，在写作《武陵春》时做了一点“变调”处理。虽为一字之增，但有值得探讨之处。第二，通过对零碎散乱的材料进行归纳整理，使“隐性”变为“显性”。在上述有关李清照词作年考证中，除将“由衢之越”外补上必经婺州的简省文字外，其他也用了归纳的方法。在另一篇讨论李白入京待诏翰林的身份的文章中，也是使用的“隐性”材料做归纳整理的，结论是李白待诏翰林的身份是道教徒，此处从略。

但有一种情况，材料是明晰地呈现在人们面前，但我们“视而不察”，这肯定不是“隐性材料”，如陈子昂《登幽州台歌》向来是被当作“诗”来看待的，因此有人在分析这首“诗”时就说陈子昂标举诗歌革新，倡兴寄，崇风雅，故在诗歌体式上打破传统，开“以文为诗”的先河。其实，“前不见古人，后不见来者”云云见于陈子昂的好朋友卢藏用的《陈氏别传》，原文是这样的：“子昂知不合，因钳默下列，但兼掌书记而已。因登蓟北楼，感乐生燕昭之事，赋诗数首，乃泫然流涕而歌曰：‘前不见古人，后不见来者。念天地之悠悠，独怆然而涕下。’时人莫之知也。”这里的表述相当清楚，“赋诗数首，乃泫然流涕而歌曰”，其中“诗”“歌”并举，分明说“前不见古人”云云只是伴随某一节拍或旋律的信口吟唱，而不是“诗”。“诗”“歌”在卢藏用那里分得一清二楚，这和今天我们将诗歌连用与散文相对应的概念不同，所以卢藏用在编《陈子昂集》时，并没有将“前不见古人”云云当作诗收入。[①] 知道这种关系，在讲《登幽州台歌》时才能心中有数，而不至于在诗歌体式发展史上夸大它的意义。《陈氏别传》的材料显然不是“隐性”的。

（原载《学术研究》2003年第3期）

---

① 参见罗时进《唐诗演进论》，江苏古籍出版社2001年版，第39～41页。此处与本文讨论的重点和目的不同。

宋词三论

一、苏轼《水龙吟》（次韵章质夫杨花词）的写作智慧

苏轼才华横溢，自诩其作文“如万斛泉源，不择地皆可出。在平地，滔滔汩汩，虽一日千里无难”。苏轼的文学创作无体不佳，确有天赋之才，但他也偶有力不从心之时。章定《名贤氏族言行类稿》卷二十六载苏轼《与章质夫》：“慎静以处忧患，非公爱我之深，何以及此，谨书之座右也。《柳花》词妙绝，使来者何以措辞。本不敢继作，又思公正柳花飞时，远出巡按，坐想四子，闭门愁断，故写其意，次韵一首寄去，亦可勿示人也。”信中提到的柳花词和次韵词就是章质夫《水龙吟》和苏轼同词牌的《次韵章质夫杨花词》。从这一段话中，至少可以体会两层意思：第一，苏轼敬重章质夫。章质夫教导苏轼“慎静以处忧患”，苏轼感佩至深且书之座右。不是关系密切或特殊，章质夫也不会讲如此深刻且对苏轼有针对性的话语。第二，苏轼和作应经过一段时间酝酿。初读章质夫词，苏轼不敢和。因章词妙绝，使和者无从下笔。大概过了一段时间，苏轼才寄去和作。从第一层意思看，苏轼必以认真严肃的态度和章词，而且要顺从章质夫词的意思措辞；从第二层意思看，初不敢和，终又和之，则必有和之理由，就是需要避开章质夫词的路数而有创新。即从章质夫词入，又必须从章质夫词出。何其难哉！

事实上，苏轼在初读章质夫词时，应心服章质夫词之妙绝，自愧不如，“不敢继作”“何以措辞”。从苏轼读章质夫词到写成和作，可以看出苏轼的创作心理，在章质夫词面前只有两种选择：一是放弃；一是知难而进，争取胜利。从写作过程看，苏轼是在反复思考，希望找到突破点，如同布鲁姆《影响的焦虑》所描述的那样，诗人在“焦虑”中，企图经过种种尝试去摆脱他人影响而胜过他人。诗人创作的“焦虑”很少得到文献的支持，而人们在品评作品高下时会感受和印证这种“焦虑”。《词苑丛谈》载：“资政殿学士章楶，字质夫，以功名显，诗词尤见称于世，尝

作《水龙吟》咏杨花。东坡与之帖云：‘柳花词妙绝，使来者何以措词?’《曲洧纪闻》云，章质夫作《水龙吟》咏杨花，其用事命意，清丽可喜，东坡和之，若豪放不入律吕，徐而观之，声韵谐婉，便觉质夫词有织绣工夫。晁叔用云，东坡如毛嫱西施净洗却面，与天下妇人斗巧；质夫未免膏泽。”晁冲之，字叔用。章质夫“诗词尤见称于世”，苏轼要胜过他真的很难。前人在比较两篇作品时，未能搔到痒处。那么，苏轼的和作是如何转败为胜的呢？苏轼是如何找到制胜武器的呢？其核心在哪里？先看他们的作品。

原作章质夫《水龙吟》：

燕忙莺懒花残，正堤上、柳花飘坠。轻飞点画青林，谁道全无才思。闲趁游丝，静临深院，日长门闭。傍珠帘散漫，垂垂欲下，依前被，风扶起。　　兰帐玉人睡觉，怪春衣、雪沾琼缀。绣床旋满，香球无数，才圆却碎。时见蜂儿，仰粘轻粉，鱼吹池水。望章台路杳，金鞍游荡，有盈盈泪。

苏轼《水龙吟》（次韵章质夫杨花词）：

似花还似非花，也无人惜从教坠。抛家傍路，思量却是，无情有思。萦损柔肠，困酣娇眼，欲开还闭。梦随风万里，寻郎去处，又还被、莺呼起。　　不恨此花飞尽，恨西园、落红难缀。晓来雨过，遗踪何在，一池萍碎。春色三分，二分尘土，一分流水。细看来，不是杨花点点，是离人泪。

章质夫《水龙吟》咏杨花词工细委婉，确有他人不能到处，杨花、柳絮飘扬无形，写好并不容易，章质夫词中“傍珠帘散漫，垂垂欲下，依前被，风扶起”，杨花飘落过程中又被风吹起，经作者一描写，柔美动人；“时见蜂儿，仰粘轻粉，鱼吹池水”的情景一经道出，生动传神。黄升《唐宋诸贤绝妙词选》卷五：“‘傍珠帘散漫’数语，形容尽矣。”魏庆之《诗人玉屑》卷二十一云：“所谓‘傍珠帘散漫，垂垂欲下，依前被，风扶起’，亦可谓曲尽杨花妙处。东坡所和虽高，恐未能及。”尽管如此，二词还是有高下之分的，章质夫词中写柳絮在风中飘落的状态以及蜂、鱼的表现不仅生动而又贴切，但全篇还是有松散处，没有紧密扣住咏絮。许昂霄《词综偶评》坚持认为：“（东坡）《水龙吟》与原作均是绝唱，不容妄为轩轾。”而王国维《人间词话》云：“东坡《水龙吟》咏杨花，和韵而似原唱；章质夫词，原唱而似和韵。才之不可强也如是。”王国维的话已隐含分高下的意思。

苏轼是和章质夫词的，章质夫词在前，已使苏轼难以下笔。

第一，既要合原唱之意，又不可全依原唱。章质夫词写杨花，大致在赋物，苏轼词借杨花以言情。章质夫词实处大于虚处，苏轼词虚处大于实处。换句话说，苏轼词在虚处用力以避开章质夫词的实处之长。如章质夫词写杨花在空中飘转之状，其传神，其韵致，苏轼自知不能超过，就在虚处做文章，“似花还似非花”起句避开章质夫词，已将杨花虚化，正如刘熙载《艺概》卷四所言：“东坡《水龙吟》起云‘似花还是非花’，此句可作全词评语，盖不即不离也。”杨花在似花和非花之间，这一不确定性的两可判断造成“模糊性”的效果，给全词带来虚空朦胧之美，故其笔下的美人描写也是具朦胧美的：“萦损柔肠，困酣娇眼，欲开还闭。”而且苏轼词往虚处写，以梦境入词：“梦随风万里，寻郎去处，又还被、莺呼起。”词的意思跳跃性很大，因梦寻郎，本有希望，可是梦被啼莺呼醒，好梦难成。梦中寻郎已是虚幻的美丽，可是这虚幻的满足也不能让女主人享有，真是幽怨凄凉。下阕仍在虚处用力，“愈出愈奇”（张炎《词源》卷下）。苏轼词虽同章质夫词也写到水和萍的关系，章质夫词实写“鱼吹池水”，在飘满杨花的水面，见到鱼不时用嘴来拨弄水。平时水面清净，鱼也有类似动作，因平常并不引人注意，当水面浮满杨花时，鱼用嘴拨弄水面的动作非常明显，人易察觉到。而苏轼避开了这点，他写“一池萍碎”，用“柳花入水，经宿化萍”，其中就隐含此物变化为彼物的神秘，因神秘呈现遗貌取神之妙。“春色三分，二分尘土，一分流水。细看来，不是杨花点点，是离人泪。”前者是杨花之“遗踪”，“春色三分”者言春色大势已去，更遗憾的是残存的“春色三分”中有两分已沾泥，一分已落水。章质夫词和苏轼词都写到泪，因“泪”是韵字，无法回避，章质夫词的“泪”是实写，是真实的女子“盈盈泪”；苏轼词的“泪”是虚写，以杨花喻泪，再由泪去说人，章质夫词写泪是直接的，苏轼词写泪层次丰富，以虚入实，粗看杨花自是杨花，细看杨花是“离人泪”，“点点”二字回应章质夫词的“盈盈”，章质夫词的“盈盈泪”是挂在美人的脸上，而苏轼词的“点点是离人泪”是散落在满世界的。

第二，要在前人韵中翻腾，用其韵而不可全同其意。如上阕结句，章质夫词为“傍珠帘散漫，垂垂欲下，依前被，风扶起”，苏轼词为“梦随风万里，寻郎去处，又还被、莺呼起”，同用“起”韵字，而章质夫词在本题，言花飘落之状，苏轼词与本题若即若离，以梦宕开，写人之思念之苦。一在物，一在人，各逞其能，各得心机。《词洁》卷五挑出苏轼词的毛病：“‘抛家傍路’四字欠雅。‘缀’字趁韵不稳。”这里提到用韵，章质夫词“雪沾琼缀”，说杨花飘落在兰帐玉人的春衣上，如雪如玉一样粘在衣服上。章质夫词的“缀”是已然之事，而苏轼词的“缀”是预设而难以实现之事，这是二者的区别。说苏词“趁韵不稳”不知是何道理。

苏轼初见章质夫词，自惭未能续和，那是没有信心与之抗衡或求超越，处于劣势，自甘失败；而后找到切入点，找到战胜章质夫词的写作策略，从虚处落笔，以虚取胜。故读苏轼词，必须结合章质夫词来分析，参透“虚”“实”二字，方能深入领会章质夫、苏轼二人的词的差异以及苏轼词的高妙：“情景交融，笔墨入化，有神无迹矣。”（黄苏《蓼园词选》）从中亦可领悟苏轼转败为胜的写作智慧。只要能和章质夫词平分秋色，苏轼在此次创作角逐中已经获胜；如后人认为苏轼词韵胜，高出章质夫词，那更是苏轼作词时所期待的结果。

二、被误读的《兰陵王·柳》主题

周邦彦《兰陵王·柳》是其代表作。因其结构细密、风格典雅而为人称道。

> 柳阴直。烟里丝丝弄碧。隋堤上、曾见几番，拂水飘绵送行色。登临望故国。谁识京华倦客？长亭路，年去岁来，应折柔条过千尺。
>
> 闲寻旧踪迹。又酒趁哀弦，灯照离席。梨花榆火催寒食。愁一箭风快，半篙波暖，回头迢递便数驿。望人在天北。　　凄恻。恨堆积。渐别浦萦回，津堠岑寂。斜阳冉冉春无极。念月榭携手，露桥闻笛。沉思前事，似梦里，泪暗滴。

此作以“柳”为题，故人们有时也将此词归入咏物一类，其实是以柳为起兴，柳者，留也，以柳写离情也就成了题中应有之意。

关于这首词的主题，向无争议，因为词中有“拂水飘绵送行色”句，容易确定“送行”是此词的主题所在，故陈匪石《宋词举》云：“至‘送行色’三字，亦一篇之眼，下二叠即由此生也。”陈匪石基本同意周济的说法，他说：“此第二段，说送别时之感想，而不说别后情愫，留下段地步。”意谓第二段不写“别后情愫”，是要留给第三段去写，但词的主题是送别。那么周济如何确定此词的主题呢？他在《宋四家词选》中说：“客中送客，一‘愁’字代行者设想。以下不辨是情是景，但觉烟霭苍茫。‘望’字、‘念’字尤幻。”周济以为这首词不是一般的送行词，而是客中送客的词作。唐圭璋《唐宋词简释》意同陈匪石，云：“第二段写送别时情景。”包括文学史在内，对此词的阐释基本上没有例外，皆言此词是“送别”或“客中送客”的作品。

这首词是否在写“送别”或“客中送客”，一要据写作背景来考察，二要就词自身提供的信息来分析。这首词的写作背景见于南宋张端义《贵耳集》卷下：“道君幸李师师家，偶周邦彦先在焉，知道君至，遂匿于床下。道君自携新橙一颗，云‘江南初进来’，遂与师师谑语，邦彦悉闻之，檃栝成《少年游》云：‘并刀如水，吴盐胜雪，纤手破新橙。’……道君大怒，坐朝宣谕蔡京……得旨：‘周邦彦职事废弛，可日下押出国门。’隔一二日，道君复幸李师师家，不见李师师，问其家，知送周监税。道君方以邦彦出国门为喜，既至，不遇，坐久至更初，李始归，愁眉泪睫，憔悴可掬。道君大怒云：‘尔往那里去？’李奏：‘臣妾万死，知周邦彦得罪，押出国门，略致一杯相别。不知官家来。’道君问：‘曾有词否？’李奏云：‘有《兰陵王》词。’今《柳阴直》者是也。道君云：‘唱一遍看。’李奏云：‘容臣妾奉一杯，歌此词为官家寿。’曲终，道君大喜，复召为大晟乐正，后官至大晟乐府待制。”道君为宋徽宗。这一本事似有传奇色彩，不足为凭。即从此处记载看，此词和《少年游》即事成篇不同，显然不是为李师师而作，但李师师“愁眉泪睫，憔悴可掬”确实是为此词所感动的。

既然本事无助我们厘清此词的主题，那就从作品出发来做分析。第一片“柳阴直……应折柔条过千尺”中的“送行”不是理解词旨的关键，因为送行是他人的行为，“谁识”才是理解词旨的关键。“谁识”的意思是认识谁呢，即无人相识。“柳阴直。烟里丝丝弄碧。隋堤上、曾见几番，拂水飘绵送行色。”由“柳”起，而写自己在旅途中所见，“几番”为多次，意谓在隋堤上多次见到别人送行。“登临望故国。谁识京华倦客?”这里才开始表明自己的身份：“京华倦客”。倦客指客居他乡而厌倦旅途生活者。他此刻因见他人送行，而登楼望故乡，内心痛苦，十分寂寞：“谁识京华倦客?”他人将行尚有人送行，自己却无人送行，怎能不悲伤?“长亭路，年去岁来，应折柔条过千尺。”“年去岁来”和“曾见几番”相应，皆言他人，折柔条而作别者并非自己，故“应折柔条过千尺”只是设想而已。第一片处处扣“柳”，又处处写羁旅离情。“柳阴直，烟里丝丝弄碧”只是写景以做铺垫，“烟里丝丝弄碧”已含有依依惜别之意，“送行”虽非言己，但已将题意抛出，引出倦客登临。作者慨叹无人相识而独自登临。“谁识”二字已见其孤独，是了解整篇词作的情绪的关键，因孤独而登临，因孤独而关注“拂水飘绵送行色”，而悬想“应折柔条过千尺”。

第二片“闲寻旧踪迹……望人在天北”写人在途中离别。因上片写自己是无人相识的京华倦客，以至于登临望故乡，这里以“闲寻”承“登临”，闲寻者何?“旧踪迹”指人在途中的过往之事。寻找的结果是一无所获。“又”指人在途中的不断重复的动作和事情，那就是“酒趁哀弦，灯照离席”，即又是一场离别，而且是孤独地离去。“离席”者只是离别之宴席，不必有熟人送行。如某人经过某地，在长亭别馆，饮宴作别此地而又另赴他处，或有人相送，谓之送别；或无人相送，谓之离别。周邦彦属于后者。“梨花榆火催寒食”不仅仅是写时令，还在感叹季节的变换、时光的流逝。但人在路上，身不由己，瞬间又过了数驿，而和思念的人距离更远了，怎不生“愁”?“望人在天北”和第一段“登临望故国”相应，言所想望见之人离自己太远了，故云“在天北”。

第三片“凄恻……泪暗滴”，“凄恻”承“愁”而来，“恨堆积”以足其意。“渐别浦”句云斜阳中之景物。“念”和“沉思”都是心理描写，程度不断深化。所念和所思之人就是“人在天北”之人，也是当年“月榭携手”之人。

全词意脉清晰，因见他人送行，自觉孤独（谁识）而登高，此一层；又要再行，愁与“望”之“人”更远，此又一层；最后，思念“携手”之人，如同梦中，悲伤不已，只能“泪暗滴”。抓住“谁识”“又”“念”即可厘清全词思路，“谁识”是关键语，因为孤独一人，“又”一场离别，而无人送别，故思念当初别情。

这首词是自伤别离，而非“送别”或“客中送客”，沉痛之处正在于客中无人送别。只有这样，才能理解此词的结构和词中人物关系，也才能体会王国维评周词如“词中老杜”，而“沉郁”之思、“顿挫”之变正是这首词的艺术特色。

三、李清照《凤凰台上忆吹箫》新探

婚后的李清照是幸福的，从《金石录后序》的记载中可以看出这对知识型夫妻的平等和谐、志同道合的快乐。她这一时期的作品已卸去少女的轻盈，而表现出沉稳和深情，那些思念丈夫赵明诚的词篇婉转曲折，真切动人。《凤凰台上忆吹箫》就是其中的一首。这首词有两个版本，《全宋词》所收从宋曾慥《乐府雅词》：

> 香冷金猊，被翻红浪，起来人未梳头。任宝奁闲掩，日上帘钩。生怕闲愁暗恨，多少事、欲说还休。今年瘦，非干病酒，不是悲秋。
>
> 明朝，这回去也，千万遍阳关，也即难留。念武陵春晚，云锁重楼。记取楼前绿水，应念我、终日凝眸。凝眸处，从今更数，几段新愁。

而通常被人所引用的为《漱玉词》本：

> 香冷金猊，被翻红浪，起来慵自梳头。任宝奁尘满，日上帘钩。生怕离怀别苦，多少事、欲说还休。新来瘦，非干病酒，不是悲秋。
>
> 休休，这回去也，千万遍阳关，也则难留。念武陵人远，烟锁秦楼。惟有楼前流水，应念我、终日凝眸。凝眸处，从今又添，一段新愁。

这两个不同版本的词应当都出于李清照之手，至于二者有不少相异之处，可能是两个原因造成的：第一个原因容易想到，即一首为原词，另一首经过修改；第二个原因可能是记写之差异，即一种版本是原作，另一版本则是在暂时找不到原作时回忆出来的，后又找到原作，因而两版本并存了。比较两首词，首先要肯定的是二词均佳，其次可以从中体会遣词造句的技巧。将《乐府雅词》本和《漱玉词》本进行比较，大致可以看出，前者为最后定本，而后者为原作。两本并存于世，而且李清照创作此词是送给丈夫赵明诚的，词作有了修改一定发生在李清照、赵明诚二人之间。

因此，这两首词并存就有了如下意义：

第一，在李清照之前，男女两性之间的诗歌写作有多种情况，一种是夫妇之间的唱和或酬赠之作，那是在各自表达自己的情感，如秦嘉夫妇的赠答诗。秦嘉《留郡赠妇诗》五言诗三篇，以五言述伉俪情好，这里抄录一首："人生譬朝露。居世多屯蹇。忧艰常早至。欢会常苦晚。念当奉时役。去尔日遥远。遣车迎子还。空往复空返。省书情凄怆。临食不能饭。独坐空房中。谁与相劝勉。长夜不能眠。伏枕独展转。忧来如循环。匪席不可卷。"其妻徐淑有《答秦嘉诗》："妾身兮不令。婴疾兮来归。沉滞兮家门。历时兮不差。旷废兮侍觐。情敬兮有违。君今兮奉命。远适兮京师。悠悠兮离别。无因兮叙怀。瞻望兮踊跃。伫立兮徘徊。思君兮感结。梦想兮容晖。君发兮引迈。去我兮日乖。恨无兮羽翼。高飞兮相追。长吟兮永叹。泪下兮沾衣。"徐淑诗之诗式并没有用秦嘉诗之五言诗体式以相呼应，而是用句句带"兮"的歌诗体。

还有一种是寄内诗，那是丈夫写给妻子的，据说李商隐的《夜雨寄北》即是，诗云："君问归期未有期，巴山夜雨涨秋池。何当共剪西窗烛，却话巴山夜雨时。"

更多的是男性写给非夫妻关系的异性，这在唐诗和宋词中很多，如柳永《河传》："翠深红浅。愁蛾黛蹙，娇波刀翦。奇容妙妓，争逞舞裀歌扇。妆光生粉面。坐中醉客风流惯。尊前见。特地惊狂眼。不似少年时节，千金争选。相逢何太晚。"

以上作者是男性或以男性为主体，而李清照这首词和他们不同，作者是女性，是夫妇中的女性。这就具有了特殊的认识价值。

第二，更为重要的是两首词分别代表了两个不同的认识角度，即原词是李清照个人对夫妻离别的感受和情感判断；而改作则主要代表了赵明诚的体验和认识，也就是说，赵明诚是此词的第一个读者，也是向李清照提出修改意见的指导者或建议者，重要的改动部分应是充分吸收了赵明诚的意见的。从词作修改中可以了解赵明诚初读此词的感受，同样也可以让我们想象李清照、赵明诚二人在切磋时的认真和找到最恰当表达情感的词句时彼此欣赏的情景，那种快乐甚至可以代替离别的烦恼，而《金石录后序》中的记录在这点上也找到了印证："后屏居乡里十年，仰取俯拾，衣食有余。连守两郡，竭其俸入以事铅椠。每获一书，即同共勘校，整集签题。得书画彝鼎，亦摩玩舒卷，指摘疵病，夜尽一烛为率。故能纸札精致，字画完整，冠诸收书家。余性偶强记，每饭罢，坐归来堂烹茶，指堆积书史，言某事在某书某卷第几叶第几行，以中否角胜负，为饮茶先后。中即举杯大笑，至茶倾覆怀中，反不得饮而起。甘心老是乡矣！故虽处忧患困穷，而志不屈。"两位知识型的情侣在智能比拼中获得了特殊的享受和欢乐。当然二人性格都有些急躁，《金石录后序》中提到"侯性素急"和"余性不耐"，在平常生活中有些摩擦或斗气也是正常的，但因此而附会出他们的婚姻曾有过危机则不可信，从《金石录后序》的叙述中可知二人的幸福时光，李清照不会勉强自己说虚假的话，这是由她的性格决定的。

那么，为什么视《漱玉词》本为原作呢？这是在比较二词在写事抒情方面谁更为合情合理的分析中得出的，当然我们仍然认为两首词在抽象的语境中都是优秀之作。原作有"任宝奁尘满"，联系上下文和当时情景，甚为不妥。赵明诚要离家，从另一版本获知，离家约一年（"今年瘦"），离别是在"明朝"。在离别之前一日，李清照预想明日和丈夫的分别，无论如何也不会让宝奁尘满。而改作用"闲掩"二字，就非常恰当，既然不梳头，也就不要开奁照镜了，贺铸《菩萨蛮》有"开奁拂镜严妆早"，可见宋代女子梳妆的镜子有一种是置于奁中的，照镜时需打开奁匣。这里"任宝奁闲掩"的意思是任凭镜奁闲置而关着。原词下片"休休"承"新来瘦，非干病酒，不是悲秋"，夫妻之间的离愁既然如此含蓄，上面为什么还要说得很清楚，说什么"离怀别苦"呢？不如改作"闲愁暗恨"说得模糊，而且宽泛。原作"休休"二字关联不紧，不如改作"明朝"二字点明分别的具体时间重要，少了这两个字，不仅具体时间无着落，全词的脉络也不够明晰。阳关为古曲《阳关三叠》的省称，泛指离别时唱的歌曲。"这回去也"句即这次离别就是十分挽留，唱千遍《阳关三叠》也是留不住的。原作"念武陵人远"不如改作"念武陵春晚"含蓄婉转，原作"烟锁秦楼"意思虽好，却并不完全合适李清照夫妻，他们并非神仙之侣，也不想做神仙之侣，改作"烟锁重楼"就灵活许多，且"重楼"与"春晚"相应。武陵当喻丈夫此行之地，改作"武陵春晚，烟锁重楼”隐含对丈夫此行的担忧。原作“惟有楼前流水”不说人，只说水，把丈夫说得有点无情，这不是李清照的本意。再说赵明诚也不能接受这样的表述。改作“记取楼前绿水”则语意不同，是希冀的口吻、商量的语气。希望丈夫不要忘了楼前水边有一个人在终日思念。原作“凝眸处，从今又添，一段新愁”意谓本有“愁”，料将又添“新愁”，赵明诚可不这样看，他认为在长别之前，夫妻二人是快乐的，并无“愁”，故“从今又添，一段新愁”不太符合实情，而“凝眸处，从今更数，几段新愁”就符合他们夫妇的实际情况，也就是说，不一定本来有“愁”，从现在起又要添上“新愁”，而且是几段新愁。

题伊世珍《琅嬛记》卷中引《外传》云：“易安以重阳《醉花阴》词函致明诚。明诚叹赏，自愧弗逮，务欲胜之。一切谢客，忘食忘寝者三日夜，得五十阕，杂易安作，以示友人陆德夫。德夫玩之再三，曰：‘只三句绝佳。’明诚诘之。曰：‘莫道不销魂，帘卷西风，人似黄花瘦。’政易安作也。”《琅嬛记》系伪书，其所述未必是事实，但它启发人们去想另外一个问题，从《金石录后序》记载中，可以看出李清照和赵明诚二人都有享受知识带来快乐的高雅意趣，而赵明诚却没有文学创作留存。为什么会这样呢？不得而知。而《琅嬛记》的叙述似乎给出一个答案，即赵明诚不是没有创作，而是创作才情不及李清照，故自弃其短。从李清照原词和改词来看，赵明诚是有艺术感悟的，只是不像李清照那样，能用文学语言表现内在情感，这也可能和赵明诚醉心收藏、精研金石有关。原词和改词都是写同一件事，都在抒写离愁，但又不同于一般写离愁的作品。其妙在于离别之前预想离别和离别后的情景。还有一点是认识价值，设想原作为李清照自作，修改稿是吸收了赵明诚意见而成的，则两稿对照又能体察到李清照、赵明诚夫妇二人的心理以及他们对离别的不同感受。

（原分载于《中国社会科学报》2011 年 3 月 1 日，原题为《苏轼转败为胜的写作智慧——以〈水龙吟〉咏杨花词为例》；《中国社会科学报》2010 年 7 月 20 日，原题为《又在客中无人别：被误读的〈兰陵王·柳〉》；《中国社会科学报》2010 年 10 月 26 日，原题为《“几段新愁”还是“一段新愁”：李清照〈凤凰台上忆吹箫〉新探》）

音乐与文学研究的深层拓展

《隋唐五代燕乐杂言歌辞研究》[1]（以下简称《研究》）的出版，是学术界一件可喜可贺的事。研究中国音乐与文学关系的著作摆在我们面前的就那么几部，而它是最有分量的后出转精之作。这一部著作无疑是音乐与文学研究相结合的典范，精义迭出，新见纷呈，表现了作者的智慧和才力。因某种缘分我有幸读过昆吾师的博士论文打印稿，10 年后又读到了此书的校样，现在看到这部印刷精美的 45 万字的著作，感触是很多的。当今的学术迅疾发展，10 年对那些忙于理论建构和追逐文化思潮的人，不知更换了几茬几代，以至于不少人若干年后羞于再提最初隆重推出的幼稚建树。因此，当我们读《研究》时，更加体会到真知灼见的学术所具有的长久的魅力——此书不仅以其博大的体系和透辟的分析体现出了对历史事物研究的客观性和理性，还提示了文学史研究的基本途径：在充分占有原始材料的基础上，努力考察事物的广泛联系，认真分析事物的阶段性发展，以说明文学的发展规律。

把文学作为一种文化事项，放在较宽阔的背景下进行研究，这并非一种时髦，而是由资料与对象的本性决定的，是文学研究向深层次展开的客观选择。比如关于音乐与文学关系的研究，缘于文学史上如下一些基本事实：诗三百以音乐为标准划分为风、雅、颂，楚辞源于民间娱神的巫歌，汉乐府民歌及南朝民歌均为歌唱的文学，“歌行”“声诗”皆由音乐术语而成为文学术语，“曲子”与“词”本属母与子的亲缘……文学的本质恰恰能在与音乐的联系中得到解释。这样的研究的重点不在于选择一种中介，如音乐所凭依的风俗、制度或宗教，而在于对围绕中介的种种关系的深入探讨。作为一个文学史工作者，对文学史的熟悉是最基本的能力。而对深化文学史研究的中介物及其背景事物的真正认识却是难以做到的。迄今为止的研究已经昭示了这样一个事实：大多研究者对引入文学研究的种种中介事物或背景事物缺少深入的了解，常见的情况是把某一领域的概论

① 王昆吾：《隋唐五代燕乐杂言歌辞研究》，中华书局 1996 年版。

移来生硬拼接。这样的研究不但不能将学术研究引向深入，最危险的也是最可能的是会扰乱视听，致使治丝益棼。《研究》启示我们：正确的做法是通过创造性的研究熟悉和把握文学的各种相关事物，成为所讨论的每一对象领域的专家（甚至你的成果在那一领域也是处于领先地位），这样你的研究才能具有充分的价值。这是笔者读《研究》的第一个感受。

《研究》是对隋唐五代燕乐杂言歌辞的研究，其中介事物有种种风俗与仪式，而其中主要的背景事物是燕乐。因此，作者对有关音乐的问题，特别是作为中古民族文化交流之果实的“燕乐”，用了相当大的篇幅进行了探讨。一方面充分吸收了当代音乐研究的重要成果，比如在论述中国古谱存在形式时，指出指位谱和音位谱中指位谱为主要形式，引用了日本正仓院的唐笙字谱、日本京都神光院所藏初唐写本《碣石调幽兰》琴谱等，或反证、或旁证（47 页）；又如为了阐释郑译八音之乐的理论及其乐律学背景，引用了黄翔鹏《八音之乐与“应”“和”声考索》，指出郑译理论表现了胡乐和俗乐在乐律学理论上融合的音乐本质内涵以及开启了二十八调体系的音乐学意义（39 ～ 40 页）。另一方面，也是主要方面，他对中国音乐的历史发展和燕乐体系的建立过程做了细致的分析。这一点突出体现了他一贯的学术品格：客观的态度和对真理的不懈追求。他在界定隋唐五代燕乐的时候，在对中古音乐史做出阶段性划分的时候，显示了深厚的音乐学的素养和功力。例如“关于乐律、乐器和夷夏之辨”节，虽然主要涉及音乐的物质形态，但不难看出作者对音乐史演进的总体把握。音乐在本质上是诉之于听觉的表演艺术，而提供给音乐史工作者研究的材料大多是纸上的记载，因此，准确掌握音乐史术语的确切而具体的内涵是一件很困难的事情。作者从不愿意用模糊的描述去对待这类事物，而总是在众多的材料中细心勾划概念的本质特征。例如关于大曲结构的术语，名目繁多，且有歧义，作者指出：“它们的歧义，实质上是由于从不同角度看待大曲的结构而形成的。例如日本资料较重管乐，宋大曲资料较重节奏乐，《乐府诗集》较重歌辞，白居易《霓裳羽衣歌》较重舞蹈。”（178 页）这一基本的认识使作者能系统揭示大曲结构术语的对应关系，并能在研究中灵活运用。

对音乐史的深入研究使作者具备了较高的音乐学造诣，让他总能在比较高的层次上和当代音乐史专家进行对话。他说：“据音乐学家黄翔鹏的审核，本书关于中古音乐史的论述，可以得到音乐形态学资料的充分支持。”（588 页）这意味着文学资料与音乐学资料的高度统一，也意味着历史（音乐文学史）与逻辑（民族音乐的深层结构）的高度统一。毫无疑问，在中国的文学研究界，他是往音乐学领域走得最远、最深的学者。

现象与现象之间、事物与事物之间发生联系，有表层的联系，也有本质的联系。最有价值的工作当然在于揭示事物之间的本质联系。越是能在纷乱的表象之后揭示出潜在的联系，越能显示研究者的素质和研究成果的价值。这是读《研究》的第二个感受。

隋唐五代燕乐杂言歌辞的研究容纳了极为复杂的材料和各个层次的问题。就这部著作所涉及的方面来看，它包涵了曲子、大曲、著辞、琴歌、歌谣、讲唱等音乐文学品种，而每一品种又具有丰富的内容。例如在“曲子”一章，作者研究了曲子及其特征、风俗歌与妓歌、曲子的产生、杂言曲子辞、关于依调填辞等诸多问题。提出这些问题，可以说就已经在分类学上取得具有相当意义的成果了；时下一些著作习惯的做法是停留在这一步，仅仅把材料堆砌起来，做简单的描述或概括。但《研究》却没有这样，而是表现了非常自觉的科学研究意识：在事物的联系中努力探寻事物运行的原因和原理。读毕全书，回头来看《研究》的隋唐五代燕乐基本概念构成图，我们就可以了解到作者是如何展开自己的思路，如何在丰富的门类中找到事物之间的联系的：因为这一图表是作者深入论证、具体考订的结果。例如，作者对曲子产生背景的风俗歌与妓歌到包括依调填辞在内的复杂的曲辞关系都做了细致而翔实的论述。因此，《研究》的这一导读图代表的是一个从抽象到具体再回到抽象的分类学的成果。在占有翔实资料的基础上，对事物做出能够揭示其深刻本质的分类，这大概是《研究》对于中国中古音乐文学研究的一个主要贡献。

学术研究态度应该是客观的，而研究的成果当有助于学科的建设和发展，《研究》不仅有助于中国音乐史的研究，也有助于中国文学史的深入研究。这是读《研究》的第三个感受。

这部著作尽管用了大量篇幅讨论音乐问题，但其着眼点在文学。作者始终关注中国文学史中的重大问题，一开始，就引述了文学史教科书关于词起源问题的讨论（11 页），而在结束语中又交待了隋唐五代燕乐歌辞研究对文学史家的意义（481 页）。书中有关文学的创见是不胜枚举的，这里且谈一谈其中涉及的词的起源问题和世传蔡琰《胡笳十八拍》的真伪问题。

20世纪文学研究有一个热点，就是研究词的起源。形成热点的原因大概有两个方面：一方面，敦煌资料和新兴的中国音乐研究把人们的目光引向隋唐燕乐这个背景事物，问题的解决有了新的条件；另一方面，这一思路未得到文学研究者的广泛认同，因为传统的一个问题——词律是如何产生的？词和诗到底有怎样的关系？这些问题并未得到合理解释。作者在进行隋唐燕乐研究的时候发现这一问题可以转换为初盛唐的教坊乐如何进入中晚唐文人生活的问题，因而注意到盛唐以后发展起来的饮妓艺术以及与之相联系的酒筵歌舞。在全面占有资料（包括考古资料、敦煌文献）的基础上，提出了一个“令格”概念，认为晚唐五代的文人曲子辞格律既不同于敦煌曲子辞的格律，又不同于宋代文人词的格律；因此，它的产生原因不仅在于音乐，也不仅在于诗律，还在于酒令令格。或者说，从曲子辞向词的转化在其早期阶段起重要作用的是音乐，而在其后期阶段起重要作用的是酒令。它在民间辞阶段获得歌调，在乐工辞阶段获得依调撰词的曲体规范，在饮妓辞阶段增加众多的改令令格，这些令格到五代以后的文人辞阶段才转变成由词谱所规定的种种格律。词律迥异于近体诗律，因此，不能把近体诗看作词的主源。《研究》的《著辞》章，即对此做了集中论述。

关于《胡笳十八拍》，20世纪50年代末期，中国文学研究界有过一场激烈的争论——关于《胡笳十八拍》的作者及创作年代的争论。争论双方的阵营十分强大，郭沫若、刘大杰各为一方的主将。讨论的结果编成了一部几十万字的论文集，却没有得出明确的结论。原因是什么呢？是因为争论双方都没有看到《胡笳十八拍》的本质：它是一首琴歌，而不是普通的文学作品。尽管双方都拿出了一批足以支持自己观点的资料，但他们却无法对这些资料做出合乎逻辑的解释。《研究》的作者在研究唐代琴歌时注意到了这一问题，因此很自然地补充了三类资料。一是七弦琴艺术史的资料。根据这些资料，可以清晰地描写出胡笳的发展过程：开始是琴小曲（魏晋南北朝），后来是琴大曲（盛唐），其间有分为大小两种胡笳曲的过程（始于西晋），唐代以后又有从单纯器乐曲到伴奏曲的发展过程。从中知道，十八拍的胡笳曲产生在盛唐董庭兰以后，而不是蔡文姬时代。二是考古学资料，例如敦煌文献所记的《胡笳十八拍》和《淳化秘阁法帖》所记的《胡笳十八拍》的若干字句。根据这些资料，唐代流行的《胡笳十八拍》是《大胡笳十八拍》，即刘商作辞的《胡笳十八拍》；

旧题蔡琰的《小胡笳十八拍》是直到宋初才有明确的文字记载的。三是民间遗存的资料，如今天所能见到的38份《胡笳》琴谱。这些琴谱可以分为三个系统：①题作“小胡笳”的系统，四段的结构和中唐的记载相同；②题作“大胡笳”的系统，它往往按刘商的辞意列标题，是唐代《大胡笳十八拍》的遗存；③题作“胡笳十八拍”的系统，它其实只是《小胡笳十八拍》，因为它按“紧五慢一”定弦，调式和《小胡笳》相同。作者认为：人们所争论的《胡笳十八拍》只是《小胡笳十八拍》；它在中唐时候只有4段，到五代才完成18段的结构。根据目录书的记载，它的作者是南唐人蔡翼，而不是汉魏之际的蔡琰。《研究》“琴歌”章的这一考订是相当有说服力的。

以上是笔者读《隋唐五代燕乐杂言歌辞研究》的粗略感受。说实在的，由于自己对音乐知识了解甚少，所谈未必能正确传达出《研究》的精髓。但这一部著作给人的启示是很多的，比如上文所谈到的《胡笳十八拍》的考订，便表明此书在论述问题时非常重视文物资料和民间遗存。关于这种文献、文物、遗存资料做三重论证的方法，书中有另一个例子：为了说明大曲的音乐结构，作者引用了新疆木卡姆与之印证，肯定了西安鼓乐同唐大曲“散—慢—快”形式结构的对应。此外，作者还能在充满矛盾的现象中敏锐地揭示事物的本质，甚至常常把揭示矛盾作为研究的开端。比如作者指出：在岸边成雄那里，“一方面把十部伎、三大舞等等当作雅乐，一方面又把它们（‘大乐伎’）归入俗乐，是有矛盾的”。正是在这一起点上，作者一步步地揭示了燕乐与俗乐之间的对立统一的关系。

（原载中华书局《书品》1997年第3期）

考据学与多种学科方法结合的典范

——读王昆吾先生《中国早期艺术与宗教》

王昆吾（小盾）先生的《中国早期艺术与宗教》一书由东方出版中心于1998年6月出版，这是作者对学术界的又一重大奉献。在关于中国早期社会文化现象的研究中，多年来积存了不少神秘难解的问题，如火历的真相，十二支的来历，曾侯乙墓龙虎二十八宿图的内涵，古黑水昆仑与蓬莱的地望，龙和凤的原型，中国神话的谱系，风、雅、颂、赋、比、兴等术语的本义等。它们皆寓意深远地传达了中国文化的智慧。《中国早期艺术与宗教》在充分占有史料及实地踏访的基础上，运用考古学、民族学、科技史等学科的研究手段，对上述问题做了全面深入的探讨，多发前人之覆，因而在艺术考古、文学传播、宗教音乐系统的发生、民族文化的起源等学术领域提纲挈领地展示了一系列具有重要启发意义的观点和思路。

多篇收入《中国早期艺术与宗教》的论文曾在《中国社会科学》上刊出。《中国早期艺术与宗教》的内容主要关于中国文化艺术史中若干千古疑难问题的考释，视野宽广而论述深入。其中一个重要特点就是考据学方法和其他多种学科方法的结合，因此从某种意义上说，这是一部具有现代意义的考据学力作。笔者拟从这一角度，即从多学科的知识和方法做综合考察的角度，谈谈拜读《中国早期艺术与宗教》的几点感受。首先，可以举出以下方法论方面的例证。

一、利用实物史料进行考证

随着地下文物的出土，人们越来越懂得了实物史料在研究中的作用。1934年，陈寅恪在《王静安先生遗书序》中称颂王国维的治学方法，其中之一就是“取地下之实物与纸上之遗文互相释证”。王昆吾先生在研究中对此是有自觉意识的。在《中国早期艺术与宗教》中利用实物史料进行考据的例子随处可见，可谓游刃有余、得心应手。例如《楚宗庙壁画鸱龟曳衔图》运用了大量的考古资料：①长沙马王堆一号汉墓帛画中的鸱和龟。据此说明太阳在黑夜中的化身即为鸱，而龟则是太阳在黑夜的东行之舟。②河南新郑汉代画像砖中的鸱和龟。据此说明人间的黄昏就是冥间的黎明，鸱与龟共同代表了冥间的太阳。③汉甘泉宫遗址中的鸩与龟、蟾蜍与玉兔瓦当。据此说明鸩与龟蛇的形象是表现太阳主题的形象，反映了一种特殊的“运日”神话。④郑州汉代画像砖中的鸱、龟和白虎。其涵义是黄昏时升上冥间星空的太阳，由此印证了在世界的一半时间和一半空间中鸱和龟是太阳及其运动的象征这一古人关于夜间太阳或冥间太阳的观念。这些实物史料复原了一个业已在历史上消失的神话故事，使《天问》中“鸱龟曳衔”一句话的真正含义得到了最好的揭示。另外一个例子是《鸡彝和斝彝》。它根据出土器物上的各种造型资料和纹饰资料，根据《说文解字》“佳”“鸟”二部分列的事实，说明中国新石器时代的鸟崇拜分为两大支——东方的短尾鸟崇拜和西方的长尾鸟崇拜；并进一步指出，鸡彝和斝彝在符号意义上的区别也反映了夏商文化的区别。这一论证使出土器物在空间上和时间上都得到了规定，被赋予了具体的意义。从另一方面说，这种工作也可以说是“思想史的考古”——在对上古史实做考订时，有意识地注意到凝聚为物质形态的符号所含有的哲学命题。

关于运用实物资料进行考证的要点，王昆吾先生在理论上也做过表述。这就是他在《火历论衡》中所强调的文献资料与出土文物的逻辑统一。他说：“对古代文物中的形象进行解释，应当充分利用文献资料以作互证，兼顾各部分图案的逻辑统一。”“无论二十八宿图还是漆书文字，它们都是对《国语・周语下》所记载的星宿信仰体系的表现。”这些话或可理解为：由于中国的历史悠久的文献学传统，以及中国古代文献资料所特具的连续性和较明确的年代性，考据学可以为考古学、民族学提供有效的时间尺度。因此，中国的一切历史科学都应当把考据学作为研究方法的基础。

二、利用民俗资料进行考证

中国是一个多民族国家，民俗资料极为丰富，但由于搜集和阅读都有许多困难，要熟练地运用这些资料来为研究服务洵非易事，王昆吾先生正是因此而表现了特殊的功力。他为了掌握民族学或民俗学的资料，除大量搜集和阅读外，还赴西藏、新疆、云南等地区做了较深入的考察。所以《中国早期艺术与宗教》能娴熟地利用民族学、民俗学资料进行文学艺术研究和历史研究。其中《对藏族文化起源问题的重新思考》《潮汕文化的一支古老来源》二文便是在实地考察的基础上完成的。作者曾介绍了关于藏族文化起源一文的基本观点——藏民族及其文化的起源过程是一个从更大的文化共同体中分离出来的漫长历程——的产生背景：

> 1993年八九月间，在拉萨举办的藏学讨论会上，我曾就这一问题向四川的全体与会代表征求了意见，会后又往山南、日喀则、那曲等地区作了几十天考察。所知所闻证实了我关于藏文化与其它文化有着深刻联系的看法：它是一个复杂的共同体，有相当大的地方差异；这些差异既反映了自然环境和生产方式的差异，也反映了不同的历史文化的积累，说明藏文化在其阶段性发展中接受了广泛的影响。如果说宗教和语言是维系民族文化统一性的两个最重要的因素，那么，通过藏传佛教可以看到吐蕃文化或雅隆文化对于这种统一性的重要作用，通过藏语及其方言分化则可以看到这种统一性的另一个更深远的基础。我们应当立足于后者来讨论藏族文化起源的问题，正像应当着眼于华夏民族形成的时代（而不是秦汉统一的时代或儒家文化形成的时代）来讨论汉族文化起源问题一样。研究者的责任并不是去辩护某种感情，而是尽可能客观地发掘隐藏在表面现象之下的重要事实，根据它所存在的历史条件对它作出理论解释。

由此可见，利用民族资料进行研究不仅是一种方法，也是一种学术精神，即对学术的真理性认真负责的精神。正是由于这种精神，作者在论述时很重视材料的丰满和齐备。例如，此文在讨论藏族以石块为神主的祭龙仪式时，引用了《嘉绒族源初探》《嘉绒藏区的信仰民俗》《石棉县蟹螺乡江坝大队尔苏藏族宗教习俗调查》《冕宁县泸宁区藏族调查笔记》《冕宁县庙顶地区藏族社会历史调查》《雅砻江下游考查报告》《藏族白石崇拜探微》和《论藏族本教的神》等论文和调查报告，使这个具体问题获得了充分的论证条件。

三、利用语言学资料进行考证

语言学资料对于学术研究的意义自清代乾嘉以来日益受到人们的重视，已成为考据学的重要支撑点。但传统学术所重视的语言学资料大致属于汉语语文资料；随着历史比较语言学的传入，一个国际视野的中国语言学、包括中国各民族语研究和汉语各亲属语研究在内的语言学建立起来。王昆吾先生正是站在这样一个前沿位置上来从事他的考据学工作的。

最有代表性的一个例子是《汉藏语猴祖神话的谱系》。此文依据分布在彝族、羌族、僜族、汉族、白族、怒族、瑶族等18个民族当中的45个关于猴祖创生人类的神话，展示了汉藏语猴祖神话的谱系。这一谱系建筑在三个分类体系——关于汉藏语猴祖神话主题和情节的分类体系，关于上述主题、情节的历史形态的分类体系，关于汉藏语诸民族猴名称的原始语音的分类体系——之上，其核心便是汉语古音构拟和汉藏语诸分支语词的比较。来自《藏缅语语音和词汇》《藏缅语族语言词汇》《壮侗语族语言简志》《苗瑶语方言词汇集》《侗台语概论》和中国少数民族语言简志丛书、历年各期《民族语文》的资料，在这里构成了中国猴祖神话的不同历史形态与不同民族文化相对应的生动图景。

同样的情况还见于书中其它文章。例如《诗六义原始》一文在讨论“风”“雅”“颂”等术语的来源时，论证了“雅”的语源：作为从“佳”（《说文解字》释为短尾鸟）之字，其上古音读近于“乌”“鸦”。作者引用了汉语各亲属语的资料——藏语的“khata、khada”，纳西语的“layya”，彝语的“nan、aniba”，哈尼语的“xana、ana”，景颇语的“ukha”，壮语的“yoka、ka”，傣语的“ka、kalam”，侗语和布依语的“a”，水语的“qa”，土家语、毛难语的“ka”，独龙语的“takka”，等等，说明“雅”原指鸦雀的鸣声，所以此字可以在先秦典籍中与“夏”字相通而代表语音的文读或诸夏的普通话，亦即“雅言”之雅。又如《对藏族文化起源问题的重新思考》运用了汉藏语的比较来阐述汉藏文化共同体存续时间的下限。王昆吾先生很推崇现代语言学所取得的成果，认为语言研究在引入音标、语言调查、谱系分类等技术以后，传统的“小学”已变成了现代语言学，使语言学这一学科在20世纪完成了从“古代形式”到“现代形式”的转变。因此，他积极利用语言学的成果来从事自己的研究，一个目的是扩大文学研究的视野和资料范围，另一个目的则不妨说是推动中国古代文学学科的现代化。

四、利用宗教资料进行考证

一旦从发生学角度来观察中国的文学艺术，那么，宗教便是不可忽视的一种文化现象。这不仅因为早期艺术总是宗教形态的艺术，而且因为中国和西方通过丝绸之路所进行的文化交流也以宗教为重要纽带。而中国中古时期的文学艺术新品种一般可以归结为中西文化交流的产物。由于这一缘故，《中国早期艺术与宗教》一书多处利用宗教资料进行考证。除《火历论衡》《从生殖崇拜到祖先崇拜》等文讨论了宗教的早期形式——原始信仰形式之外，书中直接研究宗教与艺术关系的文章还有《汉唐佛教音乐述略》《五台山与唐代佛教音乐》《佛教呗赞音乐与敦煌讲唱辞中"平""侧""断"诸音曲符号》《早期道教的音乐与仪轨》《唐代的道曲和道调》等。这是该书命名为"中国早期艺术与宗教"的由来。

在王昆吾先生看来，上述情况实际上不仅为中国文学艺术研究提供了一个认识角度，而且提供了一个资料库藏。所以他的研究工作始终把宗教资料当成重要支点。近年来，他已编成《汉文佛经中的音乐史料》[①] 一书，作为研究的必备工具。这一工具使一些具体的考订工作变得游刃有余，或者说，使王昆吾先生建立了这样一个习惯——在研究的过程中从不放过一点有用的资料来解决问题。例如，在讨论敦煌讲唱音曲符号"断"的涵义时，他引用了两则资料予以考证："其一，'梵呗'一语，在佛教中又译作'止断'或'止息'，意为'由此外缘已止已断，尔时寂静，任为法事'。其二，'断'是敦煌俗语，意为美妙，如《佛说观弥勒菩萨上生兜率天经讲经文》：'堂堂好个丈夫儿，头面身材皆称断。'参考这两种用法，'断'似可释为呗赞妙曲。五会佛赞中有'极妙演清音'一种声法，其名义与此类似。"有关敦煌讲唱俗语"断"字的涵义，可资参考的资料极少，但《中国早期艺术与宗教》却对其做了非常细致的考证，结论令人信服。

王昆吾先生的考证方法不是单一的，往往是综合使用各种资料和各种

---

① 王昆吾：《汉文佛经中的音乐史料》，巴蜀书社2002年版。

方法来完成的。从这一角度看，《中国早期艺术与宗教》在考据学上的意义极其重大。其荦荦大者亦可列举五端，兹略做评述。

第一，事物呈现出了清楚的时间关系和事物运动的段落关系。例如，《诗六义原始》一文论证了从“六诗”到“六义”的演变经过了若干阶段，认为今本《诗经》的各种格式均是六诗影响的产物。六诗是西周乐教的六个项目，服务于仪式上的史诗唱诵和乐舞，其中“风”与“赋”是用言语传述诗的两种方式，分别指方言诵和雅言诵。“六诗”中的“风”和“赋”的内涵即相当于六语中的“讽”和“诵”，在国子之教中，“讽”和“诵”的对比是直述和吟诵这两种方式的对比；在瞽矇之教中，“风”和“赋”的对比则是方言诵和雅言诵的对比。“比”和“兴”是用歌唱传述诗的两种方式，分别指赓歌与和歌。“比”代表比次重叠的倡和关系，表现在文辞上，是章节的重复；“兴”则代表了起调与和调相连续的倡和关系，表现在文辞上，是乐句的丰富。由此而有了反映其作为重唱与和唱本质的形式，诗的复沓、单行章段、诗章章余。“雅”和“颂”则是加入器乐因素来传述诗的方式，分别指乐歌和舞歌。作为乐歌的“雅”之所以成立，来自三个方面的有力证据：《左传·襄公二十九年》关于二雅皆用工歌的歌诗方式的记载、《汉书·食货志》关于采诗比其音律的整理方法的记载、《诗经》中的乐舞资料。王昆吾先生辨析细密，如对雅、颂进行考辨时做了如下精彩的表述：六诗中的“雅”“颂”与《诗经》中的《雅》《颂》是不可等同的两件事物。“六诗”是教诗之方式，《诗经》是用诗之文本，两者有关联，也有差异。后者较晚起，故《雅》《颂》可包括乐歌与舞歌的含义，但又不止于指乐歌和舞歌。从现有资料看，上述两者的主要分别大致是：《雅》是仪式乐歌，而“雅”却是弦歌；《颂》是祭祀乐歌，而“颂”却是舞歌。这一分别是通过乐歌用于礼仪、舞歌用于祭祀的长期实践活动形成的。这里不仅区别了“雅”“颂”与《雅》《颂》在功能上的差异，也显示了两者在时间上的层次和演变轨迹。从总体上看，从六诗到六义经历了三个阶段，即以乐教为中心的时期，以诗为聘问歌咏手段的时期，以德教为中心的时期。王昆吾先生进一步指出：“诗的功能变化了，才有六诗涵义的蜕变。”在乐教阶段，诗之功能用于仪式和劝谏，从大师的职掌可以了解诗是出于政治目的而创作或收集到宫廷来的，服务于国家礼仪，乐教成了早期诗歌传授的主要方式。在聘问歌咏的阶段，诗之功能从用于仪式到用于专对，即从用于乐教到用于乐语之教。这可以看成对诗歌加以整理的过程，也可以看成诗本义逐渐丢失的过程——在大师和乐工那里，这种丢失表现为诗之辞和诗之乐的疏离。在德教阶段，上述分离表现为诗教与乐教的分离，诗有了新的面貌和性质，其应用范围远远超出过去卿大夫们的出纳王命和宴享交接，而成了人生各种活动的指导。“诗”不仅是用于辞令的语言资料，也是用于思想和处世的语言资料。从用于乐语之教到用于德教，诗歌再次经历了一个整理过程，诗本义亦受到新的修饰或校正，诗歌从此主要不再作为乐歌而存在了，而是作为文学而存在。至此，诗之发展阶段已非常明晰地呈现在人们面前，而有关诗经解释的一些概念之间的矛盾也得到了合理的澄清。

以上关于诗的考论显示了王昆吾先生对上古文艺的独特见解，在纷乱的现象后面隐含着表演艺术和文学的区别，王昆吾先生正是洞察了这一区别，娴熟地运用音乐理论，理清了六诗和六义之间的关系，研究的深入展开正是以阶段性的划分为标识的。在《鸡彝和斝彝》一文中，王昆吾先生也努力从鸡彝和斝彝在符号意义上的区别来理解夏商文化的区别，使鸡彝和斝彝不仅具有部族崇拜的意义，也具有了文化分期的意义。王昆吾先生对《周礼·司尊彝》“春祠，夏禴，祼用鸡彝、鸟彝”“秋尝，冬烝，祼用斝彝、黄彝”做了如下解释：灌器和季节相互对应，春夏同属阳季，故夏春之祼用鸡彝、鸟彝；秋冬同属辛季，故秋冬之祼用斝彝、黄彝。在古人的心目中，鸡彝、鸟彝代表春夏间的阳气，斝彝、黄彝代表秋冬间的阳气。殷人是以辛来代表秋季的，斝彝同辛金在文化性格上有众多一致，商文化与夏文化相区别的一个重点就是商民族所崇拜的太阳已不是春天的太阳，在某一历史时代，它转变为秋天的太阳；商民族所崇拜的生命已不是萌芽状态的生命，它某一时代转变成为与秋藏或收获相联系的生命。因此，夏商民族所使用的彝器的区别不仅反映了这两个民族的鸟崇拜的区别，而且意味着这两个民族的灌礼拥有不同的文化基础，经由不同的途径而形成。这里的考述始终关注历史文化进程中的段落层次。循此思路，我们也可以找到灌礼在重农耕的周代所对应的文化内涵。

第二，隐含的事物结构和关系更为明晰，体现出了逻辑结构和历史结构的统一。如《汉藏语猴祖神话的谱系》努力揭示逻辑结构（民族文化的结构）与历史结构的对应，指出这是潜藏在中国文化深处的最具奥妙的一种关系。《中国早期艺术与宗教》第202页的汉藏语猴祖神语的分类表则基本反映了中国猴祖神话的不同历史形态与不同民族文化的对应。大部分汉藏语民族的猴名称有共同来源，以“猱”“夔”等语词及其训诂学资料为中介，猴为氏族祖神的神话可与大部分藏缅语民族对应；以“蒙”“獽”“罔两”等语词及其训诂学资料为中介，猴为山怪、木石之怪的神话可与若干壮侗语民族对应；华夏民族的猴名称与猴神话表现为上述两大族语的过渡。这些事实说明汉藏语各民族的猴祖神话有同源关系。这种对应关系正是王昆吾先生研究所一贯追求的逻辑结构和历史结构的统一的体现。

第三，学术具有创造性和独断精神。章学诚《文史通义·答客问》高度评价了“独断之学”，云：“未有不孤行其意，虽使同侪争之而不疑，举世非之而不顾。”这里揭示了学术的真正魅力之所在。打开《中国早期艺术与宗教》，处处体现了王昆吾先生的独断之学。《火历论衡》一文指出了过去的火历研究缺少分析观念，把大火观测和星观测相混淆，把星宿火崇拜和自然火崇拜相混淆。《楚宗庙壁画鸱龟曳衔图》考证了《天问》“鸱龟曳衔”一语所隐含的中国古代龟－日神话系统的内涵。《论古神话中的黑水、昆仑与蓬莱》一文认为神话中的地望，其实质是反映了人类曾经历了用具体物名表示抽象概念的阶段。《早期道教的音乐与仪轨》指出道教音乐的仪式化过程表现为通神、宣化、养生、遣欲等功能次第转型的过程，早期道教音乐的四个品种也是依次出现的：先有祭神音乐，次有仙歌，再有诵经音乐，最后有赞道音乐，等等，不一一举例。可以说，每一篇文章都很精彩，都有独创和发明。这里展示的不仅是一种知识体系，更是一种治学的刚毅精神、“聪明正直至大至刚”的品格完善。

第四，解决了学术史上的重大问题。考据学并不是有些人所认为的那样只是饾饤之学，在细微末节上用了些功夫，不能解决大问题，不能成为系统理论。轻视考据学的说法当然是荒谬的。读过王昆吾先生的《中国早期艺术与宗教》，我们可以更清醒地认识到，科学意义上的考据不仅能够解决中国学术史上的重大问题，而且本身就是一个成熟、深刻的理论系统。如果没有众多的资料支撑，如果没有具学术穿透力的考据眼光，如何能理解“鸱龟曳衔”的本义，如何去发现“六诗”到“六义”的阶段性演变，又如何去探究《高兴歌》的文化意蕴。不难看出，收入该集的每一篇文章都在解决学术史上一个至关重要的问题。举例来说，《诗六义原始》考证了从“六诗”到“六义”的发展过程，这在《诗经》学史上是非常重要的问题。这一问题不搞清楚，中国文学史的第一章将是含混不清的——源不清，流何以清？正是在这一基础上，《中国韵文的传播方式及其体制变迁》才对汉赋的含义和演进做了入木三分的解释。

第五，在方法上为学术研究提供了示范意义，而且这种方法具有跨学科和前沿价值。例如《火历论衡》一文的宗旨不仅在于辨明火历之名实，更在于表述一种方法论思想。作者说："研究每一种历法，都必须把它放在整个历法体系中加以认识。""由于古代历法既是一种知识，又是一种文化。因此，必须说明每一研究对象在复杂的民族关系和时代关系中的具体位置。一旦建立了这种文化的和历史的分析观念，古代历法研究中的各种疑难问题就是不难解决的。"又如《论古神话中的黑水、昆仑与蓬莱》一文提出应在一个更广大的背景下认识古代神话中的地望等名物，即将其视为某种思想系统中的符号："在原始信仰和诸子哲学之间，古代中国人曾经历了一个用具体物名表示抽象概念的阶段。"推而广之，这一认识对解读上古文化的各个具体问题都有方法论的指导意义。所以作者说："通过对古神话中几个地名的考释来建立这样一个认识：当我们考察上古文化的时候，既要避免像历史学家通常所做的那样，按现代人的思维方式和表达方式去理解早期文明中的事物；又要避免像神话学家通常做的那样，把这些事物简单地解释为'原始思维'或'原始信仰'。"这样一来，我们也就找到了认识古代神话中某些形象所表示的意义的钥匙。《对藏族文化起源问题的重新思考》一文第二节其小标题分别为"（一）文献学的证据：从藏、羌关系看藏族文化的起源""（二）考古学的证据：从半月形高地文化传播看藏族文化的起源""（三）语言学和宗教学的证据：从藏、汉关系看藏族文化的起源"。这里通过具体的操作指出了考据学使用的方法，即通过文献学、考古学、语言学和宗教学的综合运用来解决问题。而《中国史前文明研究的地理学方法》一文主要就是谈研究方法的。

很有意思的是，自然科学研究允许用各种方法来进行试验，而人文科学研究者却很少有这种试验的意识。笔者认为王昆吾先生很重视人文科学研究的试验，而且这种试验是自觉的。比如用各种手段，特别是历史比较语言学的方法来研究猴祖神话就是一次成功而有启发意义的试验。它所研究的不仅是文学现象及其思想要素的平行关系和相互影响的关系，主要研究的是发生学上的亲缘关系。运用资料和方法时，最重要的一个环节是对汉语中二十几个名称所做的古音构拟。构拟的结果是造成了一批链条型的史料：从语音角度把各个民族语类型联系起来，从语义角度把各个神话形态联系起来，从而成为汉藏语猴祖神话谱系树的脉络和类型标志。如果说语音研究属于音韵学范围、语义研究属训诂学范围，那么，传统的考据学便成了神话学的、文化人类学的、历史比较语言学的等等现代学术方法的基础。以上是王昆吾先生在一次学术会议上就《汉藏语猴祖神话的谱系》一文所做的关于考据学与其他方法结合的演讲内容，精辟而深刻。

王昆吾先生说过："为了提高认识水平和学术质量，我们有必要采用一切可能的手段扩大史料的效用，考据是其中最基本的手段。因此，学术方法问题，可以理解为因研究目的的需要而实行的考据学与其他方法的不同形式的结合。"《中国早期艺术与宗教》无疑是考据学和其他方法结合研究中国文化、中国艺术的典范之作。

王昆吾先生这一学术思想和学术探索也体现在他的研究生教育上，他希望自己的博士研究生不仅勤奋严谨，还要视野宏通，"具有科学精神和开放姿态"。"王师的学术研究工作有自己的一套独特的理念，这就是：以中国各民族的文学艺术现象为研究对象，而不囿于单一民族的作家文学研究；通过比较和分析来探求事物本质的原理，而不是简单的现象描述和价值评判；综合使用考据学、考古学、民俗学的资料与方法，而不是平面的文献研究。他把这种学术理念也贯彻到了博士生培养工作的实践中。"① 下面列出王师指导1994级到2002级博士研究生论文的题目：

（一）汉民族文学与其他文学艺术的比较研究

1994 王胜华：《中国戏剧的早期形态》

1995 赵塔里木：《在中亚传承的中国西北民歌：东干民歌研究》

1995 傅修延：《中国叙述传统的形成》

（二）唐宋作家文学研究

1994 戴伟华：《唐代使府与文学研究》

1996 汪　俊：《两宋之交文学发展的地域性研究》

2000 杨晓霭：《宋代声诗研究》

（三）文学传播和文体变迁研究

1995 王廷洽：《楚文化与两汉文学》

---

① 周广荣：《梵语〈悉昙章〉在中国的传播与影响》，宗教文化出版社2004年版，第421页。

1996 方志远：《明代城市与明代市民文学研究：以成化、弘治、正德为中心》

1996 周广荣：《梵语〈悉昙章〉在中国的传播和影响》

1997 何剑平：《敦煌维摩诘文学研究》

1997 马银琴：《西周诗史》

1999 曹柯平：《中国洪水后人类再生神话的类型学研究》

2000 蒋　瑞：《铭刻书写与中国散文的起源》

（四）音乐文献研究

1998 孙晓晖：《两唐书乐志研究》

1998 李方元：《宋史乐志研究》

1098 王福利：《辽金元三史乐志研究》

2001 温显贵：《清史稿乐志研究》

（五）音乐文学研究

1999 许继起：《秦汉乐府制度研究》

1999 孙尚勇：《乐府史研究》

1999 崔炼农：《汉魏六朝乐府辞乐关系研究》

1999 喻意志：《〈乐府诗集〉成书研究》

1999 尚丽新：《〈乐府诗集〉的刊刻和流传》

2001 王立增：《唐代乐府诗研究》

（六）域外汉文学研究

2000 何仟年：《越南古典诗歌传统的形成：莫前诗歌研究》

2002 刘玉珺：《越南汉喃古籍的文献学研究》

2002 朱旭强：《交趾汉化研究》

可见，王昆吾先生对研究生的培养是精心安排的，体现出了独特的学术个性和风格。他说："中国有一句话说'薪火相传'，又有一句话说'譬如积薪，后来居上'。前一句话，说明师生之间的关系是老树新枝的关系，是学术理念的传续；后一句话，则说明师生之间的关系是前浪后浪的关系，是合力与接力。"[①] 王昆吾先生指导学生非常重视文献考据工作，

① 周广荣：《梵语〈悉昙章〉在中国的传播与影响》"序"，宗教文化出版社2004年版，第4页。

"他要求每一位博士生在开始做博士论文之前，必须先完成一项文献学的训练"①。

应该看到，王昆吾先生最初是做隋唐五代燕乐杂言歌辞研究的，后来进一步关注艺术、宗教等和文化或文学的关系。从方法论上看，这一学术经历对做唐代文学与文化研究者很有启发。故将此文列于书末以为总结。

（原载《云南艺术学院学报》2000 年第 1 期）

① 周广荣：《梵语〈悉昙章〉在中国的传播与影响》"序"，宗教文化出版社 2004 年版，第 421 页。

附录

戴伟华主要著述目录

一、专著

［1］《唐代幕府与文学》，现代出版社 1990 年版。

［2］《唐方镇文职僚佐考》，天津古籍出版社 1994 年版。

［3］《唐代使府与文学研究》，广西师范大学出版社 1998 年版。

［4］《唐代文学研究丛稿》，台湾学生书局 1999 年版。

［5］《地域文化与唐代诗歌》，中华书局 2006 年版。

［6］《唐代文学综论》，商务印书馆 2006 年版。

［7］《唐代使府与文学研究》（修订本），广西师范大学出版社 2007 年版。

［8］《唐方镇文职僚佐考》（修订本），广西师范大学出版社 2007 年版。

［9］《文化生态与中国古代文学论丛》，人民出版社 2011 年版。

［10］《唐诗宋词研究》，广东高等教育出版社 2011 年版。

二、论文

［1］《女嬃非屈母——与龚维英同志商榷》，《贵州社会科学》1982 年第 5 期。

［2］《〈左传〉“言语”对战国诸子散文的影响》，《江西社会科学》1985 年第 3 期。

［3］《阴铿生平事迹考述》，《扬州师院学报》1986 年第 3 期。

［4］《唐代幕府与文学》，《文史知识》1988 年第 10 期。

［5］《论中唐边塞诗繁荣的原因》，《扬州师院学报》1989 年第 2 期。

［6］《“芥舟”新解》，《文史知识》1990 年第 8 期。

［7］《陈琳和他的作品》，《古典文学知识》1990 年第 6 期。

［8］《屈赋与唐诗》，《扬州师院学报》1990 年第 2 期。

［9］《试论〈离骚〉的创作契机与艺术构思》，《内蒙古大学学报》

1992年第3期。

［10］《读唐诗札记二则》，《文学遗产》1990年第1期。

［11］《论中唐边塞诗》，《内蒙古大学学报》1991年第1期。

［12］《初唐诗赋咏物“兴寄”论》，《文学遗产》1992年第2期。

［13］《贯休行年考述》，《扬州师院学报》1992年第2期。

［14］《孔稚珪〈游太平山诗〉补》，《文学遗产》1993年第2期。

［15］《乡思与功名的抉择》，《古典文学知识》1993年第3期。

［16］《唐凤翔节度使府文职僚佐考》，《扬州师院学报》1993年第2期。

［17］《柳宗元贬谪期创作的“骚怨”精神——兼论南贬作家的创作倾向及其特点》，《文学遗产》1994年第4期。

［18］《放情咏〈离骚〉——柳宗元永州创作心态试论》，《扬州师院学报》1994年第2期。

［19］《扬眉吐气　激昂青云——初盛唐自荐书表与文士风采》，《文史知识》1995年第2期。

［20］《对文人入幕与盛唐高岑边塞诗几个问题的考察》，《文学遗产》1995年第2期。

［21］《唐代使幕文人心态试析》，《扬州师院学报》1996年第3期。

［22］《论岑参边塞诗独特风格形成的原因》，《文学遗产》1997年第4期。

［23］《唐方镇僚佐职掌考释》，《中国典籍与文化论丛（第四辑）》，中华书局1997年版。

［24］《音乐与文学研究的深层拓展》，《书品》1997年第3期。

［25］《出土墓志与唐代文学研究》，《传统文化与现代化》1998年第4期。

［26］《唐代方镇使府与文人送别诗》，《扬州大学学报》1998年第2期。

［27］《唐代文学研究中的文人空间排序及其意义》，《扬州大学学报》1999年第1期。

［28］《现代意义上的考据学力作》，《中华读书报》1999年11月24日。

［29］《评〈丁卯集笺证〉》，《唐代文学研究年鉴（1999）》，广西师

范大学出版社 2000 年版。

[30]《我的唐代幕府与文学关系研究》，《古典文学知识》2000 年第 5 期。

[31]《十年一剑的佳作》，《中华读书报》2000 年 12 月 20 日。

[32]《考据学与多学科方法的结合》，《云南艺术学院学报》2000 年第 1 期。

[33]《文史结合　考论兼备》，《江海学刊》2001 年第 2 期。

[34]《李商隐在桂管幕的幕职和京衔》，《人民政协报》2001 年 7 月 10 日。

[35]《"秋""霜"中的李白》，《中国典籍与文化》2001 年第 4 期。

[36]《交叉学科中的古代文学研究》，《社会科学战线》2001 年第 6 期。

[37]《评〈唐代文学丛稿〉》，《中国诗学（第七辑）》，人民文学出版社 2002 年版。

[38]《诗歌中的虚实之妙》，《文史知识》2002 年第 11 期。

[39]《从贞元元和墓志谈韩愈研究中的三个问题》，《华南师范大学学报》2002 年第 4 期。

[40]《李清照〈武陵春〉词应作于绍兴元年考——兼说"隐性"材料的价值和利用》，《学术研究》2003 年第 3 期。

[41]《独白：中国诗歌的一种表现形态》，《中国社会科学》2003 年第 3 期。

[42]《义净诗二首探微》，《华南师范大学学报》2003 年第 3 期。

[43]《李白待诏翰林及其影响考述》，《文学遗产》2003 年第 3 期。

[44]《超越与回归》，《中国文化研究》2003 夏之卷。

[45]《常识与谬误》，《粤海风》2003 年第 6 期。

[46]《初入诗坛的陈子昂》，《古典文学知识》2004 年第 3 期。

[47]《关于书法研究方法的笔谈・书法研究中的"实事求是"》，《书法》2004 年第 4 期。

[48]《区域文化与唐诗创作》，《光明日报》2004 年 10 月 27 日。

[49]《"大和"续言》，《粤海风》2004 年第 5 期。

[50]《评〈翰学三书〉》，《古籍整理出版情况简报》2004 年第 2 期。

[51]《纯粹学术境界的展示》，《光明日报》2005 年 3 月 25 日。

[52]《唐代文士籍贯与文学考述》，《江海学刊》2005 年第 2 期。

[53]《地域文化与唐代诗歌研究导言》，《华南师范大学学报》2005 年第 2 期。

[54]《李白写实文学思想述论》，《清华大学学报》2005 年第 2 期。

[55]《论五言诗的起源——从“诗言志”“诗缘情”的差异说起》，《中国社会科学》2005 年第 6 期。

[56]《文化的顺应与冲突——以李白待诏翰林前的生活和思想为例》，《学术研究》2006 年第 2 期。

[57]《区域文化传统与唐诗创作风貌的离合——以楚、蜀文化为例的分析》，《华南师范大学学报》2006 年第 2 期。

[58]《唐代文化弱势区的诗歌创作》，《东方丛刊》2006 年第 2 期。

[59]《关于〈师说〉“耻学于师”的背景》，《新语文学习》2006 年第 74 期。

[60]《北宋文士与兵学关系述略：第四届宋代文学国际研讨会论文集》，浙江大学出版社 2006 年版。

[61]《史、文、兵学视野中的唐代春秋左传学》，《深圳大学学报》2007 年第 3 期。

[62]《唐诗中“杜鹃”内涵辨析——以“杜鹃啼血”和“望帝春心托杜鹃”为例》，《华南师范大学学报》2007 年第 3 期。

[63]《论两汉的“歌诗”与“诗”》，《学术研究》2008 年第 2 期。

[64]《李白自述待诏翰林相关事由辨析》，《文学遗产》2009 年第 4 期。

[65]《中国古代诗文研究的指南之作》，《社会科学研究》2010 年第 4 期。

[66]《又在客中无人别：被误读的〈兰陵王·柳〉》，《中国社会科学报》2010 年 7 月 20 日。

[67]《储光羲与〈河岳英灵集〉》，《中国文学学报》2010 年版。

[68]《论〈河岳英灵集〉初选似在开元末储光羲辞官归隐之时》，《远东文学问题》，圣彼得堡大学出版社 2010 年版。

[69]《李清照〈凤凰台上忆吹箫〉新探》，《中国社会科学报》2010 年 10 月 25 日。

[70]《罗倬汉事迹编年》，《经学研究论丛（第十八辑）》，台湾学生

书局 2010 年版。
[71]《高适〈燕歌行〉新探》,《学术研究》2010 年第 12 期。
[72]《苏轼转败为胜的写作智慧——以〈水龙吟〉咏杨花词为例》,《中国社会科学报》2011 年 3 月 1 日。
[73]《论〈河岳英灵集〉初选及其诗史意义》,《文学评论》2011 年第 2 期。
[74]《张九龄“为土著姓”发微》,《文学遗产》2011 年第 4 期。
[75]《文化生态与中国文学研究》,《华南师范大学学报》2011 年第 2 期。
[76]《贺知章所撰墓志的史料价值》,《中山大学学报》2011 年第 6 期。
[77]《方镇使府掌书记与李商隐在桂管幕之幕职》,《郁贤皓先生八十华诞纪念文集》,中华书局 2011 年版。
[78]《清纯的学术境界　精粹的学术贡献——傅璇琮先生著作选评》,《傅璇琮先生学术研究文集》,商务印书馆 2012 年版。
[79]《岑参边塞诗新论》,《华南师范大学学报》2012 年第 6 期。
[80]《唐宋词曲关系新探——曲调、曲辞、词谱阶段性区分的意义》,《音乐研究》2013 年第 2 期。
[81]《佛教转读与四声发现献疑》,《世界宗教研究》2013 年第 1 期。
[82]《论〈河岳英灵集〉的成书过程》,《文学遗产》2013 年第 4 期。
[83]《杜甫:一个被边缘化的当代诗人——从〈河岳英灵集〉失收杜诗说起》,《文艺争鸣》2013 年第 8 期。
[84]《四声与南北音》,《学术研究》2013 年第 10 期。
[85]《强、弱势文化形态与唐代文学研究》,《中山大学学报》2013 年第 6 期。
[86]《开元及天宝初诗坛的主流诗歌创作》,《华南师范大学学报》2013 年第 5 期。
[87]《从两个传统中确认岑参边塞诗的写实性质》,《西北师范大学学报》2013 年第 2 期。
[88]《汉大赋与经学:强势文化的互动》,《求是学刊》2013 年第

6 期。
[89]《重谈考据学》，《粤海风》2013 年第 6 期。
[90]《〈使至塞上〉与崔希逸破吐蕃事无关》，《历史研究》2014 年第 2 期。
[91]《唐代小说的事、传之别与雅、俗之体》，《文学评论》2014 年第 3 期。
[92]《于艺文通解与文化融合中深化比较诗学》，《学术研究》2014 年第 7 期。
[93]《楚辞音乐性文体特征及其相关问题》，《华南师范大学学报》2014 年第 5 期。
[94]《〈离骚〉“女嬃”为星宿名的文化诠释》，《中山大学学报》2015 年第 1 期。
[95]《中国文学地理学中的微观与宏观》，《华南师范大学学报》2016 年第 2 期。

后　记

编入选集的24篇论文，大致反映了我学术研究的历程和学术兴趣的多元。论文编排基本以研究对象的先后为序，大致保留了发表时的样式，只是做了校对，对个别引文及注释也做了调整。“强弱势文化形态与唐诗创作关系研究”结项多年，尚未结集出版，故近年来发表的相关论文暂未收入，如《储光羲与〈河岳英灵集〉》《论〈河岳英灵集〉初选及其诗史意义》《楚辞音乐性文体特征及其相关问题》《〈离骚〉“女媭”为星宿名的文化诠释》等。又因我习惯在一个时段从事某一专题研究，其成果常以专书出版，发表的论文相对较少，如《唐方镇文职僚佐考》近60万字，我几乎没有发表过一篇相关的论文。

我的学术工作是在扬州和广州两地进行的，感谢江苏省和广东省对我研究工作的奖励：《唐代幕府与文学》1994年获江苏省教育委员会人文社会科学优秀成果三等奖；《唐方镇文职僚佐考》《唐代使府与文学研究》1997年、1999年分别获得江苏省政府哲学社会科学优秀成果三等奖；《独白：中国诗歌的一种表现形态》《论五言诗的起源》2005年、2007年分别获得广东省政府哲学社会科学优秀成果论文一等奖，《地域文化与唐代诗歌》2009年获得广东省政府哲学社会科学优秀成果著作一等奖。另外，《唐代使府与文学研究》2003年获第三届中国高校人文社会科学优秀成果著作三等奖，《唐方镇文职僚佐考（修订本）》2009年获得中国大学出版社图书奖首届优秀学术著作二等奖。

学术研究工作能不断获得进展，离不开学界同行对我的勉励和帮助。马自力先生在《中唐文人之社会角色与文学活动》中提到：“对于唐代的文职幕僚，戴伟华先生进行过系统深入的研究，无论是相关材料的挖掘整理，还是对其整体特征的把握，都有独到的发现，取得了一系列重要成果。”（中国社会科学出版社2005年版，第205页）李浩先生在《唐代三大地域文学士族研究》中说：“戴伟华指出，文人的空间聚合与分离给文化带来刺激，给文学发展带来生机。见其所撰《唐代文学研究中的文人空间排序及其意义》……《唐代使府与文学研究》本身就是这方面的一部扛鼎之作。”（中华书局2002年版，第6页）这种同行间的相互欣赏就是傅璇琮先生说的“特殊学术氛围中相濡以沫”（《唐方镇文职僚佐考》序），我很珍惜这样的环境和“相濡以沫”的友情。

感谢《广东省优秀社会科学家文库》编委会的支持，因编自选集，我对学术工作有了回顾与检讨的机会。其实，编与不编、选与不选，所做的工作俱在。对于自己学术工作的长短得失，我有清醒的认识。

感谢广州大学的接纳，让我重新出发。我当下的心情，与近期写的一首小诗颇为契合：

雨过后天晴，
雪融后春来。
只有心里明亮，
不需要等待。

戴伟华　丁酉中秋记于见山斋